Gerhard Bracke

Melitta Gräfin Stauffenberg

Gerhard Bracke

Melitta Gräfin Stauffenberg

Das Leben einer Fliegerin

Mit 44 Abbildungen und 31 Dokumenten

Langen Müller

Bildnachweis

Alle Abbildungen aus dem Archiv des Autors, außer: »Askania Warte« (2); »Der Adler« (3); Blenk, Hermann (1); Bügl, Josef (1); Freundorfer, Siegfried (1); Kölbel, Rudolf (1); v. Papen-Koeningen (1); Peters, Erich (1); Rüschmann, Frank (1); Schiller, Klara (14); Sötz, Berta (1); Ullstein Bildarchiv (1); Wünsche, Sepp (1)

Umschlaggestaltung: Wolfgang Heinzel, Merching
Satz: Filmsatz Schröter GmbH, München
Gesetzt aus 10.5/12.5 Times auf Linotron 300
Druck und Binden: Wiener Verlag, Himberg
Printed in Austria
ISBN: 3-7844-2300-0

Inhalt

Geleitwort

Es ist eine Freude, endlich eine umfassende Würdigung der Verdienste und des einmaligen fliegerischen und technischen Könnens von Melitta Schiller-Gräfin Stauffenberg zu bekommen.
Ich erinnere mich so gern der Stunden mit dieser bescheidenen und zurückhaltenden Fliegerkameradin, der ich von Herzen ein glückliches Ausruhen nach ihren einmaligen Erfolgen gewünscht hätte.

München, im Frühjahr 1990

ten zu helfen und Nachrichten zu überbringen. Sie kam ums Leben, als auf einem dieser Flüge ihr unbewaffnetes Flugzeug am 8. April 1945 von einem englischen Jäger abgeschossen wurde.«

Unterlagen über Melitta Gräfin Stauffenberg ließen sich nach Auskunft von Prof. Dr. Booms auch nicht im Berlin Document Center feststellen. Das Schreiben vom 10. 5. 1978 endet mit der Bemerkung: »Ansatzpunkte zu weiteren Nachforschungen in sonstigen Archiven oder Verwahrstellen in der Bundesrepublik Deutschland vermag ich nun leider nicht mehr zu erkennen.«

Über Kriegs- und Nachkriegszeit gerettet werden konnten indes die Tagebuchaufzeichnungen der Gräfin Stauffenberg aus den Jahren 1943 und 1944 – Originaltaschenkalender jener Jahre mit absolut authentischen Eintragungen. Die (im Gegensatz zu fragwürdigen oder erfundenen »Tagebüchern«) unverfälschten Aufzeichnungen, insbesondere die während der Inhaftierung entstandenen, sind von unschätzbarem Wert. Die winzige Bleistiftschrift mußte teilweise unter der Lupe entziffert werden, verwendete Abkürzungen bedurften der richtigen Zuordnung. Aber diese Aufzeichnungen, Briefe, Schriftstücke, Aktenmaterial, Zeitungs- und Erlebnisberichte, Zeugnisse, Urkunden und Korrespondenz mit führenden Persönlichkeiten der Luftfahrt und der Luftfahrtforschung und schließlich die erhalten gebliebenen Teile wissenschaftlicher Publikationen der Fliegerin selbst ermöglichten eine aufschlußreiche zeitgeschichtliche Dokumentation, die über das rein Biographische hinausweist.

Das Einzigartige liegt in der Verbindung von wissenschaftlicher Forschungstätigkeit im Dienste der Luftfahrt und der Luftwaffe einerseits sowie dem fliegerischen Geschick zur Erprobung der wissenschaftlichen Ergebnisse andererseits.

Melitta Schiller-Stauffenberg war – im Unterschied zur berühmten Fliegerin Hanna Reitsch – keine Testpilotin und keine Erprobungsfliegerin im üblichen Sinne. Ihre fliegerische Aktivität fiel unter die Bezeichnung »Ingenieurflugzeugführer«.

Ausbildung, Erfahrung und Tätigkeit als Ingenieur sind hier von gleichgroßer Bedeutung wie die als Flugzeugführer. Vom Ingenieurflugzeugführer wird in der Berufsausübung die Lösung folgender Aufgaben erwartet:

»1. Genaue und umfangreiche ingenieurmäßige Kenntnisse des zu bearbeitenden Fluggerätes, seines Betriebes und der gesteckten Aufgabenziele.
2. Festlegung und Gestaltung des Flugprogramms nach den Erkenntnissen aus Punkt 1.
3. Durchführung des Fluges als verantwortlicher Flugzeugführer.
4. Auswertung der Flugergebnisse und Erstellung eines Berichtes mit einer möglichst objektiven Aussage über die Erreichbarkeit der gesteckten Aufgabenziele oder ggf. Änderungen des Fluggeräts und Aussagen zur Erstellung von Betriebsanweisungen.
5. Aufgrund seiner Kenntnisse und Erfahrungen Aussagen zur Weiterentwicklung von Fluggerät.«[1]

Bis Kriegsende war für die Berufsausbildung der Ing.-Abschluß (TH oder HTL) unbedingt erforderlich. Eingesetzt wurden Ingenieurflugzeugführer vornehmlich bei den Erprobungsstellen der Luftwaffe (Rechlin, Travemünde, Tarnewitz, Peenemünde-West, Udetfeld, Gotenhafen) sowie in der Muster- und Versuchseinfliegerei der Luftfahrtindustrie. In geringem Umfang erfolgte der Einsatz auch bei der Deutschen Versuchsanstalt für Luftfahrt (DVL), der Deutschen Forschungsanstalt für Luftfahrt (DFL) und der Deutschen Forschungsanstalt für Segelflug (DFS).

Nach Auskunft eines ehemaligen »Rechliners«, Ing. Heinrich Reck, unterscheidet sich die heute gebräuchliche Berufsbezeichnung »Testpilot« für eine technische Flugzeugführertätigkeit doch wesentlich von den Aufgaben des Ingenieurflugzeugführers bis 1945. Danach ist der Testpilot in erster Linie Flugzeugführer, wenn auch mit vielfachen technischen Kenntnissen und gutem technischen Einfühlungsvermögen, der seine Flüge nach vorgegebenem Programm durchführt, das er durchaus mitgestalten kann. Auf diese Weise waren auch Werkpiloten zum Einfliegen von Serienmaschinen tätig. Nach dem Kriege erforderte die Weiterentwicklung in der Luftfahrt mit dem komplizierter gewordenen Fluggerät in der Flugerprobung ein Teamwork aus Piloten, Ingenieuren und diversen Spezialisten u. a. für Elektronik.

In einem Schreiben vom 27. 2. 1963 bestätigen die ASKANIA-WERKE Berlin-Mariendorf:

»Frau Flugkapitän Dipl.-Ing. Melitta Schenk Gräfin von Stauffenberg, geb. am 9. 1. 1903 zu Krotoschin, war in der Zeit vom 1. November 1936 bis 30. April 1944 unser Gefolgschaftsmitglied. Zunächst wurde die Genannte als Ingenieur-Pilotin für die Erprobung neuartiger Geräte eingesetzt; dann erfolgte die Aufgabe, theoretische Untersuchungen auf einem Spezialgebiet durchzuführen. Die Wertung der hierbei entstandenen mathematischen Berichte veranlaßte ihre Berufung zu einer Erprobungsstelle, wo die Genannte in den verschiedensten Flugzeugmustern wichtige Aufgaben durchführte und die Flüge theoretisch auswertete ... Am 30. April 1944 schied Gräfin von Stauffenberg aus unseren Diensten, um die Leitung einer Forschungsstelle zu übernehmen.«

Das angeführte Spezialgebiet umfaßte eine ihrer Hauptaufgaben während des Krieges, die Entwicklung und Erprobung von Sturzflugvisieren. Noch im Dezember 1943 hielt Gräfin Stauffenberg auf Einladung in Stockholm einen Vortrag über das Thema »Eine Frau in der Flugerprobung«, wobei sie u. a. die große Zahl der Sturzflüge erwähnte, »heute bereits über 2000, eine Zahl, die besonders Ärzte entsetzt. Schon mein früherer Tagesrekord von 12 Stürzen, den ich in diesem Jahr auf 15 erhöht habe, ist ärztlich völlig unzulässig, und so erklärt es sich vielleicht, daß die Zahl meiner Sturzflüge meines Wissens bisher von keinem Piloten, weder an der Front noch in der Heimat, erreicht worden ist.«[2]

Als Fliegerin stand Melitta Schiller-Stauffenberg niemals im Blickpunkt der Öffentlichkeit wie Elly Beinhorn oder Hanna Reitsch. Die bekannte Pilotin Thea Rasche schrieb 1938 über die Siegerin im Zuverlässigkeitsflug für deutsche Sportfliegerinnen: »Dreizehn Fliegerinnen starteten und landeten glücklich, und ausgerechnet die Wettbewerbsnummer ›13‹ siegte mit Flugkapitän Melitta Schiller am Steuer. Wir alle gönnten es ihr von Herzen – sie ›kann‹ was und ist ein prachtvoller Mensch, der in seiner übergroßen Bescheidenheit in der ›Öffentlichkeit‹ viel zu wenig bekannt ist, weil sie sich immer möglichst in den Hintergrund verstecken möchte.«

»Im übrigen«, so wurde sie bereits in einem 1931 erschienenen Buch zitiert, »ist es unwichtig, daß man etwas über mich schreibt. Es ist alles so selbstverständlich, und in einigen Jahren tummeln sich die Fliegerinnen auf ihren Maschinen so in den Lüften wie heute die Autosportlerinnen auf den Landstraßen.«[3]

Der außergewöhnliche Weg im fliegerischen Leben Melitta Schiller-Stauffenbergs, Trägerin des EK II und des Flugzeugführerabzeichens in Gold mit Brillanten und Rubinen, deren Aussicht auf eine Professur durch das tragische Ende zunichte wurde, läßt uns 45 Jahre nach ihrem Tod anders darüber denken. Daß dieser dokumentarische Lebensbericht dazu beitragen kann, eine zeitgeschichtliche Persönlichkeit vor dem Vergessenwerden zu bewahren, ist vor allem das Verdienst der beharrlich recherchierenden Angehörigen, ohne die eine solche Arbeit nie hätte entstehen können. Insbesondere gebührt Frau Dipl.-Ing. Klara Schiller aus Ulm-Söflingen aufrichtiger Dank für alles Bemühen, ihrer Schwester »Litta« den ihr zukommenden Platz in der zeithistorischen Literatur zu sichern und somit ihr Andenken in Ehren zu halten.

1

Kindheit und Schulzeit

Im damals preußischen Städtchen Krotoschin, Provinz Posen, wurde Melitta Schiller am 9. Januar 1903 geboren. Väterlicherseits stammte sie aus einer jüdischen Pelzgroßhandelsfamilie, die ihren Sitz in der Gegend von Odessa hatte. Ihr Großvater Moritz Schiller gründete ein eigenes Pelzgeschäft in Leipzig, wo sein Sohn Michael, Melittas Vater, Bauingenieurwesen mit Schwerpunkt auf den Fächern Mathematik und Statik studierte. Nach Abschluß des Studiums war Michael Schiller als preußischer Beamter in westlichen Kreisen der Provinz Posen tätig, zuständig für den Bau und die Instandhaltung von Brükken und Straßen. Später zum Baurat ernannt, wählte er als zentralen Standort Krotoschin, wo er für sich ein Privathaus im Stil der Jahrhundertwende errichtete. Den 2500 qm großen Garten verwandelten Posener Gartenbauarchitekten in eine Anlage von seltenen Baum-, hauptsächlich Obstbaumbeständen.

Aus der Ehe mit der protestantischen Margarete Eberstein, deren Vater Schulrat in Bromberg gewesen und deren Mutter nach dessen frühen Tod nach Hirschberg (Schlesien) verzogen war, gingen fünf Kinder hervor: Marie-Luise (»Lili«), Otto, Melitta (»Litta«), Jutta und Klara (genannt »Pims«).

Im Unterschied zu den Reichsdeutschen allgemein entwickelten die im deutsch-polnischen Siedlungsraum lebenden Deutschen ein ausgeprägtes Nationalgefühl. »Über das Deutschsein der Deutschen in der Provinz Posen, besonders bei denen des gehobenen Bürgertums, herrschte kein Zweifel«, erinnert sich Marie-Luise Lübbert geb. Schiller. Der Vater hatte sich vor Beginn seines Studiums beim Erreichen der Volljährigkeit evangelisch taufen lassen, so daß weder seine Kommilitonen noch die Bekannten in Krotoschin etwas von seiner jüdischen Abstammung wußten. »Auch uns Kinder informierte er erst, als wir erwachsen waren und es durch die Nazis zur Gefahr werden konnte.«[4]

In dem kleinen Garnisonstädtchen verlebte die Familie bis zum Ausbruch des Ersten Weltkrieges eine unbeschwerte Zeit, die jäh im August 1914 unterbrochen wurde. Der Vater, als Reserveoffizier eingezogen, war aufgrund seiner russischen Sprachkenntnisse als Dolmetscher in Kriegsgefangenenlagern eingesetzt. Beim Näherrücken der Front brachte die Mutter die jüngeren Geschwister, darunter Melitta, zur Großmutter nach Hirschberg in Schlesien, während sie selbst sich mit der ältesten Tochter für Sanitätshilfsdienste zur Verfügung stellte.

Nach dem unglücklichen Ausgang des Krieges wurden Westpreußen und die Provinz Posen dem wieder entstandenen polnischen Staat eingegliedert. Die deutschen Bewohner dieser Gebiete erhielten automatisch die polnische Staatsangehörigkeit auf dem Verordnungswege, sofern sie nicht für Deutschland optieren und die Heimat verlassen wollten. Melittas kurz vor der Pensionierung stehender Vater zog es vor, in Krotoschin, nunmehr Krotoszyn, zu bleiben.

Die zeitgeschichtlichen Veränderungen griffen natürlich auch in die Familien- und Ausbildungsverhältnisse der Deutschen im Posener Land ein. »Nun war der Aufbruch da, und hier übertönte der nationale Gedanke (der Polen) den sozialistischen; wenn das Landvolk mit Sensen und Dreschflegeln und wilder Begeisterung durch die Städte zog, dann aus nationalen Gründen, um die lästige deutsche Oberschicht zu vertreiben. Der polnische Großgrundbesitz blieb ungeschoren und unterstützte sogar die Aufständischen finanziell und ideell.«[5]

Schließlich mußten auch die deutschen Kinder in der Provinz Posen die in polnische Verwaltung übergegangenen Schulen verlassen, nachdem der Versailler Vertrag die Provinz endgültig Polen zuerkannt hatte. Es wurden deutsche Privatschulen mit Koedukation gegründet, in Krotoschin als mathematischnaturwissenschaftliches Privatgymnasium, das allerdings nur zur »mittleren Reife« führte.

Melitta besuchte bis 1918 die Städtische Höhere Mädchenschule in Krotoschin und bis 1919 noch das Mädchengymnasium in Posen. Ausgiebige sportliche Betätigung in ihrer Freizeit, insbesondere Schwimmen und waghalsigste Kopfsprungübungen, sowie die Pflege ihrer großen künstlerischen Talente auf den Gebieten Malerei, Graphik, Modellierkunst und Bildhauerei ergänzten die schulische Ausbildung. Litta, wie sie allgemein genannt wurde, war tiefunglücklich, daß ihre Zielstrebigkeit im Lernen und ihr Leistungswille nach kaum einjährigem Posener Zwischenspiel ein Ende fanden. Ihr Bruder, siebzehnjährig noch eingezogen, diente seit dem Novemberzusammenbruch 1918 freiwillig bei den Freikorpsverbänden, die ohne offizielle Billigung der noch unsicheren deutschen Reichsregierung monatelang durch aufopferungsvolle Kämpfe die Grenzen zugunsten des Reiches zu »verschieben« suchten. Krotoschin blieb von diesen Gefechten nicht unberührt. Melittas Vater wurde zweimal von polnischen Aufständischen zusammen mit anderen Deutschen als Geisel verschleppt.

Bei diesen turbulenten Geschehnissen bedeutete es eine glückliche Wende, daß für Melitta Schiller ein Heimaufenthalt im Riesengebirge ermöglicht werden konnte und sie das Gymnasium in Hirschberg bis zum Abitur 1922 besuchen durfte. Über diese Hirschberger Jahre berichtete eine in New York lebende Schulfreundin, Lieselotte Hansen geb. Lachmann. Ihre eindrucksvollen Schilderungen verdienen nicht nur wegen der Erinnerung an die verlorengegangene schlesische Heimat, sondern hauptsächlich um der Charakterisierung ihrer Freundin Melitta willen in größeren Auszügen zitiert zu werden:

»An einem Frühsommertag 1919 kam die sechzehnjährige Litta zu mir, um sich nach dem Hirschberger Mädchengymnasium zu erkundigen, dessen Schulbänke ich schon ein Jahr ganz vergnügt und erfolgreich gedrückt hatte. Littas Posener Luisenschule war gerade von polnischer Seite geschlossen worden; nun wollte es Litta ebenfalls in Hirschberg versuchen. Im

Augenblick gab es zwar keine Pässe nach Deutschland..., aber wir hofften doch wenigstens im Herbst den Anschluß an die Zweite Hälfte des Schuljahres, das Ostern begonnen hatte, zu erreichen...

Als ich Litta nach Hause begleitete, sprachen wir von den Sternen. Ich hatte gerade eine neue, drehbare Sternkarte geschenkt bekommen, von der wir sprachen. ›Und was treibst du nun so?‹ fragte ich Litta. ›Physik, Physik‹, sagte sie, ›zur Zeit beschäftige ich mich mit allgemeinen Problemen der Fliegerei, und Raketenflug interessiert mich am meisten. Leider alles nur theoretisch, es wird noch lange dauern, bis ich auf diesem Gebiet experimentieren kann. Aber‹ – fügte sie lachend hinzu – ›mein Vater sagt, daß bei jungen Mädchen so mit achtzehn Jahren das Interesse an der Wissenschaft sehr viel geringer wird, da muß ich ja nun sehen, daß ich bis dahin noch so weit komme wie möglich. Es müßte zum Beispiel möglich sein, mit Raketen interstellare Räume zu überbrücken, so daß du deine Sterne besuchen kannst. Man würde natürlich mit dem Mond anfangen, weil er am nächsten ist.‹ – Littas Gedankengänge überraschten mich keineswegs, denn sie stand von jeher in dem Ruf, sich mit Dingen zu beschäftigen, von denen unsere Krotoschiner Schulweisheit sich nichts träumen ließ. Aber natürlich wandte ich ein, daß selbst eine sehr starke Rakete ihre Geschwindigkeit viel zu schnell verlieren würde, um die Anziehungskraft der Erde zu überwinden (Gravitationsfeld war damals noch kein Haushaltswort); und selbst wenn das gelingen sollte, so würde der Flugkörper beim Versuch der Rückkehr ja doch verbrennen wie die Meteore, wenn sie die Erdatmosphäre berühren. Litta sah mich ruhig an. ›Ja, dasselbe sagt mein Vater auch, nur ein bißchen wissenschaftlicher und mit ein paar Zahlen belegt, und – er lacht mich aus! Aber ich weiß, es wird eines Tages gemacht werden, wenn auch nicht heut und morgen, weil ein Berg von Arbeit und Untersuchungen davor liegt.‹ Ungeduldig setzte sie hinzu: ›Und hier sitzt man nun von allem abgeschnitten, und in irgendeinem Institut an einer deutschen Universität arbeitet man vielleicht schon daran.‹

... Ich entsinne mich nicht, daß dieses Raketenthema später in Hirschberg jemals wieder zwischen uns aufgenommen wurde. Aber 45 Jahre später, als ich nach Amerika kam, 1964, habe ich mich an dieses Gespräch mit Litta auf einmal sehr lebhaft erinnert angesichts des damaligen ›Mondfiebers‹ ...

An einem naßkalten Oktobermorgen 1919 ging es endlich mit neuen Pässen auf die Reise nach Hirschberg, nicht etwa den nächsten Weg südwärts über unsere vertraute Grenzstelle eine Meile von unserer Stadt, sondern nordwärts über Posen und Bentschen, den einzigen damals geöffneten Grenzübergang. Endloses Warten an Paß- und Zollkontrollen mit einigem Herzklopfen, denn ein ordnungsgemäßer Paß war in diesen wetterwendischen Zeiten noch keine Garantie für einen Grenzübertritt. Außerdem war es verboten, Lebensmittel mitzunehmen, und jedem von uns hatte doch eine gute Mutter einen kleinen Berg begehrter Raritäten für das hungrige Deutschland eingepackt. Es gruselte uns also vor der Gepäckkontrolle, aber alles ging gut. Ich sehe Litta noch in jenen Augenblicken der Ungewißheit auf dem zugigen, scheußlichen Bahnsteig in Bentschen stehen. Wenn es ihr ungemütlich war, so war es ihr jedenfalls nicht anzumerken ... Es wurde Abend, bis wir Frankfurt an der Oder erreichten, und nach einer Nachtfahrt auf elenden Nebenstrecken kamen wir am nächsten Vormittag schließlich in Hirschberg an.

In der Schule war Litta bereits der Ruf eines ›ungewöhnlich begabten‹ Mädchens vorausgegangen. Zwei Lehrerinnen der Posener Luisenschule, die schon vor Ostern nach Hirschberg übergesiedelt waren, hatten dies dem Direktor berichtet, und den nach allen Seiten gespitzten Ohren einer Mädchenschule war das natürlich nicht verborgen geblieben. So wurde sie von ihrer Klasse schon in einer gewissen Hochstimmung erwartet, die auch nicht enttäuscht wurde, denn in den folgenden Jahren war Litta eine ständige Quelle geistiger Anregung für ihre Mitschülerinnen. Da ihr der übliche Schulehrgeiz ganz fernlag und ihre Leistungen auf manchen Gebieten unerreichbar hoch über dem Niveau ihrer Klasse lagen, blieb den anderen nichts übrig als neidlose Anerkennung, die ihnen auch nicht schwerfiel, da Litta sich immer kameradschaftlich und hilfsbereit zeigte. Sie hätte die günstigen Auspizien, unter denen ihre Schullaufbahn in Hirschberg begann, gar nicht nötig gehabt, denn es war ja gerade ihre Stärke, sich unter Vorbedingungen durchzusetzen, die so ungünstig schienen, daß andere davor zurückgeschreckt wären.

Um dafür ein Beispiel zu geben, muß ich vorgreifen, denn es handelt sich auch hier wieder um das Fliegen, für das Litta ein so übermächtiges Interesse hatte. Litta war wohl schon in Oberprima, als im Hirschberger Tal das Segelfliegen begann, das schließlich in regelrechten Kursen betrieben wurde. Von ehemaligen Kriegsfliegern geleitet, vermittelten sie fliegerisch interessierten jungen Leuten eine Art paramilitärischer Ausbildung, die angesichts der Beschränkungen, die der Versailler Vertrag der Reichswehr auferlegte, nicht anders zu erreichen war. Für Mädchen war dabei – zumindest zu diesem frühen Zeitpunkt (später hat ja wohl Hanna Reitsch dort auch angefangen) – kein Platz.[6]) Rings um das Flugfeld fanden sich immer Zuschauer ein, Freunde, Verwandte der angehenden Segelflieger oder auch nur Neugierige. Von unserer Pension aus war der Weg dorthin weit, aber Litta war trotzdem oft draußen. Natürlich hatte sie längst alles gelesen, was man in theoretischer und technischer Hinsicht über Segelfliegen in Buchhandlungen und Bibliotheken aufstöbern konnte. Eines Tages fiel sie mit ihren soliden Kenntnissen auf, und irgendwann war es dann so weit, daß Litta allein in einem Segelflugzeug über dem Hirschberger Tal schwebte. Die Schulkameradinnen, die es sahen, brachten die Nachricht atemlos in die Stadt, wo sie denn auch gehörige Wellen schlug.[7] Litta selbst sprach niemals über ihre sportlichen oder schulischen Leistungen. Wenn sie etwas erreicht hatte, war es für sie erledigt, während sie sich in Gedanken wohl schon längst wieder mit dem nächsten Schritt beschäftigte. Trotzdem hatte ich den Eindruck, daß dieser erste fliegerische Erfolg etwas Besonderes für sie war, weil er eben das Fliegen betraf und weil sie

wußte, daß man sie dort zuerst als Mädchen gar nicht ernst genommen hatte ...
Aller Sport galt viel in der Schule, und in Hirschberg als der ›Pforte zum Wintersportparadies des Riesengebirges‹ stand das Skilaufen obenan. Litta stürzte sich mit Eifer auf den weißen Sport und verbrachte jeden Wintersonntag, wenn es das Wetter nur einigermaßen erlaubte, auf ihren Skiern im Gebirge ... An den Nordhängen der böhmischen Seite lag der Schnee am längsten, und dort lief Litta manchmal noch Ski, wenn im Tal schon alles blühte und wir längst mit Tennisspielen angefangen hatten.
Wenn dann der Sommer kam, war die Zeit der Kletterpartien und Gebirgswanderungen – Mondscheinwanderungen besonders beliebt –, nur mit dem Schwimmsport gab es Probleme. Zwar wand sich der Bober malerisch durch die Wiesen vor der Stadt, aber er führte im Sommer oft so wenig Wasser, daß man mehr aufs Waten als aufs Schwimmen angewiesen war. Trotzdem hielten wir uns öfter draußen auf, ließen uns, so gut es ging, auf dem Rücken den Fluß hinabtreiben. Aus dem Vordergrund der Wiesen erhob sich die Stadt mit ihren alten Häusern und ehrwürdigen Kirchen, alles eingebettetet in den Schutzwall der Berge. Das Schwimmen im Bober bedeutete indes mehr eine romantische Landschaftsträumerei.
Wollte man wirklich Schwimmsport betreiben, mußte man das Hermsdorfer Schwimmbad mit seinen Sprungbrettanlagen aufsuchen oder zur Bobertalsperre nach Mauer wandern. Der wohlsituierte Bürger fuhr mit der Bahn nach Mauer, mietete ein Boot und ruderte auf dem Stausee. Wir jedoch liefen zu Fuß auf schmalen Pfaden über Tal und Hügel nach den stillen Buchten, in denen sich das Wasser zwischen kleinen steilen Waldkuppen verlief, und schwammen von dort aus auf den See hinaus. Der schönste Weg führte über Bad Warmbrunn, nahm aber fast vier Stunden in Anspruch. Eines Junisonntags brachen wir früh um vier Uhr nach Warmbrunn auf, Litta, zwei andere Mädchen aus der Pension und ich. Dort erwarteten uns zwei junge Männer, die den Weg zur Boberröhrsdorfer Bucht

kannten. Beide galten als ausgezeichnete Skisportler, die Litta im vergangenen Winter beim Skilaufen kennengelernt hatte ... Nachdem wir die Boberröhrsdorfer Buch erreicht hatten, sprangen Litta und ich schnell ins morgenkühle Wasser (die Badeanzüge trugen wir schon startbereit unter dem Dirndlkleid) und schwammen um die nächste Waldecke in die Kemnitzer Bucht, wo wir Reiher zu sehen hofften. Sie strichen auch grau als dunkle Schatten über das schwarze Wasser der engen Bucht, und wenn wir von ihrem Anblick entzückt waren, so empfanden sie sicher in Anbetracht der Störung das Gegenteil. Heftig mit den Flügeln schlagend, balanzierten sie auf den Baumspitzen und warteten auf unseren Rückzug. Es war ohnehin kalt in dieser schattigen Bucht, so daß wir gern die besonnten Wasser aufsuchten und nach etwa einer Stunde den großen Stausee erreichten. Wir schwammen noch ein gutes Stück auf die mächtige Staumauer zu, die das Tal verschloß und von der Litta später einmal heruntersprang. Leider bin ich nicht dabeigewesen, sondern erfuhr es nur am nächsten Tag in der Schule von den erstaunten Augenzeugen. Litta selbst erwähnte so etwas nie. Jetzt, Anfang Juni, war der Wasserstand noch ziemlich hoch, und die Mauer, die sich nach oben stark verjüngte, ragte noch nicht so furchteinflößend aus dem Wasser wie im trockenen Hochsommer ... Gefährlich war das Springen natürlich immer, denn es kam darauf an, möglichst weit zu springen und dabei so flach zu bleiben, wie man es bei der Höhe der Mauer nur immer einrichten konnte.«

Auf das Gefährliche solcher Unternehmungen angesprochen, äußerte Melitta Schiller: »›Man muß wissen, was man leisten kann, und die Aufgabe entsprechend taxieren, dann schrumpft alle Gefahr zur bloßen Zufälligkeit zusammen, und wenn wir uns vor dem Zufall fürchten wollten, dürften wir weder Auto fahren noch reiten und überhaupt keinen Sport treiben.‹«

»Die Talsperre war erst kurz vor dem Ersten Weltkrieg fertiggestellt worden, und wenn wir über den See schwammen, empfanden wir jedesmal eine Art ›Vinetastimmung‹ bei dem

Gedanken, daß in der Tiefe auf dem Seegrund wohl noch die Spuren alter Gehöfte zu finden waren, die da einstmals in der Sonne gestanden hatten ...

Daß Litta sich in Hirschberg so zu Hause fühlen konnte – wir liebten es ja alle – lag an der Besonderheit Hirschbergs, das trotz Nachkriegszeit, Inflation und der damit verbundenen Kümmernisse ein guter Ort war, um frei aufzuwachsen. Die Schönheit der Landschaft und der frische Bergwind hielten Gemüt und Geist beweglich. Die Atmosphäre war beinahe die einer kleinen Universität, wenn ich an die Schulzeit zurückdenke. Neben den strengen Wissenschaften konnte man vielseitige Interessen pflegen (Musik, Kunst, Sport), Meinungsaustausch zwischen Lehrern und Schülern war üblich. Unsere Pension lag außerhalb der Stadt, besaß Park und Obstgarten (acht Morgen) am Fuße der Vorberge und wurde von einer klugen, tüchtigen Frau geleitet, die viel Verständnis für junge Leute hatte.

Littas Hauptinteressen lagen selbstverständlich auf naturwissenschaftlichem Gebiet, der ›Grimsehl‹, ein zweibändiges Lehrbuch der Physik ..., war ihr ständiger Begleiter schon morgens, wenn wir mit der Talbahn zur Schule fuhren. Ein dicker Wälzer, der ›Oppenheimer‹, harmlos ›Kurzes Lehrbuch der Chemie‹ genannt, stand gleichfalls hoch in ihrer Gunst. Mathematik flog ihr zu. In Prima fing sie an, ein lebhaftes Interesse für Philosophie zu entwickeln: Plato, Kant, Schopenhauer. Ihr ›philosophisches Treiben‹, das mir nicht recht einleuchten wollte, bildete zeitweilig den Hauptgegenstand unserer Diskussionen. ›Warum so viel Philosophie?‹ fragte ich sie, ›dafür ist doch auf der Universität noch Zeit genug, wenn man besser ausgerüstet ist.‹ ›Nein‹, erwiderte Litta, ›die Zeit wird knapper, und das beste Rüstzeug ist ohnehin der Verstand. Außerdem weiß ich zwar, warum ich Naturwissenschaften betreibe, aber die Schule verlangt ja von mir auch Sprachen, Geschichte, Literatur usw., und wenn ich da blindlings in alles hineingehe, kommt es mir vor, als drücke mir jemand eine Kurbel in die Hand und sagt: ›Dreh!‹ – und ich drehe da an einer Maschine brav tagaus, tagein und frage nicht ›wozu?‹, ›wie?‹ und ›warum?‹. Nun will ich zwar nicht behaupten, daß die Philosophie diese Fragen eindeutig löst, aber sie debattiert sie und zeigt einen Weg.‹

Ein Nachmittag ist mir noch erinnerlich, als Litta und ich im Park saßen und lasen, während vor uns, wenn wir den Blick hoben, das ganze Riesengebirge zart und unwirklich wie eine Fata Morgana im Sommerhimmel hing. Litta hatte wieder den von mir besonders beanstandeten Schopenhauer vor – sein Pessimismus lag mir noch meilenfern –, und ich las Marc Aurel für einen Aufsatz. Als der Koppenkegel schließlich rötlich zu glänzen begann und die blauen Schatten sich immer weiter über die alten Schneereste droben dehnten, ließ Litta das Buch sinken, und ich fragte mit einem bißchen Spott, bereit, eine Kontroverse zu eröffnen: ›Nun, was hast du heute gelernt?‹ Litta bemerkte, indem sie absichtlich meinen Ton überhörte: ›Es ging hauptsächlich um Ethik, und abschließend sagt Schopenhauer etwa: ... nachdem es nun nicht möglich ist, ein glückliches Leben zu leben, bleibt nur übrig, ein heroisches Leben zu führen.‹ Und damit gingen wir beide nachdenklich nach Hause.

Aber wir waren natürlich nicht immer so verteufelt ernsthaft, sondern hatten in der Pension eine Menge Spaß. Dabei war Litta nie ein Spielverderber, sondern wirkte vergnügt und einfallsreich mit. Improvisierte Theaterspiele erforderten schon eine gewisse Aufmachung, während es für Stegreifreden ›an das Volk‹ bloß eines Stuhles bedurfte. Man sprach über ein Tagesthema, ein Sprichwort oder Zitat, das man sich wählte oder das einem aus der ›Menge‹ zugeworfen wurde. Es kam darauf an, im Volksjargon klar und deutlich seine Meinung zu verkünden und für den Schluß eine geeignete Pointe zu bemühen ...

Im übrigen wollten wir im täglichen Leben alle tapfere Asketen sein, die Bequemlichkeit und billige Vergnügungen (wie Kino) verachteten. Auch darin war Litta uns allen noch überlegen. Im Oberprimajahr bat sie unsere Pensionsmutter, ihr als ›Einzelzimmer‹ ein kleines Dachkämmerchen zu überlassen. Weil der Raum nicht geheizt werden konnte, bedurfte es einiger Überredungskunst, ehe Litta ihren Wunsch erfüllt bekam. Das Kämmerchen besaß Dachschräge und machte einen ziemlich dunklen Eindruck. Dagegen fehlte es nicht an frischer Luft, denn der Wind pfiff ungeniert durch sämtliche Ritzen. Litta legte sich eine Lichtleitung und las beim düsterroten Licht einer kleinen Glühbirne ungeachtet der grimmigen Kälte im ›Grimsehl‹ . . .

Wenn Litta sich später München zum Studium aussuchte, dann lockte sie wohl vor allem das künstlerische Klima der Stadt. Überaus interessiert an Malerei, nahm sie bereits während der Schulzeit lebhaft Partei für den Expressionismus, der sich damals erst auf dem Weg zu seinem Höhepunkt befand und heftigen Angriffen ausgesetzt war. In Littas letztem Hirschberger Jahr hatte sich Prof. Grundmann für ihre Zeichnungen und Malereien interessiert und sie ermuntert, auf diesem Wege weiterzugehen (Grundmann war damals Leiter der Warmbrunner Holzschnitzschule und spielte später eine große Rolle im Kunstleben Schlesiens und nach dem Zweiten Weltkrieg in Hamburg).

Unsere Blümchen-Volkskunst-Erzeugnisse fanden wenig Gnade vor Littas Augen, aber manchmal beteiligte sie sich dennoch und setzte mit kühnen Strichen und ungewöhnlichen Farben ein wirkungsvolles Muster zusammen. Weil es damals sehr wenig zu kaufen gab, stellten wir auch die kleinen Geschenke füreinander selbst her. Scherenschnitte wurden bald das allgemeine ›Hobby‹, und hier schloß sich Litta nicht aus. Ihre Scherenschnitte wiesen stets einen besonderen Charakter auf. An zwei Arbeiten erinnere ich mich deutlich; der eine Scherenschnitt stellte einen Baum dar, der das Filigran seiner kahlen Zweige vor einem winterlichen Abendhimmel ausbreitete. Auf dem weiten, hellen Hintergrund des Himmels war mit ein paar Kreidestrichen ein mattes Abendrot angedeutet. Mir gefiel der Schnitt außerordentlich gut, und als Litta ihn einer Abiturientin zum Abschied schenkte, war ich fast traurig. Litta bemerkte das und sagte: ›Dir mache ich einen anderen, dieser hier paßt ohnehin nicht zu dir.‹ Einige Tage später erhielt ich dann das neue Blatt grau getönten Papiers. Der Scherenschnitt zeigte einen jungen Baum auf einer Hügelspitze. Alle seine Zweige waren von einem starken Wind nach einer Seite gepeitscht, aber er stand doch irgendwie trotzig in dem dunklen Himmel mit den sturmzerfetzten grau und blaßgelb skizzierten Wolken, hinter denen ein Stückchen vom fahlen Mond hervorsah. Das Bild wirkte in der wilden Verschlingung der Äste äußerst lebendig. Es hat mich später getreulich auf der Wanderschaft durch alle Studenten- und Assistenzarztbuden begleitet und hing zuletzt in meinem Wohnzimmer in Lichterfelde, bis es 1944 dem Bombenkrieg zum Opfer fiel.

Ostern 1922 legte meine Freundin mit glänzenden Leistungen ihr Abitur ab, selbstverständlich befreit von der mündlichen Prüfung . . . Bevor Litta abreiste, unternahmen wir noch einen letzten Spaziergang. Der Weg führte durch die ›Abruzzen‹, ein uriges Gelände zwischen Hügeln und Gestrüpp, zur höchsten Erhebung in der Runde, die einen prächtigen Blick über das ganze weite Tal bot. Unser Gespräch drehte sich um Littas Zukunft, um die Universität, die wir Zurückbleibenden etwa so sahen wie die Pilger die in der Ferne glänzende Gralsburg. Mit einer Handbewegung über das Tal sagte ich nur: ›So liegt sie nun vor dir, die Freiheit. Aussichten nach allen Seiten, und du kannst gehen, wohin du willst, tun und lassen, was du willst, während wir hier weiterhin festgeleimt auf der Schulbank sitzen.‹ ›Ja‹, antwortete Litta, ›die Mädel in meiner Klasse sehen es wie du, aber ihr irrt euch alle! Die Freiheit lag hier, hier konnten wir tun, was wir wollten, und man sorgte für uns, und die Lehrer trugen auch noch die Verantwortung dafür, daß wir etwas lernten. Ich freue mich nicht übermäßig auf die Uni, was dort anfängt, ist ganz unverblümt der Kampf ums Dasein. Alle Verantwortung liegt jetzt bei uns selbst, und sie wiegt schwer. Es ist ein weiter Weg, bis ich dahin komme, wo ich sein möchte.‹ Damals hielt ich das für eine Art Abschiedskummer, denn ich wußte ja, wie gern Litta in Hirschberg war; aber wie

Motivähnliche Schülerarbeit Melitta Schillers

klar sie alles vorausgesehen und wie sehr sie recht gehabt hatte, merkte ich erst später, als ich mitten im unpersönlichen Universitätsbetrieb der Großstadt versuchte, meinen Anteil an der Fachwissenschaft zu erwerben . . .

Bei ihrer Abreise am nächsten Tag sagte Litta zu mir: ›Wir verabschieden uns nicht, wir sehen uns ja noch oft‹ (im gemeinsamen Heimatort)! Durch eine Verkettung von Zufällen sahen wir uns jedoch nie wieder.«

2 Studium in München (1922–1927)

Die krisenreiche Weimarer Republik mit ihren unvorstellbaren Belastungen von innen und außen aufgrund der harten Versailler Vertragsbedingungen trieb dem Höhepunkt der Inflation deutlich entgegen, als Melitta Schiller in der ganzen Ungesichertheit des täglichen Lebens ihr naturwissenschaftliches Studium an der Technischen Hochschule München begann. Die schwierige wirtschaftliche Lage, bedingt durch fortschreitende Geldentwertung wie strenge Devisenvorschriften im deutsch-polnischen Grenzverkehr, verstand sie bald dadurch besser zu meistern, daß sie Mitstudierenden Nachhilfekurse anbot.

Die Universitätsstadt vermittelte im übrigen vielseitige geistige Anregungen demjenigen, der sich aufgeschlossen zeigte für das Kunst- und Kulturleben der Zeit und seine Entfaltungsmöglichkeiten wahrnahm. Bei aller Hingabe vernachlässigte Melitta Schiller trotz mathematisch-naturwissenschaftlicher Schwerpunktfindung keineswegs ihre künstlerischen Neigungen, ebensowenig die sportlichen.

In Polen normalisierten sich die äußeren Lebensumstände dank amerikanischer Wirtschaftshilfe schneller als in Deutschland. Die meisten deutschen Bewohner der Provinz Posen hatten, vor die Wahl gestellt, nun endgültig die polnische Staatsbürgerschaft anzunehmen oder Auswanderung zu bevorzugen, die Heimat verlassen. Melittas Eltern hielten zunächst weiter am Entschluß fest, in Krotoschin auszuharren, nicht nur wegen ihres Besitzes, der ihnen teilweise ersetzt worden wäre. Der Gedanke an die Preisgabe des Deutschtums in dieser Provinz widersprach eben ihrem Verantwortungsbewußtsein.

Deshalb wirkte die Mutter im Bund für Auslandsdeutsche tatkräftig mit, der eine deutsche höhere Schule, ein deutsches Kinderheim und andere Einrichtungen für die deutsche Minderheit gründen und unterstützen konnte.

Im Jahre 1925 allerdings änderte Vater Schiller seinen Entschluß, ließ sich, der vielen Intrigen schließlich müde, mit 64 Jahren pensionieren und übersiedelte in den Freistaat Danzig. Hier war es ihm möglich, das polnische Ruhegehalt in Anspruch zu nehmen und gleichzeitig günstige Ausbildungsbedingungen für die beiden jüngsten Töchter zu finden. Die Familie nahm daher in Oliva, einem kleinen waldumsäumten Luftkurort an der Danziger Bucht, ihren künftigen Wohnsitz, mußte sich aber auf einen bescheideneren Lebensstil einrichten.

Für Melitta Schiller bedeutete die Veränderung, sich nun ganz auf sich allein gestellt durchschlagen zu müssen. Sie hielt weiterhin Kurse für Kommilitonen ab, um diese auf anstehende Prüfungen vorzubereiten. Hierbei kam ihr die Fähigkeit zustatten, alle schwierigen Probleme transparent erscheinen zu lassen und vereinfacht zur Darstellung zu bringen.

In der Freizeit wurden sehr ausgiebige Hochgebirgstouren unternommen. Mehrfache Unfälle und ein schwerer Absturz beeinträchtigten die Freude an derartigen Unternehmungen keineswegs. Nebenbei verdichteten sich die Pläne, selbst das Fliegen zu erlernen. Bereits 1923 meldete sich Melitta Schiller bei Geheimrat Prinz mit der Bitte, sie in die neugegründete Akademische Fliegergruppe aufzunehmen und als Pilotin ausbilden zu lassen. Ein Mädchen kam damals für die Fliegerei aber nicht in Betracht, denn jeder Aspirant mußte sich verpflichten, im Kriegsfall zur Verfügung zu stehen. Melitta Schiller erklärte sich immerhin bereit, jede derartige Verpflichtung schriftlich auf sich zu nehmen, umsonst, sie wurde abgewiesen. Der Geheimrat wünschte keine Sensation auszulösen.

Daraufhin versuchte die Studentin, wenigstens bei der Süddeutschen Lufthansa als Passagier mitzufliegen, denn damals wurden die Verkehrsmaschinen abends von Oberwiesenfeld nach Schleißheim ins Nachtquartier geflogen. »Auf dieser kurzen Strecke nahm ein verständnisvoller Pilot die Studentin mit und flog auf besonderen Wunsch und eindringliche Bitte hin besonders steile Kurven, zum größten Vergnügen des weiblichen Passagiers.«[8] Bald folgte ein Gebirgsflug nach Innsbruck, und mehrmals konnte Melitta von München nach Danzig zum Besuch der Eltern mitfliegen.

Die Flugbegeisterung sollte noch auf andere Weise in eigene Initiative umgesetzt werden. 1924 meldete sich Melitta Schiller zur Teilnahme an einem Segelfliegerkurs auf der Wasserkuppe an. Da sie aus wirtschaftlichen Gründen damals gerade wieder gezwungen war, die Vorbereitung mehrerer Kommilitonen auf die Diplomprüfung zu übernehmen und folglich in den Semesterferien München nicht verlassen konnte, blieb es bei dem Vorsatz. Auch in den nächsten Jahren fehlte es an Zeit für die seit Hirschberg geschätzte Segelfliegerei.

Neben dem Fachbereich Technische Physik belegte die fluginteressierte Studentin nun auch flugmechanische Vorlesungen, um sich bei ihrem Diplomhauptexamen zusätzlich einer besonderen Teilprüfung in Flugmechanik zu unterziehen. Dies entsprach der lange gehegten Absicht, die berufliche Tätigkeit der Luftfahrt zu widmen.

Der beruflichen Vorbereitung dienten häufige Fahrten nach Schleißheim, wo immer Maschinen zur Reparatur standen, die Besichtigung der Udet-Flugzeugwerke und die regelmäßig besuchten Flugtage. Die Bekanntschaft ihres Onkels (Weltkriegsflieger) mit Udet nutzte Melitta, um das Versprechen zu erbetteln, sie einmal bei seinen verwegenen Kunstflügen mitzunehmen.

Ursprünglich plante die Studentin, im Anschluß an die Diplomprüfung bei der Deutschen Versuchsanstalt für Luftfahrt eine Doktorarbeit über ein aerodynamisches Thema anzufertigen. Die Mittel reichten jedoch nicht, so daß nach dem Diplom im Frühjahr 1927 der Entschluß gefaßt werden mußte, die angebotene Tätigkeit bei der Hamburgischen Schiffbauversuchsanstalt zu übernehmen. Als kurze Zeit später bei der Deutschen Versuchsanstalt für Luftfahrt (DVL) in Berlin-

Adlershof eine Stellung vakant wurde und Aussicht auf aerodynamische Untersuchungen bestand, hatte Melitta Schiller den ihrer inneren Bestimmung gemäßen Weg in das spannungsreiche Berufsleben gefunden.

3

Bei der Deutschen Versuchsanstalt für Luftfahrt (DVL)

In den Jahren 1909 und 1911 trugen der bekannte Graf Zeppelin und der Göttinger Professor für angewandte Mechanik, Leiter der Aerodynamischen Versuchsanstalt Göttingen, Ludwig Prandtl, zur Entwicklung der Luftfahrtforschung in Deutschland durch entscheidende Anstöße bei, indem sie mit Denkschriften die maßgeblichen staatlichen Stellen zur Gründung der Deutschen Versuchsanstalt für Luftfahrt (DVL) in Berlin-Adlershof anregten.[9]
Auf dem Gebiet der Flugtechnik wurden Forschungsarbeiten in nennenswertem Umfang bis dahin nur in der Aerodynamischen Versuchsanstalt Göttingen (gegründet 1908) und von der Geschäftsstelle für Flugtechnik in Lindenberg durchgeführt. Andere Staaten, vor allem England und Frankreich, waren demgegenüber frühzeitig zur Einrichtung zentraler Versuchsanstalten übergegangen.
Greifbare Gestalt erhielten die entsprechenden Pläne in Deutschland hauptsächlich durch das erwähnte Gutachten Ludwig Prandtls über »Das Projekt einer Reichsversuchsanstalt für Luftfahrt«.[10] Schon im darauffolgenden Jahr, am 20. April 1912, legte die Gründungsversammlung des Vereins »Deutsche Versuchsanstalt für Luftfahrt« seine Aufgaben dahin fest, »das deutsche Flugwesen und die deutsche Luftschifffahrt durch Errichtung, Ausbau und Unterhaltung einer Versuchsanstalt zu gemeinem Nutzen zu fördern.«[11] Zu den Gründungsmitgliedern zählten: Das Deutsche Reich (Reichsamt des Innern), Reichsmarineamt, Königlich Preußisches Ministerium der öffentlichen Arbeiten, Königlich Preußisches Kriegsministerium, Kaiser-Wilhelm-Gesellschaft zur Förderung der

Wissenschaften, Verein deutscher Ingenieure in Berlin, Daimler-Motoren-Gesellschaft A. G. in Stuttgart-Untertürkheim, Rheinische Automobil- und Motorenfabrik Benz u. Cie., A. G., Mannheim, Dr.-Ing. E. h. Robert Bosch, Stuttgart.
Am 28. Juni 1912 wurde vertraglich ein an der Adlershofer Seite des Flugplatzes Johannisthal-Adlershof gelegenes Gelände für die Versuchsanstalt in Berlin erworben, so daß im Frühjahr 1913 drei wissenschaftliche Abteilungen der DVL gebildet werden konnten. Die Prüfung und Weiterentwicklung von Flugmotoren oblag der »Motoren-Abteilung«, konstruktiver Fragen des Flugzeugbaues nahm sich die »Flugzeug-Abteilung« an, und Arbeiten aus der allgemeinen Aerodynamik, Luftschraubenversuche und andere physikalische Aufgaben wurden in der »Physikalischen Abteilung« durchgeführt.
Während des Ersten Weltkrieges mußte die auf lange Sicht berechnete Forschungstätigkeit der DVL zunächst völlig eingestellt werden. Das Gelände wurde in dieser Zeit zudem von der Flugzeugmeisterei der Heeresflieger stark in Anspruch genommen.
Die Umstellung der DVL von ihrer Kriegstätigkeit auf Friedensarbeiten litt unter den auferlegten Bedingungen des Versailler Vertrages sowie unter den Auswirkungen der zunehmenden Geldentwertung. 1923 sank die Zahl der Mitarbeiter auf 20 Personen. »Aber der deutsche Luftfahrtgedanke ließ sich nicht unterdrücken: Umgebaute Kriegsflugzeuge wurden für Verkehrszwecke eingesetzt, die Jugend entdeckte den motorlosen Flug von neuem, die deutschen Konstrukteure verlegten ihre Bautätigkeit vorübergehend ins Ausland, und schon 1919 entstand gerade in Deutschland das erste wirkliche Verkehrsflugzeug, die Junkers F 13.«[12] Der langsame Wiederaufbau der DVL und eine Erweiterung ihres Arbeitsgebietes setzten mit der Währungsstabilisierung ein. Auf wesentlich breiterer Grundlage entwickelten die seit Gründung der DVL bestehenden Fachabteilungen ihre Tätigkeit weiter, und die Gefolgschaft stieg 1925 auf 114, 1928 sogar auf 543 Mitarbeiter an. Zusätzliche Abteilungen mußten eingerichtet werden, u. a.

eine »Aerodynamische Abteilung«, eine »Funk-Abteilung« und eine »Höhenflugstelle«. Die DVL erhielt auf der Internationalen Luftfahrt-Ausstellung 1928 in Berlin zum erstenmal Gelegenheit, in der Öffentlichkeit auf Umfang und Bedeutung ihrer Arbeiten umfassend hinzuweisen. Dennoch wirkte sich die jahrelange Ungewißheit über den Verbleib oder einen möglichen Standortwechsel der DVL bis 1931 auf ihre Entwicklungen und faktischen Arbeitsmöglichkeiten sehr ungünstig aus. »Wenn sie trotzdem wertvolle Ergebnisse erzielte, so konnte sie doch nicht entfernt Schritt halten mit den entsprechenden Anstalten des Auslandes, die sämtlich nach dem Kriege in großzügiger Weise ausgebaut worden waren.«[13]

Bereits im Jahre 1926 hatte Melitta Schiller zur DVL Berlin-Adlershof erste Kontakte aufgenommen, wie aus einem Schreiben Prof. Dr.-Ing. Seewalds hervorgeht:

»Fräulein Schiller war am 20. Oktober 1926 bei mir als dem damaligen Leiter der Aerodynamischen Abteilung der DVL, um sich aufgrund einer vorher eingereichten Bewerbung vorzustellen. Ich erinnere mich an dieses Datum deswegen so genau, weil an diesem Tage ein Mitarbeiter und sehr guter Freund von mir einen Versuchsflug ausführte, während Frl. Schiller gerade bei mir war. Ich wurde davon benachrichtigt, daß dieser Flug im Gange sei, und ich forderte Frl. Schiller auf, mit hinauszugehen, um diesen Flug anzusehen. Als wir aus dem Hause traten und in Richtung Flugplatz gingen, stürzte das Flugzeug in etwa 100 m Entfernung von uns ab, wobei die Besatzung den sofortigen Tod fand. Über dieses Ereignis habe ich Aufzeichnungen, und bei dem tiefen Eindruck, den mir dieser Unfall machte, ist mir auch in Erinnerung geblieben, daß Frl. Schiller gerade zur Vorstellung bei mir war.«[14]

Wie bereits dargestellt, nahm Melitta Schiller aber erst 1927 ihre Tätigkeit bei der Deutschen Versuchsanstalt für Luftfahrt Berlin-Adlershof auf. Ihr Wirkungsbereich bestand in aerodynamischen Untersuchungen theoretischer wie experimenteller Art. Sie befaßte sich mit Problemen des Strahlantriebs und der Raketentechnik ebenso wie mit der Wirkungsweise von Propellern.

In den Jahrbüchern der DVL finden sich darüber Berichte:

Jb. 1929 Bericht Vf 24/3. Die Rakete als Kraftmaschine.
M. Schrenk und M. Schiller

Jb. 1930 Bearbeiter für Luftschrauben: Dr. phil. F. Liebers, Dipl.-Ing. Melitta Schiller, Dipl.-Ing. K. Waibel

Jb. 1931 Bericht Jf 16/13. Auswertung experimenteller Untersuchungen über Verstell-Luftschrauben.
Von M. Schiller
Bericht Jf 59/2. Vergleichende Berechnungen für verschiedene Schrauben- und Motorenanordnungen bei der Junkers G 31. Von M. Schiller

Jb. 1932 Artikel: Auswertung experimenteller Untersuchungen über Luftschrauben mit verdrehbaren Flügelblättern. Von H. Reißner und Melitta Schiller[15]

Die Bedeutung dieser Arbeiten für die Luftfahrtentwicklung sollte kurz erläutert werden.
Mit zunehmender Geschwindigkeit der Flugzeuge erbrachte die für Höchstgeschwindigkeit entworfene Luftschraube bei Start und Steigflug nur ungenügende Leistungen. »Die Deutsche Versuchsanstalt für Luftfahrt hatte sich bereits vom Jahre 1928 ab, also zu einer Zeit, in der die Notwendigkeit von Verstellschrauben noch keineswegs anerkannt war, mit der Gestaltung von im Fluge verstellbaren Luftschrauben befaßt. In Verfolg dieser Untersuchungen wurde in den Jahren 1930/32 eine Verstelluftschraube konstruiert und in einem Musterstück ausgeführt. Während etwa 60 Betriebsstunden, die teils am Prüfstand und teils im Fluge geleistet wurden, arbeitete diese Schraube ohne wesentliche Beanstandungen. Die Vereinigte Deutsche Metallwerke A. G. erwarb nach dieser erfolgreichen Erprobung alle Baurechte und entwickelte die Schraube tat-

kräftig weiter. Über die Bauweise und ihre Bewährung näheres zu sagen, erübrigt sich, da mittlerweile dieses Muster unter der Bezeichnung VDM-Schraube in der Luftwaffe und im Luftverkehr allgemein eingeführt ist und sich überall bewährt hat.«[16]
So fand in dem mehrfach zitierten, 1941 von der Deutschen Akademie der Luftfahrtforschung herausgegebenen Sammelband »Beiträge zur Geschichte der deutschen Luftfahrtwissenschaft und -technik« die im wesentlichen auch von Melitta Schiller geleistete Forschungsarbeit ihre Anerkennung:
»Der vorausschauenden Arbeit der Deutschen Versuchsanstalt für Luftfahrt ist es neben der zielbewußten Weiterarbeit der Vereinigten Deutsche Metallwerke A. G. zu verdanken, daß in den Jahren des Aufbaues unserer Luftrüstung ein fertigungsreifes Verstellschraubenmuster zur Verfügung stand.«[16]
Prof. Dr. phil. Hermann Blenk, während des Zweiten Weltkrieges Leiter des Instituts für Aerodynamik und zugleich – als Primus inter pares – Betriebsführer der ganzen Luftfahrtforschungsanstalt (LFA) in Braunschweig-Völkenrode und in den fünfziger Jahren Präsident der Deutschen Forschungsanstalt für Luft- und Raumfahrt (DFL) sowie Leiter des Instituts für Flugmechanik und o. Professor an der Technischen Universität Braunschweig, schreibt über seine damalige Kollegin Melitta Schiller:
»Da ich selber bis 1932 in der Aerodynamischen Abteilung der DVL tätig war und diese Abteilung von April 1934 bis zu meinem Weggang nach Braunschweig im September 1936 leitete, hatte ich ausgiebige Gelegenheit, Melitta Schiller sowohl dienstlich als auch persönlich näher kennenzulernen. Sie besaß gründliche Kenntnisse in den Ingenieurwissenschaften und war zweifellos befähigt, gute wissenschaftliche Arbeit zu leisten. Ihr Interesse galt aber mehr der Entwicklung als der Forschung; sie wollte nicht nur etwas wissen, sondern das Wissen auch anwenden und etwas können. Dem entsprach auch ihr leidenschaftlicher Wunsch, das Fliegen zu erlernen. Wie sie diesen Wunsch zur Erfüllung brachte und einen Flugschein nach dem anderen erwarb – z. T. ohne die dazu erforderliche

Zustimmung ihrer Vorgesetzten –, erregte bei ihren weniger erfolgreichen männlichen Kollegen Bewunderung und manchmal auch Neid.
Melitta Schiller war vielseitig interessiert und gern bereit, sich in Diskussionen einzulassen, z. B. über Politik und Wirtschaft. Ich erinnere mich an solche ausführlichen Diskussionen, die mein 1936 verstorbener Kollege Dr. Fritz Liebers und ich mit ihr führten. Sie beurteilte den heraufkommenden Nationalsozialismus sehr kritisch und nüchtern.
Im persönlichen Umgang war Melitta Schiller liebenswürdig und hilfsbereit. Für ihre Vorgesetzten war sie aber keine bequeme Mitarbeiterin, sondern wegen ihrer Eigenwilligkeit oft schwer zu lenken. Sie war sportlich geschult und zeigte uns gelegentlich am Schreibtisch oder an einem Stuhl ihre außergewöhnlichen turnerischen Fähigkeiten.
In meiner Erinnerung lebt Melitta Schiller als zierliche und zurückhaltende, aber sehr energische und zielbewußte Frau und als guter Kamerad weiter. Sie besaß das, was man gemeinhin mit ›Persönlichkeit‹ bezeichnet, das höchste Glück der Erdenkinder.«[17]
Die theoretische Beschäftigung mit der Luftfahrt und gelegentliche Meßflüge, bei denen sie sich mit der Rolle eines Beobachters begnügen mußte, reichten der jungen Diplomingenieurin natürlich nicht aus. Als Grundlage für ihr berufliches Können strebte sie von vornherein auch die praktische Erfahrung mit der Fliegerei an. Was konnten die Vorgesetzten der DVL dagegen einzuwenden haben? Offensichtlich schien die Auffassung nicht unbegründet, wonach Wissenschaftler, die von der Leidenschaft des Fliegens erfaßt sind, möglicherweise dazu neigen könnten, die Forschung zu vernachlässigen.
Ende Juli 1929 meldete Melitta Schiller sich als Flugschülerin bei der Deutschen Luftfahrt G.m.b.H. in Staaken an. Da die wissenschaftliche Arbeit keine Unterbrechung erfahren durfte und die Fahrt von Johannistal nach Staaken immerhin zwei Stunden in Anspruch nahm, bedeutete die fliegerische

Ausbildung – meist in den frühen Morgenstunden – eine anstrengende Angelegenheit.
Ihren A-Zwischenschein für Leichtflugzeuge erwarb Melitta Schiller im September 1929, nachdem sie auf einer Klemm L 20 Ziellandungen, Geschicklichkeitsflüge und den vorgeschriebenen Höhenflug (3400 m) absolviert hatte. Unter ziemlich ungünstigen Verhältnissen folgte nach längerer Unterbrechung der obligatorische Überlandflug Anfang November auf der Strecke Staaken – Tempelhof – Halle/Leipzig – Staaken. Im Frühjahr 1930 schulte sie auf den vollen A-Schein um, und am 1. Juni hatte sie in Wiesbaden ihre erste Flugveranstaltung. Zur Erreichung des B-Scheines flog sie, so oft es ihre Zeit erlaubte. Für die einzelne Flugstunde mußten 85 RM aufgebracht werden, und das war damals, in der Folgezeit der verhängnisvollen Weltwirtschaftskrise, sehr viel Geld. Melitta Schiller überwand die zahlreichen Hindernisse und erwarb nicht nur den Schein für sämtliche Klassen von Motorflugzeugen – Land- und Seeflugzeugen – (C 2), sondern auch den Kunstflugschein K 2 sowie die Scheine für Segelflug und Segelkunstflug in Griesheim bei Darmstadt. Ihr Fluglehrer war damals Peter Riedel, Autor des Buches »Start in den Wind – Erlebte Rhöngeschichte 1911 bis 1926« (erschienen 1980). Mitte der 30er Jahre nahm sie außerdem mit bestem Erfolg an Blindflug- und Funklehrgängen teil. Darüber hinaus legte die begeisterte Fliegerin an der Seefahrtschule in Lübeck auch noch eine Seefahrerprüfung ab.
Von Anfang an legte Melitta Schiller Wert auf gute Kontakte zu Fliegerkameradinnen, den damals als Sportfliegerinnen allgemein bekannten und z. T. weltberühmt gewordenen Pilotinnen Elly Beinhorn, Marga v. Etzdorf, Thea Rasche, Katja Heidrich, Antonie Strassmann und Hertha v. Gronau.
Unter den wenigen erhalten gebliebenen Dokumenten befindet sich auch eine Bescheinigung der Deutschen Lufthansa vom 24. Februar 1941 über die Blindflugausbildung:
»Frau Gräfin Stauffenberg, geb. Schiller, hat im Winter 1935/36 an einem unserer Blindfluglehrgänge von 2 Wochen Dauer

in Hannover und im Winter 1936/37 an einem ebensolchen Blindfluglehrgang in Breslau mit Erfolg unter Leitung unseres Flugkapitäns, Herrn Helm, teilgenommen. Die Blindflugschulung erfolgte auf Flugzeugen der Muster Ju W33, W34 und Ju 52 und erstreckte sich sowohl auf reinen Instrumentenflug als auch auf Schulung der verschiedenen Blindlandeverfahren. Gesamtflugdauer während der beiden Lehrgänge etwa 25 Stunden.«

In ihrer Stockholmer Rede 1943 bekannte sich Melitta Schiller-Stauffenberg ausdrücklich dazu, »dem Zauber der Fliegerei recht eigentlich verfallen« zu sein, und führte zu diesem Punkt weiter aus:

»Der Entschluß, sein Leben der Fliegerei und damit einer Aufgabe zu widmen, die sicherlich von Anfang an als eine spezifisch männliche in Erscheinung trat, ist für ein junges Mädchen gewiß ein ungewöhnlicher gewesen. Und so pflegt denn in dem Tonfall, mit dem die Frage, wie ich denn dazu gekommen sei, zumeist an mich gelangt, deutlich das Erstaunen mitzuschwingen über eine für eine Frau so ausgefallene Entscheidung. Da glaube ich denn doch im Namen der deutschen Fliegerinnen sagen zu dürfen, daß sich in uns die Rangordnung der Werte allen Frauentums hierdurch in keiner Weise verschoben hat und daß die Fliegerei für uns nie eine Sache der Sensation oder gar der Emanzipation gewesen sei: Wir Fliegerinnen sind keine Suffragetten. – Die Zeit meiner jungen Jahre vollends, in denen man die Ursprünge und geheimen Wurzeln einer solchen Lebensformung suchen darf, ist die einer tiefen deutschen Not gewesen, in der sich die Starrheit überkommener Begriffe lockerte und die deutsche Jugend sich an die geprägten Formen fragwürdig gewordener Übereinkünfte und Überlieferungen, kurz an die Konvention, in keiner Weise mehr gebunden fühlte. Und da die Fliegerei auf mich schon als Kind einen unwiderstehlichen Zauber ausgeübt hat und da mich ferner von jeher der Drang nach dem freien Spiel der körperlichen Kräfte ... beherrschte und da ich schließlich in geistigen Dingen ein ausgesprochen naturwissenschaftliches

Interesse besaß, so hat sich eigentlich alles fast von selbst ergeben. Mein Studium habe ich daher schon auf Flugtechnik abgestellt, und selbstverständlich erschien es danach, daß ich mit allen Mitteln meine volle fliegerische Ausbildung durchzusetzen bestrebt war.

Dies erwies sich nun freilich als äußerst schwierig, da es keine C-Schulen gab, wo Frauen in der Führung der großen mehrmotorigen Flugzeuge ausgebildet werden konnten. – Jahrelang verwandte ich meine ganze Energie darauf, jede kleinste Möglichkeit auszunutzen und Mittel und Wege zu finden, um weiterzukommen. Davon wurden naturgemäß Angehörige und Freunde aufs schwerste betroffen, denen ich mich nicht mehr widmen konnte, da ich für meine Pläne und Aufgaben der gründlichsten Ausbildung bedurfte, die überhaupt zu erreichen war. So konnte ich nacheinander sämtliche Flugzeugführerscheine für Land- und Seeflugzeuge bis C2 und K2 erwerben, und wenn ich die einzige bin, der dies bis heute gelungen ist, so mag das zum Beweise für die Größe der Hindernisse dienen, die dabei zu bewältigen waren.«[18]

Prof. Dr. Hermann Blenk erinnert sich heute noch deutlich an die Verärgerung, die sich Melitta Schiller in der DVL gelegentlich durch ihre fliegerischen Eskapaden einhandelte.[19] Durch ihre Bekanntschaft mit Ernst Udet, der außerordentlichen Verhaltensweisen, erst recht unter Pilotinnen, größte Sympathie entgegenbrachte, gelang es ihr sogar, eine äußerst unangenehme Situation von internationaler Komplikation zu bereinigen. Darüber sollte Melitta Schiller aber selbst berichten mit aller ihr zu Gebote stehenden Anschaulichkeit:

»Daß es bei einer so krampfhaft betriebenen Flugausbildung, bei der ich jede Gelegenheit zum Fliegen wahllos ergriff, und sei es auch mit den bedenklichsten, unerprobten oder veralteten Flugzeugen oder unter den schlechtesten Wetterbedingungen, daß es da nicht an Zwischenfällen fehlte, werden Sie sich denken können. Ich will aus der großen Zahl der Notlandungen und schwierigen Situationen hier nur eine herausgreifen, die ich als ganz junges ›Flughäschen‹ erlebte, weil sie mir

tatsächlich ein zeitweiliges Flugverbot eintrug und mich während dieser Zeit fast zur Verzweiflung brachte:
Ich hatte für ein Wochenende ein schnelles, offenes Jagdflugzeug ergattert, eins jener ersten Versuchstypen, die noch keine Landehilfen und besonderen Trimmvorrichtungen hatten und daher eher schwieriger zu handhaben waren als die natürlich noch viel schnelleren modernen Jäger. An den Wochentagen wurde diese Maschine für die Ausbildung gebraucht, aber über Sonntag durfte ich damit Flugkilometer für meine nächste Flugprüfung sammeln. Es war dieselbe Jahreszeit wie heute (Dezember – Verf.), das Wetter miserabel und neblig. Von Berlin bis Köln war ich glücklich gekommen; ich hatte meinen Flugweg so gelegt, daß ich die größtmögliche Kilometerzahl erreichte, und beeilte mich, von Köln wieder weiterzukommen nach Freiburg oder Stuttgart. Die Wetterwarte in Köln warnte mich zwar vor einzelnen Schneeschauern, ließ mich aber auf mein Drängen fort. Mit Streckenkarten war ich außerdem ganz ungenügend ausgerüstet, der Bestand der Schule war meist für die regulären Schüler vergriffen. Ich flog trotzdem zuversichtlich los, denn ich hatte ja den Rhein, an dem ich entlangfliegen konnte. Schon beim Start kam ich in ein so dichtes Schneegestöber hinein, daß ich den Kölner Dom in meiner unmittelbaren Nähe überhaupt nicht sah. Dann ›krebste‹ ich den Rhein hinauf, dicht über dem Wasserspiegel, was keineswegs so gemütlich war, wie ich es mir vorgestellt hatte. Ein aufkommender Orkan, wie er in unseren Gegenden nur selten auftritt, erhöhte die immer gefürchtete Böigkeit zwischen den Rheinufern so stark, daß mein Flugzeug in tollem Wirbel zwischen den Uferfelsen hin- und hergeschleudert wurde. Hagel und Schnee verklebten die Windschutzscheibe und meine Fliegerbrille, so daß ich so gut wie nichts mehr sehen konnte. Ich wischte mit dem Pelzhandschuh darüber, was zur Folge hatte, daß zwar die Eiskörner losgingen, sich dafür aber eine dünne und völlig undurchsichtige Eisschicht bildete. Schließlich mußte ich die Brille abnehmen, aber bei der großen Geschwindigkeit entzündeten sich meine Augen sofort durch den An-

prall der scharfen Eisnadeln, und noch tagelang nachher lief ich mit ganz verschwollenem Gesicht umher. Ich zog den Handschuh aus und versuchte mit erstarrten Fingern verzweifelt ein Guckloch in das Eis zu kratzen. Bei diesem tollen Tanz unterflog ich eine Hochspannungsleitung, die dort zwischen den Rheinufern gespannt ist. Eine Tatsache, die mir noch nachträglich die Haare zu Berge stehen ließ, denn man weiß nie, wie tief so eine Leitung durchhängt, und zu sehen war natürlich nichts. – Gerade als ich glücklich bis zum Rheinknie durchgekommen war, zeigte sich eine scheinbare Besserung. Die überstandenen Schrecken sofort vergessend, flog ich das Knie nicht vorsichtig aus, sondern versuchte es abzuschneiden, um Flugzeit zu sparen. Das Bergtal, in dem ich entlangflog, war im Nu wieder in dichte Schneewolken gehüllt, und ich wurde nach Westen abgedrängt.

Noch glaubte ich an das Aufhören der Schauer, das die Wetterwarte verheißen hatte, und flog zuversichtlich weiter südwärts, um bei der nächsten Gelegenheit die Bergkette zu überqueren. Inzwischen brach der Orkan mit ganzer Gewalt los. Die Wolkendecke sank so tief, daß an ein Durchkommen nicht mehr zu denken war. Zurück konnte ich auch nicht mehr, da der Brennstoff nicht mehr reichte. So blieb nichts übrig, als einen Flugplatz in der Nähe zu suchen.

Da ich keine Karte hatte, versuchte ich in halsbrecherischen Steilkurven die Namen an den tief in die Täler eingebetteten Bahnhöfen zu lesen. Es waren lauter kleine Orte, die mir nichts sagten. Ich flog die Hauptlinie der Eisenbahn entlang, in der Hoffnung, auf einen größeren Ort mit Flugplatz zu stoßen. Denn auf einer Wiese oder einem Acker zu landen, wollte ich, abgesehen von der Bergigkeit des Geländes, nicht riskieren, da der Boden durch die voraufgegangenen heftigen Schnee- und Regenschauer aufgeweicht sein mußte.

Endlich sah ich in der Ferne die Schornsteine eines Ortes und beim Näherkommen einen kleinen Flugplatz. Ich landete und winkte einigen vermummten Gestalten, die in einem Schuppen vor Orkan und Regen Schutz gesucht hatten. Als ich ihnen zurief, wo man tanken könne, starrten sie mich verständnislos an, daß mir blitzartig der Gedanke auftauchte, ich könnte womöglich auf französisches Grenzgebiet geraten sein. Das würde Beschlagnahme meines Militärflugzeuges, Festsetzung meiner Person und unendliche Schwierigkeiten bedeuten!

Mit einer herrischen Bewegung scheuchte ich daher die Leute von meinem Flugzeug fort, gab Vollgas und startete. Beinahe wäre der Start mißlungen, denn der Platz war total aufgeweicht, und das Flugzeug wollte nicht auf Fahrt kommen. Endlich, hart an der Platzgrenze, hob es doch noch ab. Und nun beherrschte mich nur noch ein Gedanke: so weit wie möglich nordostwärts zu kommen, um keinesfalls mehr auf fremdem Boden notlanden zu müssen.

Einmal versuchte ich noch, über die Berge an den Rhein zu gelangen, kehrte aber sehr bald wieder um. Zu meinem Glück, denn kurz danach versagte schlagartig mein Motor, ehe noch der Brennstoff zur Neige gegangen war. Und da ich mich kaum 100 m hoch befand, mußte ich auf dem nächsten Acker notlanden. Zuerst schien alles fabelhaft zu verlaufen, und ich war schon ganz stolz auf die vorbildliche Notlandung. Nach kurzer Rollstrecke jedoch sank das Fahrwerk immer tiefer in den völlig aufgeweichten Boden ein, die Maschine überschlug sich und blieb auf dem Rücken liegen, tief in den weichen Acker gebohrt. Ein Überschlag mit diesem Flugzeugtyp war deswegen besonders gefürchtet, weil der Kopf des Flugzeugführers ungeschützt weit über den Flugzeugrumpf hinausragte. Man hatte zwar zum Schutze des Kopfes einen Bügel angebracht, der aber auch nichts nützte. Ich war daher erstaunt, mich nach der Prozedur noch im Besitze meines Kopfes zu finden. Diesen hatte ich auf ganz unwahrscheinliche Weise zwischen Steuerrad und Instrumentenbrett hinuntergebeugt, eine gymnastische Verrenkung, die ich bei ruhiger Besinnung nicht in der Lage war zu wiederholen. Die Folge aber war, daß das Steuerrad so eng an meinen Körper gepreßt blieb, daß ich mich nicht abschnallen konnte, um etwas Bewegungsfreiheit zu gewinnen. Ich versuchte nun mit der Hand seitlich eine Öffnung zum

Luftholen zu graben, denn das Benzin lief in Strömen über mich und benahm mir den Atem.

Endlich hörte ich Stimmen herbeigeeilter Bauern neben mir. Der eine sagte zum andern, er solle seine Zigarette lieber ausmachen, es röche so stark nach Benzin. Es ist kein angenehmes Gefühl, mit Benzin übergossen hilflos in einem Mauseloch festgeklemmt zu sein und eine brennende Zigarette neben sich zu wissen.

Die Bauern versuchten nun, das Flugzeug an einer Fläche etwas anzuheben, was aber mißlang. Schließlich mußten sie Spaten holen und mich regelrecht ausgraben. Ihre Gesichter wirkten nicht sehr geistreich, als sie eine Frau dem Führersitz entsteigen sahen. Sie fragten sofort, wo denn der Pilot geblieben sei, und obwohl ich ihnen erklärte, daß ich allein geflogen wäre, verbreitete sich wie ein Lauffeuer das Gerücht, der Pilot sei vorher mit dem Fallschirm ausgestiegen. Dieses unmögliche Verhalten eines Flugzeugführers schien ihnen wahrscheinlicher, als daß eine Frau eine Kampfmaschine führte.

Obgleich nun selbst mein strenger Fluglehrer bestätigte, daß die Notlandung einwandfrei durchgeführt war und der Orkan in ganz Deutschland Notlandungen, Brüche und sogar Beschädigungen am Boden verankerter Flugzeuge verursacht hatte, so erhielt die Sache für mich doch ein unangenehmes Nachspiel: Die Zwischenlandung auf französischem Hoheitsgebiet war gemeldet worden. Die Flugausbildungsleitung hatte nicht die geringste Lust, sich für meine Person in irgendeiner Weise zu exponieren und gab mir Startverbot, auch dann noch, als durch einen guten Bekannten im Auswärtigen Amt eine Erklärung des Zwischenfalles gegeben worden war, die die französische Botschaft vollkommen zufrieden stellte.

Ich war verzweifelt und kämpfte mit Verbissenheit und Erbitterung, bis das Flugverbot aufgehoben wurde und ich meine Fliegerei – mit noch erhöhtem Risiko – wieder aufnehmen konnte.«[20]

Für die meisten Menschen, die mit Melitta Schiller beruflich in Kontakt kamen, »wirkte sie nach außen distanziert und kühl, ja zuweilen spröde«, wie der frühere Berufskollege Dipl.-Ing. Georg Wollé es formulierte.[21] Das könnte der Grund dafür gewesen sein, daß sie in ihrem Berufsleben – nicht nur in der DVL-Zeit – nur mit wenigen Personen freundschaftliche Beziehungen unterhielt. Zu diesem Kreis gehörten Paul v. Handel, Kurt Krüger und Georg Wollé, der seinen persönlichen Kontakt zunächst dem neuen Motorradgespann zu verdanken wußte, das er eines Tages probeweise auf der Betonfläche am Rande des Flugplatzes kreisen ließ:

»... Dies geschah in einer Mittagspause, als Litta sich allein vom Bürobetrieb im Freien etwas erholte und mir zufällig zuschaute. Gleich beim Beginn eines ersten Gespräches erklärte sie mir dann, daß sie auch Motorrad führe, worauf ich ihr mein Gespann für mehrere Stunden zur Verfügung stellte. Daraus resultierte dann in der Folgezeit unser kameradschaftliches Verhältnis, auf das ich mir gerade deshalb etwas zugute hielt, weil Litta sonst meist verschlossen erschien.

Sie arbeitete damals mathematisch in der Aerodynamischen Abteilung unter Dr. Friedrich Seewald, der sie meinem Gefühl nach zwar schätzte, aber den weiblichen Diplomingenieur auch gern scherzend irgendwie ›auf die Schippe‹ nahm, wie überhaupt auch die anderen tätigen Mathematiker aus ›männlicher Überlegenheit‹ nicht die ihr gebührende Anerkennung gewährten. Jedenfalls bereitete es mir immer Freude, wenn sie in den Freistunden oder Pausen die wenigen Schritte zu meinem Labor herüberkam, um mit mir einen Plausch zu halten ...

Damals hatte sie bereits Kontakt mit bekannten Sportfliegerinnen, wie z.B. Elly Beinhorn, aufgenommen. Mit der mit kurzem Haarschnitt und dem auch sonst etwas männlichen Habitus auftretenden Marga v. Etzdorf verband sie eine aufrichtige Freundschaft. Es mag um diese Zeit gewesen sein, daß sie mich eines Tages fragte, was ich davon hielte, wenn sie fliegen lernte. Da ich wußte, daß dies – privat betrieben – geldlich doch eine recht aufwendige Sache war, sie aber genau so knapp im Gehalt war wie ich, erklärte ich diese Absicht für Quatsch. Ich mußte sie ja für eine vorübergehende Laune halten. Nun, sie hat ihren Kopf durchgesetzt: Kurz danach hatte sie sich als Flugschülerin in der in Staaken betriebenen Flugschule des früheren Kriegsfliegers Thomsen angemeldet. Da sie, wie ich wußte, im Grunde ihres Wesens ein sehr sensibler Mensch war, fürchtete ich, daß sie zu keinem großen Erfolg gelangen würde. Kurz bevor Marga v. Etzdorf in ihrem kleinen Ganzmetallflugzeug Junkers ›Junior‹ ihren erfolgreichen Japanflug hinter sich brachte, hatten wir zu dritt auf meinem Motorradgespann eine fröhliche Fahrt in die Gegend von Spremberg (Spreewald) gemacht, wo wir Gäste auf dem Gut der Großmutter v. Etzdorf waren... Dort teilte mir Marga v. Etzdorf vertraulich mit, daß sie den Japan-Flug beabsichtige. Einige Tage danach prüfte ich in ihrem Flugzeug auf ihre Bitte die Bordinstrumente auf Betriebssicherheit nochmals durch. Als sich dann etwa ein Jahr später Marga v. Etzdorf selbst erschoß, weil sie gleich nach der ersten Etappe eines neuen Fernfluges infolge totaler Übermüdung in Syrien einen Bruch hingelegt hatte, fand ich Litta tränenüberströmt, als ich sie in ihrem Büro aufsuchte. Es war das einzige Mal, daß ich sie weinen sah, aber ich erkannte das freundschaftliche Gefühl, das sie beherrschte, als die Freundin sich so sinnlos das Leben nahm. Wir waren einst öfter auch zu dritt zum Schwimmen an einer mir bekannten Badestelle im Berliner Südosten, an einem der schönen Seen, gefahren. Ich denke gern an dieses damalige Zusammensein zurück.« Ebenso erinnert sich Georg Wollé an die Zeit der fliegerischen Ausbildung:

»Eines Tages konnte sie mir freudig mitteilen, daß sie ihren ersten Alleinflug hinter sich gebracht habe. Ihm folgten weitere, von denen sie mir auf eilig geschriebenen Postkarten... Kunde gab. Später, als sie glücklich ihren Sportfliegerschein erworben hatte, kam die Sorge, wie sie sich fliegerisch weiter betätigen könnte. Das war eigentlich nur möglich, wenn sie mit einem ihr vom Aero-Club zur Verfügung gestellten Flugzeug an örtlichen Rundflug- bzw. Platzveranstaltungen teilnahm, die im ganzen wenig Ruhm, aber etwas Geld einbrachten. Da ich mich in jener Zeit gelegentlich bemühte, für Litta die

Teilnahme an solchen Flugtagen zu erwirken, besitze ich auch heute noch von ihr hingekritzelte Mitteilungen, in denen sie mich mit ›lieber Impresario‹ anredet, obwohl eigentlich erfolgreiche Abschlüsse mir nicht in Erinnerung sind.
Im Gedächtnis ist mir auch noch ein Essen beim Aero-Club, zu dem ich mit Litta gegangen war. Beim Servieren von Suppe oder Sauce brachte ein ungeschickter Kellner es tatsächlich fertig, Litta, die im besten Kleid erschienen war, die Flüssigkeit in den Ausschnitt zu gießen. Wie es ihr möglich war, trotz dieses Peches auf kürzestem Wege nach Hause zu fahren und mit gewechseltem Kleid wieder zu erscheinen, ist mir heute noch ein Rätsel. Sie kam aber wieder und gab nicht auf!«

Aus der Zeit ihrer Tätigkeit bei der DVL sind noch weitere Forschungsberichte der Aerodynamikerin Melitta Schiller bekannt, deren zeitliche Einordnung aber offenbar nicht mehr mit Gewißheit zu bestimmen ist:
- Flugleistungen eines Flugzeuges mit vier verschiedenen Luftschrauben FB 336 40 S.
- Windkanaluntersuchungen über das Verhalten von Luftschrauben im Sturzflug FB 89
- Windkanaluntersuchungen an einem Flügel mit Rollflügel und Vorflügel FB 506
- Windkanaluntersuchungen an einem Flügel mit Klappenflügeln und Vorflügel FB 534 [22]

Ob Erfindungen Melitta Schillers als Patent angemeldet worden sind, ließ sich trotz Nachforschungen ebensowenig ermitteln. »Soweit die Zeit bei der DVL in Frage kommt«, bemerkt der damalige Leiter der Aerodynamischen Abteilung, Prof. Dr. Ing. F. Seewald, »glaube ich sagen zu können, daß dies nicht der Fall war.« [23]
Was Melitta Schiller 1936 letztlich veranlaßte, von der DVL zu den Askania-Werken, von der Forschung zur Industrie überzuwechseln, ist auch nicht restlos zu klären. An Gelegenheit zu Spekulationen über politische Hintergründe fehlt es jedenfalls

1 Das Haus der Familie Schiller in Krotoschin/Provinz Posen (Aufnahme von 1942)

2 „Litta“ im Alter von 3 Jahren mit ihrer Mutter, Marie-Luise und Bruder Otto (1906)

3 Die Schiller-Kinder am Rundlauf im elterlichen Garten. Stehend: Otto, Marie-Luise, Litta. Sitzend: Jutta und Klara („Pims“)

4 Unten links: Melitta Schiller während ihrer Studienzeit in München

5 Unten rechts: Deutsche Versuchsanstalt für Luftfahrt (DVL) in Berlin-Adlershof: Meßprüfstand in der Luftschraubenprüfhalle

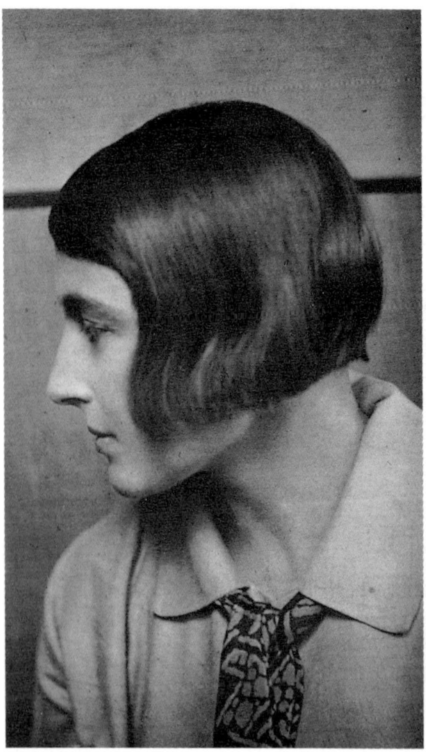

6 Dipl.-Ing. Melitta Schiller bei ihrer wissenschaftlichen Arbeit

7 Prof. Dr. Hermann Blenk, der in der DVL-Zeit von Melitta Schiller hochgeschätzt Kollege (Foto ca. 1970)

8 Hochzeit Prof. Dr. Paul v. Handels. Unter den Gästen die Stauffenberg-Söhne: Alexander (5. v. l.), Berthold (7. v. l.), Claus in Reichswehruniform und rechts neben ihm Melitta Schiller, die bei diesem Anlaß ihren späteren Ehemann kennenlernte

9 Melitta Schiller (1) mit ihrer Schwester Klara

10 Auf dem „Fest der Luftfahrt“ in Berlin 1929: Die vier Pilotinnen Elly Beinhorn, Melitta Schiller, Georgia Lind, Antonie Straßmann

nicht, denn ihre persönliche Situation konnte sich seit den Nürnberger Rassegesetzen (1935) durchaus erschwerend auswirken. In dem Zusammenhang erscheint sicher bemerkenswert, was ihre Schwester Klara schriftlich festgehalten hat:
»1933 waren wir zum Glück alle mit dem Studium fertig. Trotzdem war es von da an für uns alle eine Gefahr, die wie ein Damoklesschwert über uns schwebte. Die zwei inzwischen verheirateten Schwestern konnten den Ariernachweis irgendwie umgehen, aber Otto, Litta und ich mußten ihn für unsere Dienststellen erbringen. Wir gaben vor, uns um unsere Papiere in Odessa zu bemühen, bekamen von dort natürlich den Bescheid, daß nichts aufzufinden sei, und stellten nun einen Antrag auf ›Gleichstellung mit arischen Personen‹. Litta mußte die DVL verlassen, kam dadurch zu Askania, Otto konnte ein Angebot der Botschafterstelle in Peking nicht annehmen, er ging zur Industrie (nach Rumänien), und ich mußte meine Assistentinnenstellung an der Universität Gießen und meine Doktorarbeit aufgeben und ging auch zur Industrie nach Spanien. Unser Antrag auf Gleichstellung, den Litta für uns mitgestellt hatte, kam erst Anfang 1944 durch, als man mir schon während eines Deutschlandaufenthaltes den Paß entzogen hatte, so daß ich nicht nach Spanien zurückkehren konnte. Daß wir die Gleichstellung erreichten (mit Ausnahme einer ehelichen Verbindung mit einem SS-Angehörigen), haben wir bestimmt nur den außergewöhnlichen Leistungen Littas zu verdanken.«
Die Gründe für das Ausscheiden aus der DVL meinte demgegenüber Prof. Dr. Seewald von der Technischen Hochschule Aachen differenzierter betrachten zu müssen:
»Fräulein Schiller war ein Mensch, in dem wissenschaftliche, künstlerische und fliegerisch-sportliche Neigungen nach Betätigung strebten und wohl auch häufig miteinander in Widerspruch gerieten. Es lag weiterhin in ihrer Natur, daß sie sich einer Sache, die jeweils im Vordergrund des Interesses stand, ganz hinzugeben bestrebt war. Menschen mit solcher Veranlagung pflegen nur dann in ihrer Tätigkeit Erfüllung und Befrie-

digung zu finden, wenn die Art der Aufgabe und die Arbeitsbedingungen den vorhandenen Neigungen und der geistigen Verfassung angepaßt sind.
Diese Möglichkeit war bei der DVL vor der Machtübernahme in gewissem Umfang gegeben. Mit der zunehmenden Gleichschaltung und Normung, die nach der Machtübernahme – nicht nur bei der DVL, sondern überall – einsetzte und die die Tätigkeit aller Menschen, sowohl des ›Arbeiters der Stirn‹ als auch des ›Arbeiters der Faust‹ mit dem gleichen Maßstab messen wollte, wurde aber der Spielraum für die Betätigung individueller Neigung und Wünsche immer geringer.
Bei ihrer besonderen Veranlagung hat sie sicher unter dieser Entwicklung gelitten, und sie hat vielleicht auch die sich aus dieser Situation ergebenden Schwierigkeiten als Nazi-Intrigen empfunden. Meines Erachtens ist das aber nur insoweit richtig, als die geschilderte Entwicklung für Menschen ihrer Art besonders schmerzlich und hemmend war. In einer solchen Situation genügen dann Anlässe, die sonst keine bleibenden Folgen haben, um Mißstimmungen zu erzeugen, und wenn die Verstimmungen ein gewisses Maß erreicht haben, dann ist es nur eine Frage der Zeit, wann die Trennung erfolgen muß. So war es wohl auch im Falle von Fräulein Schiller. Ich glaube aber nicht, daß man sagen kann, eine unmittelbar gegen sie persönlich gerichtete Intrige hätte ihr Ausscheiden veranlaßt. Insbesondere ist mir nicht bekannt, daß ein Flug nach Budapest, von dem Sie vermuten, daß er die Veranlassung oder den Vorwand zum Ausscheiden von Fräulein Schiller geliefert haben soll, dabei überhaupt eine Rolle gespielt hätte.«[23]
Erst kürzlich tauchte ein bemerkenswertes Handschreiben auf, das Melitta Schiller im September 1936 an ihren Kollegen Dr. Hermann Blenk richtete und in dem ausdrücklich »Schwierigkeiten« erwähnt werden, wenngleich nicht konkreter Art, die bei ihrem Ausscheiden aus der DVL demnach doch eine Rolle gespielt haben müssen:

»Johannisthal, d. 21. 9. 36
Hagedornstr. 36

Lieber Herr Dr. Blenk,
Würden Sie so gut sein mir mitzuteilen, was mit dem Ringbuchbeitrag geschehen soll?
Zur Ihrer privaten Orientierung schicke ich Ihnen Durchschläge mit dem Schriftwechsel über meine Entlassung. Ich hoffe sehr, daß Sie nicht etwa auch noch Unannehmlichkeiten meinetwegen haben. Das täte mir sehr leid, denn Sie wissen, wie dankbar ich Ihnen stets für das Verständnis war, das Sie meinen Zielen und meinen Schwierigkeiten in der DVL entgegenbrachten.
Ich hoffte immer, Ihnen noch einmal durch den vollen Einsatz bei der von mir angestrebten Arbeit beweisen zu können, daß Ihr Vertrauen nicht verschwendet war.
Für Braunschweig wünsche ich Ihnen und Ihrer Familie von Herzen alles Gute!

Ihre
Melitta Schiller

Bitte den Schriftwechsel mir gleich zurückzuschicken«
Zusatz: »Ist geschehen. Bl.«

Die Deutsche Versuchsanstalt für Luftfahrt stellte am 23. 11. 1936 dieses Zeugnis aus:
»Fräulein Dipl.-Ing. Melitta Schiller, geboren am 9. Januar 1903 in Krotoschin, war vom 1. Mai 1928 bis zum 31. Oktober 1936 als wissenschaftliche Mitarbeiterin bei der Deutschen Versuchsanstalt für Luftfahrt, E. V., Berlin-Adlershof, zunächst in der Höhenflugstelle und seit dem 1. Dezember 1928 im Institut für Aerodynamik tätig.
Fräulein Dipl.-Ing. Schiller war hauptsächlich mit theoretischen und experimentellen Untersuchungen auf den Gebieten der Flugmechanik und der Luftschrauben beschäftigt. Sie hat

im Laufe ihrer Tätigkeit bei der DVL zahlreiche Arbeiten durchgeführt, die in Fachkreisen Beachtung und Anerkennung gefunden haben. Um das Arbeitsgebiet, auf dem Fräulein Dipl.-Ing. Schiller tätig war, näher zu kennzeichnen, seien einige von ihren Arbeiten besonders genannt: Untersuchung über die Aerodynamik der Verstellschraube, über den Widerstand von Luftschrauben im Sturzflug, über die Entstehung und Vermeidung des Luftschraubengeräusches und ähnliche Fragen. Einige dieser Untersuchungen sind in der Fachliteratur veröffentlich worden.
Neben der wissenschaftlichen Arbeit betätigte sich Fräulein Dipl.-Ing. Schiller mit großem Eifer auch als Flugzeugführer. Sie verfügt über gute fliegerische Fähigkeiten, die sie durch Ausdauer und Flugbegeisterung besonders hoch entwickeln konnte. Das fliegerische Können (Fräulein Schiller ist Inhaberin des C2-Scheines) ermöglichte es ihr, die im Rahmen ihrer wissenschaftlichen Arbeiten notwendigen Flugversuche selbst durchzuführen.
Fräulein Dipl.-Ing. Schiller hat die ihr übertragenen Arbeiten dank ihrer guten Vorbildung, verbunden mit rascher Auffassungsgabe, stets in hohem Maße selbständig zur Zufriedenheit der DVL erledigt. Sie verläßt ihre Stellung auf eigenen Wunsch.
Die DVL wünscht Fräulein Dipl.-Ing. Schiller für ihr ferneres Fortkommen alles Gute.«

Die spätere Verbindung mit der Familie der Grafen Stauffenberg ist auf die Bekanntschaft Melitta Schillers mit Paul v. Handel zurückzuführen, der unter den Kollegen an der DVL zu ihren vertrautesten zählte und folglich über die Zeit hinaus ihr weiterhin besonders nahestand. Auch er begann seine Tätigkeit in Berlin-Adlershof 1928, und zwar in der elektronischen Abteilung. Begünstigt wurden die privaten Kontakte durch die Tatsache, daß beide Ingenieure in Johannisthal im selben Hause wohnten und sich deshalb nicht nur in der Dienststelle begegneten.

»Es war bald zu bemerken«, schreibt Paul v. Handel in seinen Erinnerungen, »daß Litta eine besondere, sehr außergewöhnliche Persönlichkeit gewesen ist. Sie war nicht der Durchschnittstypus des wissenschaftlich interessierten Ingenieurs, ebenso nicht der Typus des begeisterten Fliegers – beides Typen, die in der Versuchsanstalt die üblichen Erscheinungen waren. Sie war überhaupt nicht ein Typus, sie war ein außergewöhnlicher Mensch, doch kein Einzelgänger. Im Umgang mit Kollegen konnte sie sich den ›Typen‹ sehr leicht anpassen, war überall gern gesehen, überall beliebt, überall geachtet als eine sehr gründliche und verläßliche Kennerin der Aerodynamik. Jeder wußte, wenn sie sagte ›dies ist das Ergebnis meiner Untersuchungen‹, dann war es so, darauf konnte man sich verlassen. Deswegen war ihr Urteil immer gesucht, auch von viel älteren Kollegen.

Bei den Fliegern, den nicht wissenschaftlich arbeitenden, meist jungen Versuchspiloten war sie auch ungemein beliebt; nicht nur, weil sie ein sehr hübsches Mädchen war, sondern weil diese Piloten bald herausgefunden hatten, daß Litta ebenso flugbegeistert war wie sie selbst und daß sie keine Angst kannte. Es ist recht eigentümlich gewesen zu beobachten, daß die Aerodynamikerin in Kenntnis der Gefahren neuer Muster bei der Flugerprobung und neuer Belastungen keinerlei Angst empfand. Sie flog nicht mit dem Mut der Begeisterung aus Unkenntnis der Gefahr wie viele junge Flieger. Natürlich konnte man nie sicher sein, ob es gehen würde, aber der Kenner der Aerodynamik befand sich in der Lage zu beurteilen, ob es gehen könnte ...«

Prof. v. Handel vergleicht mit den heutigen Bedingungen:

»Heute werden Flugzustände durch automatische Belastungsanzeigen und Regler ständig überwacht. Damals, in den zwanziger und dreißiger Jahren, war die Beurteilung eines Flugzustandes dem Gefühl und der Intuition des Piloten überlassen, in Zusammenhang mit seiner theoretischen Kenntnis der Aerodynamik, sofern er sie besaß ...

Meine Freundschaft mit Litta, die sich in diesen Jahren heraus-

bildete, beruhte nicht auf fachwissenschaftlichen Diskussionen ihrer oder meiner Disziplin. Wir verstanden jeder zu wenig von den tieferen Problemen der Wissenschaft des anderen. Aber wir beschäftigten uns in unserer Freizeit viel gemeinsam mit den damals ganz neuen Grundproblemen der Physik, der Relativitätstheorie, der Quantenmechanik, mit Problemen der Kausalität, des Determinismus, des Zufalls und der Wahrscheinlichkeit des freien Willens und der Biologie.
Wir haben viel gemeinsam gelesen. Immer lag ein Notizblock neben uns, auf dem wir gelegentlich mathematische Formeln aus den Büchern zu unserem Verständnis kontrollierten. Ich bemerkte dabei, daß Litta auch eine hohe Begabung für Mathematik besaß und darin viel besser beschlagen war als ich.«
Über die familiären Beziehungen ist zu erfahren:
»Ich habe Litta damals in das Haus meiner späteren Schwiegereltern Üxküll in Zehlendorf gebracht. Sie fühlte sich dort wohl, alle hatten sie gern, und sie war bei meiner Hochzeit eine der Brautjungfern. Dort lernte sie ihren späteren Mann, Alexander von Stauffenberg, einen Vetter meiner Frau, kennen. Litta unternahm mit uns und den Brüdern Stauffenberg oft Wochenendausflüge, – es war eine schöne und glückliche Zeit.
Doch zogen schon trübe Wolken auf dem politischen Horizont herauf mit Arbeitslosigkeit und Unruhen. Es folgte Hitlers Drittes Reich.
Anfangs schien manches viel besser geworden zu sein als früher, für uns in der Wissenschaft[24] und in der Fliegerei, und für Claus Stauffenberg als Offizier in der Wehrmacht. Es standen auf einmal reichlich Mittel zur Verfügung zum Aufbau einer neuen Wehrmacht und zur Durchführung neuer Forschungsvorhaben in der Wissenschaft sowie für die Fliegerei. In Forschung und Wehrmacht war der Einfluß der Nazi-Politik im Anfang wenig zu bemerken ... An den Universitäten verhielt es sich ganz anders als an den Forschungsstätten ohne Lehrbetrieb. Der Lehrbetrieb an den Universitäten wurde sehr bald politisch streng bewacht und ›ausgerichtet‹. Bei uns in der Forschung war das nicht so. Auch in der Wehrmacht gab es

wenig politisches Interesse. Deshalb stand Alexander v. Stauffenberg – Universitätsprofessor für Althistorik – der politischen Entwicklung von Hitlers Deutschland von Anfang an viel kritischer gegenüber als wir, als Litta, Claus und ich.«
Andeutungen darüber, daß der Wechsel Melitta Schillers von der DVL zur Industrie auf politischen Schwierigkeiten beruhen könnte, finden sich in den Aufzeichnungen Prof. v. Handels nicht: »... Litta verließ die Versuchsanstalt für Luftfahrt und nahm eine verantwortliche Stellung bei der Firma Askania in Berlin an.«

4

Bei den ASKANIA-Werken

Zum 1. November 1936 trat Melitta Schiller in den Dienst der Askania-Werke Berlin-Friedenau, die sich in der Luftfahrtgerätetechnik seinerzeit einen geachteten Namen erwarben. Askania-Bordgeräte fanden Verwendung bei den erfolgreichen Nordatlantik-Versuchsflügen der Deutschen Lufthansa mit den Dornier-Flugbooten DO 18 zur Erprobung für den planmäßigen Luftverkehr. Zu diesem Zweck hatte die Hamburger Flugzeugbau G.m.b.H., eine Tochtergesellschaft der Schiffswerft Blohm & Voß, im Auftrage der Deutschen Lufthansa das viermotorige Schwimmerflugzeug Ha 139 entwickelt.
Wie die Flugboote DO 18, die bald regelmäßig im Südatlantikverkehr eingesetzt werden konnten, verfügten auch die neuen Langstreckenflugzeuge nicht nur über die normale Ausrüstung mit Askania-Navigationsgeräten, sondern ebenso mit der selbsttätigen Askania-Kurssteuerung. In der damaligen Weltrekordzeit von wenig mehr als 14 Stunden bewiesen diese Geräte somit auf der 3850 km langen Strecke ihre Eignung für den Langstreckenblindflug auf hervorragende Weise. Die wechselnden Wetterbedingungen, denen die Flugzeugführer bei diesen Unternehmungen ausgesetzt waren, bestätigten dabei offenkundig den Firmenslogan »Mit Askania-Geräten sicheres Fliegen bei jedem Wetter«. Immerhin ergab sich die bemerkenswerte Tatsache, daß die Deutsche Lufthansa ihre Transatlantikflüge noch fortsetzte, als Engländer und Amerikaner ihren Überseeflugdienst wegen der vorgeschrittenen Jahreszeit mit stürmischem und nebligem Herbstwetter längst eingestellt hatten. »Wir freuen uns«, las man Ende 1937 in der Firmenzeitschrift, »auf diese Weise in rechter Friedensarbeit

und völkerverbindend zum Wohle der Nationen diesseits und jenseits des Ozeans tätig sein zu können.«
An den hier erwähnten technischen Entwicklungen hatte Melitta Schiller mit ihren Untersuchungen einen maßgeblichen Anteil. Aber zwischen »Friedensarbeit« und militärtechnischen Nutzungsmöglichkeiten sind die Übergänge immer wieder fließend. Die Abteilung, die der geniale Spezialist für Fernmeß- und Fernsteuertechnik, Kurt Wilde, leitete, zu dessen engsten Mitarbeiterinnen Melitta Schiller zählte, befaßte sich mit neueren Arbeiten auf dem Gebiet der automatischen Steuerungen. Es galt z. B. auch, automatisch gesteuerte Flugzeuge für Übungszwecke der Fliegerabwehr zu erproben. Als Versuchsflugzeug stand zunächst eine W 34 zur Verfügung. In diesem Zusammenhang würdigte Askania-Ingenieur Georg Zink auch die Einsätze Melitta Schillers, so daß der Leser einen unmittelbaren Eindruck von der Art ihrer Tätigkeit gewinnen kann:[25]
»Diese Maschine (W 34 – Verf.) hat uns dann solange als Versuchsträger gedient, bis die gestellte Aufgabe ›ferngesteuertes Zielflugzeug‹ schließlich gelöst war. Vor allem konnten wir uns mit Hilfe dieses Flugzeugs und seiner eingebauten Kurssteuerung ›LZ 12‹ frühzeitig mit der Wirkungsweise eines Stabilisierungsgerätes praktisch vertraut machten. Die ›LZ 12‹ wurde so zum Ausgangspunkt für ein speziell für Zielflugzeugzwecke geeignetes und modifiziertes Kreiselgerät, das später im weiteren Verlauf der Entwicklung entstanden ist. Doch vorläufig trat unser Pilot Kurt Wilde erst einmal vorsichtig in die Pedale, und wir gaben mit einem handbetätigten Strahlrohr anschließend zarte Kommandos auf die Kursdose. Und als blutige Amateure, die wir ja schließlich damals noch gewesen sind, freuten wir uns sehr über die entsprechenden Reaktionen des Flugzeuges. Zum großen Leidwesen von Herrn Wilde endete dann aber schon bald seine Funktion als Versuchspilot in eigener Sache, bevor sie recht interessant zu werden versprach. Als Leiter der Sonderabteilung und als Verbindungsmann zum Ministerium wurde er immer mehr von repräsentati-

ven und organisatorischen Belangen in Anspruch genommen, und dem stand die zeitraubende und überdies noch wetterabhängige Fliegerei auf die Dauer zu sehr im Wege ... Als Pilot fungierte dann künftig Frau Dipl.-Ing. Melitta Schiller (spätere Gräfin Stauffenberg). Ihre unerschöpfliche Geduld und Zuverlässigkeit hat viel dazu beigetragen, daß es uns Neulingen auf dem Gebiet der Kreiseltechnik am Ende doch gelang, aus der ›LZ 12‹ und einigen Zutaten ein für unsere Zwecke brauchbares Gerät zusammenzubauen. Es wurde dabei weitgehend empirisch verfahren. So wurden z. B. die beim Kurvenflug infolge Steuerwechsels erforderlichen Seiten- und Höhenruderwinkel einfach ›erflogen‹ und die pneumatische automatische Steuerwechselvorrichtung auf die dazu notwendigen Druckwerte einjustiert. Auf diese primitive Weise ließen sich Steilkurven bis ca. 80 Grad Querlage erreichen, und zwar ohne den Flugzeugführer zu belästigen: Man brauchte nur das Knüppel und Pedal ersetzende Strahlrohr mehr oder weniger auszulenken. Und an dessen Stelle wiederum brauchten nur noch die als Strahlrohr ausgebildeten Zungen der Tonfrequenzrelais zu treten, dann war die Fernsteuereinrichtung im Flugzeug selbst komplett. Aber bis es wirklich so weit war, verging noch sehr viel Zeit. Obwohl die gesamte Sendeeinrichtung – als Steuerknüppel ausgebildete Impulsfrequenzgeber plus HF-Sender – als fahrbare Bodenstation (Schäferkarren) bereitstand, machte die Fertigentwicklung eben des Tonfrequenzrelais noch sehr viel Mühe. Endlich klappte auch das. Und wir flogen zum ersten Mal ferngesteuert! Herr Wilde, schnell herbeigerufen, dirigierte uns begeistert vom Karren aus in der Luft umher. Jetzt folgte eine einzige Strähne von Vorführungen. Zunächst vor und mit Sachverständigen des Reichsluftfahrtministeriums, dann vor vielen Interessenten aus Luftfahrtkreisen und schließlich vor den Herren Udet und Milch. Besonders Udet hat die Sache großen Spaß gemacht. Als Schlußzeichen war ein Dauerkommando ›Tiefer‹ bei Anflugrichtung Flugplatz vereinbart worden. Dabei nahm die Maschine etwas viel Fahrt auf und verlor den Hilfspropeller zum Antrieb des Druckluftaggregates. Niemand merkte etwas davon, es geschah buchstäblich in letzter Sekunde. (Nicht auszudenken, wenn das Malheur 10 Minuten früher passiert wäre!)

... Wenig später bestätigte ein amtliches Gutachten die Eignung der Steuerung für Zielflugzeugzwecke. Wenn wir daraus die Hoffnung abgeleitet hatten, etwa ein halbes Dutzend solcher Geräte in Auftrag zu bekommen, so sahen wir uns leider getäuscht: Inzwischen hatte man nämlich festgestellt, die Flak sei doch bei weitem nicht so treffsicher, wie man geglaubt habe, und ein ganz erheblicher Prozentsatz beschossener Ziele bleibe unversehrt. Woraus sich nachträglich die Forderung ergebe, das Zielflugzeug müsse d o c h landen können, und am liebsten auch starten.

So bekam Askania den Auftrag, Start und Landung in die Fernsteuerung mit einzubeziehen. Wir erhielten sehr schnell ein Flugboot, und zwar eine DO 18, zur Verfügung gestellt, und die entsprechenden Versuche begannen sofort in Travemünde. Der Umstand, daß sich unsere W 34-Steuerung auch für die DO 18 ohne weiteres als brauchbar erwies, machte uns zuversichtlich. Zwei weitere Tonfrequenzen mußten eben empfängerseitig eine möglichst einfache Start- und Landeautomatik in Aktion setzen, das war alles. Wir begannen mit der schwierigeren Teilaufgabe, nämlich mit der Landung, und zwar speziell mit dem Abfangvorgang vor dem Aufsetzen aufs Wasser. Pilotin blieb zunächst wieder Gräfin Stauffenberg, später wurde sie abgelöst durch Flugkapitän Juchter. (Beide Flugzeugführer kamen kurz vor Kriegsende bei Kurierflügen auf tragische Weise ums Leben: Gräfin Stauffenberg wurde von einer Lightning und Flugkapitän Juchter versehentlich von der deutschen Flak abgeschossen.)«

Weil der Tätigkeit bei den Askania-Werken gewissermaßen »kriegsvorbereitende« Bedeutung zukommt, erscheint an dieser Stelle ein die zeitgeschichtliche Situation beleuchtender Exkurs unverzichtbar.

Das drohende Unheil des Zweiten Weltkrieges zeichnete sich

keineswegs erst 1933 ab, wie es in oberflächlichen Geschichtsbetrachtungen gewöhnlich dargestellt wird. Wenn General Erich Ludendorff bereits zwei Jahre zuvor warnte »Weltkrieg droht auf deutschem Boden« – so der Titel seines Buches –, dann darf beispielsweise auch Lenins Kalkulation, ein neuer europäischer Krieg würde die Weltrevolution vollenden helfen, ebensowenig außer Betracht bleiben wie die zutreffenden Prognosen einsichtiger Politiker und Staatsmänner der ehemaligen Feindstaaten. Gleich 1919 stellte der Präsident der Vereinigten Staaten von Amerika, Woodrow Wilson, mit Enttäuschung fest, daß die Friedensregelung Elemente enthielte, »die man nicht für dauerhaft ansehen kann«. Gegenüber dem britischen Diplomaten E. Howard äußerte der holländische Gesandte v. Swinderen:
»Die Friedensbedingungen von Versailles enthalten alle Keime eines gerechten und dauerhaften Krieges.«[26] Der große schwedische Gelehrte Sven Hedin vertrat noch während des Zweiten Weltkrieges die Auffassung, dieser sei »aus dem Ersten Weltkrieg geboren, zum mindesten in der Stunde, da die Vertreter von 32 Nationen im Spiegelsaal von Versailles ihre Unterschrift unter ein Dokument setzten, das als Friedensvertrag bezeichnet wurde, ohne es zu sein.«[27] Im Jahre 1935 bezeichnete die Londoner »Times« den Hitlerismus als eine Revolte gegen Versailles und kam zu dem Schluß: »Europa kann erst dann zu einem echten Frieden kommen, wenn diese Grundwahrheit voll erkannt wird.«[28] Zwei Wochen vor Hitlers Einmarsch in das entmilitarisierte Rheinland mahnte ein Abgeordneter im englischen Unterhaus: »Wir müssen uns daran erinnern, welche ungeheure Provokation Deutschland gehabt hat. Hitler wurde nicht in Berlin geboren und auch nicht in Österreich, sondern in Versailles.«[28]
Dieser in seiner Bedeutung heute meist unterschätzte Aspekt soll natürlich nicht dazu verführen, den Grundsatz multikausaler Betrachtungsweise zu vernachlässigen, aber er ist unverzichtbar, wenn man der Bewußtseinslage und dem Handeln der Menschen im damaligen Deutschland gerecht werden will.

Hitlers betonte Friedensliebe, seine ständigen Beteuerungen, die Revision des unseligen Vertrages allein mit friedlichen Mitteln erreichen zu wollen, waren erst recht nicht dazu angetan, in der schrittweisen Wiederherstellung der deutschen Wehrhoheit und in der Berufung auf das Selbstbestimmungsrecht der Völker an sich schon eine Gefährdung des europäischen Friedens zu erkennen. Schließlich hatten die Siegermächte ihre Abrüstungsverpflichtungen ja auch nicht erfüllt, wie sollte es da verwundern, daß noch die Weimarer Republik anfing, die ihr auferlegten Rüstungsbeschränkungen zu unterlaufen. Hitler sah sich 1933 in der Lage, den Austritt Deutschlands aus dem Völkerbund und das Verlassen der Genfer Abrüstungskonferenz damit zu begründen, daß seine umfassenden Abrüstungsvorschläge abgelehnt worden seien und das System kollektiver Sicherheit in Europa damit seine Funktionsunfähigkeit erwiesen hätte. Unabhängig von der Frage, ob die weitverbreitete Kontinuitätsthese namhafter westdeutscher Historiker, Hitlers »Mein Kampf« als »Fahrplan eines Welteroberers« zu interpretieren, berechtigt ist, bleibt von einigem Gewicht, daß England 1935 durch das Flottenabkommen die deutsche Wiederaufrüstung legitimierte und durch seine Appeasement-Politik weitere Voraussetzungen für Hitlers außenpolitische Erfolge schuf. Auf Einzelheiten kann und soll hier nicht weiter eingegangen werden, doch die angedeuteten Zusammenhänge in ihrer Komplexität und in ihren Interdependenzen dürfen nicht unerwähnt bleiben, wenn es um die Darstellung von wissenschaftlicher Forschung und Erprobung im Dienste militärtechnischer Entwicklungen geht. Und darum ging es eben auch bei den Askania-Werken.

Eine der Hauptaufgaben, denen sich Melitta Schiller bei den Askania-Werken zu widmen hatte, befaßte sich mit der Entwicklung eines sogenannten Sturzflugvisieres für Sturzkampfbomber. Im Unterschied zum Bombenabwurf aus dem Horizontalflug mußte hierbei die Bombe im Sturzflug geworfen werden, wovon eine wesentlich verbesserte Zielgenauigkeit

erwartet wurde. Bei dieser Art des Bombenabwurfs galt es die Maschine auf einer ziemlich steilen Flugbahn auf das Punktziel zuzusteuern. Den richtigen Auslösemoment für die Bombe zu erkennen, bedurfte es eines besonderen Zielgerätes. »Die fliegerischen und ballistischen Zusammenhänge«, führte Kurt Wilde in einem Schreiben dazu aus, »waren hierbei der Gegenstand umfangreicher mathematischer Berechnungen, deren Gültigkeit durch Flugerprobungen nachzuweisen war.«[29]
Sturzflüge stellten natürlich außerordentlich hohe körperliche Anforderungen an den Piloten, besonders im Moment des Abfangens. Die dabei auftretenden Fliehkraft-Einwirkungen erreichten etwa das siebenfache Gewicht des Flugzeugführers. »Meines Wissens gibt es keinen männlichen Piloten«, führte Kurt Wilde weiter aus, »der Sturzerprobungsflüge in solch hoher Zahl durchgeführt hat wie Ihre Frau Schwester. Ich habe einmal gehört, daß die Zusammensetzung des Blutes der Frauen – wobei das Verhältnis von weißen und roten Blutkörperchen gemeint sein mag – günstiger für solche Sturzflüge ist als beim männlichen Geschlecht, so daß tatsächlich Frauen für solche Erprobungen besser prädestiniert sein sollen als Männer.
Auf jeden Fall wurden ihre Leistungen allgemein sehr bewundert, und dies ist auch der Grund, weshalb sie dann von staatlichen Erprobungsstellen und ähnlichen Instituten für die Fortsetzung dieser Forschungsarbeiten angefordert wurde.«[29]
Für den mit der Geschichte der Luftfahrt und der Entwicklung der Stuka-Idee weniger vertrauten Leser erscheint der Exkurs über die Entstehung der Sturzflugangriffsmethode sicher angebracht.
Entdeckt wurde die Methode des Sturzflugangriffs bereits kurz nach dem Ersten Weltkrieg, und zwar in Amerika. Flieger des US Marine Corps erkannten die größeren Erfolgschancen des »Dive-Bombing« auf bewegliche Ziele, wie z. B. Schiffe. So flogen sie 1919 zur Bekämpfung der sog. »Cacos-Rebellen« auf Haiti mit Curtiss JN-4 (»Jenny«) scharfe Sturzangriffe mit großem Zielerfolg. Die Treffsicherheit der Methode beein-

druckte allgemein so sehr, daß in den folgenden Jahren an der neuen Kampftaktik weitergearbeitet wurde. 1927 fügten amerikanische Flieger durch Sturzangriffe in Nicaragua den Anhängern des Rebellenführers Sandino (Sandinisten) schwere Verluste zu, als diese, überrascht von der unbekannten Taktik, den schützenden Urwald verließen und so der Bombenwirkung voll zum Opfer fielen.

Während in Europa die Siegerstaaten keine neuen Luftkampfmethoden entwickelten, besaß die geheime Reichswehrfliegertruppe, dank sowjetischen Entgegenkommens seit dem Rapallo-Vertrag von 1922 in Lipezk zur Fliegerei befähigt, auch die Möglichkeit, Bombenabwurfübungen durchzuführen. Die ersten Sturzflugbombenversuche in Deutschland wurden mit dem als Zivilflugzeug getarnten, von Junkers entwickelten geheimen Kriegsflugzeug K-47 (A-48 in der Zivilversion) unternommen. Diese Maschine erhielt neben Sturzflugbremsen sogar schon eine mit Höhenmesser gekoppelte Abfangautomatik. Möglicherweise hat Melitta Schiller ihren geschilderten Schneesturmflug am Rhein mit unfreiwilliger Zwischenlandung auf französischem Boden mit diesem Muster erlebt. Dipl.-Ing. Hermann Pohlmann, der geistige Vater des späteren deutschen Sturzkampfbombers Ju 87 (»Stuka«) bezeichnete selbst die A-48/K-47 als Vorläufer der Ju 87:

»Unsere ersten Versuche, Überprüfung der Sturzflugeigenschaft, Zielverfahren, Bombenaufhängung und -abwurf, Sturzflugbremsen und so weiter machten wir damals mit unserer K-47, einem von mir schon 1928 konstruierten Jagdzweisitzer in Ganzmetall. Und als 1934 beim Aufbau der Luftwaffe die Aufgabe gestellt wurde, ein Sturzkampfflugzeug zu entwikkeln, da konnte ich auf einer festen Grundlage weiterarbeiten.«[30]

Daß sich die amerikanische »Dive-bombing«-Idee bei der 1935 enttarnten deutschen Luftwaffe durchsetzte, ist dem erfolgreichen Jagdflieger des Ersten Weltkrieges und populären Sportflieger Ernst Udet zuzuschreiben.

Auf dem Mines Field von Los Angeles fanden im September

1928 die National Air Races statt. Neben prominenten amerikanischen Kunstfliegern nahm daran – privat – auch Ernst Udet teil und führte mit großem Erfolg Kunstflüge vor. Hier erlebte er nun ein ungewöhnliches Schauspiel, als 15 Jagdeinsitzer Boeing F2B der US Navy aus 5000 m Höhe zum Sturzangriff ansetzten. Die kleinen Doppeldecker stürzten nacheinander auf das am Boden markierte Ziel, um dann steil wieder hochzuziehen. Vor Begeisterung raste das Publikum, die Wirkung auf Udet war ungeheuer. Ihm war die körperliche Beanspruchung bewußt, aber ebenso konnte er sich von der Treffgenauigkeit durch Sturzbomber überzeugen. Außerdem drängte sich der Vergleich mit einer verwegenen Reiterattacke auf, was die moralische Wirkung noch erhöhen mußte.

Am 27. September 1933 ließ sich Udet auf dem Werksflugplatz der Curtiss-Wright-Flugzeugwerke in Buffalo den Curtiss-Hawk, den »Helldiver« der F8C-Serie vorführen. Beim Sturz fing die sensationelle Maschine wenige hundert Meter über dem Erdboden ab und gewann sofort wieder Höhe. Dem begeisterten Kunstflieger Udet verlangte danach, ein solches Flugzeug sein eigen nennen zu können. Nach der Machtübernahme der Nationalsozialisten versuchte daher der Reichskommissar für die Luftfahrt, Hermann Göring, den Kriegskameraden Udet über dessen Flugleidenschaft für seine Bürokratie zu gewinnen. So konnte der widerstrebende Udet aufgrund seiner Sturzflugbegeisterung schließlich doch für die Machthaber des Dritten Reiches gewonnen werden. Göring ermunterte ihn mit den Worten: »Kaufen Sie drüben zwei Curtiss-Hawk auf private Rechnung, Udet. Den Preis bezahlen wir.«[31]

An der Ausfuhrgenehmigung sollte es nicht fehlen: Das US-Verteidigungsministerium hielt nichts von der Sturzflugidee und erhob daher keine Einwände. Mehr als 30000 Dollar zahlte das Deutsche Reich für die beiden Curtiss-Doppeldekker, mit denen die Stuka-Idee importiert wurde. Allerdings stellte Göring die Bedingung, daß beide Maschinen, ehe sie in

Udets Besitz übergingen, zuerst in der seinem Technischen Amt unterstellten Erprobungsstelle Rechlin gründlich zu prüfen und zu erproben seien.
Einer aus Berlin eingetroffenen Kommission führte Udet im Dezember 1933 dann in Rechlin selbst den Sturzflug vor. Nach vier senkrechten Sturzflügen und dem mühsamen Abfangen war der geübte Kunstflieger anschließend außerstande, aus dem Sitz zu klettern. Das Abfangen hatte seine ganze Kraft bis zur völligen Erschöpfung beansprucht. Görings Staatssekretär Erhard Milch fragte sich angesichts des bleichen Pour-le-mérite-Trägers, ob das Ganze nicht Wahnsinn wäre, wenn nicht einmal Udet die Sache richtig beherrschte. Material und Menschen könnten derartige Belastungen auf Dauer nicht aushalten.
Immerhin gehörten die beiden Curtiss-Falken BFC-2 nunmehr Udet, und dieser beherrschte im Sommer 1934 den Sturzflug dermaßen, daß sich die neue Nummer für das nächste Kunstflugprogramm eignete. Doch bei einem der letzten Übungsflüge in Tempelhof bäumte sich die Curtiss unter dem Steuerdruck auf, geriet mit wild flatterndem Leitwerk ins Trudeln, und Udet gelang gerade noch der Fallschirmabsprung. Wieder einmal endete ein Flug für ihn im Krankenhaus.
Inzwischen existierte der von Heinkel entwickelte Sturzbomber He 50, den auch Japan und China in geringen Stückzahlen übernahmen. Doch Milch sowie der Chef des Technischen Amtes im Reichsluftfahrtministerium (damals noch Reichskommissariat für Luftfahrt), Oberst Wimmer, und der Chef der Entwicklungsabteilung, Freiherr v. Richthofen, verhielten sich ablehnend gegenüber der Sturzflugmethode. Udet seinerseits ließ von der Stuka-Idee nicht ab, sondern führte auf dem Reichsparteitag 1935 erneut seine Curtiss in Sturzflügen vor und demonstrierte der Führungsspitze die Treffgenauigkeit mit dem wendigen Focke-Wulf-Einsitzer Fw 56 und 50-kg-Zementbomben. Damit konnten endlich die Verantwortlichen überzeugt werden. Der Aufstellung eines

Entwicklungsprogramms für Sturzkampfbomber stand künftig nichts mehr im Wege.
In dieser Zeit entstand in Braunschweig die Deutsche Forschungsanstalt für Luftfahrt (DFL) aufgrund der Erkenntnis, daß eine Ausweitung der Aufgaben der Luftfahrtindustrie eine entsprechende Kapazitätsvergrößerung der Luftfahrtforschungsinstitute erforderte. Abgesehen von der umfangreichen Erweiterung, die nach 1935 die Aerodynamische Versuchsanstalt in Göttingen (AVA) und die DVL in Berlin-Adlershof erfuhren, faßte man seinerzeit den Entschluß, eine völlig neue Luftfahrtforschungsanstalt aufzubauen. Die Wahl fiel wegen der geographischen Lage und der Technischen Hochschule auf die kleine Ortschaft Völkenrode bei Braunschweig. »Die treibende Kraft bei den Verhandlungen über die Notwendigkeit des Ausbaues der deutschen Luftfahrtforschung war der Chef der Forschungsabteilung im Technischen Amt des Reichsluftfahrtministeriums, der damalige Ministerialrat Adolf Baeumker. Ohne seinen Weitblick und ohne seine Aktivität bei der Verfolgung der einmal erkannten Ziele wäre es wohl nie zur Gründung der DFL gekommen«[32]
In Zusammenarbeit mit dem Technischen Amt, der DFL und der DVL wurden nun Richtlinien für die Entwicklung von Sturzkampfflugzeugen erarbeitet.
Die Firma Henschel Flugzeugbau brachte als Sturzbomber eine neue Konstruktion heraus, den Doppeldecker Hs 123 mit seinem charakteristisch gewordenen aerodynamisch verkleideten starren Fahrwerk. Udet flog die Hs 123 am 8. Mai 1936 selbst zum erstenmal Vertretern des RLM vor. Vergleichsflüge mit den Mustern anderer Firmen erwiesen die Überlegenheit des Henschel-Einsitzers und sicherten ihm den Platz eines ersten Serien-Sturzkampf- und Schlachtflugzeugs.
Nach dem neuen Aufrüstungsprogramm für die Luftwaffe vom 29. 8. 1935 sollte bis zum 1. 10. 1938 die Aufstellung von drei Stuka-Geschwadern mit 27 Staffeln erfolgen. Bei Junkers in Dessau begann die Entwicklung des später so berühmt gewordenen Stukas Ju 87 mit den charakteristischen Knickflügeln

und dem stromlinienförmig verkleideten Fahrwerk. Ausgerechnet der Chef der Entwicklungsabteilung im Technischen Amt, Major Wolfram Frhr. v Richthofen, Vetter des bekannten Jagdfliegers aus dem Ersten Weltkrieg, sprach sich weiterhin entschieden gegen das gesamte Stuka-Konzept aus. Trotzdem gab das Technische Amt schon im Frühjahr 1935, während Richthofens Amtszeit, den Stuka-Entwicklungsauftrag an die Flugzeugindustrie. Außer Junkers beteiligten sich an dem ausgeschriebenen Wettbewerb Arado, Blohm & Voß und Henschel. Weil der Junkers-Entwurf den Vorstellungen und Wünschen der Luftwaffe am deutlichsten entgegenkam, besaß die Firma in Dessau den klaren Vorteil. Chefingenieur Pohlmann hatte bereits 1933 entworfen, was den militärtechnischen Forderungen entsprach.

1936 fiel in Deutschland endgültig die Entscheidung zugunsten der Sturzbomberentwicklung. Udet gab dem Drängen seiner alten Kriegskameraden nach und trat als Oberst in die Luftwaffe ein. Inzwischen spitzte sich die Stuka-Entscheidung zwischen Heinkel (He 118) und Junkers (Ju 87) zu. Zwar verfügte v. Richthofen noch am 9. Juni 1936: »Weiterentwicklung der Ju 87 wird eingestellt.« Doch einen Tag später übernahm, wenngleich zögernd, Udet als Nachfolger von General Wimmer die Leitung des Technischen Amtes. Der Nur-Flieger und fachlich überforderte Nicht-Ingenieur erkannte jedoch als neuer Amtschef die Chance, der Stuka-Idee jetzt zum endgültigen Durchbruch zu verhelfen und das Konzept tatkräftig zu fördern.

Schließlich entschied in diesem Sommer 1936 ein Vergleichsfliegen zwischen Junkers und Heinkel auch noch über den Großauftrag. Gegenüber der steil stürzenden und sicher abfangenden Ju 87 wagte der Testpilot der schnelleren und wendigeren He 118 nur den Schrägsturz. Dafür wagte Udet, der es genau wissen wollte, wenig später in Marienehe um so mehr, beachtete nicht die erforderliche Propellereinstellung und stürzte mit der He 118 ab, wobei er sich wieder durch Fallschirmabsprung retten konnte. Dieser Unfall gab den Weg frei für die Ju 87, mit der während des Krieges – zumal in der Phase der Blitzsiege – glänzende Erfolge in der Bekämpfung von Erdzielen (Brücken, Bunkern, Panzern, Eisenbahnlinien etc.) erzielt wurden, mit der aber auch Gräfin Stauffenberg eine Vielzahl ihrer Erprobungssturzflüge durchführte.

Als Fliegerin der Askania-Werke wurde Dipl.-Ing. Melitta Schiller insofern mit der hier dargelegten militärtechnischen Entwicklung frühzeitig konfrontiert, als die Verbesserung von Bombenzielgeräten und Sturzflugvisieren, wie bereits erwähnt, zu ihren Hauptaufgaben gehörte und eigentlich bis Kriegsende weiterhin gehören sollte.
Generaldirektor Max Roux, der nach dem Kriege in einem sowjetischen KZ freiwillig aus dem Leben schied, händigte am 9. November 1937 »im Auftrage des Herrn Reichsministers der Luftfahrt« die Verleihungsurkunde aus, die Melitta Schiller berechtigte, die Dienstbezeichnung »Flugkapitän« zu führen. Darüber berichtete das Mitteilungsheft der Askania-Werke (Heft 8/1937):
»Diese hohe Auszeichnung ist vorher in Deutschland nur einer einzigen Frau (Hanna Reitsch – Verf.) zuteil geworden. Frau Schiller, die schon 1929 bei der Deutschen Versuchsanstalt für Luftfahrt ihre fliegerische Ausbildung begonnen hat, ist die einzige Frau Deutschlands, die nicht nur den Führerschein für sämtliche Klassen von Motorflugzeugen (C2), sondern auch den Kunstflugschein K2 und die Führerscheine für Segelflug und Segelkunstflug erworben hat und an Blindflug- und Funklehrgängen mit bestem Erfolg teilgenommen hat.
Wenn man bedenkt, daß Frau Schiller sich die Geldmittel für ihr Studium und ihre fliegerische Ausbildung zum größten Teil selbst verdient hat, so kann man schon daraus ersehen, mit welch bewundernswerter Willenskraft Frau Schiller ihr Ziel angestrebt und erreicht hat. Wir freuen uns, sie zu unseren Mitarbeitern zählen zu dürfen, und hoffen, daß Frau Schiller, die mit der Durchführung besonders schwieriger

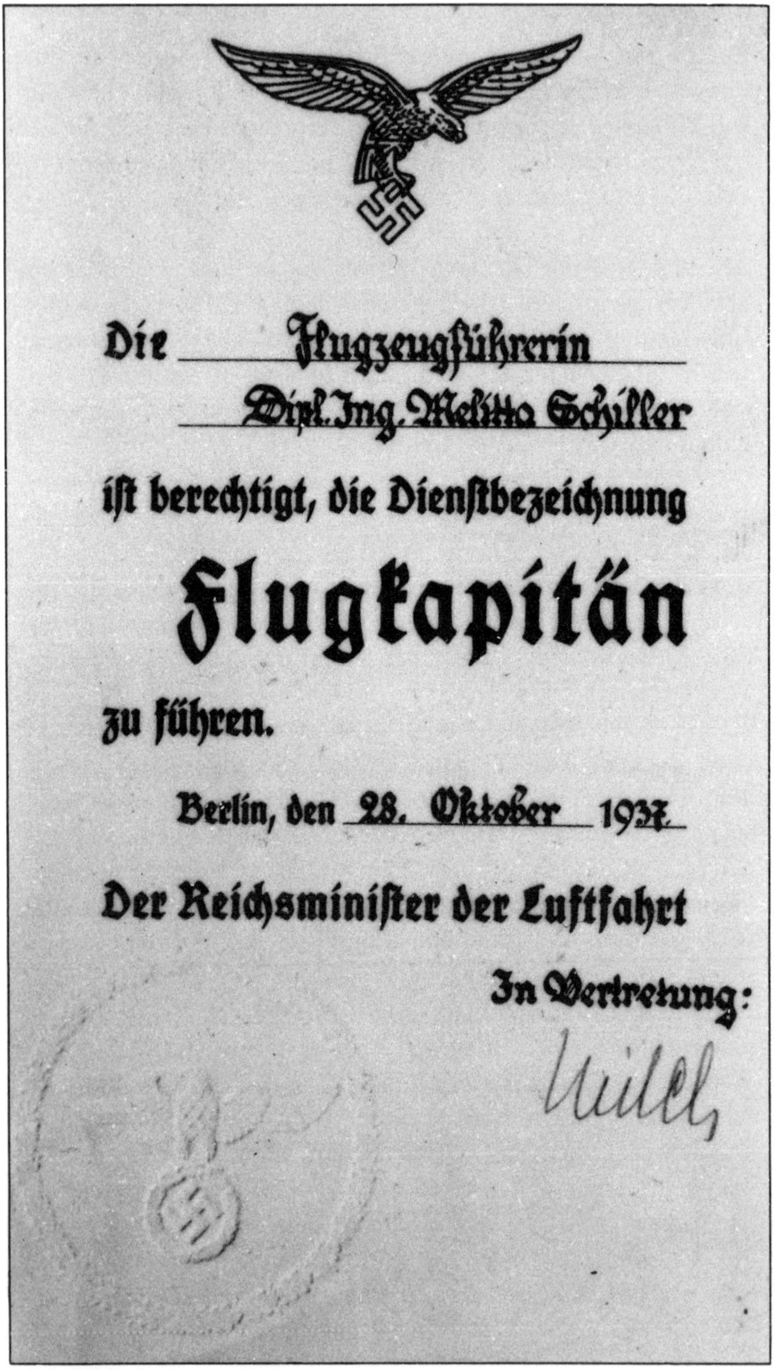
Die Flugzeugführerin

Dipl. Ing. Melitta Schiller

ist berechtigt, die Dienstbezeichnung

Flugkapitän

zu führen.

Berlin, den 28. Oktober 1937

Der Reichsminister der Luftfahrt

In Vertretung:

Milch

fliegerischer und mathematisch-technischer Sonderaufgaben betraut ist, noch viele Jahre mit bestem Erfolg für uns tätig sein kann.«
Der unverkennbare Firmenstolz ist verständlich.
Zu diesem Zeitpunkt konnte Melitta Schiller auf folgende Wettbewerbbeteiligungen zurückblicken:
1932 gewann die Flugvereinigung der Angestellten der DVL im Rahmen des Zuverlässigkeitsfluges den 1. Preis und obendrein eine dreisitzige Klemm. Da im Jahre 1934 eine Frau am Deutschlandflug in der Konkurrenz männlicher Piloten nicht teilnehmen durfte, flog Dipl.-Ing. Schiller außerhalb des Wettbewerbs fehlerfrei in einer Sanitätsmaschine mit. Im Rahmen des Internationalen Großflugtages anläßlich der Berliner Olympiade führte Melitta Schiller am 31. 7. 1936 in Tempelhof die Heinkel He 70 »Blitz« in rasanten Kunstflugfiguren und extremen Fluglagen vor.
An der außerberuflichen Fliegerei sollte sich auch nach der Vermählung mit Alexander Graf Schenk von Stauffenberg im Jahre 1937 nichts ändern. Bis in die Kriegszeit hinein blieb indes ausschließlich der Mädchenname geläufig, sowohl in Fliegerkreisen als auch in den verschiedenen Zeitungsberichten. Der Flugkapitän legte offenbar großen Wert darauf, die »Gräfin« nicht unnötig herauszukehren, welche Gründe das im einzelnen auch gehabt haben mag.
Beim Küstenflug am 2./3. Juli 1938 gab es für Frauen eine eigene Wertung mit abweichender Streckenfestlegung (für die männlichen Piloten: von Königsberg nach Wyk auf Föhr). So gewann im »Zuverlässigkeitsflug der Sportfliegerinnen« Melitta Schiller mit ihrer Orterin Hildegard Alt den Sieg, während die Berliner Besatzung Beate Köstlin und Orterin Gerda Völker sich den zweiten Platz sichern konnte.
Über diesen Zuverlässigkeitsflug 1938 schrieb Thea Rasche einen anschaulichen Bericht:
»Wir Sportfliegerinnen sind wirklich ein bißchen ›stiefmütterlich‹ behandelt worden. Desto größer war die Freude, daß ›Krischan‹ sich ›bekehrt‹ hat und uns diese Chance gab und den

ersten Zuverlässigkeitsflug für Sportfliegerinnen ins Leben rief.[33] Und ich glaube, ›unser Krischan‹ ist nicht enttäuscht worden.
Geschlossen waren wir Sportfliegerinnen da. Hundertprozentig gestartet und gelandet! Ohne Fahrgestellbruch und ohne Notlandungen. Viele neue Gesichter sah man unter den altbekannten. Liesel Bach, Vera von Bissing und Flugkapitän Melitta Schiller, Gudrun-Maria Osterkamp, Johanna Treede, Lotte Hogeweg, Irene Purschke, Susanne Wobst-Wettley, Beate Köstlin, Luise Harden, Charlotte Franke und die österreichische Kameradin Trude Schmied und ich hatten gemeldet. Als Orterinnen flogen mit Eva-Essa von Dewitz, Elisabeth Alt, Lilli Siedersleben, Ursula Schmatolla, Ingrid Petersen und die österreichische Fallschirmabspringerin Poldi Rucziczka.
Die Zahl ›13‹ müßte nun endgültig zur Glückszahl ernannt werden. Dreizehn Fliegerinnen starteten und landeten glücklich, und ausgerechnet die Wettbewerbsnummer ›13‹ siegte mit Flugkapitän Melitta Schiller am Steuer. Wir alle gönnten es ihr von Herzen – sie ›kann‹ was und ist ein prachtvoller Mensch, der in seiner übergroßen Bescheidenheit in der ›Öffentlichkeit‹ viel zu wenig bekannt ist, weil sie sich immer möglichst in den Hintergrund verstecken möchte.
Unsere Aufgabe war leider nicht sehr schwer. Entscheidend war eigentlich nur die Geschicklichkeitsprüfung in der Wertung der Punkte. Da es ein Zuverlässigkeitsflug war und kein Rennen, war die Erreichung der verschiedenen Zwangslandeplätze der Zeit nach gleichgültig. Angeflogen werden mußten lediglich vom Startflughafen Rangsdorf aus Leipzig-Schkeuditz, Erfurt, Braunschweig-Waggum, Hamburg-Fuhlsbüttel, wo die Geschicklichkeitsprüfung stattfand, die darin bestand, über ein 1 m hohes Seil in eine Landebahn von 30 m Breite und 200 m Länge zu landen. Deren Maschine den kürzesten Abstand vom Seil hatte, war Siegerin. Am nächsten Tag erfolgte der Weiterflug mit dem Zielflughafen Wyk auf Föhr.
Aber wie so oft im Leben und besonders bei Wettbewerben machte der Wettergott uns einen bösen Strich durch die Rech-

nung. Am Starttage herrschte ›Fliegerwetter‹, aber kein ›Flugwetter‹ – überall Startverbot im ganzen Reiche. Sehnsüchtig schauten wir zum Himmel, und von Stunde zu Stunde mußte der Start verschoben werden. Harz, Erfurt, Leipzig lagen im dicken ›Dreck‹, keine Möglichkeit einer Besserung und keine Hoffnung durchzukommen. Endlich entschloß die Startleitung sich, die Strecke umzulegen und den Start um 1 Uhr freizugeben. Anstatt Leipzig – Erfurt – Braunschweig wurde die Strecke über Magdeburg – Braunschweig gewählt.
Es war wirklich schon ein ›freundliches Wetterchen‹. In 80 Meter Höhe geriet man in die Wolken, und in strömendem Regen ging's los bis Magdeburg. Wir hängten uns natürlich alle an die Autobahn, und von uns aus dürfte es noch viel mehr Autobahnen in Deutschland geben! Man darf nur nicht die falsche erwischen! Bis Braunschweig blieb es so, dann klärte es sich auf, und bis Hamburg und auch am nächsten Tag bis Wyk hatten wir gutes Wetter. Flughöhe 200 bis 400 Meter.
Tapfer haben alle durchgehalten, mit echtem Fliegergeist und Humor wurde alles genommen und durchgeführt. Es herrschte eine famose Kameradschaft und Hilfsbereitschaft. Wohl keine von uns ist mit Glücksgütern gesegnet, und wohl die meisten haben schwer zu kämpfen, doch eines können sie nicht lassen: die geliebte Fliegerei. Und so danken wir ›unserem Krischan‹ aus vollem Fliegerherzen für sein Vertrauen, und daß wir nun immer dabei sein dürfen. Ein besonderer Dank gebührt dem verantwortlichen Leiter des Fluges, dem NSFK-Hauptsturmführer Matthiesen, der sich rührend unserer angenommen und unsere Interessen vertreten hat.«
Für die Askania-Zeitschrift (AW I Heft Nr. 12/1938) verfaßte die Siegerin Melitta Schiller einen eigenen Erlebnisbericht:
»Wie unsere Mitarbeiterin Flugkapitän Melitta Schiller Siegerin im Zuverlässkeitsflug für deutsche Sportfliegerinnen wurde, berichtet sie in folgenden launigen Worten:
›Erst wenige Tage vorher erfuhr ich, daß ich gemeldet worden war. (Wie gut, wenn man Vorgesetzte hat, die an alles denken!) Wenn unser Korpsführer zum ersten Male einen Wettbe-

werb für Fliegerinnen veranstaltete, so war es natürlich Ehrensache, mitzumachen. Besonders freute mich, daß meine langjährige Mitarbeiterin Hildegard Alt mich als Orterin begleiten sollte, denn schon immer wollte ich sie einmal auf einem ›zünftigen‹ Überlandflug mitnehmen. In aller Eile wurden Ausweise, Streckenkarten und Ausrüstungsgegenstände beschafft, und endlich bekamen wir auch die uns gestellte Sportmaschine zu Gesicht. Als einzige grau gestrichen, prangte an ihrer Rumpfnase aufdringlich die Startnummer 13. Im übrigen hieß sie E-HIN, das bedeutet in österreichischem Dialekt ›Sowieso kaputt‹! Wir lachten herzlich über diese Häufung böser Vorzeichen und taten so, als wären wir gar nicht abergläubisch. Schließlich hatte ich auch meinen allerersten Überlandflug an einem Freitag, dem 13., gemacht, und alles war glatt gegangen.

Am 1. Juli, dem Vorabend des Fluges, nach einem schwülen Tage, flogen wir zum Sammelflugplatz Rangsdorf. Der Anblick des Sees begeisterte uns, und kaum gelandet, stürzten wir uns in die kühlen Fluten. Mit dem größten Teil der Kameradinnen genossen wir dann den friedlichen Abend in dem herrlich gelegenen Klubhaus. Der Sonnenuntergang allerdings machte uns Sorge, er verkündete einem wettererfahrenen Fliegerauge wenig Gutes.

Etwas unruhig war die Nacht doch, und bereits vor dem allgemeinen Wecken um ½6 Uhr waren wir wach und betrachteten den trüben Himmel mit sehr zweifelnden Blicken: Würde man uns fortlassen? – Natürlich ließ man uns nicht fort! Q B I (d. h. Start- und Landeverbot für Flugzeuge ohne F. T.) in allen anzufliegenden Flughäfen! Nächste Wettermeldung 9.30 Uhr. Also zurück zu den nur halbgeleerten Kaffeekännchen, dann zur Sicherheit noch einmal den Motor warmlaufen lassen. 9.30 Uhr die Wettermeldung: unverändert schlecht, vor 12.30 Uhr keine Aussicht auf Freigabe des Starts! Unsere Gesichter wurden zusehends länger, wir sahen uns schon den Küstenflug an der Küste des Rangsdorfer Sees beenden. – Aber inzwischen war ein höchst ansteckender Galgenhumor aufgekommen, und bei der gemeinsamen Mittagstafel ging es recht vergnügt her. Da wir uns noch nicht alle kannten – wir kamen aus den verschiedensten Gegenden des Reiches, selbst Wien hatte prompt zwei Vertreterinnen geschickt –, boten die Wartestunden eine willkommene Gelegenheit, einander näherzukommen.

Endlich, um 12.30 Uhr, gab die fürsorgliche Wettbewerbsleitung – schweren Herzens offenbar – den Start frei. Die Strekken waren inzwischen anders gelegt und verkürzt worden. Es wurde empfohlen, sich zunächst an die Autobahn zu halten, da die Wolkenfetzen noch recht tief in die Wälder hineinhingen. Als wir als letzte starteten, sahen wir den ganzen Schwarm der hübschen gelben Sportmaschinen vor uns abschwirren. Die Streckenzeit wurde zwar nicht gewertet, und es hatte daher keinen Sinn, ›Strich zu fliegen‹ und bei der schlechten Sicht womöglich ein ›Verfranzen‹ zu riskieren. Wir gingen aber trotzdem anhand unserer guten Instrumentenkenntnisse gleich auf Kurs (als Training für einen hoffentlich bald zu erwartenden größeren Wettbewerb) und bekamen dadurch einen solchen Vorsprung, daß wir in Magdeburg als erste landeten.

›Wie bei den Großen‹ stellte ich in Magdeburg den Motor gar nicht ab, meine Orterin erledigte Beurkundung und Abfertigung im Eiltempo, und ehe noch die anderen vollzählig gelandet waren, starteten wir schon nach Braunschweig. Dort wurde getankt, und ein freundliches Wesen bot uns Kaffee und Drops an. Meine Orterin aber verweigerte standhaft jede Erfrischung, sie war vom Wettbewerbsfieber erfaßt und wollte zuerst die Tagesstrecke hinter sich bringen, ehe sie sich einen Augenblick Ruhe gönnte. Mir ging es ähnlich, und so sausten wir weiter, diesmal über die unübersichtliche Heide nach Hamburg-Altona, wo man etwas mehr aufpassen mußte. Dafür aber wurde das Wetter immer besser. Überall wurde ›die böse 13‹, die zuallererst ankam, mit viel Humor empfangen, man hatte uns natürlich viel später erwartet.

In Hamburg-Fuhlsbüttel war der Streckenflug dann abgeschlossen, und wir verschnauften etwas bei Kaffee und Ku-

chen. Allmählich kamen auch die anderen an; sie hatten sich vernünftigerweise Zeit gelassen.
Lange konnten wir nicht auf unseren ›Lorbeeren‹ ausruhen, denn die Wettbewerbsleitung kommandierte uns bald zur Geschicklichkeitsprüfung, die noch am selben Abend beendet sein sollte. Das hatte ich nun von meiner Eile, daß ich als Erste ›über das Seil hüpfen‹ mußte. Aber vorläufig war es noch nicht so furchtbar aufregend, denn die Höchstpunktzahl erreichte man bereits bei 100 m Landestrecke; was darunter war, brachte nicht mehr Punkte ein. – Das schaffte ich ohne große Anstrengung. In aller Ruhe konnten wir nun beobachten, wie die anderen es machten. Das Ergebnis war, daß noch zwei meiner Kameradinnen weniger als 100 m gebraucht hatten, so daß drei Punktgleichheit hatten. Also hieß es, morgen noch einmal ›hüpfen‹. Diesmal sollte die absolut kürzeste Strecke bewertet werden. Das bedeutete bis an die äußerste Grenze gehen, denn die Konkurrenz war stark, wie mir die ausgezeichneten Landungen meiner ›Rivalinnen‹ Beate Köstlin und Suse Wobst-Wettley am Abend gezeigt hatten.
Am nächsten Morgen herrschte fast völlige Windstille. Auch waren die Maschinen voll getankt und infolgedessen ›kopflastiger‹ als vorher. Ich mußte meine Taktik völlig ändern und die Maschine unmittelbar hinter dem Seil zum Durchsacken bringen. – Die beiden anderen waren schon gelandet; am Ende der erzielten kürzesten Landestrecke stand wie ein gestrenger Erzengel meine Orterin und verwehrte mir den Eingang in das dahinterliegende Paradies der bequemen Landelängen. Was blieb mit anderes übrig, als mich höllisch zusammenzunehmen und die Maschine bis aufs äußerste ›auszuhungern‹ mit einem Stoßseufzer gen Himmel, sie möge nicht vor dem Seil absakken. Es gelang, und damit gehörte der Sieg uns. Die Kameradinnen, die mit sehr sachverständigen und sehr kritischen Blicken die Landung beobachtet hatten, beglückwünschten uns herzlichst.
Nun begann der vergnügliche Teil des Wettbewerbes, der Flug nach den herrlichen Nordseeinseln. Wir hatten es wieder eilig,

flogen quer über die See und landeten 2 Stunden früher in Wyk, als man uns erwartete. Trotzdem war der Empfang sehr herzlich, sogar mit Rosen wurden wir beschenkt. – Strahlender Sonnenschein lachte, und so schnell wie möglich stürzten wir uns in die Nordsee. Allmählich gesellten sich die anderen Kameradinnen zu uns, und wir warteten faul und vergnügt ab, bis sich die männlichen Kameraden, die Teilnehmer des Küstenfluges 1938, die andere Strecken fliegen und verschiedene Orteraufgaben lösen mußten, alle eingefunden hatten. Nach dem gemeinsamen Abendessen im Kurhaus sprach unser allbeliebter Korpsführer General Christiansen über den höheren Zweck derartiger nationaler Wettbewerbe. Er erklärte dann in launiger Weise den Unterschied zwischen den Siegern und den übrigen Teilnehmern dahin, daß die Plaketten der Sieger ›äußerlich‹ golden oder silbern seien, was aber nichts anderes besagte, als daß die Farben das nächste Mal gewechselt würden. – Trotzdem, wir waren sehr stolz, als wir bei der Preisverteilung unsere ›äußerlich‹ silberne Plakette in Empfang nehmen und dem Korpsführer die Hand drücken durften in der Zuversicht, bald wieder dabei zu sein, gleichgültig, ob mit silbernem oder mit bronzenem Ausgang.‹«

Das Jahr 1938 ist gekennzeichnet durch außenpolitische Erfolge, geschichtliche Höhepunkte wie Krisen im Gefolge Hitlerscher Revisionspolitik. Den 1919 von den Siegern verweigerten, jetzt mit fragwürdigen Methoden herbeigeführten Anschluß Österreichs nahmen die Westmächte als Vollzug des Selbstbestimmungsrechtes hin, denn Wien versank in einen alle Erwartungen übertreffenden Freudentaumel. Selbst der sozialdemokratische Politiker Karl Renner (1870–1950), erster Bundespräsident der 2. Republik Österreich, bekannte 1938: »Obschon nicht mit jenen Methoden, zu denen ich mich bekenne, errungen, ist der Anschluß nunmehr doch vollzogen, ist geschichtliche Tatsache, und diese betrachte ich als wahrhafte Genugtuung für die Demütigungen von 1918 und 1919, für St. Germain und Versailles. Ich müßte meine ganze Vergangen-

heit als theoretischer Vorkämpfer des Selbstbestimmungsrechtes der Nationen wie als deutsch-österreichischer Staatsmann verleugnen, wenn ich die große geschichtliche Tat des Wiederzusammenschlusses der Deutschen Nation nicht mit freudigem Herzen begrüßte.«
Würde Hitlers außenpolitischer Druck auf die Prager Regierung nun jedoch zu einem europäischen Krieg führen? Generalstabschef Ludwig Beck sah im Juli 1938 »letzte Entscheidungen über den Bestand der Nation auf dem Spiele« stehen, und tatsächlich gab die durch eine unprovozierte tschechische Mobilmachung ausgelöste sog. »Maikrise« allen Anlaß zu ernster Sorge um die Erhaltung des Friedens. Das sudetendeutsche Problem freilich existierte nun einmal seit der zwangsweisen Einbeziehung von 3,5 Millionen Deutschen in den neugegründeten Mehrvölkerstaat ČSR. Die Prager Zentralregierung hatte es in 20 Jahren nicht verstanden, ihre Minderheitenprobleme – nach Schweizer Modell – zufriedenstellend zu lösen, nicht einmal gegenüber dem slowakischen Bevölkerungsteil. Erst nach vergeblichen Appellen der Sudetendeutschen an den Völkerbund sowie den ergebnislosen Versuchen, über England etwas zur Besserung ihrer Lage im Sinne angestrebter Autonomie zu erreichen, richteten sie ihre Hoffnungen auf das inzwischen erstarkte Großdeutsche Reich. So reifte ein durch Versailles geschaffenes Problem für Hitlers »Ordnungsvorstellungen« heran, verschärft durch aufpeitschende Reden und ultimative Forderungen. Englands Premierminister Chamberlain setzte sich für eine friedliche Lösung der Spannungen ein und sorgte gemeinsam mit Frankreich dafür, daß der tschechoslowakische Staatspräsident Beneš – 10 Tage vor dem Münchner Abkommen (29. 9. 38) in die Abtretung des Sudentenlandes an Deutschland einwilligte (Übergabe der britisch-französischen Note in Prag am 19. 9. 38). Daß diese Lösung auf einen in Paris diskret signalisierten Vorschlag Beneš zurückzuführen ist, verraten erst kürzlich freigegebene Geheimakten. Das Münchner Abkommen regelte lediglich noch die Übergabemodalitäten. Während die Menschen in Europa er-

leichtert aufatmeten und dieses Abkommen freudig begrüßten, wenngleich es den Frieden nur für knapp ein Jahr sicherstellen konnte, hatte man in Prag anders kalkuliert. Beneš erklärte in einer Rundfunkrede am 22. 9. 1938: »Einem Krieg mit Hitlers Deutschland ist unmöglich zu entrinnen. Es kommt entweder jetzt oder später dazu. Ich wünschte ihn mir sofort. Die Pflicht unserer Regierung ist es, den Staat zu erhalten bis zu dem Augenblick, da es zu einer weiteren Krise mit Deutschland kommt. Diese Krise ist unvermeidlich, und in ihr wird es zu einem allgemeinen Krieg kommen, der uns alles wieder zurückbringen wird, was wir jetzt verlieren würden.«[34]

Zweimal war der britische Premierminister Chamberlain vor dem Münchner Abkommen zu Besprechungen mit Hitler nach Deutschland geflogen: am 15. September Besprechung in Berchtesgaden, vom 22. bis 24. September Besprechungen in Godesberg.

Und ausgerechnet in diesen krisenhaften, spannungsgeladenen Septembertagen 1938 unternahm Melitta Schiller ihren »Englandflug mit Zwischenfällen« – so der Titel ihres Berichtes in der Askania-Zeitschrift –, zwar unabhängig von der großen Politik, aber doch auf besondere Weise als Botschafterin internationaler Fliegersolidarität und aufrichtiger Völkerverständigung. Dem AW-Heft Nr. 15 vom Januar/Februar 1939 ist zu entnehmen:

»Zu der feierlichen Eröffnung des Flughafens Chigwell östlich von London, der der englischen weiblichen Luftreserve zur Verfügung gestellt wurde, entsandte das NSFK Elly Beinhorn und Melitta Schiller als deutsche Vertreterinnen. Hierüber erzählt unsere Arbeitskameradin Flugkapitän Melitta Schiller:

›'Rund drei Viertel seines Lebens wartet der Pilot vergebens.' In dem restlichen Viertel aber erlebt er unausgesetzt Überraschungen, teils angenehme, teils unangenehme. Wenn man beispielsweise morgens in seinem Büro sitzt und mit einigem Unbehagen an eine bevorstehende seemännische Prüfung denkt, ist der plötzliche Anruf vom NSFK mit der Weisung, 'noch gestern' nach England zu fliegen, zweifellos zunächst eine angenehme Überraschung. – Man ist der Examensnöte vorerst enthoben, und das Ministerium schreibt noch dazu den Entschuldigungszettel. Daß die hochgespannte politische Lage – es ist der 21. September 1938 – möglicherweise auch unangenehme Überraschungen mit sich bringen kann, daran glaubt man nicht.

Also saust man wie aus der Pistole geschossen los, drückt dem Sturmführer Paß und Ausweise in die Hand, nimmt dafür einige Stunden später eine ganze Ladung von Papieren, Karten usw. eiligst und unbesehen in Empfang und übernimmt am nächsten Morgen die nette kleine Reisemaschine. Mit etwas geteilten Gefühlen wegen des völligen Fehlens der mit Recht so beliebten (Askania-)Blindfluggeräte im Instrumentenbrett, was sich bei unsichtigem Wetter über dem Kanal störend bemerkbar machen kann. Mittags werden endlich noch die letzten notwendigen Papiere gebracht.

Ich fliege gleich durch bis Düsseldorf und noch am selben Abend nach Brüssel. Über dem Kanal regnet es, da ist es gut, rechtzeitig in der Nähe zu sein, wenn man am nächsten Tage bestimmt hinüberkommen will. – In Brüssel merke ich, daß ich kein belgisches Visum mitbekommen habe. Es bleibt mir nichts übrig als in der Flughafenherberge zu übernachten. – Flugplätze haben ihre eigenen Reize. Besonders Licht- und Schall-Reize. Das merkt man, wenn man nachts daneben schlafen will. Am nächsten Morgen ist das Wetter besser geworden. Bereits um 12 Uhr lande ich in meinem Bestimmungsort, dem kleinen Sportflughafen Romford östlich von London, nachdem ich sorgfältig über der französischen und der englischen Küstenstation Kreise gezogen habe, nicht ahnend, daß die englische Station inzwischen nach einem anderen Flugplatz verlegt worden ist. – In Romford wird einem blitzartig klar, daß die Erde eine Kugel ist. Sogar eine sehr kleine Kugel. In der Hälfte des winzigen Platzes ist auch eine Sportmaschine noch nicht ausgerollt. Und dann geht es auf der anderen Seite lustig bergab. Nur die erheblichen Bodenwellen bremsen die Fahrt ein wenig. Die brave Kl 35 aber läßt sich nicht beirren.

Es zeigt sich, daß Romford kein Zollhafen ist. Eigentlich will ich gleich weiterfliegen, um mich in Croyden oder Heston abfertigen zu lassen. Aber der Flugleiter verspricht, die Zollbeamten eigens herzuholen. Es soll nicht mehr Zeit nehmen als mein Mittagessen. – Mein Mittagessen ist jedoch überraschend schnell erledigt. Merkwürdigerweise kocht man hier anders als daheim.

Man bringt dem fremden Lande immer erst allmählich das richtige Verständnis entgegen. Besonders, wenn im Anfang alles schiefgeht: Es dauert volle fünf Stunden, bis die verschiedenen Beamten meine Papiere wörtlich und mehrfach abgeschrieben haben.

Endlich bringt mich ein tollkühner Chauffeur durch melancholische Vorstadtteile mit endlosen, völlig gleichartig gebauten Häuserreihen mitten durch den wahrhaft lebensgefährlichen Nachmittagsverkehr nach dem Londoner Westen. Bis wir uns durch den Wirrwarr der verschiedensten Fahrzeuge rücksichtslos bis zum anderen Ende der Stadt durchgedrängelt haben, sind zwei weitere Stunden vergangen.

Schließlich kommen wir aber doch in dem Hotel an, in dem Mrs. Patterson, die Leiterin der nationalen weiblichen Luftreserve und erste englische Fluglehrerin, den ganzen Nachmittag auf mich gewartet hat. – Sie hat in rührender Fürsorge inzwischen ein reizendes kleines Hotelzimmer für mich ausgesucht und dafür gesorgt, daß mir am nächsten Tage, an dem sie mit Vorbereitungen beschäftigt sein wird, eine andere ortskundige Fliegerin zur Verfügung steht. – Jetzt zeigt sie mir die Ausgabe der ›Evening News‹, in der meine Ankunft in England überaus dramatisch geschildert ist: Die französische Küstenstation hatte den Zeitpunkt meiner Überfliegung nach London weitergegeben. Die von mir überflogene englische Küstenstation war nicht mehr besetzt, und da ich außerdem in keinem der offiziellen Flughäfen gelandet war, sah man mich bereits im Kanale schwimmen und signalisierte durchfahrenden Schiffen, nach mir zu suchen und mich aufzufischen. Bis endlich aus dem abgeschie-

denen Romford die Nachricht von meiner glücklichen Landung durchdrang.
Es soll Menschen geben, denen es ein Vergnügen ist, sich in der Zeitung zu lesen. Noch andere fühlen sich besonders wohl in der Gesellschaft von Reportern. Beide Genüsse hat man an diesem Nachmittag für mich vorbereitet. Es kostet Aufwand, trotzdem zu lächeln. (Wie die Aufnahme beweist).
Mrs. Patterson begleitet mich dann noch geduldig zu einem anderen Hotel, in dem Elly Beinhorn uns erwartet, die mit ihrer Messerschmitt-Taifun ebenfalls zu dem Flugmeeting herübergekommen ist. Nachdem alles Notwendige besprochen worden ist, muß unsere aufopfernde Gastgeberin noch spät nachts den weiten Weg nach Romford zurück machen. Dort wollte sie sich um 4 Uhr nachmittags mit ihrem Manne, dem Organisator der Flugveranstaltung, treffen. Er mußte bis abends warten, ohne daß sie ihn benachrichtigen konnte. Diese Tatsache bewies mir ihren bemerkenswerten Mut und ihre Einsatzbereitschaft. Oder sollten etwa die englischen Ehemänner so viel geduldiger sein?
Unser Flugmeeting beginnt in dem Augenblick, in dem Chamberlain auf der Rückkehr von Godesberg in Heston landet. Elly Beinhorn, die ihre Maschine dort untergestellt hat, erwischt ihn gerade noch. Damals war der Beifall des Publikums noch wesentlich gehaltener als fünf Tage später.[35]
Die Flugveranstaltung ist in sehr einfachem Rahmen gehalten, was aber in England über die Bedeutung der Sache nichts aussagt. Die englischen Fliegerinnen machen einen ausgezeichneten Eindruck und interessieren sich lebhaft für die deutschen Maschinen. Über jede Einzelheit müssen wir Auskunft geben. Das Publikum nimmt unsere Darbietungen genau so freudig auf wie die der Engländerinnen.
Trotz erschwerender Umstände wächst in den nächsten Tagen mein Verständnis für das Leben in England, als ich endlich dazu komme, die wunderbaren Bauten und hervorragenden Kunstschätze in Ruhe zu betrachten und das typische Leben und Treiben im Hydepark und in der City zu studieren. Ein

deutscher Historiker, der sich zu Studienzwecken gerade in London aufhält und aus der Zeitung von meiner Anwesenheit erfahren hat, spielt dabei den sachkundigen Fremdenführer und erspart mir nichts. Selten habe ich das natürliche Bedürfnis nach Bequemlichkeit so mißachten müssen. Aber die gesammelten Eindrücke entschädigen mich reichlich.[36]

Ich bin trotzdem ganz froh, als ich am 27. September zum Heimflug starten kann. Freilich überlasse ich mich meiner kleinen Maschine nicht mehr ganz ohne Bedenken, da der Motor bereits auf dem Hinflug einigen Anlaß zu Besorgnis gab und das Wetter diesmal ausgesprochen schauderhaft ist: Über dem Kanal lagern einzelne Nebelbänke, in 200 m fangen bereits die Wolken an, dazwischen immer wieder Regenschauer und so schlechte Sicht, daß man eigentlich Blindfluggeräte gebraucht hätte. – Aber der Motor benimmt sich wenigstens einwandfrei. Nur der Benzindruck ist zu niedrig und schwankt beängstigend. Nach dem Motto: Man soll den Fehler immer zuerst bei sich selbst suchen, nehme ich an, daß nur das Anzeigeinstrument daran schuld ist. Wobei allerdings auch der Wunsch der Vater des Gedankens ist. – Über Frankreich und Belgien wird das Wetter womöglich noch schlechter. Man kann die Schauer nicht umfliegen, weil man zu sehr auf Sperrgebiete und Einflugzonen aufpassen muß. –

Einmal aus fremdem Boden in das grenzenlose Luftmeer gerettet, will ich die Verbindung mit der Heimat nicht durch eine Landung in Belgien nochmals unterbrechen und fliege an Brüssel vorbei, dem Rhein zu. Schon sind meine Gedanken längst jenseits der Grenze, da sinkt ruckartig die Drehzahl des Motors. Gottlob setzt er nicht ganz aus, aber er foppt mich durch unausgesetztes ›Meckern‹. Fast eine bange Stunde lang schwankt der flügellahme kleine Vogel zwischen gänzlicher Ermattung und gewaltsamem Zusammenraffen, bald schon unmittelbar über den Baumwipfeln, bald wieder bis zu den tiefhängenden Wolken emporgehoben. Endlich sehe ich von ferne das große bewaldete Hügelgebiet, durch das die Grenze verläuft, und schließe die unvorsichtigsten Verträge mit dem

Himmel ab für den Fall, daß er mich noch diese letzte Klippe überwinden läßt. Er scheint unerbittlich, denn gerade dort, wo eine Notlandung unweigerlich zu schwerem Bruch geführt hätte, benimmt sich der Motor erbärmlich. Schon suche ich mir den geeignetsten Ast heraus, auf den ich meinen Vogel setzen kann, da erholt sich die Drehzahl wieder ein wenig.

Tatsächlich kann ich mit schon gänzlich verölter Maschine noch in den Düsseldorfer Flughafen hineinschleichen. Die herbeieilenden Monteure stellen einen jener tückischen Defekte fest, die sich trotz der bewunderungswürdigen Zuverlässigkeit der heutigen Flugmotoren ab und zu doch noch einstellen, und dann natürlich im geeignetsten Moment.

An ein Weiterfliegen ist selbstverständlich nicht zu denken. Eine andere Maschine ist nicht zu haben, auch die Lufthansa ist schon fort. So entschließe ich mich widerstrebend, eine so ›vorsintflutliche‹ Einrichtung wie den F-D-Zug zu benutzen, um mit Erstaunen festzustellen, daß dieses Verkehrsmittel eigentlich auch seine Vorzüge hat. Zumal, wenn man 6 Tage lang ausreichend mit Überraschungen versorgt worden ist.‹«

Flugbegeisterung und Flexibilität schließen eben, wie man sieht, nicht unbedingt einander aus.

Das Ereignis des Flugmeetings in Chigwell ist auch in der englischen Flugzeitschrift »The Aeroplane« vom 28. September 1938 ausführlich gewürdigt worden mit dem Beitrag »Women's Day at Chigwell«. Über die beiden Gäste aus Deutschland heißt es dann:

»Among the varied visiting aeroplanes and airwomen were Frau Rosemeyer, better known here as Elly Beinhorn, who came over from Germany in a Messerschmitt Taifun (200 h. p. Argus), and Frau Melitta Schiller, who flew from Germany in a Klemm Kl. 35 open sports monoplane (80 h. p. Hirth).«

Erwähnt sind auch die Flugvorführungen der »two German machines«: »Frau Schiller, in her little Klemm 35, which is not fitted for aerobatics, showed its fine flying qualities, including several loops.

Elly Beinhorn Rosemeyer followed with the Messerschmitt

Taifun. Her demonstration of fast and slow flying, the latter helped by slots and flaps, was most impressive, and as usual showed her perfect technique . . .
Both Frau Schiller und Elly Rosemeyer had a great reception when they landed.«
Eine der von Melitta Schiller erwähnten »Überraschungen« wollte auch »The Aeroplane« den Lesern nicht vorenthalten, wobei vermutete politische Hintergründe die Angelegenheit um so spannender erscheinen ließen:
»We heard about sixth hand that the two German pilots had been ordered to telephone to their Embassy at once and that if they could not get through they were to go to the Embassy immediately, that they had tried to telephone, but that the number had been cut off from that morning, and that they were preparing to leave.
Later we heard the true story from Mrs. Patterson. A telephone call from the German Embassy had asked Frau Schiller to ring a certain number, which was the Embassy. But the number was given the wrong way round, and in that form proved to be that of a private subscriber who had been cut off. The urgent summons was from a friend of Frau Schiller to ask her to dine, and call on her way back if she could not telephone to accept. We trust that the dinner went off satisfactorily.«

Nur wenige Wochen nach Erscheinen des Berichtes über das Flugmeeting in der Askania-Zeitschrift belastete die nächste Krise das deutsch-englische Verhältnis dermaßen, daß eine Abkehr der britischen Regierung von ihrer bisherigen Appeasement-Politik (Beschwichtigungspolitik) die Folge war. Deutsche Truppen besetzten die Resttschechei, und Hitler traf persönlich in Prag ein. In den Augen der Weltöffentlichkeit war damit die auf das Selbstbestimmungsrecht der Völker sich berufende Revisionspolitik des deutschen Diktators unglaubwürdig geworden. Der Griff über die Volkstumsgrenzen hinaus bedeutete die Überschreitung des Rubicon auf dem Wege zum Zweiten Weltkrieg. In Reaktion auf die Prager Mobilma-

chung hatte Hitler schon in seiner bekannten Weisung vom 30. 5. 1938 ausgeführt:
»Es ist mein unabänderlicher Entschluß, die Tschechoslowakei in absehbarer Zeit durch eine militärische Aktion zu zerschlagen. Den politisch und militärisch geeigneten Zeitpunkt abzuwarten oder herbeizuführen ist Sache der politischen Führung... Die richtige Wahl und entschlossene Ausnützung eines günstigen Augenblicks ist die sicherste Gewähr für den Erfolg...«[37]
Mit der Slowakenkrise, dem inneren Zerfall der ČSR im März 1939, war dieser »günstige Augenblick« gekommen. Weltgeschichtlich blieb es nach der Katastrophe ohne Gewicht, daß der tschechische Staatspräsident Dr. Hacha auf Anraten des britischen Botschafters in Prag und aus freiem Entschluß am 14. 3. das Gespräch mit Hitler suchte, daß er bereits auf dem Wege zur Reichskanzlei in Berlin erklärte, er »lege das Schicksal des tschechischen Volkes und Landes vertrauensvoll in die Hände des Führers des Deutschen Reiches«. Was zählte, war die von Hitler durch Errichtung des Protektorats Böhmen und Mähren geschaffene neue machtpolitische Realität. Daran änderte sich auch nichts, wenn das Memorandum des Foreign Office vom 13. 3. 1939 auf die überaus unbefriedigende Lage in der Slowakei nach ›München‹ hinwies und wörtlich vermerkte:
»Bis ganz kürzlich gab es keine Anzeichen einer deutschen Intervention. Sowohl der tschechische Rundfunk als auch der tschechische Außenminister Dr. Chvalkovsky beteuerten, daß es keine Anzeichen dafür gegeben habe, daß die slowakische Lostrennungspropaganda vom Reich oder der deutschen Minderheit in der Tschecho-Slowakei inspiriert worden sei.«[38]
Die Verhandlungen mit der polnischen Regierung wegen der Einrichtung einer exterritorialen Eisenbahn- und Autobahnlinie durch den »Korridor« und wegen Rückkehr der Stadt Danzig zum Deutschen Reich wurden durch die britisch-französische Garantieerklärung für Polen (31. 3. 1939) praktisch zum Scheitern verurteilt. Dabei hatte der britische Botschafter in Berlin, Lord d'Abernon, schon am 23. 1. 1926 klar zum

Ausdruck gebracht: »Der polnische Korridor bleibt das Pulverfaß Europas.«[39]
Polen aber geriet 1939 zum Spielball der europäischen Mächte. Von England als geeigneter Faktor betrachtet, Hitler auf seinem Wege »unblutiger Erfolge« zu stoppen, weckte es auf der anderen Seite territoriale Wünsche des sowjetischen Diktators. Stalin verstand es geschickt, die Polen-Krise zur Annäherung an Hitler-Deutschland zu nutzen, weil er die Chance witterte, die im Frieden zu Riga 1920 an Polen verlorengegangenen Gebiete (Westukraine mit Galizien und Wolynien) zurückzugewinnen. So löste der Hitler-Stalin-Pakt mit dem geheimen Zusatzprotokoll vom 23. 8. 1939 letzten Endes Hitlers Entschluß zur militärischen Auseinandersetzung aus.[40]
Stalin erkannte in aller Klarheit die Chance für Sowjetrußland und für die Sache der Weltrevolution. In seiner Politbüro-Rede wenige Tage vor Abschluß des Paktes mit Deutschland gab er dieser Klarheit unumwunden Ausdruck:
»Krieg oder Frieden: Diese Frage ist nun in ihre kritische Phase eingetreten. Ihre Lösung hängt vollkommen von der Stellungnahme ab, die von der Sowjetunion eingenommen werden wird. Wir sind absolut überzeugt, daß Deutschland, wenn wir einen Bündnisvertrag mit Frankreich und Großbritannien abschließen, sich gezwungen sehen wird, vor Polen zurückzuweichen und einen Modus vivendi mit den Westmächten zu suchen. Auf der anderen Seite wird Deutschland, wenn wir das euch bekannte Angebot Deutschlands eines Nichtangriffspaktes annehmen, sicher Polen angreifen, und die Intervention Frankreichs und Englands in diesem Kriege wird unvermeidlich werden. Ich wiederhole, daß es in eurem Interesse ist, wenn der Krieg zwischen dem Reich und dem anglo-französischen Block ausbricht. Es ist wesentlich für uns, daß der Krieg so lange als möglich dauert, damit die beiden Gruppen sich erschöpfen.«[41] Stalin sprach in der Erkenntnis: »Westeuropa wird einer tiefen Zerstörung entgegengehen« und folgerte: »Wir müssen die kommunistische

Arbeit in den kriegführenden Ländern intensivieren, um gut vorbereitet zu sein für den Moment, wo der Krieg zu Ende geht.«

Die Entfesselung des Zweiten Weltkrieges vollendete sich am 3. September 1939, als die Westmächte Hitlers Illusion von der Führung eines lokalisierten Konfliktes mit ihrer Kriegserklärung an Deutschland beseitigten. Und Churchill dürfte die Wahrheit ausgesprochen haben, als er Stalin am 27. 2. 1944 schrieb: »Ich betrachte diesen Krieg gegen deutschen Angriff samt und sonders als einen 30jährigen Krieg von 1914 an.«[42]

Bereits 1925, acht Jahre vor Beginn der NS-Diktatur und 20 Jahre vor der von ihm befohlenen Zerstörung Dresdens, schrieb Churchill über seine Tätigkeit als Munitionsminister:

> »Alles, was in den vier Jahren des Weltkrieges geschah, war nur ein Vorspiel von dem, was für das 5. Kriegsjahr von mir vorbereitet worden war. Tausende von Flugzeugen hätten die deutschen Städte einschließlich Berlin mit Bomben belegt. Zu dieser Luftschlacht von 1919 ist es nicht gekommen, aber ihre Ideen leben weiter. Der Tod steht in Bereitschaft ..., bereit, die Menschen in Massen hinwegzumähen ..., die Zivilisation zu Staub zu zerstampfen ... Vielleicht wird es sich das nächste Mal darum handeln, Frauen und Kinder oder die Zivilbevölkerung überhaupt zu töten, und die Siegesgöttin wird sich voll Entsetzen jenem vermählen, der dies im gewaltigsten Ausmaß zu organisieren versteht.«

Am 3. September 1939 war es dann soweit, daß der britische Außenminister Lord Halifax konstatieren durfte: »Jetzt haben wir Hitler zum Krieg gezwungen, so daß er nicht mehr auf friedlichem Wege ein Stück des Versailler Vertrages nach dem anderen aufheben kann!«

In einer Rundfunkansprache an das englische Volk vom gleichen Tage erklärte Winston Churchill ganz offen: »Dieser Krieg ist ein englischer Krieg, und sein Ziel ist die Vernichtung Deutschlands.«

5

Bei der Luftwaffenerprobungsstelle Rechlin

Als am 1. September 1939 der verhängnisvolle Weg in den Zweiten Weltkrieg begann, sah sich die heute vielgeschmähte Kriegsgeneration in diese Auseinandersetzung schicksalhaft hineingestellt und vor gänzlich neuen Aufgaben, die sie im existenziellen Interesse Deutschlands glaubte pflichtbewußt wahrnehmen zu müssen.
Flugkapitän Melitta Gräfin v. Stauffenberg – inzwischen hatte die Fliegerin den Althistoriker Prof. Dr. Alexander Graf Schenk v. Stauffenberg geheiratet – wurde am 24. Oktober 1939 zur Erprobungsstelle der Luftwaffe Rechlin dienstverpflichtet (»kommandiert« als Angehörige der Askania-Werke), »um verschiedene Sturzflugvisiere zu erproben und dabei auftauchende technische und wissenschaftliche Probleme zu klären«.[43]
Was waren das für Probleme, die sich aus der bereits dargestellten »Stuka«-Konzeption der deutschen Luftwaffe ergaben? Im Kampf gegen Polen hatte der bekannte Sturzkampfbomber Ju 87 in Zusammenarbeit mit den Soldaten des Heeres große Erfolge erzielt, aber er war nicht in der Lage zu großräumiger strategischer Luftkriegführung, etwa verglichen mit dem später von den Alliierten praktizierten Verfahren der »Bombenteppiche«. Die Konzeption der deutschen Luftwaffe setzte auf Punktzieltaktik statt Flächenzielbombardierung. Deshalb verlangte der Luftwaffenführungsstab schon 1938 den zwei- und mehrmotorigen Stuka. Für die zweimotorige Ju 88 wurde die sog. Abfangautomatik entwickelt, der automatische Abwurf von Bomben aus der Abfangbeschleunigung heraus erprobt. Da dieser nicht zuverlässig arbeitete, versah man den Reihen-

abwurfschalter mit einer Vorlaufzeit. Doch unter diesen Bedingungen stellte sich für den Ballistiker das schwierige Problem, ein brauchbares Bombenvisier zu konstruieren. Folglich erschien die Bereitstellung eines Sturzflugvisiers (kurz »Stuvi« genannt) ab Frühjahr 1939 als taktische Forderung dringlicher als die jedes anderen Bombenzielgerätes. Ein solches Sturzflugvisier mußte die Werte für die sich während des Angriffs laufend ändernden Sturzwinkel, Geschwindigkeitsentwicklungen und Abwurfhöhen registrieren, was ohne hochentwickelte Elektronik nicht realisierbar erschien, und die stand damals nicht zur Verfügung. Ließ sich die Aufgabe mit dem MG-Revi (Reflexvisier) der Ju 87, die fast senkrecht stürzen konnte, relativ günstig bewältigen, so stand die optische Industrie vor unlösbaren Schwierigkeiten, ein brauchbares Stuvi für die Ju 88 bereitzustellen, weil eben die nötigen elektronischen Bauelemente fehlten. Auf diesen Umstand hatte schon 1939 der Wissenschaftliche Direktor bei Zeiss in einer langen Abhandlung ebenso hingewiesen wie später »die Werkspilotin Melitta von Askania in ihrer Doktorarbeit«.[44] Dem Piloten der Ju 88 diente ein Revi mit einstellbarem Fahrtgeber und Strichmarkierungen am rechten Kanzelfenster, um die Neigung zur Horizontalen abschätzen zu können.

Aus dem Tätigkeitsnachweis für die Gräfin Stauffenberg ergibt sich, daß sie von Oktober 1939 »bis zu ihrer am 1. 2. 42 erfolgten Kommandierung zur Luftkriegsakademie Gatow insgesamt über 900 vermessene und gefilmte steile Zielstürze, durchschnittlich von 5000 auf 1000 m Höhe auf Flugzeugen der Klasse B und C mit verschiedenen neuen Visiergeräten durchgeführt« hat. »Die genaue Auswertung der Meßstürze wurde von Gräfin Stauffenberg selbst geleitet und die Ergebnisse (wurden von ihr) wissenschaftlich durchgearbeitet. Sie sind in zusammen 10 Berichten (geh.) niedergelegt und konnten so für die Weiterentwicklung nutzbar gemacht werden«.[43] Bei den für die Sturzflüge benutzten Maschinen handelte es sich um folgende Typen: Ju 88, Ju 87, Do 217, Do 17 Z, Me 110 B/1 V 9 a (Spezialausführung für Sturzflug) und Me 109[45].

Der Ursprung der Luftwaffenerprobungsstelle Rechlin am Müritzsee (Mecklenburg) fällt in die Zeit 1928/29, als die deutsch-sowjetische Kooperation beendet wurde und der russische Flugplatz Lipezk nördlich von Woronesh aufgegeben werden mußte. Rechlin diente zunächst als Außenstelle des Reichsverbandes der deutschen Luftfahrtindustrie (RDLI). Ab 1935 kam die offizielle Bezeichnung Erprobungsstelle der deutschen Luftwaffe Rechlin auf, obwohl das technische Erprobungswesen einen durchaus »zivilen Betrieb« abgab. Die einzelnen Dienststellen und Erprobungsabteilungen waren nach folgenden Sachgebieten gegliedert:

E 2 = zuständig für Flugzeugzellenerprobung
E 3 = Motoren- und Triebwerkserprobungen
E 4 = Funknavigation und Funksprecherprobung
E 5 = Instrumenten- und Bordgerätegruppe
E 6 = Bordschußwaffen- und Bordwaffenmunitionserprobung
E 7 = Bomben- und Zielgeräteerprobung
E 8 = Bodengeräte (Flugplatzgeräte: Tankwagen, Leuchtfeuer, Landebaken, Löschgeräte, Tarnnetze etc.)
E 10 = befaßte sich mit Brenn- und Schmierstoffen und war deshalb ursprünglich der Abteilung E 3 angegliedert.

Nach den Tätigkeitsmerkmalen gehörte Flugkapitän Melitta Gräfin Stauffenberg in Rechlin der Abteilung E 7 an und versah ihren Dienst als Ingenieurflugzeugführerin. Hierbei sind Ausbildung, Erfahrung und Tätigkeit als Ingenieur ebenso wie als Pilot von gleich großer Bedeutung, denn die Bedingungen für die Berufsausübung waren klar umrissen.[46]

Dipl.-Ing. Hans Schwenk ist im Jahre 1941 als Beobachter an Bord einer Ju 88 an mehreren Zielstürzen der Gräfin Stauffenberg beteiligt gewesen und kann ihre außerordentlichen fliegerischen Fähigkeiten, ihre korrekte Art der Durchführung der an sie gestellten Aufgaben sowie ihr ausgeprägtes Pflichtbewußtsein bestätigen. Schwenks Flugbucheintragungen weisen die Flüge exakt aus:

Datum	Uhrzeit	Ort	Pilot	Beobachter	Muster/Zweck
03.10.41	15.24 –16.20	Rechlin	Stauffenberg	Schwenk	Ju 88 Kennz. PC + EM Erprobung Sturzflug mit 4 SC 250 und BZA 1
10.11.41	15.50 – 16.35	Rechlin	Stauffenberg	Schwenk	Ju 88 Kennz. PC + EM Erprobung Sturzflug mit 10 SC 50 und BZA 1
11.11.41	11.50 –12.55	Rechlin	Stauffenberg	Schwenk	Ju 88 PC + EM 10 SC 50 mit BZA 1 Sturzflüge
02.12.41	15.00 –16.25	Rechlin	Stauffenberg	Schwenk	Ju 88 PC + EM Sturzflüge, 4 SC 250 mit BZA 1

Erläuternd sei angemerkt, daß die Abkürzung »SC« für Sprengbombe Cylindrisch steht, die angeführte Zahl für das Gewicht der Bombe. »BZA« heißt Bombenzielanlage, ein Gerät, das während des Krieges immer weiterentwickelt wurde und entsprechend erprobt werden mußte.[47]

Zur Verdeutlichung der dadurch bedingten fliegerischen Anforderungen folgen wir der Darstellung eines »alten Rechliners«, Dipl.-Ing. Walther Ballerstedt (Mölln):[48]

»Beim Bombenwurf aus dem Sturzflug behält die Bombe Richtung und Geschwindigkeit bei, wenn sie ausgelöst ist, während das Flugzeug abgefangen wird, seine Flugbahn also in die Waagerechte umgelenkt wird. Aus dem senkrechten Sturz geworfen, z. B. aus der Ju 87, fällt die Bombe geradeaus weiter ins Ziel. Aus dem Bahnneigungsflug geworfen, wie bei Ju 88 oder Jabo (= Jagdbomber d. Verf.), möchte die Bombe zwar auch geradeaus weiterfliegen, aber die Erdanziehung krümmt die Bahn ab, und sie fällt grundsätzlich zu kurz. Man muß daher beim Abgang der Bombe einen Aufsatzwinkel einhalten. Man kann das machen, indem man beim Anflug über das

Visier, also mit der Flugzeuglängsachse einen Punkt anvisiert, der hinter dem Ziel liegt, oder aber indem man mit dem Visier das Ziel aufnimmt, das Flugzeug aber etwas aufrichtet, kurz bevor man die Bombe auslöst, den Aufsatzwinkel also ›einzieht‹. Das Einziehen des Aufsatzwinkels ist dann meist zugleich der Beginn des Abfangvorganges. Der Aufsatzwinkel, also das Maß, um das die Flugzeuglängsachse und damit die Bahn des Flugzeugs mit seiner Bombe hinter das Ziel zeigen muß, hängt von der Bahnneigung, der Abwurfhöhe, der Bahngeschwindigkeit und auch vom Gegenwind ab. Fängt man scharf ab, so wird der Aufsatzwinkel schneller erreicht, als wenn man sanft abfängt. So kann man beim Bombenwurf aus einem Jabo oder einem anderen Bahnneigungsbomber u. U. viele Fehler begehen. Aber man kann durch Üben eine solchen Bombenwurf auch lernen und sich eine einigermaßen richtige Einschätzung des Aufsatzwinkels angewöhnen . . .
Beim Bombenwurf aus dem Bahnneigungsflug mit der Ju 88 durfte man schon mit Rücksicht auf die Festigkeit der Zelle nicht zu scharf abfangen. Da hat man die Abfangautomatik erfunden. Beim Druck auf den Bombenknopf geht ein Stromstoß in eine Trimmklappe am Höhenruder. Die springt um, und das Ruder läßt das Flugzeug mit etwa ›3 g‹ abfangen. Nach einer errechenbaren Zeit hat sich das Flugzeug um einen bestimmten Winkel aufgerichtet, – um den nötigen Aufsatzwinkel. Zugleich mit dem Stromstoß zur Trimmklappe geht ein Stromstoß zum Bombenschloß, um es zu öffnen. Aber er geht nicht unmittelbar dahin, sondern über einen einstellbaren Verzögerungsschalter. So kommt der Stromstoß gerade in dem Augenblick im Schloß an, wenn der richtige Aufsatzwinkel eingezogen ist, und die Bombe geht im rechten Augenblick ab. Fehler in der Einstellung des Schalters, in der Bahnneigung, der Abwurfhöhe, in der Schätzung des Gegenwindes usw. sind immer noch möglich . . .
Nun könnte ja ein Pilot neben der umspringenden Trimmklappe auch noch von Hand ziehen. Das würde dazu führen, daß der Abfangbogen zu eng wird, die Abwurfautomatik mit

der Abgangsverzögerung sich verzählt und vielleicht gar die Zelle wegen Überbeanspruchung zu ächzen beginnt. Da hat sich ein ganz pfiffiger Kopf ausgedacht, zugleich mit dem Schalten der Trimmklappe den Knüppel kurzfristig auszuhaken. Dann mag der Pilot ziehen, soviel er will, – Abfangbogen und Bombenabgang bleiben davon unbeeindruckt. Zwar hakte der Knüppel sehr bald wieder ein und die Steuerung des Flugzeugs wurde wieder normal und gesund. Aber wohl auch der tapferste Pilot bekam erst einmal einen üblen Schreck. Immerhin – ob die Sache brauchbar ist oder nicht, das mußte probiert werden, ehe man es der Truppe anempfahl. Dazu schließlich war Rechlin ja da.«

Im Rahmen der Aufzeichnungen, die Dr. Georg Pasewaldt (München) über seine Bindungen zur Luftfahrt, speziell über seine Tätigkeit als Offizier der Luftwaffe u. a. im Generalstab und im Technischen Amt als Chef GL-CE (Technische Entwicklung) niedergelegt hat, sind die persönlichen Erinnerungen an Gräfin Stauffenberg hinsichtlich ihrer Sturzflugerprobungen von größtem Wert.

»Diese Fliegerin«, schreibt der frühere Oberst i. G. Dr. Pasewaldt, »hat als Diplomingenieur ein Handwerk betrieben, wie es wenigen Frauen eigen ist. Melitta Schiller – unter diesem Namen war sie in Luftfahrtkreisen bekannt – war eine ganz außergewöhnliche Frau.

Dies nicht nur dadurch, daß sie sich schon damals dem Technischen Studium zugewandt hatte, sondern auch, weil sie als äußerst begabte Fliegerin Praxis und Theorie in vollkommenster Weise miteinander verband. Dies tat sie so vollkommen, wie nur ganz wenige der erfahrensten Versuchs- und Einflieger – auch aus den Reihen derer männlichen Geschlechts – Aufgaben, wie sie sie erfüllte, gelöst haben. Ich möchte sogar sagen, daß die geradezu einmalige Lebensauffassung, die sie in dem wahrhaft tödlichen Ernst ihrer Arbeitsweise in einsamster Zurückhaltung – fern jeglichem, auch nur leisestem Anflug von Geltungsbedürfnis – zur Lösung von Aufgaben befähigt hat, die an sie sowohl physische Höchstanforderungen stellten als auch in materieller, technischer Bewertung, gar nicht hoch genug veranschlagt werden konnte. Es ist nicht zuviel gesagt, wenn ich hinzufüge, daß diese Frau in ihrem Aufgabengebiet als Versuchsfliegerin Leistungen vollbrachte, die damals – zumindest in dieser Vollkommenheit – kaum ein anderer hervorzubringen vermochte.

Melitta Schiller war auf dem Erprobungs- und Forschungsgebiet der Luftwaffe tätig und u. a. im Rahmen der Geräteentwicklung der Askania-Werke mit Aufgaben betraut, durch die exakte Daten im Bereich der Sturzflugfähigkeit verschiedenster Flugzeugmuster zu ermitteln und mit exakten rechnerischen Beweisen in ihren praktischen Versuchen zu belegen waren.

In dieser Eigenschaft flog diese begeisterte und opferbereite Frau mit Vorrang alle mit dieser Forderung belegten Kampfflugzeugtypen eben nicht nur schlechthin im Sturzflug, was mancher männliche Pilot bereits als ›Heldentat‹ ansah, sondern sie führte den Flug in extremste Sturzfluglagen hinein, um in den durchflogenen Stadien die Werte zu ermitteln und festzuhalten, welche die eigens zu diesem Zweck über die übliche Instrumentierung hinaus eingebauten Spezialgeräte anzeigten.

In diesen Phasen des Versuchs und der Erprobung hat sie wohl täglich mit Flugzuständen zu tun gehabt, welche absolute Grenzwerte für die betreffenden Flugzeugmuster erreichten, d. h. daß Vibrationen und Flächenschwingungen auftraten, welche anzeigten, daß die Bereiche äußerster Belastbarkeit erreicht waren. Und wenn es soweit war, dann hieß es, den Sturz abzufangen und aus diesem ungewöhnlichen Flugzustand das Flugzeug wieder in den Normalflug zurückzumanövrieren. Gerade d a s war bei jedem einzelnen Versuch wegen der unerhörten Beschleunigungskräfte, welche physisch zu ertragen waren, der kritische Punkt, der von dieser wahrhaft heldenmütigen Frau tagtäglich nicht nur einmal durchlebt, durchgestanden und nervlich verkraftet werden mußte.

Gleich danach ging es an die Durchrechnung und Auswertung der ermittelten Daten, die Zusammenstellung der Ergebnisse, eine mühselige Schreibtischarbeit, welche oft bis in die späten Abendstunden hinein zusätzlich geleistet wurde. Und all das vollzog sich ganz im Stillen.

Eine Selbstverständlichkeit war es für jeden ihrer Kollegen, daß sie dort eben Höhe zu gewinnen suchte, um mit heulenden Motoren und pfeifenden Flächen bis zur Senkrechten niederzustürzen und sich immer wieder von neuem den außergewöhnlichen Beschleunigungskräften auszusetzen, die beim Abfangen des Flugzeugs ausgelöst wurden.

Daß Melitta frisch und unbeschwert aus ihrem Flugzeug zu klettern schien, darüber sprach kein Mensch. Auch was sie innerlich verarbeitete, was für unvorstellbare Anforderungen an diese außergewöhnliche Frau körperlich und geistig gestellt wurden, alles ging im programmgemäßen Ablauf der Aufgabenstellung als Selbstverständlichkeit seinen Weg.

Die Berichte, deren Sauberkeit, Klarheit und Exaktheit, vor allem was das Endergebnis betraf, an vorbildlicher und verständnisvoller Ausarbeitung nicht zu übertreffen waren, gingen an die Ressorts des Technischen Amtes, der Technischen Organe bei der Luftwaffe und von dort jedes Papier unter strenger Geheimhaltung weiter an die Industrie, welche letztlich daraus ihre Lehren zu ziehen hatte. Um die eigentliche Arbeit kümmerte sich außerhalb der Ressorts auch kein Mensch. Sie war in besten Händen aufgehoben und wurde deshalb bestenfalls mit einem beifälligen Nicken zur Kenntnis genommen . . .

Jahrelang wirkte die Gräfin einsam in diesem Metier in der Luft wie in ihrem Büro, ohne auch nur mit einer Bemerkung auf die Einmaligkeit ihrer Aufgaben oder ihrer Arbeit aufmerksam zu machen. Ganz still und bescheiden arbeitete sie Tag für Tag . . . an der Auswertung ihrer Flüge, kaum daß sie, die von sich aus zu zurückhaltend war, Kontakt zu suchen, sich einmal über die Phänomene, die ihr täglich begegneten, mit einem Fachkollegen darüber besprach.

11 Beim Zuverlässigkeitsflug der Sportfliegerinnen 1938: Melitta Schiller (r) zusammen mit ihrer Orterin Hildegard Alt. Sportflugzeug „E-HIN" mit der Startnummer 13 brachte ihnen den Sieg

12 Nach der Ernennung zum Flugkapitän (28. 10. 1937)

Englandflug mit Zwischenfällen

Zu der feierlichen Eröffnung des Flughafens Chigwell östlich von London, das der englischen weiblichen Luftreserve zur Verfügung gestellt wurde, entsandte das NSFK Elly Beinhorn und Melitta Schiller als deutsche Vertreterinnen. Hierüber erzählt unsere Arbeitskameradin

FLUGKAPITÄN
MELITTA SCHILLER

13 Mrs. Patterson, Leiterin der englischen nationalen weiblichen Luftreserve (links) und Melitta Schiller in London

14 Elly Beinhorn und Melitta Schiller in Chigwell, wo sie 1938 anläßlich der Eröffnung des neuen Flugplatzes an einem Flugmeeting teilnahmen

15 Das Junkers-Großflugzeug G 38, mit dem Melitta Schiller Versuchsflüge nach Malmö durchführte

16 Auf dem Weg zum Flugzeug.
Im Hintergrund eine Ju 87

17 Vorderansicht einer Ju 88 A-4 des Kampfgeschwaders 76. Die Maschinen der Gräfin Stauffenberg waren natürlich nicht mit der schweren Bordkanone bewaffnet

18 Gräfin Stauffenberg vor dem Einstieg in die Bodenlafette eines Sturzkampfbombers vom Typ Ju 88 (1943)

Um einen so bescheidenen Menschen, der derartige Leistungen vollbrachte, ... bildet sich eine Aura der Unnahbarkeit, eine Atmosphäre, die in Minderwertigkeitsgefühlen, Befangenheit bei versteckter Hochachtung, aber auch teilweise in Neid ihren Ursprung haben dürfte.
Ich selbst bin dieser Frau auch in der Vorkriegsfliegerei nicht begegnet, bis ich im Jahre 1942 anläßlich eines Besuches der E-Stelle Rechlin in meiner Eigenschaft als Entwicklungschef im Technischen Amt den Flug einer Ju 88 beobachtete, der mir selbst auf einer Erprobungsstelle die Grenzen des Zulässigen weit zu überschreiten schien. Auf meine Frage nach Sinn und Zweck dieses Fluges antwortete man mir: ›Das ist die Melitta bei ihren Sturzversuchen.‹ Als ich wissen wollte, wie lange sie das schon und noch triebe, sagte man mir, daß sie in Kürze ihren Test abgeschlossen haben müsse. Ich ließ mich zu der Halle fahren, in der das Flugzeug abgestellt werden sollte, und erwartete dort die Frau, von der mir so Außergewöhnliches berichtet worden ist. Natürlich kannte ich aus meiner fast zwanzigjährigen Tätigkeit als Mann der Fliegerei dem Namen nach Melitta Schiller, war aber über diese Kenntnis zur Tagesordnung übergegangen, da die fliegenden Damen verständlicherweise im allgemeinen das Metier mehr oder weniger zur Pflege ihrer Publicity benutzten.
In diesem Falle mußte aber nun wirklich etwas geschehen! Von dem Augenblick an, da ich dann einige Worte mit Melitta Gräfin Stauffenberg wechselte, habe ich die feste Absicht gehabt, dafür zu sorgen, daß diese außergewöhnliche Frau eine besondere Auszeichnung erfahren sollte. Es war lediglich die Frage, wann und wie ein solches Anliegen an höchster Stelle zweckmäßig anzubringen war. Ich dachte nicht dabei an das Eiserne Kreuz II. Klasse, das bereits zwei Jahre vorher Hanna Reitsch für außergewöhnliche Leistungen auf dem Gebiete des Luftwaffenwesens verliehen worden war. Mir schwebte etwa eine Auszeichnung mit dem Kriegsverdienstkreuz 1. und 2. Klasse vor, auf jeden Fall diese ›mit Schwertern‹.«[49]
Auf die erwähnte Initiative Dr. Pasewaldts ist im Zusammen-

hang mit der 1943 tatsächlich erfolgten EK II-Verleihung an Gräfin Stauffenberg später noch näher einzugehen.
Ein weiterer Zeitzeuge, Heinrich Reck (Hamburg), erinnert sich, daß er einmal als Flugzeugführer eines Erprobungsüberlandfluges mit einer Ju 52 mit einem Daimler-Benz als Mittelmotor von Rechlin nach Süddeutschland gebeten worden war, die Gräfin Stauffenberg nach Würzburg mitzunehmen:
»Vor dem Flug habe ich Gräfin Stauffenberg erst kennengelernt. Sie bat mich, auf dem rechten Sitz (Copilotensitz) im Führerraum während des Fluges zu sitzen, da sie in der Kabine das Fliegen – besonders bei böigem Wetter – schlecht vertrüge. Während des ganzen Fluges hat sie auf dem rechten Sitz gesessen und die Ju den größten Teil der Strecke selbst geflogen. Ich habe mich um die Navigation und das Erprobungsprogramm in dieser Zeit gekümmert. Deutlich ist mir in Erinnerung geblieben, daß ich über das exakte Fliegen – besonders das genaue Kurshalten – der für sie fliegerisch ungewohnten Ju 52 mit dem leistungsstarken Mittelmotor hoch erstaunt war. Es herrschte sehr böiges und unruhiges Wetter. Ich selbst hätte die Ju wahrscheinlich nicht so sauber geflogen. Bei einem Gespräch mit Rechliner Fliegerkameraden über diesen Flug wurde von ihnen das exakte Fliegen und das genaue Kurshalten der Gräfin als in Fliegerkreisen bekannt erwähnt.
Gräfin Stauffenberg trug bei dem Flug ein graues oder blaugraues Kostüm und einen breitkrempigen Hut, den sie während des ganzen Fluges nicht absetzte ... Durch die häufige und kräftige Betätigung des Seitenruders wegen des unruhigen Wetters hatte sie mit dem Hochrücken ihres Kostümrokkes dauernd zu kämpfen.
In Würzburg habe ich mich auf der Flugleitung von der Gräfin verabschiedet ... Bald nach dem Fluge haben wir uns im Angestelltenkasino in Rechlin kurz begrüßt. Dies war das letzte Mal, daß ich Gräfin Stauffenberg begegnet bin.«
Einer Begegnung in Prag, ebenfalls 1942, verdanken wir den Beitrag, den Max Escher Anfang der 70er Jahre in der Zeit-

schrift »Kulturwarte« veröffentlichte und der Wesenszüge aus ganz anderer Perspektive zeichnet:

»Ein originelles Paar: Er, Dr. Alexander Graf Schenk von Stauffenberg, aus altem schwäbischen Adel, Universitätsprofessor in Würzburg, Althistoriker, gleichzeitig Lyriker und Nachfahr Stefan Georges. Sie, Melitta Schiller, 1903 als Beamtentochter im heute polnischen Krotoschin geboren, Diplomingenieur, Flugkapitän, Kunstfliegerin und gleichzeitig begabte Plastikerin. Die sachliche, präzis denkende Frau war der größte Kontrast zu dem phantasievoll schwelgenden Dichter und Gelehrten, aber auch seine beste Ergänzung.

›Litta‹, wie sie von ihrem Mann genannt wurde, geriet ins Blickfeld einer breiteren Öffentlichkeit durch ihre verblüffenden Vorführungen der He 70 mit Kunstflügen beim Olympia-Großflugtag 1936. Schon im Frieden gewohnt, mit der Gefahr zu leben, stellte sie sich im Krieg der Luftwaffe zur Verfügung und übernahm den harten Dienst einer Testpilotin. Neben Wagemut und Konzentration besaß sie feinste Einfühlung in Maschinen, die nicht nur errechnete Konstruktionen sind, sondern darüber hinaus ein gewisses Eigenleben besitzen, das es zu erkennen gilt, wenn Höchstleistungen von ihnen verlangt werden.

In den Luftwaffen-Erprobungswerkstätten (›Technische Akademie der Luftwaffe‹) fand die Vielseitige die Möglichkeit, ihr fliegerisches Können mit den Fähigkeiten des Ingenieurs zu verbinden, indem sie sich der Hauptaufgabe der Weiterentwicklung der Zielgeräte für Stukas widmete. Zur Kontrolle der Verbesserungen aber war es notwendig, daß sie die Geräte selbst praktisch erprobte; so führte sie über 2000 Zielflüge mit Zementbomben durch. Da beim Abfangen des Flugzeugs aus dem steilen Sturz in die Horizontale der menschliche Körper enormen Druck verkraften muß, zog sie sich Schäden im Blutkreislauf zu. Eine große Zahl ihrer Verbesserungen wurde patentiert. Später schulte sie auf dem Flugfeld Gatow bei Berlin Nachtjäger an einem Gerät, mit dem Bruchlandungen vermieden werden sollten. Für ihren jahrelangen lebensgefährlichen Einsatz erhielt sie höchste Auszeichnungen.

Ende Februar 1942 traf ich bei der Aufstellung einer schweren Artillerie-Abteilung mit dem gleichzeitig eingezogenen Alexander Stauffenberg zusammen. Durch gemeinsame Interessen verbunden, befreundeten wir uns rasch. In Milowice, dem ehemals tschechischen Ausbildungslager, kündigte er den Besuch seiner Frau an, die in Prag eine Dienstreise unterbrechen wolle. Wir ließen uns für das Wochenende beurlauben, trafen die Gräfin in der ›Goldenen Stadt‹ im Hotel Ambassador und genossen friedensmäßige Unterbringung, Bad und kultiviertes Essen. Die feingliedrige, zarte Frau machte so gar keinen sportlich verwegenen pilotenmäßigen Eindruck, doch im Fliegerdreß mit Sturzhelm sähe sie aus wie der Erzengel Michael höchstselbst, meinte ihr Mann. Vor unserer Ankunft hatte sie eine Reihe von Weinlokalen besucht, nur vom Glas genippt und das Übrige unbemerkt in Flaschen gegossen, die in ihrer Handtasche standen – als Mitbringsel für Alex, der ihr von unserer ›trockenen‹ Verpflegung im Lager klagend berichtet hatte. Seine Trinkfreudigkeit war bekannt, und Frau Melitta vertraute mir einmal an: ›Früher wollte ich ihm das Trinken abgewöhnen – und dabei habe ich es selbst gelernt!‹

Wir durchstreiften das wunderbare alte Prag, das ich aus Friedenszeiten gut kannte, besuchten Parlers Dom, den spätgotischen Saal im Hradschin, das Palais Waldstein und die Altneusynagoge. Beim Grab des Rabbi Löw begann ich mit der Geschichte des Golem, die zum abendlichen Gang durch den ehemaligen winkligen Bezirk des Getto paßte. In der Kaschemme eines düsteren Gäßchens wärmten wir uns auf, ein blinder Harfenspieler sang tschechische Volksweisen. Es lag nahe, die mauschelnde Romantik des Platzes zu beschwören:›. . . se hocken beirenond und schmusen allerhond.‹ ›Was machen Ihre Zielgeräte?‹ fragte ich die Ingenieurin. ›Ach, die andern haben viel bessere!‹ Dann wurde ein intimer Kriegsrat gehalten: Kürzlich war uns dienstlich mitgeteilt worden, daß sich unsere Jahrgänge wegen der in Rußland zu erwartenden

Strapazen zur norwegischen Küstenartillerie wegmelden könnten. Doch Stauffenberg: ›Wir gehen mit nach Rußland; wir müssen doch sehen, wo die alten Ostgoten herumgezogen sind!‹ So kamen wir, eigentlich aus reinem Übermut, zur 6. Armee und entgingen in letzter Stunde durch Verwundungen dem Höllenrachen von Stalingrad. Es war bezeichnend, daß die stille Frau Melitta mit keinem Wort versuchte, ihrem Mann das russische Abenteuer auszureden, doch ihre Besorgnis zeigte sich beim Abschied: ›Bitte passen Sie auf Alexander auf; er ist ganz und gar unmilitärisch!‹

Das nächste gemeinsame Treffen fand in Milowice kurz vor unserem Abtransport statt. Anfang März kam die Gräfin und wurde von ihrem Mann mit professoraler Weltfremdheit im Gasthof des Ortes untergebracht, der gleichzeitig als Bordell für die Truppe diente. ›Ich habe mich schon gewundert, daß es während der ganzen Nacht im Haus so unruhig war!‹ meinte die Nichtsahnende. Der Fauxpas Stauffenbergs sprach sich natürlich zur allgemeinen Erheiterung rasch herum. Schleunigst beschafften wir der Besucherin ein neues Quartier in einem Bauernhof, das sauber, aber kalt war, worauf ich aus unseren Beständen zwei Säcke Braunkohle ›organisierte‹.

Die Marketenderei unserer Abteilung war überraschend aufgefüllt worden, vom Cointreau bis zum schweren französischen Sekt konnte man alles haben. So schleppten wir in einer schneeglänzenden Mondnacht einen Koffer mit Einkäufen zu Frau Melitta, um, wie Stauffenberg sagte, Abschied von Mitteleuropa zu feiern. Zu diesem Zweck hatte die Gräfin eigens ihr Abendkleid mitbringen und alten Familienschmuck anlegen müssen. Die Bauern waren freundlich, im warmen Zimmer glühte der Ofen. Heiligenbilder über dem rotkarierten Bett, mit Malereien verzierte Möbel, handgewebte Decken auf Tisch und Truhen schufen eine gemütliche Atmosphäre.

Stauffenberg las aus letzten Gedichten, die trotz formaler Abhängigkeit von Stefan George eine persönliche Note besaßen. Unser bevorstehender Einsatz an der Front gab Anlaß zu Debatten über Vorbestimmung, über Ahnungen. ›Wer an das

Schlimme, an den Tod denkt, zieht ihn an.‹ ›Nein, die beste Zuversicht kann keine Kugel ablenken. Die Realität ist einfach: Der mit der Ahnung des Überlebens Begabte mag später leicht sagen, er habe durch seine positive Einstellung das Negative abgehalten.‹ Schließlich hatte uns eine landsknechtsmäßige Fröhlichkeit erfaßt, die andauern und uns nicht mehr verlassen sollte; ist doch ein echter Gleichmut der beste Schutz der Seele und der Nerven.
Solch robuste Einstellung gegenüber einem aufgezwungenen Schicksal konnte die übersensible Frau nicht aufbringen, weshalb sie wohl der Konflikt zwischen ihrem aufreibenden Dienst unter einem Tyrannen, der von ihren nächsten Verwandten noch mit Todesverachtung bekämpft werden sollte, und ihrer wachsenden Einsicht in das Verbrecherische seines Regimes in manche Depressionen geführt haben mag, die sie durch intensive Beschäftigung mit ihren verschiedenen technischen Problemen zu überwinden und zu vergessen suchte. Aus den Gesprächen war dies klar erkennbar, und mit ihrem scheuen Lächeln vermochte sie eine leichte, latente Traurigkeit nicht zu verbergen. Noch ein rätselhafter Zug fiel auf: bei aller freundlichen Nähe eine merkwürdige innere Entrücktheit – vielleicht warf, ihr unbewußt, das Verhängnis ihres frühen Todes lange Schatten voraus . . .«[50]
Es fällt auf, daß fast alle Personen, zu denen aus beruflichen Gründen Kontakte bestanden und die ihr darüber hinaus auch menschlich näherzustehen schienen, die spürbare Distanziertheit und Übersensiblität besonders hervorheben. So erwähnt auch der bereits zitierte frühere Kollege aus der DVL-Zeit, Dipl.-Ing. Georg Wollé (vgl. S. 46ff.):
»Mein Verhältnis zu Litta war, obwohl ich zu ihr doch in sehr herzlich-kameradschaftlichem Verhältnis stand, doch nicht wie das eines vertrauten Freundes, dem sie auch mal ihr Herz geöffnet hätte. So haben wir uns, obwohl wir doch viele Stunden der Freizeit miteinander verbrachten, niemals geduzt, was ich eigentlich immer vermißte. Ich konnte mich merkwürdigerweise von mir aus aber nicht entschließen, ihr das Du

anzutragen, obwohl sich dazu sicher viele passende Situationen angeboten hätten... An sich war Litta mir auf ›Distanz‹ als Kollegin vom Sehen in der DVL bekannt; infolge ihrer bescheidenen, sich nie bemerkbar machenden Art, aber gewiß auch wegen ihrer zierlichen, anziehenden Persönlichkeit hatte sie von sich aus mein Interesse frühzeitig auf sich gezogen...«
Während des Krieges traf Georg Wollé seine frühere Kollegin nach langer Zeit zufällig in Berlin einmal wieder:
»Es muß etwa im Jahre 1941 gewesen sein, als ich sie – ich steckte in der Uniform des Ingenieurkorps der Luftwaffe – an der Ecke der Wilhelm- und Leipziger Straße unvermutet einmal traf. Ich war erschreckt zu sehen, daß die physischen und psychischen Anstrengungen eines harten, fliegerischen Erprobungseinsatzes ihre einstmals hübschen, glatten und ebenmäßigen Züge mit tiefen Runen durchfurcht hatten. Wir waren beide eilig und konnten nur einige nichtssagende Worte wechseln, aber ich empfand eine gewisse Traurigkeit darüber, daß wir uns so fremd geworden waren. Es war für mich die letzte Begegnung mit Litta, ich ahnte es natürlich nicht. Sie war damals schon verheiratet, aber ich wußte nicht, wie ich sie wohl anreden sollte, das Wort Gräfin kam nicht über meine Lippen, denn ich hatte sie häufig mit ›Schillerin‹ angesprochen.
Ich erinnere mich, daß ich in einem Brief an sie einmal von der ›Steilküste ihrer Seele‹ sprach und damit schon aussprach, wie sehr ich sie als Menschen empfand, der auf stete Distanz bedacht war.«[51]
Der Physiker und Universitätsprofessor Paul v. Handel schreibt in seinen Erinnerungen:
»Alexander war ein stark musisch und dichterisch veranlagter Mensch, ein Denker und Träumer, nicht ein ›Mann der Tat‹. Litta war, wie in fast jeder Beziehung, alles zusammen: Sie konnte denken und träumen, aber im Alltag des Berufs und des Hauses, wenn es darauf ankam, war sie voll Energie und Tatkraft. Diese charakterlichen Verschiedenheiten der Ehepartner aber schienen sich mir sehr glücklich zu ergänzen. Im praktischen Leben ihrer Ehe war Litta tonangebend. Nicht

weil sie ihren Mann dominieren wollte, sondern weil sie ihm die Sorge um den Alltag abzunehmen bestrebt war und er ihr dafür dankbar gewesen ist. Sie achtete seine besonderen Anlagen und er achtete die ihren, das war eine gesunde und natürliche Basis der Ehe, die glücklich gewesen ist, obwohl – oder gerade weil – die Ehepartner so verschieden veranlagt waren.
Es folgte eine Zeit, in der zweiten Hälfte der dreißiger Jahre, in der ich Litta wenig sah. Alexander hatte eine Professur an der Universität Würzburg, und Litta verließ die Versuchsanstalt für Luftfahrt und nahm eine verantwortliche Stellung bei der Firma Askania in Berlin an. Sie pendelte zwischen Würzburg und Berlin. Wie sie dies geistig und physisch aushalten konnte, war ein Rätsel, aber es ging. Es war der Auftakt zu noch viel größeren Belastungen und größeren Rätseln.
Als Litta zur Technischen Akademie der Luftwaffe nach Berlin-Gatow angefordert und von ASKANIA beurlaubt wurde, begegnete ich ihr nun wieder ab und zu. Es war wohl damals, als ich zum erstenmal bemerkte, daß sie auch künstlerisch sehr begabt war. Sie zeigte mir Plastiken, Köpfe von Menschen, die ihr nahestanden, die sie nach der Erinnerung modelliert hatte. Sie waren sehr beeindruckend, von großer Wucht und von großer Ähnlichkeit. Einer von diesen war der Kopf von Herrn von Gablenz (Carl August Freiherr von), dem früheren Generaldirektor der Deutschen Lufthansa, der bei einem Flug über Deutschland in mysteriöser Weise abgestürzt war (1942). Wir hatten ihn beide sehr geschätzt.«
Erhalten geblieben ist die Kopfplastik Alexander Stauffenbergs, Zeugnis des künstlerischen Schaffens seiner Frau Melitta.

6

Bei der Technischen Akademie der Luftwaffe (TAL) Berlin-Gatow

In unmittelbarer Nähe des Flugplatzes Berlin-Gatow besaß die deutsche Luftwaffe zwei kooperierende Akademien: die Technische Akademie der Luftwaffe (TAL) und die Luftkriegsakademie (LKA).

Nach Fertigstellung der Bauten und der gleichzeitigen personellen Besetzung und materiellen Ausstattung wurde am 1. November 1935 die TAL mit der benachbarten Luftkriegsakademie (LKA), im Beisein der Oberbefehlshaber der drei Wehrmachtsteile, durch den »Führer« Adolf Hitler zusammen eingeweiht.

Hauptaufgabe der TAL war es, Führungskräfte für die technischen Belange der neuaufgestellten Luftwaffe auszubilden. Wie auch an den deutschen Technischen Hochschulen war den Institutsleitern der TAL neben ihrem Lehrauftrag die Beschäftigung mit wissenschaftlichen Forschungsaufgaben zugestanden. Nach beendeter Einrichtung der Institute (etwa 1937) befaßte sich die TAL mit folgenden Arbeitsbereichen: Grundlagenforschungen, Zweckforschungen für die Luftwaffe und die Luftfahrtindustrie und z. T. auch Arbeiten für die anderen Wehrmachtsteile.

Während den Initiatoren der TAL, dem Lehrstab und auch den Lehrgangsteilnehmern als selbstverständliches Ziel der gegenüber dem »taktischen« Generalstabsoffizier völlig gleichgestellte »technische« Generalstabsoffizier vorschwebte, blieben in der deutschen Luftwaffe zunächst die Offiziere in der Mehrheit, welche die Technik als einen zweitrangigen Faktor ansahen und deshalb auch die technisch ausgebildeten Offiziere nicht zu Führungsaufgaben in der Luftwaffe zulassen wollten.

Dieser Meinungsstreit war bis 1943 maßgebend für die Entwicklung der TAL und verhinderte eine volle und sinngemäße Ausnutzung der Lehrkapazität der Akademie. So jedenfalls urteilte im Rückblick Oberst a. D. Viktor v. Loßberg, der ehemalige Kommandeur der Technischen Akademie in seinen Aufzeichnungen aus den 50er Jahren.[52]

Bei ihrer Gründung verfügte die Technische Akademie über folgende Institute:

1. Institut für Mechanik und Mathematik
   Leiter: Prof. Dr.-Ing. Herrmann
2. Institut für Physik; Leiter: Dr.-Ing. habil. Schardin
3. Institut für Chemie
4. Institut für Elektrotechnik
5. Institut für Funktechnik
6. Institut für Luftfahrtgeräte
7. Institut für Flugtechnik
8. Institut für Motorenwesen; Leiter: Dr.-Ing. habil. Holfelder
9. Institut für Werkstoffkunde
10. Institut für Ballistik; Leiter: Dr.-Ing. habil. Schardin
11. Hauptwerkstatt: zuständig für zentrale Lagerhaltung und Beschaffung von Werkstoffen.

Finanziell wurde die TAL vom Erziehungsministerium und den Industrieunternehmen, für die sie Forschungsaufträge übernahm, getragen. Bis Februar 1945 war sie in Gatow untergebracht, dann erfolgte kriegslagebedingt die Auslagerung der einzelnen Institute. Der letzte Direktor der TAL als wissenschaftlicher Leiter war Prof. Dr. W. Herrmann.

Nahezu die Hälfte der Akademie umfaßte das Institut für Ballistik unter dem bekannten Ballistiker Prof. Dr. Schardin, dem einstigen Studenten und Mitarbeiter von Carl Cranz. Es konnte als repräsentativ für den höchsten Forschungsstandard in Deutschland gelten.[53] Dieses Institut führte umfangreiche und solide theoretische Forschungen auf dem Gebiet der Sprengsatzverhältnisse, Detonationswirkungen, Druckwellen und Druckwellenmessung durch. Ein Sachkenner aus dem

einstmals gegnerischen Lager, Colonel Simon, wertet in seinem Buch »German Research in World War II«, einer kritischen Beurteilung der Leistungen der deutschen Luftfahrtforschung während des 2. Weltkrieges, die Arbeit der TAL Gatow mit folgenden Worten:
»Its (the Ballistic Institute) research was of first rank – seine Forschungsarbeit war erstrangig und die Freude eines Wissenschaftlerherzen. Es ist erstaunlich festzustellen, daß die Arbeit der TAL, während sie nahezu abgeschlossen war von der übrigen Welt, in der Zeit des ganzen Krieges fast parallel zu den Anstrengungen der Alliierten verlief, und das in Anbetracht der großen Auswahl an Instituten unter deren Kontrolle.«[54]
Diesem luftwaffentechnischen Forschungsapparat gehörte Flugkapitän Gräfin Stauffenberg seit dem Frühjahr 1942 an, hier leistete sie – zunächst weiterhin für ASKANIA – ihren schweren Erprobungsdienst zwischen Flugzeugkanzel und Schreibtisch, zwischen Steuerhorn und Stechzirkel.
Eine vom Technischen Amt des Reichsluftfahrtministeriums ausgestellte Bescheinigung vom 25. 3. 42 bestätigt:

»Flugkapitän Gräfin Stauffenberg ist bei der Luftkriegsakademie in Gatow für kriegswichtige Sturzflugerprobungen eingesetzt.

gez.: I. A. (Marquard)
Generaling. u. Abt.-Chef«

Die Zielsturzversuche auf Ju 87 und Ju 88 mußten also fortgesetzt werden, die täglichen Streßsituationen nahmen an Intensität im Laufe der Jahre eher zu.
Das ließ dem 81jährigen Vater Schiller im fernen Danzig jedenfalls keine Ruhe, sich zu einem außergewöhnlichen Schritt ohne Wissen seiner »gestreßten« Tochter zu entschließen. Er richtete an den Reichsminister der Luftfahrt und Oberbefehlshaber der Luftwaffe Hermann Göring (ohne Anrede) ein handschriftliches Gesuch folgenden Inhalts:

»Danzig-Oliva, 26./10./42

Euer Excellenz unterbreite ich als Vater der Flugkapitän Melitta Schiller, jetzt verehelichte Stauffenberg, zur Zeit Flugplatz Gatow, die gehorsamste Bitte, sie in ihrer Eigenschaft als Mathematikerin (unterstrichen) und nicht mehr als Sturzkampffliegerin beschäftigen lassen zu wollen, da diese letztere Tätigkeit die Möglichkeit des Nachwuchses nach ärztlicher Meinung verhindert, zumal wenn sie in so überreichem Maße ausgeführt wird wie durch Melitta Schiller-Stauffenberg...

Melitta Schiller ist am 1. Mai 1928 als Mathematikerin (Dipl.-Ing. mit Auszeichnung in der Sonder-Staatsprüfung für höhere Mathematik) in die Versuchsanstalt für Luftfahrt, also wohl in Euer Excellenz Ministerium, aufgenommen worden; die Ergebnisse ihrer Arbeit sind u.a. auch in dem Buche ›Hydromechanische Probleme des Schiffsantriebs (S. 205 u. flgde.) und in Heft 18 der ›Zeitschrift für Flugtechnik und Motorluftschiffbau (S. 551 u. flgde.) veröffentlicht. Die in unserer Familie bestehende Fähigkeit für Mathematik, die gerade ihr in ungewöhnlich hohem Maße vererbt ist, müßte im Interesse des Vaterlandes unbedingt weitergeleitet werden.

Meines Erachtens müßte einer Ihrer erprobten Luftkämpfer den nicht-mathematischen Teil ihrer Tätigkeit übernehmen können, und sie selbst würde durch eine ja wohlverdiente weitere Dienstauszeichnung über diese Einschränkung ohne Empfindung einer Kränkung hinwegkommen.

Ich bitte, Melitta von dieser meiner Eingabe keine Kenntnis zu geben.

Gehorsamst
Schiller,
preuß. Baurat i. R.,
Kriegsfreiwilliger 1914–18
Hauptmann d. Ldw. II. a. D.
Inhaber des EK II.«

Die wesentlich jüngere Mutter erklärte sich mit der Eingabe

ihres Mannes nicht einverstanden und richtete ihrerseits ein Schreiben an Reichsmarschall Göring:

»Danzig-Oliva, den 11. Dezember 1942

Herr Reichsmarschall!
Von meiner Reise zurückgekehrt, hörte ich mit größtem Erstaunen von einem Brief oder Gesuch, den mein Mann an Sie, Eure Exzellenz, geschrieben hat. Darf ich mir erlauben, nachfolgend kurz Stellung zu nehmen:
Mein Mann ist über 81 Jahre alt, hat den Weltkrieg als Offizier mitgemacht und übersieht infolge seines hohen Alters, daß Eltern sich nicht in die persönlichen Angelegenheiten erwachsener Kinder einmischen dürfen. Unsere Tochter – Melitta Schiller –, vor Jahren von Eurer Exzellenz zum Flugkapitän ernannt, der gerade die sportliche Betätigung bei der Fliegerei sehr viel Freude und Befriedigung bietet, wäre m. E. unglücklich, wenn ihr diese Tätigkeit plötzlich genommen werden würde! Auch die Annahme meines Mannes, die Sturzflüge würden unter Umständen schädliche Einwirkungen oder gar Verhinderungen inbezug auf Nachkommenschaft nach sich ziehen, ist mir völligst unverständlich und dürfte wohl auf Überfürsorge auf Grund seines hohen Alters zurückzuführen sein.
Ich bitte daher – im Einvernehmen meines Mannes –, den vorher erwähnten Brief zu vernichten und als nicht geschehen zu betrachten.

Heil Hitler!
Margarete Schiller
geb. Eberstein«

Doch der Vater bekräftigt seinen Standpunkt erneut mit Schreiben vom 4. 9. 43 an den Oberbefehlshaber der Luftwaffe:

»Betrifft: Flugkapitän Melitta Stauffenberg
Bezugnahme: Meine Eingabe vom 24. 10. 42 und die Eingabe meiner Ehefrau vom 11. 12. 42

Eurer Excellenz unterbreite ich als Vater der Obengenannten nochmals die gehorsamste Bitte, sie nicht mehr zu Sturzkampfflügen zulassen zu wollen; der Anlaß dieser Bitte ist meine Sorge um ihr Leben – ich glaube, annehmen zu dürfen, daß inzwischen doch wohl einer der bewährten männlichen (unterstrichen) Untergebenen Eurer Excellenz den nicht-mathematischen Teil ihrer Tätigkeit wird übernehmen können.
Die Eingabe meiner Ehefrau war mir erst nach Absendung bekanntgegeben worden und hat ja auch in keiner Weise meinen Wünschen Rechnung getragen . . .
Euer Excellenz bitte ich, Melitta auch von dieser meiner zweiten Eingabe keine Kenntnis zu geben, Sich aber ihre neueren (unterstrichen) Erlebnisse bei Flügen gelegentlich berichten zu lassen.

Gehorsamst
Schiller«[55]

Der letzte Satz erweckt den Eindruck, daß Tochter Melitta in der Zwischenzeit öfter Gelegenheit zum direkten Vortrag beim Reichsminister der Luftfahrt hat. Und diese Annahme ist gar nicht so abwegig, wenn man den Empfang im Hause Göring anläßlich der Verleihung des EK II in Betracht zieht, über die Gräfin Stauffenberg einen ausführlichen Bericht für ihre Angehörigen verfaßte.
Bereits in Rechlin hatte Oberst Pasewaldt als Chef GL-CE (Technische Entwicklung) des Technischen Amtes beim RLM aufgrund seiner persönlichen Eindrücke von den Sturzflugerprobungen den Gedanken gefaßt, »dafür zu sorgen, daß diese außergewöhnliche Frau eine besondere Auszeichnung erfahren sollte.«
Als die in jener Zeit mit größerer Popularität bedachte und somit bekanntere Testpilotin Flugkapitän Hanna Reitsch bei einem Probeflug mit dem Raketenflugzeug Me 163 auf dem Flugplatz Obertraubling bei Regensburg im Oktober 1942 schwer verunglückte[56], kamen Oberst Pasewaldt durch dieses Ereignis »blitzartig neue Überlegungen«, wie er schreibt.

Hanna Reitsch »war bei dem Aufprall des Flugzeuges wohl mit dem Kopf gegen die Bordwand geschleudert worden und hat sich dabei eine schwere Schädelverletzung zugezogen. Die Meldung, die mich in meinem Amt erreichte, besagte u. a. daß Hanna Reitsch sich in höchster Lebensgefahr befände.
Mir war über die Versuche von Hanna Reitsch persönlich nichts bekannt, und ich begab mich deshalb sofort zu meinem Amtschef, Generalleutnant Vorwald, der mit mir unverzüglich den General-Luftzeugmeister, GFM Milch, aufsuchte. Es war um die Mittagsstunde, der Amtschef erstattete Milch über den Unfall Meldung. Völlig bestürzt überlegte er mit uns, was für Hanna Reitsch als besondere, außergewöhnliche Ehrung vorzuschlagen sei. Im Laufe der Beratung darüber wurden verschiedene Vorschläge durchdacht, aber soweit sie sich auf eine hohe Klasse des Kriegsverdienstkreuzes bezogen, schien Milch das wenig zu gefallen.
Wir hatten nun keine weiteren Vorschläge zu machen, während Milch spontan erklärte, Hanna Reitsch dem Führer zum Eisernen Kreuz 1. Klasse vorschlagen zu wollen. Ich machte unverzüglich meine stärksten Bedenken geltend, denn die Reaktion auf eine solche Verleihung würde bei den Soldaten der Front doch eine sehr negative sein. Milch schlug diese Bedenken jedoch in den Wind und ließ sich unmittelbar mit Herrn Hitler verbinden. Unverzüglich meldete sich Hitler, worauf Milch seine Meldung über den Unfall von Hanna Reitsch abgab und auch gleich angesichts der Möglichkeit eines jeden Augenblick zu erwartenden Ablebens der Verunglückten seinen absonderlichen Vorschlag zur Verleihung des Eisernen Kreuzes 1. Klasse anbrachte. Hitler schien zutiefst betroffen und erschüttert und bejahte an Ort und Stelle und ohne jedes Zögern das Anliegen Milchs. Damit war es eben geschehen.
Allerdings ging mir hierbei blitzartig der Gedanke durch den Kopf, meine Absicht zu verwirklichen, für die – wie man so schön sagt – bisher stets der geeignete Aufhänger fehlte. So äußerte ich spontan, ohne Rücksicht auf die Art und Weise, ob

und wie es aufgenommen würde: ›Herr Feldmarschall, unter den jetzt gegebenen Umständen halte ich es dann aber auch für gerechtfertigt und unerläßlich, daß der über alle in unserm Fachbereich gebotenen Leistungen hinaus in Hunderten, ja mehr als Tausenden von Erprobungsflügen hochbewährten und über jedes Lob erhabenen Gräfin Stauffenberg dann gleichzeitig die Auszeichnung mit dem E. K. II zuteil wird. Diese Frau hat sich in ihren unermüdlichen praktischen Versuchen im Dienste der Luftwaffe für Forschungsaufgaben in ungeahnter Weise aufgeopfert. Sie hat sich zusätzlich dadurch verdient gemacht, daß sie jeden ihrer Flüge, darunter zahllose Sturz- und Nachtflüge, wissenschaftlich-technisch ausgewertet und darüber abgeschlossene Berichte abgeliefert hat, die für die Industrie von einmaligem, auf andere Weise gar nicht beizubringendem Wert sind.‹

Auf die erstaunte Geste mußte ich erst nähere Erklärungen zur Person geben, bis sich bei der Nennung des Namens Melitta Schiller ein Nebel zu lichten schien, worüber ich mich nicht wenig wunderte. Aber so sah es eben um die Alltagsarbeit verdienstvoller Menschen aus, die nicht gerade vor dem Feind ihren Mann standen. Sie waren eigentlich überhaupt nicht vorhanden. Zumindest wurden sie übersehen. Beachtung fand nur der glückvolle Pilot, dessen Leistung wohl alle Anerkennung verdient, dem aber außer einer Riesenportion Glück gerade diese in aller Stille dem Nichts abgetrotzten Errungenschaften militärisch-technischen Fortschritts zunächst zugute kommen, eben der Kampf-, Sturzkampf-, Jagd- und Schlachtflieger, dessen Erfolge im allgemeinen durch programmgemäß höchste Auszeichnungen ihre Anerkennung finden.

Warum also nicht endlich einmal auch auf diese Koryphäen im Hintergrund hinweisen, denen bislang noch niemand auch nur ein Fünkchen Anerkennung geschenkt hat, vom Dank des Vaterlandes ganz zu schweigen.

Hier endlich gelang es mir, einer über jegliches Maß hinaus Würdigen von höchster Stelle die nie erwartete bescheidene, aber doch durch ihre Seltenheit wertvolle Anerkennung zu

verschaffen, obwohl ich behaupten kann, daß ich weder vorher noch nachher, außer meiner flüchtigen Begegnung in Rechlin, mit dieser tapferen Frau näher bekannt wurde.
Die ganze Angelegenheit hatte ich schon fast aus den Augen verloren, als ich die Tatsache der Verleihung des Eisernen Kreuzes 2. Klasse an Melitta Gräfin Stauffenberg, geb. Schiller, aus der Presse erfahren konnte und dies mit großer Freude zur Kenntnis nahm.«[57]

7

Das Eiserne Kreuz und die Brillanten

Die Stiftung des »eisernen Kreuzes« durch den Preußenkönig Friedrich Wilhelm III. am 10. März 1813 in Breslau sowie seine Erneuerung 1870 und 1914 betrafen ein preußisches Ehrenzeichen. Mit der »Verordnung über die Erneuerung des Eisernen Kreuzes« vom 1. September 1939 entstand ein bewußt an diese Tradition anschließendes deutsches Ehrenzeichen. In der Einleitung ist erstmals von einem »Orden« die Rede, das Prinzip der zwei Klassen wurde übernommen. Bemerkenswert vor allem die Begründung für die Erneuerung:
»Nachdem ich mich entschlossen habe, das Deutsche Volk zur Abwehr gegen die ihm drohenden Angriffe zu den Waffen zu rufen, erneuere ich eingedenk der heldenmütigen Kämpfe, die Deutschlands Söhne in den früheren großen Kriegen zum Schutz der Heimat bestanden haben, den Orden des Eisernen Kreuzes.«[58]
Gemäß Artikel 2 der Verordnung sollte das EK »ausschließlich für besondere Tapferkeit vor dem Feinde und für hervorragende Verdienste in der Truppenführung« verliehen werden.
Schon das 1813 gestiftete »eiserne Kreuz« wurde mehrfach auch an weibliche Personen verliehen, ebenso 1914 das EK Wilhelms II. an Krankenschwestern. Dagegen waren 1939 Verleihungen an Frauen und Mädchen nicht vorgesehen. Aber im Verlauf des Krieges änderten sich die Auffassungen, und Flugkapitän Hanna Reitsch wurde in Anerkennung der von ihr durchgeführten Flugerprobungen am 28. März 1941 mit dem Eisernen Kreuz 2. Klasse ausgezeichnet, als erste Frau seit Kriegsbeginn. Als erste Schwester des Deutschen Roten Kreuzes und zweite Frau erhielt Elfriede Wnuk am 19. 9. 1942 das

EK II zusammen mit dem Silbernen Verwundetenabzeichen und der Ost-Medaille. Die bei einem englischen Fliegerangriff auf Wilhelmshaven verwundete DRK-Schwester Marga Droste wurde als dritte Frau für die Bergung von Verwundeten aus einem Marinelazarett ausgezeichnet.[59]

Dipl.-Ing. Flugkapitän Melitta Gräfin Schenk von Stauffenberg wurde das EK II als vierter Frau am 22. Januar 1943 verliehen, nachdem, wie bereits erwähnt, Hanna Reitsch schon das EK I am 5. 11. 1942 aus den genannten Gründen erhalten hatte. Die Pressemeldungen am 26. und 27. 2. 1943 (eine auffallende zeitliche Verzögerung) erschienen meist unter der Überschrift »Tapfere Frau erhielt EK II« oder »EK II für Dipl.-Ing. Flugkapitän Gräfin Schenk von Stauffenberg« und hatten folgenden Wortlaut:

»Der Führer hat auf Vorschlag des Oberbefehlshabers der Luftwaffe, Reichsmarschall Göring, dem im Dienst der fliegerischen Entwicklung und Erprobung der Luftwaffe stehenden Dipl.-Ing. Flugkapitän Melitta Gräfin Schenk von Stauffenberg, geb. Schiller, das Eiserne Kreuz II. Klasse verliehen. Durch diese Auszeichnung finden der für eine Frau außergewöhnlich lange fliegerische Einsatz und die von ihr in der Weiterentwicklung von Luftwaffengerät, insbesondere der flugtechnischen Erprobung deutscher Sturzkampf-Flugzeuge erzielten kriegswichtigen Ergebnisse ihre Würdigung.«

Die Luftwaffenzeitschrift »Der Adler« berichtete in der Ausgabe vom 6. 4. 1943 ausführlich mit fünf Fotos, die im März in Gatow aufgenommen worden waren und Gräfin Stauffenberg am Steuerhorn einer Ju 88 sowie in der offenen Kanzel einer Ju 87 (Stuka) zeigen:

»Einer mutigen Fliegerin – das EK

Flugkapitän Dipl.-Ing. Gräfin Schenk v. Stauffenberg ist vor kurzem durch die Verleihung des Eisernen Kreuzes und des Militärfliegerabzeichens in Gold mit Brillanten ausgezeichnet worden. Diese für eine Frau seltenen Tapferkeitsauszeichnungen verdiente die Fliegerin durch den Einsatz von Leben und Gesundheit in nahezu 1500 Sturzflügen, die sie seit Kriegsbe-

ginn ausgeführt hat. Ihre Flüge dienen sowohl der Weiterentwicklung von Luftwaffengeräten als auch der flugtechnischen Erprobung deutscher Sturzkampfflugzeuge. – Gräfin Stauffenberg hat ihr Leben der Fliegerei verschrieben. Sie studierte auf der Technischen Hochschule in München, wobei sie sich besonders flugtechnischen Fächern zuwendete, und hat überdies die vollkommenste fliegerische Ausbildung genossen, die man sich denken kann. Der C-2-Schein für Land- und Seeflugzeuge, Blindflugausbildung und Funkerlehrgänge machen sie in allen Sparten der Fliegerei sattelfest. Wenn man dieser fraulich-anmutigen Erscheinung gegenübersteht, hält man es kaum für möglich, daß Flugkapitän Gräfin Stauffenberg selbst das schwerste Land- oder Seeflugzeug meistert. Die Leistung von nahezu 1500 Sturzflügen ist schon rein körperlich ganz außergewöhnlich; sie übersteigt wesentlich die der meisten männlichen Sturzflieger. Was die Arbeit dieser Erprobungsfliegerin noch besonders wertvoll macht, ist, daß sie die Ergebnisse ihrer Flüge völlig selbständig auswertet, wozu sie das ganze Rüstzeug an fachtechnischen Kenntnissen mitbringt.«
Unter den sonst im Wortlaut weitgehend identischen Pressewürdigungen fällt ein mit »N - n« gezeichneter, möglicherweise von einem in der Nachkriegspublizistik allgemein bekannt gewordenen Autor stammender Beitrag besonders auf:

»Leben als Einsatz

Man könnte versucht sein, sich eine Frau, die den harten, immer aufs neue den Einsatz des Lebens fordernden Beruf einer Einfliegerin[60] ausfüllt, als maskulinen Typ vorzustellen. Zumal, wenn sie mehr als 1500 Sturzflüge aus großer Höhe in Stukas und schweren mehrmotorigen Bombern bei der Erprobung von Luftwaffengerät durchführte. Doch das Geheimnis der starken Persönlichkeit ist niemals in klischeemäßige Begriffe zu fassen: Dipl.-Ing. Flugkapitän Melitta Gräfin Schenk von Stauffenberg, die unlängst vom Führer mit dem EK II ausgezeichnet wurde, wirkt im Privatleben eher als feinnervige Künstlerin. Und dieser Eindruck führt im Grunde keineswegs irre, denn im Bezirk privater Interessen hat Gräfin Stauffenberg als Bildhauerin mehr als nur dilettantisches Können aufzuweisen. Vielleicht ist ein Schuß künstlerischer Sensibilität sogar Vorbedingung für die Tätigkeit des Einfliegens, die neben Wagemut und Konzentration auch einen sechsten Sinn verlangt – das untrügliche Feingefühl für die Maschine. Schon vor ihrer Heirat mit dem bekannten Althistoriker Graf Schenk von Stauffenberg hatte sich die Fliegerin Melitta Schiller durch Erfolge in Flugprüfungen sowie eine beachtliche Vielseitigkeit einen Namen gemacht. Manch einer entsinnt sich vermutlich noch ihrer verblüffenden Vorführungen der Heinkel ›Blitz‹ He 70 in Kunstflügen und extremen Fluglagen beim Olympia-Großflugtag 1936. Charakteristisch für sie ist darüber hinaus die wissenschaftliche Methodik bei der Auswertung der Flugergebnisse. Hierdurch wie durch ihren aktiven Einsatz hat Flugkapitän Gräfin Stauffenberg der kämpfenden Front unschätzbare Dienste geleistet. N - n«[61]

Was anläßlich der Verleihung selbst an persönlichen Eindrükken berichtenswert erschien, hat Melitta für ihre Angehörigen stichwortartig aufgezeichnet. Ein maschinenschriftlicher Originaldurchschlag ist davon erhalten geblieben. Dieser in mehrfacher Hinsicht aufschlußreiche Bericht wird unverändert wiedergegeben, lediglich die benutzten Abkürzungen sind zum besseren Verständnis für den heutigen Leser durch vollständigen Wortlaut ersetzt:

»Januar 43:

22. 1. Telegramm: ›Der Führer hat Ihnen am heutigen Tage das Eiserne Kreuz II. Kl. verliehen. Göring, Reichsmarschall des Großdeutschen Reiches.‹ Am 23. noch ein Telegramm vom 22. verspätet erhalten:

›Das Ihnen vom Führer verliehene Eiserne Kreuz II. Kl. werde ich Ihnen am 29. Januar persönlich überreichen. Nähere Zeitangabe wird Ihnen durch meine Adjutantur übermittelt werden. Göring, Reichsmarschall des Großdeutschen Reiches.‹ – Am 28. ruft der Adjutant an, ich würde zum Mittagessen in der Villa des Reichsmarschalls, Leipziger Straße, erwartet um

½ 2 Uhr. – Werde dort in einen Riesensalon mit Gobelins und alten Bildern geführt, allmählich versammeln sich einige Damen, die Schwester und Nichte von Frau Göring und eine Freundin, Leiterin einer Theaterschule. Schließlich Frau Göring selbst. Sie hat eine Kiefervereiterung, die am Montag operiert werden soll. Später kommt durch die Tür seines Arbeitszimmers der Reichsmarschall und nimmt mich zuerst mit dort hinein. Er läßt sich von meiner Fliegerei erzählen und will es absolut nicht glauben, daß ich die schweren Bomber, wie z. B. die Ju 88, fliegen und sogar stürzen könnte. Auch ist er sehr erstaunt über die Anzahl meiner Stürze, meint, man hätte ihm zu wenig gesagt, überzeugt sich aber anhand der Akte, daß alles stimmt. Dann führt er mich zu seinem Schreibtisch und sagt: ›Sie wissen ja schon, der Führer hat Ihnen u. s. w.‹ Dann heftet er mir das EK an. Und von ihm bekäme ich noch das Militärfliegerabzeichen in Gold mit Brillanten und Rubinen. Aber das dauerte noch etwas, die Juweliere könnten jetzt nicht so arbeiten, es würde wohl erst in zwei Monaten fertig werden. Dann äußert er sich noch einmal voller aufrichtiger Bewunderung und Anerkennung über meine Fliegerei, meine Vorgesetzten hätten ihm das längst sagen sollen, er hätte keine Ahnung gehabt u. s. w. Dann sprechen wir noch eine Weile über die Fliegerei. Er fragt nach den Flugzeugtypen, die ich fliege. Als ich sie aufzähle, sagte er: ›Da muß ich lieber fragen, welche Flugzeuge Sie nicht geflogen haben.‹ Ob ich auch einmal überland geflogen wäre. Ich sage ja, einen Langstreckenflug mit der He 111 nach Afrika. ›Hören Sie auf, ich meinte doch, ob Sie schon mal nach München geflogen sind.‹ – Offenbar dachte er nicht daran, daß allein für den C-Schein zigtausend Kilometer vorgeschrieben sind. – Die Sache machte ihm einen sichtlichen Spaß, er kam immer wieder darauf zurück und sagte, das Eiserne Kreuz sei für eine Frau schwerer zu bekommen als das Ritterkreuz für einen Mann. Dann fragte er nach meinen finanziellen Angelegenheiten, wunderte sich, daß ich für die Stürzerei nichts extra bekäme, und fragte mich, ob mir denn sehr viel daran läge, bei Askania zu bleiben, ob es nicht viel besser wäre, ich bekäme einen Staatsvertrag, da wäre ich doch unmittelbar beim Reich. Ich antwortete nach einigem Nachdenken, auf eine Weise wäre das ja sehr angenehm, weil dann die anderen Firmen mich nicht mehr als Konkurrenz ansehen würden, wie sie immer noch bisweilen täten, obwohl ich seit Kriegsbeginn von Askania abkommandiert sei. Er sagte, es wäre ein Skandal, daß es jetzt im Krieg noch Firmengeheimnisse gäbe, aber es sei viel besser, ich käme zum Reich, er würde das schon machen, ich solle bei Askania noch nichts sagen. –

Beim Essen gab es des Freitags wegen Fisch und Topfen-Pfannkuchen und einen leichten Tischwein, wurde sehr gemütlich vom Essen, von Görings Diät und seinen Tantalusqualen, von Frau Görings Kieferoperation, von möglichen Bombenangriffen der Engländer am 30.[62], vom neu verstärkten Karinhaller Luftschutzbunker, von meinem merkwürdigen Manne, der mich so fliegen läßt, gesprochen. Göring fragte, ob er schon Professor wäre oder noch Dozent. Ich hatte das deutliche Gefühl, daß er ihn sofort zum Professor geschlagen hätte, wenn er's noch nicht gewesen wäre. Auch von Edda[63] war die Rede. Nach dem Essen ging man in einen anderen Salon, es gab einen erstklassigen Kaffee mit Rahm und Likeur oder Kognak. Erst um 4 Uhr löste sich das Ganze auf. Der Reichsmarschall fragte mich, ob er mich irgendwohin mit dem Wagen bringen könnte. Frau Göring drängte mir rührender Weise ein Päckchen Tee und Kaffee auf und lud mich dringend ein, jederzeit in einem ihrer Gastzimmer zu übernachten, auch mit meinem Mann, und so oft ich wollte in ihre Theaterloge zu kommen. Es war urgemütlich, der Ton vergnügt und humorvoll, und man hatte das Gefühl von einer aufrichtigen und rührenden Herzlichkeit.«

Es war urgemütlich im Hause Göring, aber es war die Zeit der Katastrophe von Stalingrad. Gerade in diesen Tagen schickten sich die Reste der 6. Armee unter Generalfeldmarschall Paulus im Kessel von Stalingrad zur Kapitulation an, und während die ausgemergelten deutschen Soldaten das bittere Los der Gefangenschaft und den elenden Tod vor Augen hatten – der größte Teil der Armee war bereits verwundet oder gefallen – versuchte am 30. 1. 43 der für seine Jovialität bekannte Reichsmarschall das grauenvolle Geschehen in ein Heldenepos umzustilisieren.

Es war aber auch die Zeit, als die Alliierten nach der Konferenz von Casablanca ihre Forderung nach bedingungsloser Kapitulation des Großdeutschen Reiches stellten und dadurch die Tatkraft der Widerstandskreise wesentlich beeinträchtigten, andererseits der Goebbles-Propaganda den nötigen Auftrieb verschaffen sollten (»Wollt ihr den totalen Krieg?«).

Wer jedoch im Hinblick auf solchen historischen Kontext meint der Gräfin Stauffenberg nachsagen zu können, sie habe sich durch die Ordensverleihung im Hause Göring blenden oder gar durch die Machthaber »korrumpieren« lassen, verkennt ihre wahre Persönlichkeit ebenso wie derjenige, der andererseits allen Ernstes vermutet, sie habe »aus Verzweiflung« auf die Kriegsauszeichnungen Wert gelegt wegen ihrer belastenden Situation als »Halbjüdin.«

Da seit Ausstrahlung des Dokumentarfernsehfilms »Fliegen und Stürzen – Porträt einer außergewöhnlichen Frau« im Januar 1974 die Rechtmäßigkeit der EK-Verleihung an Gräfin Stauffenberg von Personen aus dem Umfeld der einstigen Machthaber in Zweifel gezogen oder gar überhaupt bestritten wurde, sahen sich die Angehörigen zu weiteren Recherchen und Korrespondenzen genötigt. Dieses unerfreuliche Kapitel darf schon deshalb nicht außer Betracht bleiben, weil die Gefahr der Legendenbildung immer besteht.

Mit Erstaunen mußte Dr. Pasewaldt 30 Jahre nach Kriegsende und nach dem tragischen Fliegertod der Gräfin Stauffenberg zur Kenntnis nehmen, daß Zweifel und Einwände auszuräumen sind. »Eigentlich könnte so etwas nur aus der Situation des 20. Juli 44 hergeleitet werden oder aus dem Arier-Ukas?« argwöhnte der frühere Generalstabsoffizier in seinem Brief vom 15. 2. 1975 an Klara Schiller. »Wer kann jetzt auf irgendeine Unregelmäßigkeit oder einen Zweifel hinweisen? Mit welcher Absicht und mit welchem erwarteten Effekt?«

Doch zur selben Zeit, ebenfalls im Februar 1975, sollte Frau Schiller brieflich erfahren, wie es »in Wahrheit« gewesen sei: »Betreffs des EK II hat der Freundes- und zum Teil auch Mitarbeiterkreis von Udet erfahren, wie die sogenannte Verleihung des EK II zustande kam, die keine gültige war. Wäre es nicht schrecklich, wenn die wahren Begebenheiten, die einigen Menschen bekannt sind, in Einzelheiten geschildert würden? Damit würde auch der zwar für die heutige Zeit günstigen, damals aber grausam belastenden Situation gedacht werden, durch das ›Nicht-Arier-Sein‹. Ich bin überzeugt, daß Melitta nicht nur auf Grund ihres Ehrgeizes, sondern vielleicht aus Verzweiflung – eben wegen dieser Belastung – sich zu diesem Schritt hinreißen ließ. Ich fände es um Melittas willen gut, wenn die Öffentlichkeit von diesen Einzelheiten nicht erführe.«[64]

»Auch ich halte Ehrgeiz für die geradezu notwendige Triebfeder, um etwas Großes zu erreichen. Jetzt wäre es viel leichter, wenn Sie hier bei mir säßen und wir darüber reden könnten, denn eine schriftliche Erklärung kann noch verletzender wirken als eine mündliche, die durch Tonfall und noch nähere Erklärungen mildern kann. Ich will es nun versuchen, ohne zu verletzen, aber muß das noch mal wiederholen, was ich Ihnen bereits sagte und was mir selbst schon in Gedanken daran für Melitta peinlich ist. Bei ihr war es nicht der normale, gesunde Ehrgeiz, sondern sie ließ sich verführen, vielleicht aus einer inneren Verzweiflung oder Bedrückung heraus um ihrer rassischen Belastung willen, die sie vor ihrer Arbeitsstelle und möglichst allen verschweigen wollte. Vielleicht sagte sie sich: ›Auszeichnungen und Titel machen es unmöglich, mir wegen der rassischen Belastung die Arbeit eines Tages zu legen.‹ Das ist für mich die einzige Erklärung, warum sie sich verleiten ließ, sofort z. B. bei Professor Georgii in Darmstadt anzurufen, nachdem ich Flugkapitän wurde, – nicht um mir zu gratulieren,

das tat sie mit keinem Wort, sondern um Georgii, der darüber peinlich berührt war, zu fragen, wodurch man dies werden könnte.
Oder den noch peinlicheren Fall, den Udet sehr aufgeregt Professor Georgii und mir berichtete und dazu sogar nach Darmstadt kam. Er erzählte, daß er etwas Dummes gemacht hätte. Er habe sich durch das ewige Drängen von Melitta breitschlagen lassen, ihr das EK II zu geben und setzte dazu, ›um sie loszuwerden‹. Denn wenn er sie vorn rausschmiß, wäre sie hinten wieder hereingekommen (wortwörtlich). Sie solle es nicht an die große Glocke hängen. Melitta aber habe es veröffentlichen lassen. Und um nicht von Hitler belangt zu werden – der alleinig an Frauen EK verleihen konnte – habe er den Reichspressechef sofort veranlaßt, in jeder Zeitung darüber zu schweigen. Die Reichsfrauenführerin, Frau Scholz-Klink, habe ihn schon empört angerufen, sie hätte sich im Hauptquartier bei Hitler erkundigt, und die Verleihung sei niemals ausgesprochen worden. Von da an schwieg alles, peinlich berührt . . .
Sehen Sie, liebe Frau Schiller, das ist die Form von Ehrgeiz, weshalb ich ihn mit negativem Beiklang erwähnte.« . . .[65]
»Peinlich berührt« wird man durch diese Darstellung schon, denn Udet war bereits über ein Jahr tot, als das EK an Gräfin Stauffenberg verliehen wurde. Insofern stellt sich die Frage nach dem Wahrheitsgehalt gar nicht erst, und für den angenommenen Fall einer Verwechslung mit Generalfeldmarschall Milch stünden glaubhafte Zeitzeugen-Aussagen und Dokumente, wie noch zu zeigen sein wird, dazu im Widerspruch. Es erscheint unfaßbar, daß eine so herausragende, international anerkannte Fliegerin wie Hanna Reitsch, deren Verdienste und Leistungen hier in keiner Weise geschmälert werden sollen, sich unter der offenkundigen Nachwirkung eines eigenartigen Rivalitätsverhältnisses dazu hinreißen ließ, ihre Fliegerkameradin nach deren Tod der Unwahrhaftigkeit und des maßlosen Ehrgeizes in Briefen an deren Schwestern zu bezichtigen. Andererseits war Hanna Reitsch für ihr mutiges

Engagement bekannt, wenn es galt, Legendenbildungen und Geschichtsfälschungen entgegenzutreten.[66]
Zur Frage der Rechtmäßigkeit der EK-Verleihung erklärte Nicolaus v. Below, der frühere Hitler-Adjutant (1937–45):
»Von einer Verleihung des Eisernen Kreuzes II. Klasse an Ihre Schwester, Frau Dipl.-Ing. Melitta Schiller, während des Zweiten Weltkrieges ist mir nichts bekannt. Die Verleihung des Eisernen Kreuzes an eine Frau war eine so große Seltenheit, daß dies ohne die Zustimmung von Hitler nicht möglich war. Da es sich im Falle Ihrer Frau Schwester um eine Fliegerin handelte, hätte ich als Hitlers Luftwaffen-Adjutant aber eine Verleihung erfahren.«[67]
Bekräftigt hat Herr v. Below seine Zweifel in einem weiteren, handgeschriebenen Brief aus Villach:

»Sehr verehrte Frau Schiller!
Noch einmal wurde ich gebeten, an Sie zu schreiben. Diesmal von Frau Flugkapitän Hanna Reitsch. Sie schickte mir Ihren Brief an Herrn v. Brauchitsch vom 13. d. Mts. und bat mich, diesen an Sie zu beantworten. –
Brauchitsch ist vor zwei Monaten gestorben, kurz vor Weihnachten 1974, und kann somit Ihre Frage nicht mehr beantworten. Ich kann Ihnen aber so viel zu dem Vorgang sagen, daß nach dem seinerzeitigen Fernsehfilm über das Schicksal Ihrer Frau Schwester ein Gespräch mit Brauchitsch über Ihre Frau Schwester ergab, daß Herrn v. Brauchitsch nichts über die Verleihung von einer besonderen Auszeichnung von Göring an Ihre Frau Schwester bekannt ist. Wenn eine Verleihung erfolgt ist, hätte Brauchitsch dies aufgrund seiner Stellung[68] wissen müssen, ebenso wie mir die aus dem Rahmen fallenden Auszeichnungs-Verleihungen an Flieger auch bekannt wurden. Meines Wissens ist das Flugzeugführer-Abzeichen mit Brillanten für eine Fliegerin in Form einer Brosche mit Rubinen nur ein einziges Mal verliehen worden, und zwar an Hanna Reitsch. Von weiteren Verleihungen dieser Art weiß ich nichts. – Ich fürchte, Sie sind Irrtümern oder Gerüchten verfal-

len, wie sie in der Nachkriegszeit und sogar noch heute immer wieder auftauchen.«[69]

Immerhin räumte Herr v. Below gegenüber dem früheren Adjutanten Großadmiral Dönitz', Walter Lüdde-Neurath, offen ein, daß eine Gedächtnislücke nicht auszuschließen sei. Walter Lüdde-Neurath, Autor des Buches »Regierung Dönitz – Die letzten Tage des Dritten Reiches«, teilte Frau Klara Schiller auf Anfrage mit:

»Sehr verehrte gnädige Frau,

meine Schwester Gerda sandte mir vor gut 4 Wochen Unterlagen über Ihre Schwester Melitta Gräfin Stauffenberg zu, mit der Bitte, nach einer ›amtlichen‹ Bestätigung der Verleihung des EK II an die Gräfin zu fahnden.

Um es vorweg zu sagen:

Eigentlich hielt ich diese Fahndung angesicht der Ihnen vorliegenden Originale aus dem Bildarchiv des DRK und der Fotokopie des Briefes der Luftkriegsakademie vom 11. 1. 1944 über den Vorschlag auf Verleihung des EK I für überflüssig. Bild, Text und Vorschlag waren in damaliger Zeit mit absoluter Sicherheit nur dann möglich, wenn das EK II ordnungsgemäß verliehen war.

Dem Wunsche von Gerda folgend, habe ich trotz dieser Überzeugung nacheinander noch den Konteradmiral von Puttkamer und den Oberst von Below angeschrieben, die ich beide als Führer-Adjutanten ab Herbst 1944 häufig erlebte und nach wie vor sehr schätze. Beide haben mir trotz dreißigjähriger ›Entfernung‹ sofort und in sehr netter persönlicher Form geantwortet. Beide Herren können sich nicht erinnern – was ich ihnen vorbehaltlos glaube –, daß der Gräfin das EK II verliehen worden ist, ›was aber nichts zu sagen hat‹, wie mir von Below am 19. 10. 1976 wörtlich schreibt.

Die Worte zwischen den Gänsefüßchen kann ich nur unterstreichen: Wer die Vielzahl, die Vielfalt und die Hektik der Ereignisse, die wechselnden Situationen und Personen, Erfolgsmeldungen und Hiobsbotschaften, Todesnachrichten und Auszeichnungen im Hauptquartier miterlebt hat, konnte schon damals unmöglich alles registrieren und unmöglich über dreißig Jahre alles Registrierte behalten.«[70]

Abgesehen davon, daß die Angaben der Gräfin Stauffenberg über den 29. 1. 43 von Herrn Karl Kattengell (Berchtesgaden), der jahrelang als Fernmeldeoffizier und Transportbeauftragter ständiger Begleiter Görings war, aufgrund persönlicher Aufzeichnungen in Einzelheiten bestätigt werden konnten, liegen eidesstattliche Erklärungen der maßgeblichen Zeitzeugen aus der Gatower Zeit vor. So führte Oberst a. D. Viktor v. Loßberg am 7. 10. 1976 handschriftlich aus:

»Als ich 1943 Kommandeur der Technischen Akademie war, war der Akademie am Flugplatz Gatow Gräfin Melitta Stauffenberg zur Erprobung zweier von der Akademie entwickelter Geräte – eines Sturzbomber-Visiers und eines Jagdflugzeug-Schießvisiers mit automatischem Vorhaltrechner – zugeteilt. Für die Flugerprobung mit Ju 87 und FW 190 Jagdflugzeug wurde ihr das EK II verliehen, und sie trug es in dieser Zeit. Dieses kann ich eidesstattlich bezeugen. Als weitere Zeugen kann ich Prof. Holfelder... und Prof. Herrmann... anführen«[71]

Prof. Dr.-Ing. Otto Holfelder (Wiesbaden-Sonnenberg) erwiderte in gleicher Weise:

»Auf Ihren Brief vom 12. 10. 1976 bestätige ich Ihnen gern, daß ich mich genau erinnern kann, daß im Laufe des Jahres 1943 Ihrer verstorbenen Frau Schwester, Melitta Gräfin Stauffenberg, die s. Zt. im Rahmen der Technischen Akademie in Berlin-Gatow Flugsondergeräte erprobte, vom ›Führer‹ das EK 2 verliehen wurde. Ich habe auch selbst gesehen, daß sie diese Auszeichnung getragen hat. Irgendwelche Urkunden über die Verleihung habe ich aber nie gesehen.

Diese Mitteilung kann ich an Eides Statt bezeugen.«[72]

Schließlich folgte noch die schriftliche Bestätigung durch Prof. Dr.-Ing. W. Herrmann:

»Als damaliger Leiter der Institute der Technischen Akademie der Luftwaffe in Berlin-Gatow habe ich durch die Einrichtung und den Betrieb einer Versuchsstelle für Flugzeugsonderge-

räte – es handelte sich um die Erprobung von Sturzbomber-Visieren – Kenntnis über die Vorgänge.
Die Erprobung der Geräte im Flug war Melitta Gräfin Stauffenberg, geb. Schiller übertragen. Für ihren ungewöhnlichen Einsatz bei sehr anstrengenden, zum Teil risikoreichen Flugversuchen und für ihre technischen Verbesserungsvorschläge erhielt sie 1943 das Eiserne Kreuz IIter Klasse, das ihr in besonders ehrender Weise überreicht wurde.
Sie trug die Auszeichnung trotz ihrer für den Eingeweihten deutlicher werdenden Bedenken gern.
Diesen Tatbestand kann ich nach bestem Wissen und Gewissen bestätigen.

In ausgezeichneter Hochachtung
Ihr sehr ergebener
gez.: W. Herrmann«[73]

Das von Göring in Aussicht gestellte Flugzeugführerabzeichen in Gold mit Brillanten ließ noch 10 Monate auf sich warten. Im Tagebuch der Gräfin Stauffenberg findet sich ein lapidarer Hinweis unter dem 22. November 1943:
»5^h Verleihung Knauss, Wöhlermann, Jacobi, v. Schmidt, Dreher«. Dieser kurze Eintrag deutet auf die Verleihung des Ehrenabzeichens durch den Kommandeur der beiden Gatower Akademien, Generalleutnant Dr. Robert Knauss, in Anwesenheit der übrigen genannten Herren hin. Major a. D. Richard Dreher war damals Adjutant des Kommandeurs der Luftkriegsakademie und erinnert sich »sehr gut« an die Überreichung der besonderen Auszeichnung durch den Kommandierenden General der LKA:[74]
»Ein Kurier aus Berlin brachte mir Urkunde und Auszeichnung für die Gräfin Stauffenberg. Diese sollte ihr der General in geeigneter Form überreichen.
Es war eine Nadel zum Anstecken, wohl aus Platin. Auf der Nadel war ein verkleinertes Flugzeugführerabzeichen, besetzt mit Brillanten, anmontiert.
Die Gräfin wurde zum Mittagessen in einen separaten Raum

des Casinos eingeladen. Wir waren also drei Personen, die Gräfin, Knauss und ich.
Zur Feier des Tages hatte ich eine Flasche Rotwein und 25 Zigaretten aus unserem kargen Depot mitgenommen.
Knauss überreichte nun beim Essen der Gräfin – mit paar netten Worten – das Schmuckstück.
Als wir mit dem Essen fertig waren, bot ich Zigaretten an. Die Gräfin nahm eine Zigarette und fragte Knauss und mich, ob wir es ihr verübeln würden, wenn sie jetzt nicht rauchen würde, denn sie wollte die Zigarette ihrem Mann mitnehmen (ich glaube, er war damals krank?)[75].
Ich glaube, ›spontan‹ schob ich ihr für ihren Mann die fast volle 25er Packung hin, die sie erfreut einsteckte.
Als wir uns dann nach dem Essen bei der Technischen Akademie voneinander verabschiedeten, hielt mich die Gräfin am Ärmel fest und flüsterte mir ins Ohr: ›Die Zigaretten erfreuen mich viel mehr als die Brillanten.‹«
Acht Tage später berichtete Gräfin Stauffenberg selbst über die Verleihung in einem Brief an die Schwester in Neumünster. Da hierin ebenso die Nöte des Alltags deutlich werden, dokumentiert er zugleich ein Stück Zeitgeschichte:

»Würzburg, 30. 11. 43

Liebste Lilli!
Es ist so rührend, wie Du immer an alles denkst, und wie Deine Sendungen die fühlbarsten Lücken in der Haushaltführung schließen. Wegen des unglaublichen Trubels weiß ich nicht einmal, ob ich den lang beabsichtigten Dankbrief für den sehr schönen Kuchen und die bei uns gänzlich fehlenden Eier nach Berlin schon abgeschickt habe, und nun kommt schon wieder das Weihnachtspäckchen, das wir sofort in Angriff genommen haben. Natürlich habe ich hier keine Zeit, mich um Gemüse zu kümmern. Von den Eiern habe ich die Hauptsache gerettet, sie kommen aber in einem Pappraster ungleich besser an. Jedenfalls war es eine große Freude, und es ist so beruhigend, daß für eine ganze Weile mit Gemüse vorgesorgt ist.

Alex geht es ausgezeichnet, es war ein Granatsplitter, der tief in den Rücken gedrungen ist und noch dort steckt, aber weder Rippen noch Lunge verletzt hat. Die Ärzte wollen ihn stecken lassen, die Wunde heilt schon zu, so daß er wohl Mitte Dezember schon entlassen wird. Dann folgen 14 Tage Genesungsurlaub, und dann will er sich wieder von seiner Feldtruppe anfordern lassen, um der Ersatztruppe zu entgehen. Er lag ja als vorgeschobener Beobachter am oder besser gesagt im Dnjepr und hat 2 Tage wüster Sturmangriffe unsererseits mitgemacht, die einen verlorengegangenen Abschnitt wieder einbringen sollten. Am 2. Tag hat es ihn erwischt. Die Verluste waren allgemein hoch.

Da ich gerade hier Versuche zu machen hatte, habe ich erwirkt, daß er von Oberschreiberhau, wo er zuerst lag, hierher überführt wurde, nun liegt er in einem sehr angenehmen Lazarett in der Nähe der Wohnung und kommt jeden Nachmittag nachhaus. Leider habe ich außerordentlich viel zu tun, und zwar unruhige Arbeit mit dauernden dienstlichen Ferntelefonen, weil ich hier die Versuchsstelle erst aufbauen soll. Außerdem mußte ich, nachdem er wenige Tage hier war, gleich nach Berlin fliegen, um die Verhandlungen über meinen Reichsvertrag zu führen, die nun durch die Bombenangriffe wahrscheinlich steckenbleiben, und um das goldene Militärfliegerabzeichen mit Brillanten überreicht zu bekommen, das mir schon seinerzeit verliehen worden war, aber so spät fertig wurde. Zu diesem Zweck fand eine kleine Feier in Gatow statt, mit Kommandeur, Adjutanten des Reichsmarschalls u. s. w. Gerade am Nachmittag des ersten Großangriffs vom Montag. Otto war auch in Berlin, ich sprach ihn am Dienstag, er hatte ebenso wie ich alles gut überstanden. Ich blieb bis Mittwoch, der Dienstagangriff war auch noch ganz schön, und Otto wollte am Freitag reisen, so daß er den 3. Angriff auch nicht mehr mitgemacht hat.[76]

Nun muß ich übermorgen schon wieder fort, weil ich in Stockholm einen Vortag halten soll. Es geht zwar in Berlin alles so durcheinander, da die veranlassenden Stellen, A. A. (Auswär-

tiges Amt) und Propagandaministerium, Bombenschaden haben, daß ich stark am Zustandekommen zweifle.
Ein Mädchen habe ich nicht, kann auch keins gebrauchen, da es die Haushaltführung unnötig kompliziert, auch kann ich in der kleinen Wohnung keines unterbringen. Auch eine Aufwartung ist mir zwar versprochen, aber in ganz Würzburg nicht aufzutreiben. Es geht trotz der Ofenheizung einigermaßen, man steckt einige Pflöcke zurück und hat wenigstens den nervensparenden Vorteil, nicht immer ein fremdes Wesen in den beschränkten Räumen zu haben.
Nochmals herzlichen Dank und viele Grüße allen

Deine Litta u. Alex«

Somit fiel die Verleihung des Flugzeugführerabzeichens in Gold mit Brillanten in die Zeit der verheerenden britischen Großangriffe gegen die Reichshauptstadt, der eigentlichen »Schlacht um Berlin«, als ganze Stadtteile verglühten unter den massenweise abgeworfenen Spreng- und Brandbomben.
Gräfin Nina Stauffenberg, die Witwe des am 20. Juli 1944 erschossenen Claus v. Stauffenberg, erinnert sich, daß ihre Schwägerin diese Auszeichnung besaß, »daß sie es (das Abzeichen) trug und meine Kinder sehr beeindruckt waren. Ich habe es mehrfach in der Hand gehabt.« Aus der Erinnerung beschreibt Gräfin Nina Stauffenberg die Auszeichnung so:
»Es war das ›Hoheitsabzeichen‹, in Weißgold gefaßt, der Adler (Luftwaffenadler) dicht besetzt in kleinen Brillanten, das Hakenkreuz im Kreis in Rubinen.«[77]
Das Kapitel Ordensverleihung an Gräfin Stauffenberg kann mit den Aussagen des ehemaligen Adjutanten ihres direkten militärischen Vorgesetzten (Generalleutnant Dr. Knauss) abgeschlossen werden. Major a.D. Richard Dreher führt zur weiteren Erhärtung der aufgezeigten Fakten aus:
»Bei ihrer exponierten Position in den Akademien hätte sie das Band zum EK II, ohne rechtmäßige Verleihung, nicht tragen können. Ein unberechtigtes Tragen wäre sofort bemerkt und unterbunden worden. Der Gedanke jedoch, daß die Gräfin

Luftkriegsakademie   Berlin-Gatow, den 11.1.1944

Betr.: Vorschlag auf Verleihung des E.K.I an Flugkapitän Gräfin Stauffenberg.

An

Reichsluftfahrtministerium
- Luftwaffenpersonalamt -
B e r l i n W 8

In Würdigung der überragenden Leistungen und der Einsatzbereitschaft von

Flugkapitän Gräfin Stauffenberg

wird der Vorschlag auf Verleihung des Eisernen Kreuzes I. Klasse eingereicht.

Seit Kriegsbeginn hat St. rd. 2.200 Sturzflüge und eine grosse Anzahl sonstiger Flugerprobungen durchgeführt, die nachstehend aufgeführt werden:

1. Erfassung des Windeinflusses für den Bombenwurf aus dem Stutzflug (Jan.1940)
2. Sturzflugmessungen mit einem windunabhängigen stabilisierten Stuvi und ihre Auswertung (März 194[illegible])
3. Die Versuchstechnik der Sturzflugerprobungen von Zielgeräten für den Bombenabwurf aus dem Sturz (III.4[illegible]
4. Nichtstationäre Flugzustände beim Zielsturzflug (V.40[illegible]
5. Anwendung einiger Beziehungen zwischen den Grössen Wurfweite, Höhe, Fallzeit und Fluggeschwindigkeit für eine vereinfachte Bestimmungsmethode der Wurfweiten (Juni 40 - Askania)
6. Trefferbilder aus Sturzflügen mit Ju 87 und Stuvi A 3 (August 40)
7. Die Aussichten der Gleitbombe im Vergleich zur normalen Bombe (Sept.40 - Askania)
8. Anstellwinkeländerungen beim Sturzflug in gekrümmter Bahn (Januar 41)
9. Trefferbilder aus Sturzflügen mit Ju 87, Serie II und III. (August 41)
10. Das Bombenrevi (Mai 41)
11. Flugzustände von Flugzeugen, die mit automatischen Steuerungen versehen sind bei Ausfall eines Seitenmotors (Askania 41)

einen Orden unberechtigt getragen haben sollte, ist, wenn man diese bescheidene und vornehme Frau gekannt hat, als absurd von der Hand zu weisen ...

Daß eine rechtmäßige Verleihung des EK II an die Gräfin Melitta Schenk v. Stauffenberg erfolgt war, wird doch durch nachfolgende Gegebenheit in vollem Maße gestützt:

Generalleutnant Dr. Robert Klauss – Kommandeur der beiden Gatower Akademien – wurde Anfang 1944 versetzt. Eine seiner letzten Amtshandlungen in Gatow war es, daß er Antrag auf Verleihung des EK I an ›Flugkapitän Gräfin Stauffenberg‹ einreichte. Dieser Antrag an das Luftwaffenpersonalamt datiert vom 11. 1. 1944 und liegt mir in Fotokopie vor. An der Rechtmäßigkeit der Unterschrift von General Knauss ist nicht zu zweifeln.

Wenn die Gräfin zu der Zeit nicht das EK II besessen hätte, dann hätte auch General Knauss sie nicht zum EK I vorschlagen können. Für die Beantragung des EK I war es erforderlich, daß der oder die Auszuzeichnende bereits das EK II besaß.[78]

Ich hoffe, sehr verehrte gnädige Frau, daß diese Diskussion bald ein Ende findet, damit das Andenken an diese mutige und überragende Fliegerin nicht weiter belastet wird.«[79]

Und besonders bemerkenswert noch diese Einzelheit:

»Anfang Januar 1944 besuchte der damalige General-Luftzeugmeister, Feldmarschall Milch, die Luftkriegsakademie. Nach einem Vortrag und einem gemeinsamen Essen fuhr Milch wieder nach Berlin zurück. Auf dem Wege vom Casino ins Stabsgebäude sagte mir Generalleutnant Dr. Knauss, daß Milch angeregt hätte, Knauss, der direkte militärische Vorgesetzte der Gräfin, möge sie zur Verleihung des EK I vorschlagen. Dieser Vorschlag wurde von Knauss mit Schreiben vom 11. 1. 1944 dem Luftwaffen-Personalamt unterbreitet.«[80]

8

Verhandlungen wegen eines »Reichsvertrages«

Unter den Nachlaß-Dokumenten des Generalfeldmarschalls Milch (als »Milch Documents« bis in die 70er Jahre in britischem Besitz gewesen) befinden sich auch amtliche Schriftstücke über Vorgänge, die Gräfin Stauffenberg betreffen.[81] Unverkennbar besteht ein direkter Zusammenhang mit der von Reichsmarschall Göring am 29.1.43 anläßlich der EK-Verleihung in Aussicht gestellten Übernahme in Reichsdienste. Demnach bildete ein Schreiben des Göring-Adjutanten vom 15.2.43 (Tgb.Nr. 504/43) an das Technische Amt des RLM (GL/C - E 7) die Grundlage für eine von diesem an die Technische Akademie der Luftwaffe in Gatow, Ballistisches Institut, gerichtete Instruktion:

> »Auf Anordnung des Herr Reichsmarschalls soll der Vertrag zwischen Frau Flugkapitän Gräfin Schenk von Stauffenberg und der Firma Askania gelöst werden. Statt dessen soll ein Reichsvertrag zwischen der Gräfin Stauffenberg und dem Ball. Inst. abgeschlossen werden.
> Es wird gebeten, einen entsprechenden Vertragsentwurf auszuarbeiten und diesen dem RLM, Abt. C-E 7 einzureichen.«

Das Schriftstück weist verschiedene Paraphen mit Datum vom 27.2. auf und dazu die Bemerkungen:

> »1) Mit Gräfin Stauffenberg persönlich besprochen. Eine Besoldung nach T.O.A. lehnt sie ab, und das wäre ›ein Reichsvertrag‹. Prof. Herrmann legt Gegenvorschlag vor. Es schwebt Gräfin St. eine Professur vor.
> 2) Prof. Herrmann gibt Bescheid.«[82]

In einer »Aktennotiz« vom 9.3.43 stellt Prof. Dr.-Ing. Herr-

mann Überlegungen an, wie die Weisung Görings praktisch zu realisieren sei:
»Auf Grund einer Verfügung des Herrn Reichsmarschalls soll mit Flugkapitän Dipl.-Ing. Gräfin Stauffenberg an Stelle des bestehenden Askania-Vertrages ein Reichsvertrag abgeschlossen werden. Da Gräfin Stauffenberg unmittelbar vor ihrer Promotion steht und außerdem eine Habilitationsschrift bereits ausgearbeitet hat, wäre der einfachste Weg zur Verwirklichung dieser Verfügung eine Berufung an eine Hochschule oder Universität nach erfolgter Promotion und Habilitation. Zu denken wäre an die Universität Straßburg, wo luftfahrttechnische Institute und Lehrstühle gerade im Aufbau begriffen sind. Gräfin Stauffenberg könnte dann für Kriegsdauer von dort aus der Technischen Akademie der Luftwaffe Gatow zum fliegerischen Einsatz zur Verfügung gestellt werden. Bis zu der erfolgten Berufung würden die Vertragsverhältnisse mit Askania unberührt bleiben. Um unnötigen Zeitverlust zu vermeiden, der unter den Kriegsverhältnissen bei Abwicklung von Promotionen und Habilitationen eintreten kann, müßte erreicht werden, daß die Angelegenheit vordringlich behandelt wird.
Gräfin Stauffenberg, mit der dieses Schreiben aufgesetzt wurde, wäre mit dieser Lösung voll einverstanden.«[83]
Diesen Gegenvorschlag Prof. Herrmanns machte sich der Staatssekretär der Luftfahrt und Generalinspekteur der Luftwaffe, Generalfeldmarschall Milch, im Entwurf seines Schreibens vom 11. März 1943 »An den Reichsmarschall des Großdeutschen Reiches – Adjutantur – z. Hd. Herrn Oberstlt. i. G. v. Brauchitsch« zu eigen. Darin heißt es u. a.:
»... Laut Rücksprachen, die zwischen GL/Adj., Prof. Herrmann und Frau Gräfin Stauffenberg stattgefunden haben, lehnt Gräfin Stauffenberg einen Reichsvertrag mit einer Besoldungseinstufung nach dem TOA ab. Prof. Herrmann machte einen Gegenvorschlag, der, falls es zu seiner Durchführung kommt, der Gräfin Stauffenberg durchaus genehm wäre.«
Der von Prof. Herrmann in seiner Aktennotiz formulierte

Absatz »Da Gräfin Stauffenberg unmittelbar vor ihrer Promotion steht...« bis »... müßte erreicht werden, daß die Angelegenheit vordringlich behandelt wird« ist wörtlich übernommen. Dann folgt als Nachsatz:
»Die fliegerischen Erprobungsaufgaben der Gräfin Stauffenberg werden bei einer derartigen Regelung voll durchgeführt werden können.«[84]
Das Antwortschreiben klang durchaus verheißungsvoll:

»Der Reichsmarschall
des Großdeutschen Reiches
Chefadjutant
Adj. Nr. 504/43

Berlin W 8, den
Leipziger Straße 3
H. Qu., den 30. 3. 1943

Betr.: Flugkapitän Gräfin Schenk von Stauffenberg.
Bezug: Der Staatssekretär der Luftfahrt u. Generalinspekteur der Lw. v. 11. 3. 43

An den
Staatssekretär der Luftfahrt
und Generalinspekteur der Luftwaffe
Herrn Generalfeldmarschall Milch
Reichsluftfahrtministerium

Herr Reichsmarschall ist mit der von Herrn Generalfeldmarschall vorgeschlagenen Lösung einverstanden.

I. V.
(gez.:) Telke
Major i. Genst.«[85]

Mit Paraphe »Mi 2/4« bestätigte Milch den Eingang des Schreibens am 2. April.
Um den Vorgang zu beschleunigen, wandte GFM Milch sich an den »Herrn Reichsminister für Wissenschaft, Erziehung und Volksbildung« Rust. Erhalten geblieben ist der Entwurf eines entsprechenden Schreibens vom 13. 4. 43, die betreffenden Akten selbst sind verbrannt. Mit diesem Entwurf liegt ein

weiterer amtlicher Beleg für die Rechtmäßigkeit der EK-Verleihung vor:[86])
»Betr.: Akademische Laufbahn der Gräfin Schenk v. Stauffenberg
Mit Erlaß vom ... (gestrichen) Der Führer hat am 30. 1. 43 der Gräfin Stauffenberg für ihren bewährten fliegerischen Einsatz bei der Erprobung von Flugzeugen und Gerät das Eiserne Kreuz II. Klasse verliehen.
Zugleich hat der Herr Reichsmarschall angeordnet, daß die privatwirtschaftliche Bindung der Gräfin Stauffenberg an die Industrie zu lösen und Frau v. Stauffenberg in geeigneter Form in eine Staatsstellung zu überführen ist.
In Erfüllung dieser Forderung ist seitens der Gräfin v. Stauffenberg der Vorschlag gemacht worden, daß sie mit zwei bereits fertiggestellten wissenschaftlichen Arbeiten auf dem Gebiet des Flugwesens zunächst promovieren und dann anschließend sich habilitieren möchte mit dem Ziel, die akademische Laufbahn eines Hochschuldozenten für Flugerprobung einzuschlagen. Entsprechend der Eigenart ihrer technischen Arbeiten und der Lage ihrer Arbeitsstätte käme für Promotion und Habilitation die Technische Hochschule Berlin infrage.
Es ist nun der Wunsch des Herrn Reichsmarschalls, daß bei den abzulegenden Prüfungen nach Möglichkeit trotz der kriegsbedingt erschwerten Verhältnisse unnötige Zeitverluste vermieden werden, damit Gräfin Stauffenberg bald in eine geeignete Staatsstellung übernommen werden kann.«[87]

Aber bis Ende 1943 war Gräfin Stauffenberg, das ergibt sich aus den Tagebucheintragungen, mit ihrer Doktorarbeit beschäftigt, soweit ihre karge Freizeit dies erlaubte.

17. 7. 43: »Besprechg. Kucharski gut« (Prof. Kucharski betreute die Doktorarbeit)
17. 8. 43: »Dr.-Arbeit durchgelesen« ...
18. 8. 43: »12 h Kucharski, kommt erst nach 1 h, wegen Alarm verschlafen, sehr pessimistisch, stundenlange allg.

Gespräche, endlich Dr.-Arbeit, noch mal Mühe, ½4 erst fertig ...«

Erst am 11., 12., 13., 17., 18., 21. November (»Dr.-Arbeit, nachm. Karnickel geschossen«) wird die Doktorarbeit wieder erwähnt, zuletzt am 14. Dezember 1943 (»Dr.-Arbeit durchgelesen«).
1943 ist das Jahr schwerer Niederlagen und katastrophaler Luftangriffe auf deutsche Städte (Hamburg am 24./25. 7. 43). Die Vielzahl an täglichen Eintragungen läßt ahnen, welche Hektik, ja Dauerstrapaze das dienstliche wie private Leben der Gräfin Stauffenberg in dieser Zeit bestimmte. Oft ist von »schlechter Nacht«, Erschöpfung und »schweren Träumen« die Rede. Kurze Notizen, wie »Ju 87 Scheibe geplatzt« (11. 1. 44) oder »Ju 87 Kopfstand beim Abbremsen« (16. 11. 43) oder »Stürze, Haube verloren« (9. 8. 43, gemeint ist die Kanzelhaube!) verraten dem Sachkundigen die dramatischen Vorgänge, hinter denen sich seitenlange Erlebnisberichte verbergen.
»Stürze«, Überlandflüge, (Königsberg, Dresden, Paris usw.), Besprechungen, Telefonate, Begegnungen, Auseinandersetzungen, Fliegeralarme, Bombenangriffe, Termine, Wetterverhältnisse, Gemütsbewegungen, Besorgungen, Jagderfolge (»Bock geschossen«, »Karnickel geschossen«) oder erfolglose Pirschgänge, Bahnfahrten, Warten auf Post (»Schnepfenpost«), Segelpartien auf dem Wannsee, heftige Gewitter, amerikanische oder britische Rundfunksendungen: Alles ist den vergilbten Seiten mit flüchtigen, markanten, aber eher »fliegenden« Schriftzügen anvertraut. Bekannte Namen aus dem dienstlichen Umgang tauchen ebenso häufig auf wie der Familienangehörigen.
Einige Auszüge aus der ersten Märzhälfte 1943 mögen das belegen:

10. 3.: »... Stürze Ju 87, herrliches Wetter, packen«
11. 3.: »Stürze Ju 87, packen, Jacobi Besprechg., weiter pakken, sehr müde«

12. 3.: »nachts geräumt, Besprechg. Hoppe, Dr. Böhme, ... Adlerbilder (d. h. Aufnahmen für die Zeitschrift »Der Adler«), Hetze, RLM-Bus verpaßt, ... Berl. Illustrierte«

13. 3.: Mäßig geschl. Frkft. umsteigen 7 h, Diedenhofen Schn. (Alexander) am Bhf., kommt Jüterbog zum Kurs! Metropol, dreckig. Abends Sturz Hoteltreppe, Ohnmacht, Wahnsinnsverstauchung, schrecklich, Weinkrampf, Schn. sehr besorgt. Schienbein gequetscht«

Da die wissenschaftliche Qualifizierung der Gräfin Stauffenberg doch längere Zeit in Anspruch nahm, bedingt durch die tägliche Inanspruchnahme für Aufgaben der LKA, tauchte die Reichsvertragsidee in modifizierter Form erneut auf.
Ein von GFM Milch unterzeichnetes Schreiben an den Amtsgruppenchef GL/C E (d. h. an das Technische Amt, Abt. Technische Entwicklung: Oberst i. G. Dr. Georg Pasewaldt) vom 15. Oktober 1943 lautet:

»Betr.:Forschungsauftrag an Gräfin v. Stauffenberg – Reichsvertrag
Nach Angabe der Gräfin v. Stauffenberg in Berlin-Gatow soll seit mehreren Monaten ein schriftlicher Befehl des Herrn Reichsmarschalls oder ein Aktenvermerk über eine fernmündlich durch Oberstlt. v. Brauchitsch übermittelte Weisung des Reichsmarschalls vorliegen, mit ihr einen ›Reichsvertrag‹ abzuschließen. Gräfin v. Stauffenberg drängt auf Abschluß des ihr in Aussicht gestellten Vertrages. Sie hat sich mit dem Vorschlage von GL/F 1 einverstanden erklärt, daß der ihr gestellte Auftrag durch einen zu gründenden eingetragenen Verein durchgeführt wird, in dem sie die Leitung übernimmt. Der Verein soll dann mit ihr einen ihren Wünschen entsprechenden langfristigen Vertrag abschließen.
GL/F 1 ist es bisher nicht möglich gewesen, eine schriftliche Unterlage über die Willensäußerung des Herrn Reichsmarschalls zu erhalten. Um eine Rechtsgrundlage, ohne die die

Angelegenheit wirtschaftlich nicht weiter behandelt werden kann, zu erhalten, wird GL/C E gebeten, baldigst einen schriftlichen Befehl des Herrn Reichsmarschalls oder eine Niederschrift über den von ihm mündlich gegebenen Befehl GL/F 1 zu übermitteln.«[88]

Die Eintragung »RLM, Besprechung« im Tagebuch der Gräfin Stauffenberg, bezogen auf den Vormittag des 22. November 43, des Tages, an dem auch die Überreichung des Militärflugzeugführerabzeichens in Gold mit Brillanten durch den Kommandeur der LKA erfolgte, erhält ihr besonderes Gewicht durch den protokollarischen »Vermerk« des Amtes GL/F vom 29. 11. 43:

»Mit der Gräfin Schenk v. Stauffenberg wurde am 22. 11. 43 verhandelt. Die Verhandlung hat folgendes Ergebnis:

1. Gräfin v. St. erklärt, daß sie sich im Aufgabengebiet wie auch in ihrer Tätigkeit von dem des Flugkapitäns Hanna Reitsch wesentlich unterscheide. Sie habe vom Technischen Amt eine Aufgabenstellung zugewiesen bekommen, die sie selbständig durchführe, erprobe und auswerte, während H. R. ihres Wissens lediglich in einem Ausschnitt, nämlich dem der Flugerprobung, eingesetzt sei.
2. Ein Vergleich mit H. R. sei auch deswegen abwegig, weil H. R. nicht studiert habe; ebensowenig hält Gräfin v. St. einen Leistungsvergleich für angängig; denn bei ihr bilde außer der fliegerischen die technisch-wissenschaftliche Vorbildung die Voraussetzung für den Einsatz zur Lösung der gestellten Aufgabe, während H. R. wohl nur die fliegerischen Kenntnisse einzusetzen habe. Das Wissen und die Erfahrungen der Gräfin v. St. auf aerodynamischem, fliegerischem und ballistischem Gebiet sei entscheidend für die Lösung der Aufgabe. Das Arbeitsgebiet sei nach Meinung der Gräfin v. St. so groß, daß auf Jahre hinaus die Tätigkeit nicht abreißen werde.
3. Gräfin v. St. erklärt, daß sie die Prüfung zum Dipl.-Ing. auf

dem Gebiet der technischen Physik mit zusätzlichen Sonderprüfungen in der Flugtechnik und Flugmechanik (höhere Mathematik, Oberstufe) 1928 mit der Note I a bestanden habe. Von 1928–1936 ist sie in der aerodynamischen Abteilung der DVL als wissenschaftliche Hilfsarbeiterin und in der Flugerprobung tätig gewesen. 1936 trat sie bei Askania ein. Seit dem Kriege wurde sie 2½ Jahre nach Rechlin abgeordnet, seitdem ist sie in der Waffengeräte-Abteilung in Gatow eingesetzt. Gräfin v. St. wurde 1937 Flugkapitän.

4. Gräfin v. St. nimmt an, daß bei Abschluß eines Reichsvertrages eine Schlechterstellung in ihren Bezügen weder gewollt noch gewünscht sei. Sie ist für ihre Person zunächst nicht bereit, in den gewünschten Bezügen, die sie von Askania erhält, eine Einbuße zu erleiden. Gräfin v. St. ist unbekannt, welche Gesamtbezüge Beamte oder männliche Angestellte im Reich mit gleichen Vorkenntnissen bei gleichen Leistungen erhalten.
5. Gräfin v. St. bittet, arbeitsmäßig ihr den Weg zu erleichtern, indem eine einsatzfähige Arbeitsgruppe gebildet und ihr unterstellt wird, ohne daß die Beweglichkeit dieser Gruppe irgendwie behindert wird. Es wäre ihr gleichgültig, in welcher Form, wo und in welchem Umfang dies geschieht. Angenehm wäre ihr, wenn ihr zunächst in Würzburg oder Gatow Schaffensmöglichkeiten geboten werden.
6. Ihre Sonderstellung gegenüber dem RLM unter Beibehaltung ihres Arbeitsverhältnisses zu der Fa. Askania bereite der Gräfin v. St. nach ihrer Äußerung insofern Schwierigkeiten, als die Konkurrenzfirmen von Askania (Zeiss, Zeiss-Ikon usw.) das Firmengeheimnis gefährdeten.«[89]

Im Zuge der Verhandlung wurde Gräfin Stauffenberg zugesichert, das Amt GL/F 1 im RLM werde sich für eine beschleunigte Einrichtung der erwähnten Arbeitsgruppe einsetzen. Es wurde ihr vor allem versichert, daß die Verhandlungen über den Abschluß eines Reichsvertrages »die weitere Bearbeitung der Aufgabenstellung durch Gräfin v. St. nicht behindere.« Als eine Frage von zunächst untergeordneter Bedeutung sah man die Entscheidung an, ob die zu bildende Arbeitsgruppe innerhalb der Luftwaffe oder durch die vorgesehene Einrichtung einer selbständigen Versuchsstelle in Form des eingetragenen Vereins aufgebaut werde. Das geht aus einem an GL/C gerichteten Schreiben (ohne Datum) hervor, dem die Abschrift eines Aktenvermerks über die Besprechung vom 22. 11. 43 (Nr. 1506) beigefügt war. Darin heißt es weiter:

»Für die Beurteilung der Gehaltsansprüche der Gräfin v. St. hält GL/F 1 die Feststellung für notwendig, welche Gesamtbezüge Beamte und männliche Angestellte bei gleichen Vorkenntnissen und Leistungen

a) in der Luftwaffe,
b) in der Luftfahrtindustrie
c) in den Forschungsanstalten

erhalten. Es wird gebeten, GL/F 1 derartige Kräfte zu Vergleichszwecken namhaft zu machen. Flugkapitän Hanna Reitsch, die mit dem 31. 1. 1942 aus dem Bereich des RLM ausgeschieden und zur DFS zurückgetreten ist, hat einschließlich der Fliegerzulage und einer Sonderzulage ein Bruttogehalt von 978,– RM bezogen. Sie war in der Vergütungsordnung für fliegerisches Personal Gruppe I Stufe 1 eingestellt.
Um beschleunigte Behandlung wird gebeten. Für eine etwaige Besprechung steht GL/F 1 jederzeit bereit.«[90]
Die Angelegenheit, insbesondere die Klärung der Gehaltsfrage, zog sich dennoch über das Jahr 1943 hin. Am 10. Januar 1944 richtete GL/F 1 IV E ein Antwortschreiben an den Chefadjutanten beim Reichsmarschall, Herrn Oberstlt. i. G. v. Brauchitsch unter Bezugnahme auf dessen Schreiben vom 17. 11. 43 – Adj. Nr. 2832/43 (nicht erhalten). Demnach wurden die aufgeworfenen Fragen im Einvernehmen mit GL/C (Technische Entwicklung) wie folgt beantwortet:
»Zu 1):
a) Gräfin Stauffenberg ist seit Kriegsbeginn fliegerisch und wissenschaftlich zur Bearbeitung von Entwicklungs- und

Erprobungsaufgaben einschließlich Flugversuchen auf dem Gebiet der Bombenzielgeräte eingesetzt. Sie hat sich bei der Lösung der von GL/C aufgetragenen Aufgaben sowohl als Wissenschaftlerin (Aerodynamik und Ballistik) wie auch als Erprobungsfliegerin bewährt. Gräfin Stauffenberg fliegt ihre Versuche mit normalen, eingeführten Flugzeugen, wobei die Sturzflüge als erprobt und ungefährlich anzusehen sind. Der Schwerpunkt liegt hier auf der wissenschaftlichen Leistung und Erfahrung, bei denen ihr die langjährigen besonderen Flugerfahrungen zugute zu halten sind.

b) Hanna Reitsch führt Erprobungsflüge mit neuesten Flugzeugmustern durch. Die Flüge sind als besonders gefährlich zu bezeichnen. Daher ist eine ungewöhnlich hohe Gefahrenzulage gerechtfertigt. Soweit hier bekannt, erhält H. Reitsch lediglich die Flugzulage von 160,– DM.

Zu 2):

Die Tatsache, daß die wissenschaftlichen wie auch die fliegerischen Voraussetzungen, die zur Lösung der Aufgaben und zur Durchführung der Sturzflugerprobungen auf Sturzkampfflugzeugen erforderlich sind, in einer Person vereinigt sind, ist der Grund für eine schnellere und gründlichere Erledigung der gestellten Aufgaben gewesen, als sie bei getrennter Bearbeitung durch Erprobungsflieger und Theoretiker denkbar ist.

Die Bewertung darf daher nicht nur die reine Flugerprobung berücksichtigen, sondern muß auch der wissenschaftlichen Leistung Rechnung tragen.

Aus dem zu 1) Gesagten ist zu entnehmen, daß die Leistungen der beiden Frauen nicht miteinander verglichen werden können.

Zu 3):

Gräfin Stauffenberg hat ihr Studium 1927 an der Technischen Hochschule in München mit dem Diplom-Hauptexamen (Vorprüfung sehr gut, Hauptprüfung gut) abgeschlossen und freiwillig Sonderprüfungen in höherer Mathematik – Oberstufe – (Funktionstheorie, angew. Differenzialrechnung) und technischer Mechanik – Oberstufe – (Aerodynamik, Flugmechanik, höhere Festigkeitslehre und Dynamik) mit sehr gut bestanden. Gräfin Stauffenberg hat eine Doktorarbeit bei der T. H. in Berlin eingereicht, die von Prof. Kucharski günstig beurteilt wird. Gräfin Stauffenberg bearbeitet außerdem bereits ihre Habilitationsschrift und erstrebt die Betrauung mit einer Professur.

Zu 4):

Die Aufgaben, die beiden Fliegerinnen gestellt sind, sind nach den vorstehenden Ausführungen zu verschieden, als daß sich ein Vergleich rechtfertigen ließe. Es ist jedoch möglich, daß beide Frauen etwa gleich hohe Vergütungen erhalten, obwohl die Berechnungsgrundlagen verschieden sind.

Gräfin Stauffenberg erhält z. Zt. von Askania brutto 900,– M Gehalt monatlich (einschließlich Fliegerzulage) und eine Auslösung von rd. 500,– M, zus. rd. 1400,– M. Das Gehalt soll demnächst auf 1100,– M erhöht, dafür aber die Auslösung in eine Trennungsentschädigung von 270,– M umgewandelt werden. Der durch stärkere Besteuerung entstehende Einkommensausfall soll durch eine Abschlußvergütung von 400,– M einmalig je Jahr abgegolten werden. Ein Vergleich der Bezüge von mit ähnlichen Aufgaben betrauten männlichen Angestellten der Luftfahrtindustrie und der Forschungsanstalten ergibt ähnlich hohe Bezüge.

GL/F befürwortet als zweckmäßige Lösung, daß für Gräfin Stauffenberg ein Bruttomonatsgehalt von 1400,– M vorgesehen (ist/wird) und sie einen Vertrag mit entsprechenden Bezügen von ihrer als e. V. zu begründenden Arbeitsgruppe erhält. Die Ausbringung derart hoher Bezüge für die Gräfin St. als Reichsangestellte würde Weiterungen und Berufungen mit sich bringen, die den Abschluß der Angelegenheit in unerwünschter Weise hinauszögern würden. Gräfin Stauffenberg dürfte mit dieser Lösung einverstanden sein.«[91]

Das Ergebnis war schließlich die im Mai 1944 gegründete

»Versuchsstelle für Flugsondergerät« in Form eines eingetragenen Vereins gemäß Geheimverfügung des Reichsministers für Luftfahrt.

19 Im Gespräch mit dem Bodenpersonal vor einer Ju 88. Im Hintergrund rechts eine Si 204 in der Halle (1943)

20 Ein prüfender Blick zur Maschine hinauf

21 Die Kameraden vom Bodenpersonal helfen beim Anlegen des Fallschirms

22 Vor dem Start werden die Instrumente überprüft. Links der Bordmechaniker mit deutlich erkennbarem Kehlkopfmikrophon

23 Am Steuerhorn einer Ju 88

24 Gräfin Stauffenberg bespricht Einzelheiten des Fluges mit ihrem „Beobachter“

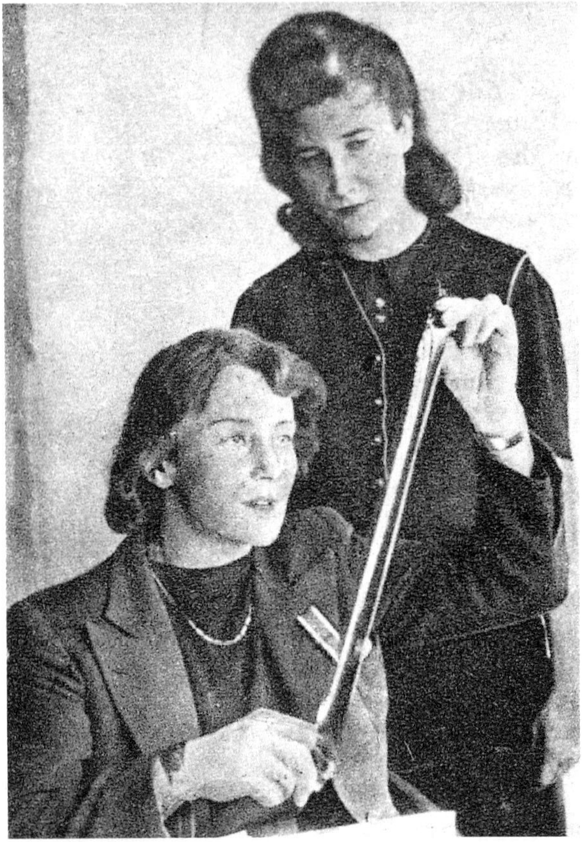

25 Beim Auswerten von Filmaufnahmen in der TAL Berlin-Gatow zusammen mit ihrer Assistentin Frau Hubenthal

26 Gräfin Stauffenberg zusammen mit ihrer Assistentin im Arbeitszimmer der TAL Berlin-Gatow. Im Hintergrund links ein ausgebautes Reflexvisiergerät („Revi“)

9

Vortragsreise nach Stockholm (Dezember 1943)

Nach einer aufregenden Alarmnacht in Berlin-Gatow packte Gräfin Stauffenberg am Vormittag des 24. November 1943 »in Eile« ihre Sachen. Man hatte ihr eine He 111 angeboten, aber es war nur ein Platz frei, so daß sie einen Fieseler »Storch« nehmen wollte. Doch dann führten die ungünstigen Wetterverhältnisse zu dem Entschluß, mit dem Wagen zu fahren. Um halb vier erreichte sie endlich »abgehetzt« die Autobahn Nürnberg und um 3.03 Uhr nachts mit dem Zug Würzburg. Zu Fuß begab sie sich in Richtung Wohnung, um von dort aus zunächst ihren Mann im Lazarett anzurufen.

Unter Donnerstag, den 25. 11. notierte Gräfin Stauffenberg: »etwas geschlafen . . .«, unter Freitag, den 26. 11.: »Bis Nachmittag Wohnung aufgeräumt . . . etwas erschöpft . . . Dittmar bringt andere Ju 87 aus Wertheim«, und unter Sonntag, den 28. 11. 43, »Brief Reichsmarschall, v. Brauchitsch«, wobei es sich um das erwähnte, inhaltlich nicht bekannte Schreiben vom 17. 11. handeln dürfte.

Doch wesentlich bedeutsamer ist die dann folgende Eintragung: »Vortrag Stockholm ausgearb.«

Unter Montag, den 29. 11. notiert sie: ». . . Dauernde Telefone wegen Stockholm«, und unter Dienstag, den 30. 11.: »Früh Anruf München, (Ju) 88 geht nach Berlin, will mitfliegen . . .«

Aber es setzte eine unvorstellbare Hektik ein, denn alle Flugaussichten scheiterten, am 2. 12. konnte der für 8 Uhr vorgesehene Start mit einer FW 190 nicht durchgeführt werden (»Wetterberatung ganz schlecht, Vereisung . . .«), am 3. 12. erhielten »die Schweinfurter« keine Genehmigung zum Abholen und konnten die »Würzburger Transporter« nicht fliegen »wegen

Nebels«. Gegen 1 Uhr nachts endete die Zugfahrt in Wannsee (»3^h Alarm, Splittergraben, schlecht geschlafen«). Seit dem 1. Dezember wußte Gräfin Stauffenberg: »Stockholm läuft«, man erwartete ihren Vortrag. Würde sie es unter solchen Umständen überhaupt schaffen, rechtzeitig dorthin zu kommen?

Schon im März 1943 war die Fliegerin von der Kulturabteilung des Auswärtigen Amtes und der »Nordischen Verbindungsstelle« des Propagandaministeriums aufgefordert worden, in Stockholm einen Vortrag zu halten. Da ihr Mann zum Kurs nach Jüterbog und womöglich gleich anschließend »ins Feld« sollte, lehnte sie damals ab. Man bat sie jedoch sogleich, sich wenigstens zu Beginn der neuen Vortragssaison im Herbst zur Verfügung zu halten.

Im Zeitalter unseres modernen Komfort- und Massentourismus erscheint es unvorstellbar, mit welch fundamentalen Problemen, formalen und technischen Schwierigkeiten eine Reise von Berlin nach Stockholm, ins neutrale Ausland, im Kriegsjahr 1943 verbunden war. Dankenswerterweise hat Gräfin Stauffenberg die Mühe nicht gescheut, über dieses strapaziöse Unternehmen einen ausführlichen Bericht zu schreiben (Sonntag, 19. 12. 43: »Stockholmer Reise getippt«), von dem ein Original-Durchschlag erhalten blieb. Zum besseren Verständnis sind lediglich die Abkürzungen durch vollständige Wortwiedergabe ersetzt worden:

«. . . Anfang November erhielt ich dann eine neue, sehr dringliche Aufforderung aus Berlin. Da Alex gerade verwundet worden war, machte ich keine bestimmte Zusage und sagte sogar (am) 22. 11. 43 früh von Berlin aus ab. Es wurde mir gesagt, daß wegen der gespannten kulturellen Beziehungen mit Schweden (Sympathiekundgebungen der schwedischen Studenten für die norwegischen) es äußerst wichtig sei, daß gerade dieser Vortrag gehalten würde (warum, weiß ich nicht) und daß man keinen Ersatzmann einspringen lassen, sondern höchstens den ganzen Vortrag ausfallen lassen könnte. Ich solle doch versuchen, ihn durchzuführen. Am 22. abends und am 23.

waren die schweren Bombenangriffe auf Berlin. Am 24. gab ich daher meine Zusage, um zu verhindern, daß das Ausfallen des Vortrages in Stockholm mit diesen Angriffen in Verbindung gebracht wurde. Da die Nordische Verbindungsstelle ausbrannte, das Auswärtige Amt Bombenschaden hatte und die Schwedische Gesandtschaft ebenfalls zerstört wurde, war es unendlich mühsam, alle Vorbereitungen – Paß, Visum, Devisen, Flugplatz usw. – rechtzeitig zu treffen. Auch die Telefone funktionierten nicht mehr richtig. Alles mußte durch Boten von einer Stelle zur anderen getragen werden. Das schwedische Visum war überhaupt nicht zu beschaffen, da die Schweden die entsprechenden Formulare nicht mehr hatten. Das Flugzeug war längst ausverkauft, um einen der reservierten Regierungsplätze für mich zu beschaffen, mußte der Deutsche Gesandte in Stockholm auf dem Wege über Staatssekretär Henke im Außenministerium eine Weisung an das RLM geben, weil der subalterne Major, der die Regierungsplätze dort zu vergeben hat, sich auf den sturen Standpunkt stellte, daß es verboten sei, an Frauen Regierungsplätze zu vergeben und daß das Auswärtige Amt eigene Flugzeuge habe, mit denen es mich hinüberschicken könnte. Ein erfreuliches Zeichen für die Zusammenarbeit der Ministerien. Derselbe Mann knickte natürlich innerhalb einer Minute in die Kniee, als er von oben eine drauf bekam.

Am Freitag, d. 3. (Dez.), wollte ich mit dem eigenen Flugzeug von Würzburg nach Berlin fliegen, am Donnerstag wurde mein Motor defekt, ich fuhr also Freitagmittag mit dem Zuge. Dieser blieb plötzlich schon in Wannsee spät abends stecken, so daß ich dort übernachten mußte, was glücklicherweise möglich war. Freitagnacht wurde Berlin wieder angegriffen, so daß ich wenig zum Schlafen kam. Am nächsten Morgen gelang es mir erst um 10^h mit dem Auswärtigen Amt Verbindung aufzunehmen. C.[92] hatte mir für 11^h einen Wagen vom OKH versprochen. Der Wagen kam nicht. Von 11.10^h bis 12.20^h konnte ich weder mit dem OKH noch mit dem Auswärtigen Amt Verbindung bekommen, die Vermittlungen pflegen einen einfach

auszuhungern, und wenn man sich beklagt, einen anzufahren, weil sie einen für eine Vorzimmerdame halten. Da ich mit dem Gepäck auf keine Weise zum Flugplatz kommen konnte von Wannsee aus, die ursprünglich so reichlich bemessene Zeitspanne bis zum Abflug der Stockholmer Maschine um 13.15^h immer kürzer wurde, waren diese Stunden eine Nervenprobe ersten Ranges. Zumal mein Nichterscheinen in Stockholm gerade den Eindruck erwecken mußte, zu dessen Vermeidung ich die ganzen Strapazen der Reise auf mich genommen und die Zeit des Zusammenseins mit Alex geopfert hatte.
12.20^h erreichte ich endlich das Auswärtige Amt, das mir sofort einen Wagen zu stellen versprach. Gleichzeitig versuchte ich telefonisch die Flugleitung Tempelhof, die immer alles tut, was sie kann, zu veranlassen, den Schweden bis zu meiner Ankunft zurückzuhalten. Die gleiche Weisung wurde noch vom Auswärtigen Amt über RLM durchgegeben. Endlich, 13.15^h, erschien Dr. Wilke vom Auswärtigen Amt mit einer Taxe in Wannsee, die eigenen Wagen des A. A. waren ausgebrannt oder beschädigt. Als wir in Tempelhof ankamen, eine halbe Stunde nach Startzeit, war die schwedische Maschine vor 10 Minuten gestartet!
Der Schwede hatte schon vor der festgesetzten Zeit starten wollen, weil in Stockholm Nebelwarnung (gegeben) und bei uns mit feindlichen Einflügen zu rechnen war. Daher war er auf keine Weise länger zurückzuhalten gewesen. Nun hatte unser Gesandter in Stockholm mit dem schwedischen Außenministerium vereinbart, daß ich ausnahmsweise mein Visum bei der Ankunft auf dem Stockholmer Flugplatz bekommen sollte, ebenso die Devisen. Es sah also so aus, als wenn ich aufgeben müßte, nach einer Woche aufreibender Vorbereitungen.
Zufällig war aber eine verspätete Maschine nach Malmö noch da, die soeben starten wollte. Gerade wollte ich zum Start stürzen, als abgewunken wurde: Voralarm! Bis 15.15^h warteten wir (wie) auf Kohlen, es hieß, daß der Däne nach 15^h nicht starten könnte, weil er vor 16^h die deutsche Grenze passiert haben muß. Er hatte aber gar keine Lust, noch eine Nacht in

Berlin zu bleiben, hielt dauernd seine Motoren warm, und als 15.15^{h} Entwarnung kam, startete er doch noch, trotz Nebels und Vereisungsgefahr.
Der Flug war im ersten Teil auch alles andere als schön für Eingeweihte, später, über der Ostsee, wurde das Wetter besser, aber es dunkelte. Bei Dunkelheit kamen wir nach Kopenhagen, der Weiterflug nach Malmö fiel aus!
So saß ich nun ohne einen Pfennig Geld und ohne das schwedische Visum in Kopenhagen und ahnte nicht, wie ich weiterkommen sollte. Dr. Wilke hatte versprochen, den Generalkonsul in Malmö zu verständigen. Aber in Kopenhagen, am Sonnabendabend, lange nach Geschäftsschluß, schien es unmöglich, noch irgend etwas zu erreichen. Das bedeutete, daß ich bis Montag früh dort warten müßte, d. h. nicht nur die offiziellen Veranstaltungen am Sonnabend und Sonntag, sondern auch den Vortragsabend am Montag, d. 6., versäumen würde.
Nachdem ich den Geschäftsträger in Kopenhagen mühsam in seiner Wohnung erreicht hatte, also wenigstens übernachten und essen konnte, beschloß ich, mit einer Einsatzmaschine auf eigenes Risiko am nächsten Morgen nach Malmö zu fliegen, ohne Visum, denn von der Schwedischen Gesandtschaft war in Kopenhagen niemand mehr aufzutreiben. Gerade, als ich mir überlegte, daß mir wenigstens eine von Alarm nicht gestörte Nacht bevorstünde, wurde ein paar Schritte von mir an der Ecke des Palasthotels geschossen. Hinterher erfuhr ich, daß ein deutscher Feldwebel von einem Attentäter erschossen worden sei. Kurz darauf gab es noch zwei schwere Explosionen, Sabotageakte in Fabriken.
In Malmö erwartete mich der Generalkonsul.[93] Mittags ging der letzte Zug nach Stockholm, und bis kurz vor dessen Abgang dauerte es, bis vom schwedischen Außenministerium die Weisung durchkam, mir ein provisorisches Visum zu geben.
In Stockholm wurde ich mit hörbarem Aufatmen von einem Herrn unserer Gesandtschaft empfangen, ebenso von dem Vorsitzenden der Reichsvereinigung Schweden-Deutschland,

im Hotel leider auch von Reportern, denen ich nicht mehr ganz gewachsen war. Es wurde demgemäß sehr spät.
Am nächsten Tag war ich beim Gesandten Thomsen eingeladen, zusammen mit Fürst Bismarck und seiner schwedischen Frau. In der übrigen Zeit klingelte mein Telefon so ununterbrochen wie in meinen Büro, so daß ich keinen Augenblick zur Ruhe kam, bis um 20 Uhr der Vortragsabend begann.
Als alles versammelt war, wurde ich hineingeführt und mit den prominenten Anwesenden bekannt gemacht. Dann sprach der Präsident und übergab mir das Wort.«
Gräfin Stauffenberg stellte ihren mit Spannung erwarteten Vortrag unter das Thema »Eine Frau in der Flugerprobung«.
»Meine Damen und Herren!
Ich empfinde es als eine große und und in gewissem Sinne nicht einmal so ganz verdiente Ehre, heute vor Ihnen als den Gliedern eines uns, wenn auch fremden, so doch verwandten Volkes über meine Arbeit sprechen zu dürfen, mit der ich in Krieg und Frieden meinem Lande zu dienen suchte. Unverdient gewissermaßen deswegen, weil das, was Sie zu solcher ehrenden Einladung veranlaßt haben mag, wohl das Bedürfnis war, eine Frau bei sich zu sehen, von deren Arbeit es vielleicht nicht Phrase ist zu sagen, daß sie nur um den letzten – man möchte sagen soldatischen – Einsatz, sei es auch um den des Lebens, möglich sei. Und weil ich mir heute nicht mehr schmeicheln kann, mit solchem Einsatz im Reiche irgendwie allein zu stehen, einem Einsatz vielmehr, in dem Krieger und Arbeiter, an den Fronten wie in der Heimat, Mann und Frau handelnd oder leidend verbunden sind, und wozu ich sie auch in ihrer großen Menge in einer überwältigenden Weise bereit glaube. Und darum spreche ich vor Ihnen, wenn auch von mir und meinem Lebenswege handelnd, nicht in eigenem Namen, sondern fühle mich dabei als Stellvertreterin von Tausenden und Abertausenden deutschen Frauen, die heute in Kampf und Gefahr stehen, und als Sendbotin meines ›Volkes in Waffen‹, um hier einen Namen zu gebrauchen, mit dem Ihr großer Landsmann Sven Hedin schon einstmals zu Zeiten des ersten

Weltkrieges das kämpfende Volk der Deutschen geehrt hat. Und ich glaube dabei gerade auf Ihr Verständnis rechnen zu dürfen, da schwedischer Art die Frau männlichsten Wirkens und härtester Selbstverleugnung im Dienste höherer Werte bei unveränderter Wahrung ihrer weiblichen Würde und Anmut durchaus nicht fremd ist; ich gedenke dabei jener bei uns unvergessenen Schwedin Elsa Brandström, die einstmals als ›Engel von Sibirien‹ unzähligen unserer in tiefster Not des Leibes und der Seele befindlichen Krieger Trost und Rettung und Zukunft errungen und verbürgt hat.
Sie dürfen nun freilich nicht Rechenschaft von mir verlangen über mein gegenwärtiges Tagewerk, schon weil die meisten Fragen, die mich beschäftigen, naturgemäß geheimer Art sind. Andererseits darf man bezweifeln, daß dieses Stoffliche meines Berufes wie überhaupt die wirre Vielfalt und schwer faßliche Starrheit technisch-naturwissenschaftlicher Gedankengänge, die die Grundvoraussetzungen meiner Tätigkeit bilden, von allgemeinem Interesse sei.
Demgegenüber hoffe ich Sie nicht zu enttäuschen, wenn ich Ihnen in großen Zügen von meinem Lebenswege erzähle und wie ich dazu gekommen bin, in Theorie und Praxis, in Wissenschaft und Technik und deren Anwendung auf die heutige Ordnung des Lebens dem Zauber der Fliegerei recht eigentlich zu verfallen, manche Fragen dabei erwidernd, die von allen Seiten immer wieder an mich gestellt worden sind.
Der Entschluß, sein Leben der Fliegerei und damit einer Aufgabe zu widmen, die sicherlich von Anfang an als eine spezifisch männliche in Erscheinung trat, ist für ein junges Mädchen gewiß ein ungewöhnlicher gewesen. Und so pflegt denn in dem Tonfall, mit dem die Frage, wie ich denn dazu gekommen sei, zumeist an mich gelangt, deutlich das Erstaunen mitzuschwingen über eine für eine Frau so ausgefallene Entscheidung. Da glaube ich denn doch im Namen der deutschen Fliegerinnen sagen zu dürfen, daß sich in uns die Rangordnung der Werte allen Frauentums hierdurch in keiner Weise verschoben hat und daß die Fliegerei für uns nie eine

Sache der Sensation oder gar der Emanzipation gewesen sei: Wir Fliegerinnen sind keine Suffragetten. – Die Zeit meiner jungen Jahre vollends, in denen man die Ursprünge und geheimen Wurzeln einer solchen Lebensformung suchen darf, ist die einer tiefen deutschen Not gewesen, in der sich die Starrheit überkommener Begriffe lockerte und die deutsche Jugend sich an die geprägten Formen fragwürdig gewordener Übereinkünfte und Überlieferungen, kurz an die Konvention in keiner Weise mehr gebunden fühlte. Und da die Fliegerei auf mich schon als Kind einen unwiderstehlichen Zauber ausgeübt hat und da mich ferner von jeher der Drang nach dem freien Spiel der körperlichen Kräfte, nach ihrer Schmeidigung und Stählung – ein Trieb des ursprünglich ›sportlichen‹ Menschen – beherrschte und da ich schließlich in geistigen Dingen ein ausgesprochen naturwissenschaftliches Interesse besaß, so hat sich eigentlich alles fast von selbst ergeben. Mein Studium habe ich daher schon auf Flugtechnik abgestellt, und selbstverständlich erschien es danach, daß ich mit allen Mitteln meine volle fliegerische Ausbildung durchzusetzen bestrebt war.
Dies erwies sich nun freilich als äußerst schwierig, da es keine C-Schulen gab, wo Frauen in der Führung der großen mehrmotorigen Flugzeuge ausgebildet werden konnten. Jahrelang verwandte ich meine ganze Energie darauf, jede kleinere Möglichkeit auszunutzen und Mittel und Wege zu finden, um weiterzukommen. Davon wurden naturgemäß Angehörige und Freunde aufs schwerste betroffen, denen ich mich nicht mehr widmen konnte, da ich für meine Pläne und Aufgaben der gründlichsten Ausbildung bedurfte, die überhaupt zu erreichen war. So konnte ich nacheinander sämtliche Flugzeugführerscheine für Land- und Seeflugzeuge bis C2 und K2 erwerben, und wenn ich die einzige bin, der dies bis heute gelungen ist, so mag das zum Beweise für die Größe der Hindernisse dienen, die dabei zu bewältigen waren. Ich nahm an mehreren der weltbekannt guten Blindflugkurse der Deutschen Lufthansa und an Funklehrgängen teil, wobei mir für diese meine Lehrjahre nur ein Mindestmaß von Flugstunden zur Verfügung

stand. Daß ich es trotzdem zu schaffen vermochte, verdanke ich meinen ausgezeichneten Fluglehrern und den zahlreichen Streckenflügen, deren Ausführung bei der Technischen Erprobung der Deutschen Lufthansa mir die großzügige Unterstützung ihres unvergeßlichen Direktors Freiherrn von Gablenz ermöglicht hat, der vor mehr als Jahresfrist den Fliegertod erlitt und dessen ich in Verehrung, Treue und Dankbarkeit gedenke. – So konnte ich auf dem Olympia-Großflugtag 1936, dessen sich vielleicht noch der oder jener von Ihnen erinnert, die Heinkel ›Blitz‹ He 70 im Kunstflug und in extremen Fluglagen vorführen. Ganz nebenbei, um Kilometer zu sammeln, nahm ich auch an einigen großen deutschen Wettbewerben teil, einmal am Deutschlandflug, zweimal am Küstenflug, wobei ich zweimal den ersten, einmal den 6. Platz belegte. Ein weiteres Mal flog ich im Deutschlandflug die Wettbewerbsstrecke auf einer Sanitätsmaschine fehlerfrei ab, außerhalb des Wettbewerbes, weil damals Frauen nicht mehr zugelassen waren. – Um diese Zeit gelangte ich auch im Rahmen der erwähnten, im Auftrage der Lufthansa veranstalteten Erprobungs- und Streckenflüge ein erstes Mal nach Schweden, als ich mit dem Ihnen vielleicht bekannten Junkers-Großflugzeug G 38 – seinerzeit auf den Namen Hindenburgs getauft – damals Versuchsflüge nach Malmö durchführte. – Gemeinsam mit dem namhaften Erprobungsflieger Untucht kam ich bei einem Langstreckenflug mit einem neuen Tropen-Versuchsflugzeug auch nach Afrika, und auf den Kanarischen Inseln schloß ich in Las Palmas Freundschaft mit dem bekannten Ozeanflieger Joachim Blankenburg; beides Männer, die nicht lange danach im Dienste der Luftfahrt einem allzufrühen Tod zum Opfer fielen. – Wenn die Erinnerung bei diesen Toten der Luftfahrt verweilend noch einmal zurückschweift zu dem, der hinter ihrem Wirken stand, zu Gablenz, so bedurfte es schon eines großen Maßes von Vertrauen, Menschenkenntnis und Verantwortungsfreude, um einer fliegerisch noch unbekannten Frau dieses wertvolle Fluggerät und Menschenleben zu überantworten; wenn damals das geringste Unglück geschehen wäre, so wären die Folgen sehr unerfreuliche gewesen für mich und meine Fliegerei unzweifelhaft verhängnisvoll. Hinter meiner fliegerischen Entwicklung stand demgemäß immer bedrükkend, vielleicht aber auch anspornend das Bewußtsein, daß jeder grobere Fehler, jedes momentane Versagen, jeder Leichtsinn meine ganze Fliegerei in Frage stellte. Auf der anderen Seite mußte ich schon bei meiner Ausbildung überdurchschnittliche Leistungen vorweisen, d. h. wesentlich mehr riskieren als ein männlicher Flugschüler, um mich überhaupt durchzusetzen. – Erschwerend kam hinzu, daß ich es ablehnte, mich irgendwie an die Öffentlichkeit zerren oder dem unvermeidlich lärmenden Getrieben der Reklame in Presse oder Rundfunk ausliefern zu lassen. Aufzufallen oder gar aus dem Rahmen zu fallen sind öffentliche Wirkungen, die sich nicht ohne weiteres mit den eigenen Anschauungen über weibliche Würde zur Deckung bringen lassen und die ich damals mit dem wissenschaftlichen Ethos, dem ich mich verpflichtet fühlte, und dem Ernst meiner Aufgaben nicht glaubte vereinigen zu können. Heute denkt man – vielleicht nicht mit Unrecht – wohl etwas anders über diese Dinge, sei es, daß der Krieg dergleichen Hemmungen als gegenstandslos erscheinen läßt, sei es auch, daß Öffentlichkeit in solcher Zeit der Schrecken und der Aufschwünge eine ganz andere Farbe, einen anderen Charakter angenommen hat. Auch hat sich mein eigenes Verhalten hierin durch eine in bestimmten Fällen unvermeidbar gewordene Öffentlichkeit gewandelt.

Daß es bei einer so krampfhaft betriebenen Flugausbildung, bei der ich jede Gelegenheit zum Fliegen wahllos ergriff, und sei es auch mit den bedenklichsten, unerprobten oder veralteten Flugzeugen, oder unter den schlechtesten Wetterbedingungen, daß es da nicht an Zwischenfällen fehlte, werden Sie sich denken können. Ich will aus der großen Zahl der Notlandungen und schwierigen Situationen hier nur eine herausgreifen, die ich als ganz junges ›Flughäschen‹ erlebte, weil sie mir tatsächlich ein zeitweiliges Flugverbot eintrug und mich während dieser Zeit fast zur Verzweiflung brachte.«

Die Darstellung jenes Irrfluges am Rhein bei Orkan und unfreiwilliger Zwischenlandung auf französischem Hoheitsgebiet hat bereits auf den Seiten 42–45 Verwendung gefunden und kann daher an dieser Stelle ausgespart werden.
Die Vortragende setzte ihre Rede in Stockholm mit aktuelleren Aspekten der Fliegerei unter Kriegsbedingungen fort:
»Das, was den Außenstehenden immer am meisten wundert, ist, daß ich ausgerechnet Sturzkampfflugzeuge fliege. Indessen, einmal berechtigt, sämtliche Typen von Flugzeugen bis zu den schweren mehrmotorigen Kampfmaschinen zu führen, bevorzugte ich diese ganz einfach deswegen, weil sie fliegerisch besonders interessant sind. Im übrigen habe ich immer Wert darauf gelegt, mir möglichst keinen der einschlägigen Flugzeugtypen[94] entgehen zu lassen, weil die Vielseitigkeit der fliegerischen Erfahrung dadurch bereichert wird und die Sicherheit der Handhabung gewinnt.
Neben diesem Aufbau und Ausbau meines fliegerischen Könnens ging nun nicht unvermittelt, sondern, jede der beiden Tätigkeiten die andere befruchtend, meine wissenschaftliche – wesentlich aerodynamische und ballistische – Arbeit einher, die scheinbar mühsamer – geduldheischender wie alles wissenschaftliche Tun –, und weniger sichtbare Erfolge verbürgend, allmählich Stein auf Stein geschichtet hat. Wenn ich auch von diesen Bestrebungen und ihren Ergebnissen schweigen muß, die mich zuerst im Rahmen der Deutschen Versuchsanstalt für Luftfahrt, später in den Askania-Werken und schließlich seit Kriegsbeginn laut Sonderauftrag des Reichsluftfahrtministeriums in unmittelbaren Dienst der Luftwaffe zunächst in einer ihrer Erprobungsstellen und seither in der Luftkriegsakademie beschäftigt haben, so glaube ich doch soviel mit Genugtuung sagen zu dürfen, daß ich mich auch hierin nicht vergeblich bemüht habe.
Wenn nun freilich von Anfang an zu gewärtigen war, daß eine so geartete Wirksamkeit kriegswichtig und ich daher bei kriegerischen Verwicklungen an sie gebunden sei, so habe ich doch ursprünglich gehofft, meine Fähigkeiten im Ernstfalle anders,

d. h. nicht so sehr ›ingenieurmäßig‹ – wenn ich so sagen darf – als vielmehr helfend und heilend im Rahmen des Roten Kreuzes, wie es der Frauen edelster und vornehmster Auftrag bleibt, verwerten zu dürfen.

Solche Gedankengänge bewogen mich, mir die Probleme der Sanitätsfliegerei zu eigen zu machen. Bei den zuständigen Stellen, mit denen ich mich in Verbindung setzte, fand ich vollste Unterstützung und flog, wie schon erwähnt, beim Deutschlandflug 1934 die Wettbewerbsstrecke auf einem Sanitätsflugzeug mit, um Erfahrungen auf diesem Gebiete zu sammeln. Fortan habe ich die Weiterentwicklung der Sanitätsfliegerei nicht mehr aus dem Auge verloren, und als der Krieg ausbrach, wandte ich mich sofort an die maßgebenden Behörden, um meinen Fronteinsatz zu erwirken. Freilich scheiterte dieses Unternehmen am Widerstand der für mich zuständigen Stellen im Reichsluftfahrtministerium, die damals an mich herantraten, um mich mit jenen kriegswichtigen Aufgaben der Sturzflugerprobung, der Weiterentwicklung von Luftwaffengerät und technischen Erprobung von Sturzkampfflugzeugen zu betrauen, die mich seither voll ausgefüllt und befriedigt haben.

Der Verlauf und die Dauer des Krieges haben auch bewiesen, wie richtig dieser Einsatz war. Trotzdem habe ich auch weiterhin darauf hingewirkt, in besonders gelagerten und besonders wichtigen Fällen für Verwundetentransporte und Nachschubfliegerei eingesetzt werden zu können.

Im Augenblick wüßte ich allerdings selbst nicht, wie ich meine Aufgaben auch nur für kurze Zeit im Stich lassen könnte. Zwar werde ich auch aus anderen Gründen immer wieder gefragt, warum mir denn außer meiner wissenschaftlich-technischen Arbeit auch noch die Sturzfliegerei in vollem Umfang zur Last fallen müßte, vollends, da es doch wohl auf die Dauer viel zu anstrengend sei. Nun ist das sicherlich der Fall. Und es gehört gewiß eine besonders gute Konstitution dazu, um die beim Sturz auftretenden Beschleunigungen und Druckunterschiede auszuhalten. Außerdem erfordert der Sturzflug mit schweren

Bombern tatsächlich erhebliche Körperkräfte, was mit der Trimmung zusammenhängt. Andererseits ist das Ganze natürlich viel Übungssache. Auch hilft einem vielleicht gerade der Zwang, so und so viele Vorgänge und Apparate im Sturz zu beobachten, und wirkt so dem sog. Schleier., d. h. der infolge der gewaltigen Beschleunigungen auftretenden Blutleere im Gehirn, entgegen. Jedenfalls treten die Sehstörungen bei mir erst bei sehr hohen Beschleunigungen auf; und erst, als mir jemand erzählte, welch fürchterliche Vorkehrungen er treffen müßte, um den Sturz zu ertragen, habe ich mich beobachtet und festgestellt, daß ich ganz automatisch Schluckbewegungen ausführe. Dabei werden wahrscheinlich auch die Gefäße unbewußt in einer Weise angespannt, daß sie – etwa durch die scharfe gedankliche Konzentration – das Zurückfließen des Blutes aus dem Gehirn verhindern.

Und gerade das, was die Erprobungsfliegerei so schwierig macht, nämlich, daß man beim Sturz seine Aufmerksamkeit über das rein Fliegerische hinaus auf die Beobachtung der Meßapparaturen und vieles andere richten muß und daß man bei den Ersterprobungen vorher nicht weiß, wie das Gerät sich benehmen und in welche Flugzustände die Maschine dadurch geraten wird, ist ein Grund dafür, daß auch die Flüge alle von mir selber durchzuführen sind. – Gewiß wäre es theoretisch möglich, die Aufgaben mit einem anderen zu teilen, so zwar, daß ich die Gestaltung des Versuches und die wissenschaftlichen Vorarbeiten übernehme, ein anderer Sturzflieger nach meinen Angaben die notwendigen Stürze ausführe, während dann anschließend die Auswertung der Ergebnisse wieder meine Sache sei. Das würde indessen niemals zum gleichen Ergebnis führen, als wenn beides in einer Hand vereinigt bleibt. Der Flugversuch, bei dem das Laboratorium sozusagen frei in der Luft schwimmt, ist derartig vielen Einflüssen unterworfen, daß brauchbare Ergebnisse überhaupt nur erzielt werden, wenn die nötige Übersicht vorhanden ist, die die einzelnen Faktoren richtig gegeneinander abwägt. Und diese Übersicht kommt einem beim Fliegen, wenn man aus irgendeinem unterbewußten Grunde heraus plötzlich das deutliche Gefühl hat: Diese Schwankung hier war eine Böe oder jene ist nur scheinbar und muß einen Gerätefehler zur Ursache haben, weil das Flugzeug vollkommen normal blieb. Oder hier hatte man gerade einmal die Augen von den Instrumenten genommen, um zu sehen, ob einem eine andere Maschine in die Quere kam, oder gar: der Flügel muß sich beim letzten Sturz etwas verbogen haben, vorher hat die Maschine bei diesem Sturzwinkel nicht so aufgebäumt oder ist nicht so nach der Seite ausgewichen. In einem solchen Falle, wenn das Flugzeug sich aerodynamisch verändert hat, sind alle folgenden Versuche wertlos und verfälschen nur das Resultat, falls nicht das Gerät völlig neu eingestellt oder die Maschine durchgesehen wird. Da die zu messenden Größen meist sehr klein sind, sind alle diese Korrekturen Vorbedingung für ein brauchbares Resultat. Umgekehrt ist es aber gar nicht abzuschätzen, wie sehr die eigene Flugerprobung die wissenschaftliche Arbeit des Flugingenieurs beeinflußt, ihn hindert, sich in Abwege zu verlieren, und ihm auch wissenschaftliche Anregungen vermittelt. Vor allem aber erscheint es mir einfach anständiger, den gefährlichen Teil der eigenen Arbeit nicht einem anderen zu überlassen.

Freilich bedeutet es oft wirklich eine Zumutung an die eigene Leistungsfähigkeit, daß die auftretenden Probleme stets sehr rasch geklärt werden müssen. – Die Industrie braucht schleunigst die gewonnenen Unterlagen, weil die Truppe das Gerät schon immer herbeisehnt. So muß jedes geeignete Flugwetter ausgenutzt werden, um weiterzukommen. Daraus ergibt sich dann die große Zahl der Stürze, die ich seit dem Kriege ausführen mußte, heute bereits über 2000, eine Zahl, die besonders die Ärzte entsetzt. Schon mein früherer Tagesrekord von 12 Stürzen, den ich in diesem Jahr auf 15 erhöht habe, ist ärztlich völlig unzulässig, und so erklärt es sich vielleicht, daß die Zahl meiner Sturzflüge meines Wissens bisher von keinem Piloten, weder an der Front noch in der Heimat, erreicht worden ist.

Damit bin ich am Ende meines eigentlichen Themas angelangt. In großen Zügen habe ich Ihnen ein Bild zu geben versucht von meinem Lebensweg und meiner Arbeit. Freilich war es nicht viel, was ich Ihnen hierbei erzählen konnte, aber was ist schon weiter von der eigenen Person zu sagen, wenn man nur allzuwenig von der Sache verlauten lassen darf. Zum Schluß kann ich allenfalls noch – die private Sphäre meines Daseins streifend – ein Weniges andeuten von der Stimmung, die unsereinen heutzutage in dem Wirbel, in dem wir schwimmen, umfangen hält. Denn auch dieses Private ist ja nichts weiter als ein kleiner Ausschnitt nur des Schicksals, dem heute Millionen Deutsche standzuhalten haben. – Dem Auftrag und der Ehre Ihrer Einladung habe ich mich nicht versagen können, obwohl es mir – ich kann Ihnen das nicht verheimlichen – wahrhaftig nicht leichtgefallen ist. Von den Wunden – auch unheilbaren – zu schweigen, die mir im weiteren Umkreis der Meinigen, Familie und Freunde, geschlagen worden sind, ist es nur wenige Wochen her, daß mein Mann verwundet von der Ostfront in die Heimat kam. Und wie viele Wochen werden vergehen, bis er mir wieder entführt wird, hinaus in die alltägliche Gefahr?

Und sollten Sie schließlich noch ein paar Worte hören wollen von dem Fußbreit festen Bodens, auf dem wir heute im allgemeinen Beben der Erde Stellung nehmen: etwas hören wollen von der Stellungnahme einer von Millionen Deutschen, so wende ich mich zum Schluß an jenes Schweden, aus dem einstmals ein Gustav Adolf hervorgegangen ist und wo vor noch nicht zweieinhalb Jahrhunderten ein junger Heerkönig, Karl XII., aufging wie ein Meteor, um jene fernen Ebenen mit seinen Waffen zu pflügen, die heute blutgedüngter Schicksalsboden der deutschen Heere geworden sind. – Der Krieg ist gegenwärtig längst über das geschichtlich zunächst unverständliche, scheinbar Sinnlose seiner Ursprünge und über die Frage von Schuld oder Ursache hinausgewachsen, so als rolle er unabhängig von jeder Einflußnahme des einzelnen, ob Staatsmann oder Feldherr, nach eigenen Gesetzen ab: Er hat un-

merklich seinen furchtbar-objektiven Sinn erhalten, den wir ihm nicht geben, sondern der sich drohend vor uns erhebt.
In jenem Bombenkrieg dagegen, wie er sich heute über unseren Städten und Mittelgebirgen, morgen vielleicht über den Gärten Englands entfaltet, vermögen wir keinen Sinn – eher Un- oder Wahnsinn – zu erkennen. – Wir glauben nicht daran, daß er uns brechen wird, wie tief und untröstlich wir auch den Verlust unzähliger Menschenleben empfinden: die eigentliche, die innerste Substanz des Volkes greift dieser Bombenkrieg – so hoffen wir – nicht an. Ganz anders der Kampf, der in den Ebenen und Steppen des Ostens entbrannt ist; der geht wirklich um Sein oder Nichtsein, auf Leben und Tod.
Lassen Sie mich indessen nicht mit einem so pathetischen Bilde, sondern mit der Überzeugung ein Ende setzen: Weil wirklich zu allem bereit, sind wir auch des Glaubens, daß wir überdauern werden . . .«
»Mein Vortrag«, lesen wir weiter im Stockholm-Bericht der Gräfin Stauffenberg, »wurde außerordentlich gut aufgenommen. Man merkte an verschiedenen Äußerungen der Zustimmung oder Heiterkeit sowie an den Gesichtern, daß sie auch tatsächlich folgen konnten. Anschließend dankte mir der Nobelpreisträger Prof. von Euler, der sich dies besonders ausbedungen hatte, da er im Weltkrieg Freiwilliger in unserer Luftwaffe war. Dann folgte noch eine musikalische Umrahmung durch eine Opernsängerin des Wiener Burgtheaters, Opholzer, die eine sehr lange Bahnreise hinter sich hatte und leider stimmlich indisponiert war.
Wie in Schweden üblich, wurde anschließend ein Festessen gegeben und später getanzt. Es war daher auch Abendkleid vorgeschrieben. Die Zahl der Anwesenden betrug 6–700, daher verlief der Abend etwas verwirrend mit dem Begrüßen der verschiedensten Menschen, die mit den verschiedensten Fragen, Bestellungen und Aufträgen zu einem kamen. Von deutscher Seite waren die Herren der Gesandtschaft mit ihren Damen und der Präsident der Deutschen Wissenschaftli-

chen Gesellschaft da, von schwedischer u. a. ebenfalls Diplomaten und Generäle, hauptsächlich Luftwaffe, Vertreter von Wissenschaft und Forschung, z. B. Sven Hedin, Prof. v. Euler, zwei Schwestern von Karin Göring, Gfn. v. Rosen und Gfn. v. Wilamowitz-Möllendorf, die mich gleich nach dem Vortrag in ein Nebenzimmer zog und sich ausführlich mit mir unterhielt... Sie schrieb mir dann noch einen rührenden Brief und schickte mir einen hübschen Wollschal und zwei Täfelchen Schokolade für die Reise. Die Schweden waren überhaupt außerordentlich nett, diejenigen, die deutschfreundlich sind, exponieren sich für ihre Überzeugung und warten geradezu darauf, von unserer Seite wieder einmal einen Auftrieb zu bekommen, nachdem ihre Zeitungen uns bereits den raschesten Untergang voraussagen.

Am nächsten Vormittag führte uns die Vorsitzende des schwedischen Frauenvereins, eine sehr nette Schwedin mit deutscher Mutter, in ein eigenartiges Nationalmuseum in der schönen Schärenlandschaft außerhalb Stockholms, wo alte schwedische Bauernhäuser aus allen Gegenden des Landes hingebracht und in ihrer typischen Umgebung wieder aufgebaut worden sind, mit allem Inventar, bis auf die Bewohner mit ihren typischen Trachten und Beschäftigungen. Dort gab es auch einen Aussichtsturm, von dem aus man einen guten Überblick über die Umgebung Stockholms hatte. Mittags wurde von der Vereinigung ein Essen in einem berühmten alten Kellerlokal gegeben.

Am Abend war ein Furtwängler-Konzert vorgesehen, die 9. Symphonie.[95] Obwohl Furtwängler von den Zeitungen scharf angegriffen worden war (wer sich diesem Regime zur Verfügung gestellt habe, wäre nicht mehr befugt, die Neunte zu dirigieren), strafte das Publikum diesen Angriff durch großen Beifall Lügen.

Wir sprachen dann noch mit Furtwängler, und auf der gemeinsamen Rückreise nach Berlin haben wir uns recht angefreundet. Nach dem Konzert war wieder ein Essen, (mit) Euler, Kappherrs, Fevrells, Opholzer, das infolge der urwüchsig wie-

nerischen Art der Opholzer sehr lustig, wenn auch hart an der Grenze des Möglichen war. –
Am nächsten Mittag Essen im Schwedischen Aero-Club, gegeben im ›Opernkeller‹, viel über Gablenz gesprochen. Nachmittags Besorgungen mit der Schwedin vom Frauenverein, mit ihr zu Abend gegessen, dazwischen dauernd Telefone, abends von Prof. Hogner, einem alten Bekannten von den Tagungen der Hamburgischen Schiffbauversuchsanstalt, Prof. in Stockholm, in die Oper geführt, ausgezeichnete Aufführung von ›Carmen‹ mit der Kroatin Leppé als Gast als Carmen.
Nachts gepackt, nächsten Morgen ganz früh mit Furtwängler zum Flugplatz. In Malmö 1½ Std. liegengeblieben. Furtwängler hatte nachmittags noch Probe in der Philharmonie und war sehr nervös, weil es fraglich war, ob wir weiterkommen würden. Endlich wurde bekanntgegeben, daß der Pilot trotz Nebel- und Vereisungswarnung den Versuch machen wollte. Tatsächlich gelang es.«[96]

Die zeitgeschichtliche Aussage der Stockholmer Rede bedarf wohl kaum der Analyse oder Interpretation, sie spricht vollkommen für sich. Sie ist einerseits unbestritten zeitgebunden – wie könnte es anders sein? – und zeugt doch andererseits von geistiger Unabhängigkeit, frei von spezifisch ideologischer Terminologie, gelangte sie unzensiert und unkontrolliert ins neutrale Schweden. Einiges scheint verschlüsselt zu sein und von differenzierbarer Hintergründigkeit, aber an der Grundüberzeugung und ethischen Grundhaltung, in deutscher Schicksalsgemeinschaft »standhalten« zu müssen, ist nicht zu zweifeln. Den letzten Satz der Rede als verschlüsselte Widerstandsabsicht interpretieren zu wollen, wäre mit Sicherheit verfehlt.

Trotz ihrer mehrfach deutlich gewordenen kritischen Einstellung zum Nationalsozialismus bewahrte sich Gräfin Stauffenberg ihr unabhängiges Urteil auch gegenüber solchen Meinungen, wie sie beispielsweise in der schwedischen, d. h. freien Presse artikuliert wurden. Der Stockholmer-Bericht war schließlich nicht für die Öffentlichkeit bestimmt, sondern freie

Darstellung persönlicher Eindrücke und Ansichten, geschrieben für die Familienangehörigen, ohne falsche Zurückhaltung oder Rücksichtnahme auf mögliche politische Bedenken. Diese Feststellungen erscheinen im Hinblick auf die künftigen Ereignisse um den 20. Juli 1944 von wesentlicher Bedeutung.

10

»Versuchsstelle für Flugsondergerät e. V.«

Anfang 1944 nahm die Reichsvertragsangelegenheit im gewünschten Sinne konkrete Gestalt an. Unter Bezugnahme auf das Schreiben »Az. 55 b 10.3 – GL/F 1 IV E –« vom 10. 1. 1944 erklärte die Adjutantur Görings am 6. 2. 1944:
»Herr Reichsmarschall ist mit der vorgeschlagenen Regelung für Gräfin Schenk von Stauffenberg einverstanden.«
Damit war der Weg geebnet für eine geheime Verfügung des Reichsministers der Luftfahrt vom 10. Mai 1944, daß mit Wirkung vom 1. Mai 1944 nach besonderen Richtlinien des Amtes GL/F eine »Versuchsstelle für Flugsondergerät« gegründet und in der Form eines eingetragenen Vereins betrieben werden konnte. Dieser Versuchsstelle mit Sitz in Berlin-Gatow sollten die Amtsgruppe GL/C-E, die Forschungsführung und die Luftfahrt-Industrie Aufgaben zuweisen. Gleichzeitig wurden die entsprechenden Anordnungen getroffen für Planstellenzuweisung und Haushaltsregelung. Die für die Versuchsstelle abzuordnenden Angehörigen des Ingenieurkorps der Luftwaffe waren zu unterstellen oder zuzuteilen:
»a) truppendienstlich, also auch disziplinar, dem Amts-Chef GL/C
b) einsatzmäßig (fachlich) dem Vorstand der Versuchsstelle
c) territorial dem Lg. Kdo. III
d) wirtschaftlich dem A. z. V.
e) abwehrmäßig dem Wehrkreiskommando III.«
Die technische Inspektion bei der Versuchsstelle hatte der Kommandeur der Erprobungsstellen (K. d. E.) auszuüben. An Einrichtungen sollten gestellt werden:
– technische Einrichtungen vom GL,

– Fluggerät von der Zentralverwaltung für Fluggerät bei der DVL in Berlin-Adlershof nach Weisung von GL/C-E,
– 1 Pkw und 1 Lkw (2–3 to) durch Gen. Qu. 6. Abt.

»Der Vorstand der Versuchsstelle ist für Einsatz und Verwaltung des Gerätes der Versuchsstelle verantwortlich.«[97]

Über die Bereitstellung von Mitteln für die Versuchsstelle für Flugsondergerät und deren Verwendung bestimmten die Richtlinien im einzelnen:

»1. Der R. d. L. u. Ob. d. L.[98] stellt der Versuchsstelle für Flugsondergerät ... im Einvernehmen mit GL/C Chef Versuchs- und Forschungsaufgaben jährlich in einer Pauschsumme und weist der Versuchsstelle die erforderlichen Mittel jährlich zu. Er überwacht den Betrieb und die Wirtschaftsgebarung der Versuchsstelle durch den unter 4 genannten Verwaltungsausschuß und in sonst geeigneter Weise. Vorgesehen sind zunächst einmalige Mittel für den Auf- und Ausbau der Versuchsstelle in Höhe bis zu 100000 RM und laufende Mittel für den Betrieb der Versuchsstelle in Höhe bis zu 100000 RM.

2. Die Versuchsstelle wird von der auf Wunsch des Reichsmarschalls in ein Vertragsverhältnis zum Verein zu übernehmenden Gräfin Stauffenberg errichtet und geleitet. Voraussichtlicher Stellenplan:
   1 Dienststellenleiter, zugl. Vorstand des e. V.
   1–2 Versuchsingenieure und Erprobungsflieger für Parallelversuche,
   2 Auswertekräfte (weiblich),
   3 Hilfskräfte (Zielgerätewart, Einbautechniker, Mechaniker, Laborant [weiblich]),
   1 Sekretärin.

3. An Einrichtungen werden benötigt:
   1 Werkstatt zur Prüfung und Justierung von Geräten
   Einrichtungen zur Entwicklung und Bearbeitung des Bildmaterials,
   Büroräume, Inventar.

Betriebstechnisch werden als Versuchsträger Flugzeuge

entsprechend den jeweils gestellten Erprobungsaufgaben, die dazugehörigen Hallenräume sowie die personelle und materielle Betreuung der Versuchsträger benötigt.

4. Die Versuchsstelle bewirtschaftet die zugewiesenen Mittel und vollzieht alle Rechtsgeschäfte in der Form eines E. V. Entwurf der Satzung und Geschäftsordnung des Vereins werden gesondert von dem R. d. L. u. Ob. d. L. aufgestellt. Der Vorstand und als Aufsichtsorgan ein Verwaltungsausschuß werden durch R. d. L. u. Ob. d. L. bestellt. Vorstand soll Gräfin Stauffenberg werden. Der Verwaltungsausschuß soll 3 Mitglieder umfassen. Der Vorstand des Vereins ist dem Verwaltungsausschuß und dem R. d. L. u. Ob. d. L. für die zweckentsprechende und wirtschaftliche Verwendung der zugewiesenen Mittel verantwortlich. Der Verwaltungsausschuß, der aus Persönlichkeiten des Vertrauens des R. d. L. u. Ob. d. L. besteht, hat als Organ des Vereins und zugleich als Treuhänder für den R. d. L. u. Ob. d. L. die Geschäftsführung und Mittelbewirtschaftung zu überwachen ...
5. Die Mitglieder des Vereins werden von dem R. d. L. u. Ob. d. L. benannt. Sie stimmen in der Mitgliederversammlung nach den Weisungen des R. d. L. u. Ob. d. L.
7. Der R. d. L. u. Ob. d. L. stellt vorhandene Einrichtungen kostenlos zur Verfügung und gibt die Rohstoffkontingente. Der E. V. darf im Einvernehmen mit GL/C Chef und erforderlichenfalls der Forschungsführung Einrichtungen der Luftfahrtindustrie und der Luftfahrtforschung in Anspruch nehmen.
8. Der R. d. L. u. Ob. d. L. stellt auf Vorlage des Mittelbewirtschaftungsplans die erforderlichen Geldmittel bereit ...
9. Die aus den Mitteln beschafften oder hergestellten Einrichtungen werden Reichseigentum und vom E. V. für das Reich verwaltet ...
10. Die Gefolgschaftsmitglieder des E. V. werden grundsätzlich nach den für Behörden geltenden Bestimmungen be-

handelt. Dies gilt besonders für das technische und Verwaltungspersonal...

11. Urheberrechte, die bei der Versuchsstelle entstehen, fallen dem Reich zu...
12. Der Vorstand legt dem Verwaltungsausschuß
    a) einen Voranschlag über den Mittelbedarf des nächsten Geschäftsjahres – getrennt nach einmaligen und laufenden Ausgaben –
    b) einen Mittelbewirtschaftungsplan über die dem E. V. zugewiesenen Mittel des laufenden Geschäftsjahres
    c) einen Geldbedarfsplan des laufenden Geschäftsjahres
    d) die Jahresrechnung des abgelaufenen Geschäftsjahres... zur Genehmigung vor.
13. Der E. V. leitet etwa notwendige Forschungsaufträge, die die Luftfahrtforschungsanstalten oder Hochschulinstitute oder sonstige Forschungsstellen für den E. V. durchführen sollen, der Forschungsführung zu.
14. Zuwendungen von anderer Seite sind dem R.d.L. u. Ob.d.L. sofort mitzuteilen. Ihre Annahme bedarf der Genehmigung des R.d.L.u.Ob.d.L.«[99]

Am 12. Juni 1944 ist der Verein »Versuchsstelle für Flugsondergerät« beim Amtsgericht Berlin-Charlottenburg in das Vereinsregister unter Nr. 13098 eingetragen worden. Satzung und Geschäftsordnung waren am 23. Mai 44 »errichtet«, demzufolge der Vorstand »aus einer Person« bestand, d.h. als Vorstand fungierte »Frau Melitta Gräfin Schenk v. Stauffenberg, geb. Schiller, Berlin-Gatow« allein.

Laut Satzung hatte der Verein »Versuchsstelle für Flugsondergerät« den Zweck, »die deutsche Luftfahrt durch wissenschaftliche Forschung, Entwicklung und Erprobung von flugtechnischem Sondergerät zum gemeinen Nutzen zu fördern« und »dem R.d.L. und den sonst interessierten Stellen der Luftfahrt (insbesondere der Luftfahrtindustrie) zur Durchführung technisch-wissenschaftlicher Arbeiten zur Verfügung« zu stehen. Er hatte seinen Sitz in Berlin, doch dürfte ursprünglich wohl auch Würzburg in Erwägung gezogen worden sein. Als seine Organe weist die Satzung Vorstand, Verwaltungsausschuß und Mitgliederversammlung aus. Gemäß §6 wurde der Vorstand »vom Verwaltungsausschuß nach Weisung des R.d.L. bestellt und abberufen«, den Richtlinien entsprechend. Am Schluß der mehr als vier Seiten (Ms.) umfassenden Satzung wird ausdrücklich darauf hingewiesen, daß »alle Beschlüsse der Mitgliederversammlung« der Zustimmung des R.d.L. bedürfen.

Bemerkenswerterweise trägt die Satzung nicht nur die Unterschrift (insgesamt 6 Originalunterschr.) von Prof. Dr. Walter Georgii (Deutsche Forschungsanstalt für Segelflug, DFS), sondern ein Gründungsmitglied unterzeichnete »in Vollmacht des Prof. Tank«, des genialen Flugzeugkonstrukteurs (Fw 190 und Fw 200 »Condor«).

Ebenfalls am 23. Mai 1944 schloß der Verwaltungsausschuß der »Versuchsstelle für Flugsondergerät e.V.«, vertreten durch Generalingenieur Ernst Marquard, mit Gräfin Stauffenberg einen Anstellungsvertrag mit Wirkung vom 1. Mai 1944. Darin war im einzelnen folgendes festgelegt:

»1. Frau Gräfin Schenk v. Stauffenberg wird mit der technisch-wissenschaftlichen Leitung der ›Versuchsstelle für Flugsondergerät e.V.‹ betraut. Ihren jeweiligen Geschäftsbereich als Vorstand bestimmt der Verwaltungsausschuß. Sie verpflichtet sich, auf ihrem Arbeitsgebiet und im Rahmen der Möglichkeiten der Versuchsstelle ihre ganze Arbeitskraft in den Dienst der Versuchsstelle zu stellen, ihre Obliegenheiten gewissenhaft und uneigennützig zu erfüllen und die in der Geschäftsordnung des E. V. festgelegten Bestimmungen, die Einzelbeschlüsse des Verwaltungsausschusses oder Anordnungen der Forschungsführung und des R.d.L. zu beachten. Sie behält volle Freiheit in der Durchführung der Aufgaben und der Einteilung ihrer eigenen Arbeit.

2. Frau Gräfin Schenk v. Stauffenberg erhält für ihre Leistun-

gen ein Bruttogehalt (einschl. Fliegerzulage) von monatlich 1400,– RM,...

...

5. Im übrigen ist die Dienstordnung der Versuchsstelle maßgebend. Insbesondere sind die Bestimmungen über die Geheimhaltung zu beachten.
6. Bei der Tätigkeit in der Versuchsstelle anfallende Urheberrechte fallen dem Reich zu. Die Entschädigung für Erfindungen regelt sich nach den Richtlinien für die Vergütung von Gefolgschaftserfindungen des Reichsministers für Rüstung und Kriegsprodukten vom 20.3.43...

...

8. Es bleibt dem Verwaltungsausschuß überlassen, Frau Gräfin Schenk v. Stauffenberg für besondere technisch-wissenschaftliche Leistungen einmalige Vergütungen oder laufende widerrufliche Leistungszulagen im Einvernehmen mit der Forschungsführung nach deren Richtlinien zu gewähren.
9. Im Falle der Verleihung einer Professur oder der Übernahme ins Beamtenverhältnis werden die Bezüge ... neu geregelt.«

...

Unterzeichnet ist der Anstellungsvertrag von Ernst Marquard und Gräfin Stauffenberg.
Daß die dienstlichen Belastungen durch die Versuchsstelle noch zunehmen sollten, bringt ein am 24.5.44 an die Schwester in Neumünster gerichteter Brief deutlich zum Ausdruck:
»Bin mit meiner Korrespondenz ganz außer Tritt gekommen. Gestern ist meine neue ›Versuchsstelle für Flugsondergerät e.V.‹ gegründet worden, d.h. ich habe eine eigene kleine Versuchsstelle bekommen. Natürlich macht das einen Haufen Arbeit, und die Schwierigkeiten mit Personalmangel, Alarmen, Auseinanderlegung der verschiedenen Dienststellen erscheinen ja dauernd. Pims, die ja hier oft ziemlich tatenlos wartet, wird Euch hoffentlich auf dem Laufenden halten.

Leider kann ich mich kaum um sie kümmern, und wenn ich's trotzdem tue, muß ich's dann durch Nachtarbeit büßen. Scheußlich...«[100]

Das Arbeitsprogramm der Versuchsstelle für Flugsondergerät umfaßte eine Reihe sehr unterschiedlicher Arbeitsgebiete:

1. Übernahme der Industrieerprobungen im Rahmen von GL/C-E 7 sowie der zugehörigen Entwicklungen bei den Firmen Zeiss-Ikon, Zeiss-Jena, Steinheil, Anschütz, Görtz-Wien usw., insbesondere folgende, der Versuchsstelle übertragene Aufgaben:
   a) Lotfe 8 Weiterentwicklung Lotfe 7
   Das Lotfernrohr (daher die Abkürzung ›Lotfe‹) war ein Zielgerät für Bomben- und Behälterabwurf sowie für die Navigation. Das Gerät ermittelte automatisch den Vorhaltewinkel, nachdem die Höhe über Ziel, die Rücktrift und die Reihenwurffolge am Gerät eingestellt waren. Bei Erreichen des ermittelten Vorhaltewinkels löste das Lotfe selbsttätig die Bomben aus.[101]
   b) TSA, d. h. Tiefsturzanlage
   c) BZA Weiterentwicklung BZA 1b (Bombenzielanlage)
   d) Flugbombenvorrechner für Bombenabwurf im Blindflug (Bombenblindwurf) nach Funkleitstrahlverfahren
   e) Periskopvisier
2. Optisches Nachtlandeverfahren
3. Ermittlung der Bombenballistik und des Zielverfahrens für den Abwurf aus der Stratosphäre mit Hilfe eines besonderen Zielauffassungsgerätes.
4. Schnellverfahren zur Ausbildung von Flugzeugführern mit Hilfe eines optischen Gerätes.
5. Zielgerät für den Angriff auf massierte Bomberverbände von vorn nach einer besonderen Taktik.
6. Weitere Aufgaben für die Nachtjagd, die auf Wunsch von Oberst H. Herrmann (Organisator des Nachtjagdverfahrens »Wilde Sau«) durchgeführt wurden: a) Schießvisiere mit automatischer Vorhalteingabe, b) Zielübungsgeräte, c) Zielfernrohre.

7. Einige dringende Probleme der Nachtjagd auf Wunsch von Oberstleutnant Helmut Lent (Träger des Eichenlaubs mit Schwertern und Brillanten zum Ritterkreuz des Eisernen Kreuzes), die noch im Untersuchungsstadium waren.

Der hier zusammengestellte Aufgabenkreis wurde natürlich ständig durch neue Erfordernisse der Truppe ergänzt, die sich bei dem raschen Wechsel taktischer und strategischer Gegebenheiten stets in großer Zahl aufdrängten. Gerade diese vordringlichen und oft entscheidenden Tagesprobleme stellten eine Hauptaufgabe der Versuchsstelle dar.

Eine von Gräfin Stauffenberg persönlich abgezeichnete Aufstellung, datiert Gatow, 27. 6. 44, enthält darüber hinaus folgende Angaben:

»Seit 1. 7. 42 wurden folgende Erprobungsberichte und Untersuchungen durchgeführt:

1. Seitenwindmessungen im Sturzflug
2. Erprobung von Zielfernrohren für Sturzvisiere
3. Untersuchungen mit Teilelementen des DVL-Stuvis
4. Untersuchungen und Erprobungen mit Windrichtkeil[102] und BZA
5. Untersuchungen über die Tiefsturzanlage (TSA)
6. Optische Nachtlandeverfahren für Jäger
7. Jägervisiere mit automatischer Vorhalteingabe (in Arbeit)
8. Visierfernrohre für Nachtjagd (in Arbeit)
9. Zielübungsgeräte (in Arbeit)
10. Zusammenfassende Arbeit über Bombenabwurf aus dem Sturzflug (in Arbeit)

Es wurden seit dieser Zeit 1477 Sturzflüge (Gesamtzahl der Stürze seit Kriegsbeginn 2507) und eine große Zahl sonstiger Instrumentenflugerprobungen, darunter 358 Nachtflüge, durchgeführt.«

Aus der Materialansammlung dieses umfangreichen Arbeitsprogramms ist an dokumentarischen Unterlagen bislang nur ein einziges Belegstück wieder aufgetaucht. Es handelt sich um

Das Amtsgericht.

B rlin-Charlottenburg, ... Tegeler Weg 17-20 Fernruf: 30 06 01 Fernsprecher:

, den 14. JUNI 1944 19 .

Geschäftsnummer:

582 VR 13098 zu Bl. 11.

In allen Zuschriften anzugeben.

Am 12. Juni 1944 ist der Verein

Versuchsstelle für Flugsondergerät

in Berlin

in das Vereinsregister unter Nr. 13098 eingetragen worden.

Daselbst ist ferner folgendes eingetragen worden.

Satzung: Die Satzung ist am 23. Mai 1944 errichtet. Die Satzung umfasst eine Geschäftsordnung. Der Vorstand vertritt den Verein gerichtlich und aussergerichtlich. Der Vorstand besteht aus einer Person. Der Vorstand wird bei Verhinderung vertreten: a) durch einen vom Vorstand zu bestimmenden technisch-wissenschaftlichen Mitarbeiter in technisch-wissenschaftlichen Angelegenheiten, b) durch den vom RdL zu bestellenden Geschäftsführer in Angelegenheiten der Wirtschaftsführung. Der Vorstand zeichnet für den Verein allein in der Weise, daß er zu dem Namen des Vereins die Unterschrift setzt. In Abwesenheit des Vorstandes zeichnen je der zuständige Vertreter für sich allein mit dem Zusatz „i.V.".

Vorstand: Frau Melitta Gräfin Schenk v. Stauffenberg geb. Schiller, Berlin-Gatow, Vorstand.

Blatt 11 der Reg. Akten.
12. Juni 1944.
gez. Roßmann.

Geschäftsstelle: Berlin-Gatow 2, Kladower Damm.

An den Vorstand des Vereins
Versuchsstelle für Flugsondergerät.

Berlin-Gatow 2.

Auf Anordnung

[signature]

Justizangestellter

R.S. Nr. 3. Bekanntmachung der Eintragung eines Vereins an den Vorstand (§§ 130, 159 FGG.).

Buchdruckerei Reinhold Kühn A.G., Berlin SW 68

den »Vorläufigen Bericht« zum Problem »Optische Nachtlandeverfahren für Jäger«, den Gräfin Stauffenberg am 10. Mai 1944 fertiggestellt und unterschrieben hat. Das Oberst Hajo Herrmann zur Verfügung gestellte Exemplar (Handakte) bildete die Grundlage für die Faksimile-Wiedergabe im dokumentarischen Anhang.[103] Schwerterträger Oberst Hajo Herrmann war seinerzeit Inspekteur der Nachtjäger und Kommandeur der 1. Jagd-Division in Berlin-Döberitz und führte mehrfach persönlich Gespräche mit Gräfin Stauffenberg.[104] Noch am Montag, dem 24. Juli 1944 – einen Tag vor ihrer Verhaftung – notierte sie im Tagebuch:

»Anruf Ob. Herrmann, mein Gerät sei ›rasant‹, fliegt nur damit ...«

11

Der 20. Juli 1944

Der frühere Bundespräsident Walter Scheel gab in seiner Ansprache beim Besuch des Bundesarchivs in Koblenz am 6. 9. 1978 zu bedenken:
»Mit den Zeiten wandelt sich auch die Anschauung der Vergangenheit, und da kann es leicht geschehen, daß in uns ein Bild der Geschichte entsteht, das mit der Vergangenheit nur noch bedingt zu tun hat.«
Anders jedoch verhält es sich bei der Darstellung der Hintergründe des Attentats auf Adolf Hitler am 20. Juli 1944, zumindest was die eigentlichen Motive des Obersten Claus Graf Schenk von Stauffenberg und seiner Kameraden betrifft. Damals sollte die deutsche Öffentlichkeit natürlich über deren Beweggründe nicht die volle Wahrheit erfahren, für die Machthaber des NS-Regimes und die Mehrheit des deutschen Volkes vereinfachte sich das Problem auf die Feststellung »Verrat« oder »Eidbruch«, allenfalls auf die Diffamierung »Ehrgeizlinge« im Jargon der Zeit. An die Stelle der entschiedenen Ablehnung und Verurteilung des Attentats, von »Dolchstoß«-Assoziationen abgesehen, trat erst relativ spät, in den 50er Jahren, eine behutsame Würdigung in beiden Teilen Deutschlands, nicht in der übrigen Welt, zumal das 1944 feindliche Ausland für die gescheiterte Offiziersverschwörung nur Spott und Hohn kannte, günstigenfalls indigniertes Schweigen. Mit den wahren Beweggründen gibt es bei offiziellen Würdigungen am Jahrestag immer noch Schwierigkeiten, obwohl beide deutsche Staaten eifrig bemüht sind, sich des politisch-historischen Andenkens Stauffenbergs zu bemächtigen.
In der marxistisch orientierten biographischen Geschichts-

schreibung Kurt Finkers erscheint Graf Stauffenberg als ein »Angehöriger der herrschenden Klasse, er war von Herkunft und Entwicklung keineswegs dazu bestimmt, dem historischen Fortschritt zum Durchbruch zu verhelfen«.[105]

Nach Kurt Finker gehört mit Sicherheit die politische Biographie »Stauffenberg – Symbol der deutschen Einheit« von Wolfgang Venohr, 1986 erschienen im Ullstein Verlag, zu den »neu vorgetragenen Verzerrungen und Verfälschungen des Stauffenberg-Bildes durch bürgerliche Historiker«.[106] Dabei kam die marxistische Geschichtsschreibung selbst nicht umhin, die eigentlichen Beweggründe des Handelns wenigstens zu erwähnen:

»Angesichts seiner schweren Verwundung hätte Stauffenberg die Möglichkeit gehabt, seinen Abschied aus der Wehrmacht zu erwirken. Er tat es nicht, weil er wußte, daß gerade jetzt jede Hand und jeder Kopf für die Beseitigung Hitlers gebraucht wurden. ›Ich habe das Gefühl, daß ich jetzt etwas tun muß, um das Reich zu retten‹, erklärte er seiner Frau noch im Krankenhaus in einem lachend-ernsten Ton, hinter dem sich echte Anteilnahme verbarg.«[107]

Im Sinne dieser zitierten Stauffenberg-Äußerung legte nach 20jähriger Forschungsarbeit Wolfgang Venohr seine Biographie vor, die das gewohnte Bild Stauffenbergs an entscheidenden Stellen korrigiert:

»Stauffenberg ist in seinem Volk nicht populär. Das hängt natürlich mit dem Scheitern des Attentats zusammen. Mehr noch aber mit der Darstellung der offiziellen Medien, die jahrzehntelang sehr zweideutig über die deutsche Offiziersverschwörung und Stauffenberg insbesondere berichteten. Seine Motivation, seine ethischen Antriebsmomente – nämlich glühende Vaterlandsliebe und sein leidenschaftlicher Kampf für das Reich, also für die Einheit Deutschlands – blieben bewußt im dunkeln, ja wurden absichtlich wegmanipuliert.«

Das erklärte der Autor in einem Interview, um dann fortzufahren:

»So weiß das Volk bis heute praktisch nichts von der mitreißenden jugendlichen Figur Stauffenbergs, von diesem letzten Helden unserer Geschichte, der sich mit seinem Leben vor Deutschland warf, um es vor Schande und Untergang zu retten.

Verwunderlich ist dieses Faktum nicht. In einem Land, in dessen beiden Teilen es zur jeweiligen Staatsräson gehörte, den gesamtdeutschen Patriotismus zu verleugnen oder gar zu verdächtigen, kann das Andenken Stauffenbergs nicht erwünscht sein. Was die Stauffenberg-Gruppe angeht – Claus und Berthold v. Stauffenberg, Fritz Dietlof v. d. Schulenburg, Henning v. Tresckow, Mertz v. Quirnheim, Werner v. Haeften, General Olbricht, Julius Leber, Trott zu Solz und Yorck v. Wartenburg – und selbst, was Dr. Carl Goerdeler betrifft, so liegt das Hauptantriebsmoment zum antifaschistischen Widerstand nachweislich in der Liebe zu Deutschland, in der Sorge um das Reich . . . Diese Gruppe von deutschen Patrioten stand und fiel für das Reich, also für die Einheit und Unabhängigkeit Deutschlands.« Belegt werden diese Aussagen durch eine Reihe von Originalzitaten:

»Claus v. Stauffenberg, Anfang Juni 1944: ›Das derzeitige Regime hat kein Recht, das ganze deutsche Volk mit in seinen Untergang hineinzuziehen!‹« oder Mitte Juni 1944: »›Es geht jetzt nicht mehr um den Führer, nicht um das Vaterland, nicht um meine Frau und meine vier Kinder, sondern es geht jetzt um das g a n z e deutsche Volk.‹« Oder am 12./13. Juli 1944: »›Das Ziel ist die Erhaltung des Reiches! Es gilt, einen vernünftigen Frieden auszuhandeln. Es gilt, Deutschland vor der bedingungslosen Kapitulation und vor der totalen Besetzung zu retten.‹«[108]

Was aber hatte von solchen Gedankengängen ihres Schwagers Flugkapitän Melitta Gräfin v. Stauffenberg selbst erfahren?

»Litta wußte bis kurz vor seiner Tat nichts«, bezeugt Prof. Dr. Paul v. Handel, der einstige Kollege aus der DVL-Zeit, dessen Freundschaft die Verbindung Melitta Schillers zur Familie der Grafen von Stauffenberg und v. Üxküll stiftete.[109]

»Der Umstand«, schreibt v. Handel, »daß ich von den Plänen zum Umsturz wußte, war dadurch gegeben, daß ich dabei gewisse Funktionen übernehmen sollte. Und der Grund, weshalb Litta nichts davon wußte, lag einfach darin, daß sie nichts damit zu tun haben sollte. Wenn ein Umsturz geplant wird in einer Diktatur von rechts oder von links, ist es die Grundregel, daß niemand reden darf, auch nicht der Bruder zum Bruder, der Sohn zum Vater, der Mann zu seiner Frau, wenn diese nicht aktiv daran teilnehmen sollen.
Ich trat im Jahre 1943 mit meinem gesamten Institut für Elektro-Physik, dessen Leiter ich damals war, aus der Deutschen Versuchsanstalt aus und verlegte es nach Süddeutschland, während die Versuchsanstalt aus mir unbegreiflichen Gründen zum Teil in Berlin verblieb, zum Teil nach dem Osten verlagerte. So hatte ich Berlin verlassen, in der falschen Erwartung, daß der Krieg spätestens 1944 zu Ende sein müßte, und in der falschen Erwartung, daß der Plan für den Umsturz, der immer wieder verschoben werden mußte, nun schließlich gar nicht mehr zur Ausführung kommen würde.
Dies brachte mit sich, daß ich von 1943 ab nur sehr selten in Berlin war, etwa im Monat nur auf ein paar Tage zu Besprechungen mit führenden Reichsstellen der Forschung. Und so konnte ich auch nicht mehr bei den häufigen Zusammenkünften derer, die den Umsturz planten, teilnehmen und mußte meine geplante Funktion dabei aufgeben. Ich sah Claus nur selten in seinem Haus und Litta nur selten in Gatow.
Es war bei einem dieser Besuche, ich glaube etwa im Mai oder Juni 1944, als Litta mir sagte, daß Claus mit ihr gesprochen habe über sein Vorhaben und sie gefragt hätte, ob sie bereit sein würde, ihn mit einem der Flugzeuge, die ihr zur Verfügung standen, nach Ostpreußen in Hitlers Hauptquartier zu fliegen, dort eine Notlandung, etwa wegen Treibstoffmangels, vorzutäuschen, dann auf ihn zu warten, bis die Tat geschehen sei, um ihn dann nach Berlin zurückzufliegen. Sie habe ihm dies selbstverständlich zugesagt.
Diese Nachricht hat mich tief bestürzt. Ich wußte natürlich,

daß Claus diesen Vorschlag nur deshalb gemacht haben konnte, weil er den Kreis der Wissenden nur durch einen absolut verläßlichen Menschen erweitern wollte. Er mag auch überlegt haben, daß die ›Notlandung‹ einer Frau mit Littas Ruf bis in die höchsten Kreise der Fliegerei, verhältnismäßig harmlos erscheinen würde. Ich wußte aber auch, daß Litta zur freien Verfügung nur ein Flugzeug des Typs Fieseler Storch stand, ein Flugzeug, das speziell für Langsamflug konstruiert gewesen ist und dessen Reichweite nicht die ganze Strecke von Ostpreußen bis Berlin bewältigen konnte ohne Zwischenlandung zum Auftanken. Sie wäre deshalb beim Rückflug nach Berlin mit Claus schon bei dieser Zwischenlandung abgefangen und verhaftet worden, nachdem bis dahin schon mehrere Stunden seit dem Attentat in Ostpreußen vergangen sein mußten. Ich wußte ferner, daß die Anwesenheit von Claus in Berlin nach der Tat ein integrierender Bestandteil des ganzen Planes war. Nicht um sein Leben nach Möglichkeit zu schonen, sondern deshalb, weil er in einer Schlüsselstellung des Ersatzheeres in Berlin stand und nach Meinung aller derjenigen hohen Offiziere, die in den Plan eingeweiht waren, der einzige war, der in den ersten Tagen nach dem Umsturz die Zügel des Heeres von Berlin aus in der Hand haben konnte. Litta war sich der Tatsache wohl bewußt, daß der Plan mit dem Fieseler Storch beinahe aussichtslos erschien. Sie war aber nicht bereit, dies Claus zu sagen, sondern bestand darauf: ›Wenn ich gerufen werde, bin ich da. Ich habe keine Angst vor dem Tode.‹
Es war eines der letzten und schwersten Gespräche, die ich mit Litta hatte. Es ist mir schließlich nur dadurch gelungen, sie umzustimmen, daß ich ihr sagte, es handle sich hier nicht um ihren Tod, es handle sich um den Tod von Claus, weil dieser nach Berlin zurückkommen müßte, wenn nicht der ganze Plan umsonst gewesen sein sollte. Sie wäre deshalb verpflichtet, Claus die Wahrheit über den Fieseler Storch zu sagen, weil er dann diesen Plan fallen lassen mußte und sich eine schnelle Kurier-Maschine der Luftwaffe oder dergleichen verschaffen würde, die ihn von Berlin nach Ostpreußen zur Führerbespre-

chung und wieder zurück nach Berlin bringen könnte. Dies ist dann auch geschehen.
Das nächste Gespräch mit Litta führte ich am Telefon von meinem Institut in Südbayern nach Gatow, einige Tage nach der Katastrophe vom 20. Juli 1944. Sie war völlig ruhig und sagte mir nur, sie könne jetzt nicht mit mir sprechen, da einige Herren der Geheimen Staatspolizei eben bei ihr im Zimmer wären, sie würde wohl einige Zeit nicht mehr zu sprechen sein. So erfuhr ich von ihr selbst, daß sie verhaftet war.«[110]

Anfang Mai 1944 hatte sich Gräfin Stauffenberg mit ihrem Mann, der zur Zeit in Athen griechische Geschichte im Rahmen eines nationalsozialistischen Schulungsauftrags lehrte, für einige Tage in Wien getroffen und war am 5. nach Gatow zurückgekehrt. Die Tagebucheintragungen der Monate Mai bis Juli bestätigen durchaus die von Prof. v. Handel gemachten Aussagen und sind insbesondere hinsichtlich der erwähnten Gesprächspartner außerordentlich aufschlußreich. Im Fragmentarischen liegt dennoch Informationsdichte, die jedoch gelegentlich der Interpretation und Erläuterung bedarf, um Zusammenhänge zu verdeutlichen. Andererseits ist eine Beschränkung auf die unbedingt wesentlichen Eintragungen erforderlich:

Mo., 8. 5. 44: »Verabredung Ob(erst) Herrmann, nachm. bei gutem Wind gesegelt. Abends Anruf Wochenschau.«

Mi., 10. 5. »16^h Döberitz, am Start kommt Oblt. v. Langen zur 87, wegen Film, sage, soll bis Rückkehr warten. Ob. Herrmann nett, neues Nachtlandeverfahren imponiert ihm, will Patenschaft Versuchsstelle, gute Verständigung«

Do., 11. 5. »Besprechg. RLM«

Fr., 12. 5. »Früh Wochenschau«

Sb., 13. 5. »Wieder Wochenschau, Film ganz gut, aber Flugaufnahmen schlecht ... 15^h mit Wöhlermann segeln verabredet, gerade Voralarm, keine Boote herausgegeben, da Vollalarm ... später ganz guter Wind, gesegelt«

Mo., 15.5. »Schlechte Nacht, trübes Wetter, trotzdem mühsam gearb., labil ...«

Do., 18.5. »Wochenschau pol. Zensur«, d.h. die Filmaufnahmen durften offenbar nicht gezeigt werden.

Sb., 20.5. »Vorm. Haeften angerufen wegen Segeln. Will versuchen 17^h freizukommen, Claus hat Tristanstr. Verabredung ...«

Oberleutnant Werner v. Haeften war der Adjutant des Grafen Claus v. Stauffenberg, den er am 20. Juli in die »Wolfsschanze« begleitete. Vermutlich erfolgte am 20. Mai die erste Kontaktaufnahme wegen der Flugzeugbeschaffung der Attentäter. Das Segeln auf dem Wannsee, für Gräfin Stauffenberg eine Freizeitbeschäftigung, gewährleistete zugleich die ungestörte Gesprächsmöglichkeit, auf die es entschieden ankam.

So., 21.5.: »Früh Anrufe Claus (Graf Stauffenberg), Berth(old) (Bruder von Claus und Alexander Stauffenberg), Haeften endlich geeinigt, 12^h Jolle Wannsee, unterwegs Haeften mit Grfn. Hardenberg, Voralarm, Seglerheim, Berth(old) ang(erufen?), Claus Keller, Wein vorher getrunken, 2^h (d.h. 14^h) endlich Claus, Berth(old) Picknick, Karnickel, Wein, Baden, spät zurück«

Es ist zu vermuten, daß an diesem Tage Gräfin Stauffenberg in die Pläne ihres Schwagers eingeweiht wurde, denn auch Berthold Graf v. Stauffenberg gehörte dem Verschwörerkreis an. Nur wenige Tage später erfolgt die Gründung der »Versuchsstelle für Flugsondergerät e. V.«, worauf auch die Eintragung vom 23. hindeutet:

Di., 23.5. »11^h Gründungsversammlung. Georgii schon ½11 da! Paul (v. Handel) später als Gast, Marquard (hat) Ischias, Panzeram, Herrmann (Prof.), Kiess, Sauer, David, ... Tanks Vertr. (alle unterzeichnen Satzung und Geschäftsordnung), Herrmann (Oberst) nicht wegen Einflügen (feindlicher Bomberverbände), Einigung, ... nachher mit Paul (v. Handel) Kaffee, ... dauernd Telefone, ... Paul Wagen (bis) Anh(alter Bahnhof) mitgefahren. Um 20^h Bahnsteig, mit Pims zurück, um 22^h wieder fort zu Krüger, Schlachtensee, zu viel«

Am Sonnabend, dem 27. Mai traf Gräfin Stauffenberg als Gast zu Pirschgängen in Lautlingen im Hause des Grafen Nikolaus v. Üxküll (»bei Nuxens Wein«), des Onkels der Stauffenberg-Brüder, abends um 21 Uhr ein., Auch Graf v. Üxküll ereilte nach dem 20. Juli das Schicksal, in den Aufzeichnungen der Fliegerin erscheint nie sein Name, aber er ist mit »Nux« gemeint. Einzelheiten ihrer Jagderlebnisse (2. 6.: »Bock geschossen«) wechseln mit wichtigeren Informationen:

Mi., 31. 5.: »... Anruf Haeften, (Mitteilung:) Schn. (ihr Mann) (befindet sich in) Gatow, verzweifelt, daß (ich) nicht da, beschließen, (er) soll (nach) Lautl.(ingen) fahren, ganzen Tag Tel., Züge heraussuchen, Blitzgespräch OKW, Aufregung ...«

Mo., 5. 6.: »7^h Abfahrt (nach) Stuttg ... 12^{30} Abflug Würzburg«

Di., 6. 6.: »Schn. Kommandantur, Tel. gesperrt wegen Invasion! gepackt, nachm. zu Fuß Flugplatz, Wagen zurück, Gepäck geholt, 18^h Start (nach) Gatow, an 19^{30} ... Wagen LKA. Abendessen, Wein, gemütlich, bis spät Berthold angerufen.«

Der Grund dieses Anrufs dürfte außer Zweifel stehen, denn am folgenden Tag wurde Oberstleutnant Stauffenberg durch General Fromm Adolf Hitler als neuer Chef des Stabes des

Befehlshabers des Ersatzheeres vorgestellt. Somit wurde Claus v. Stauffenberg erstmalig zur großen Lagebesprechung hinzugezogen, an der auch Himmler teilnahm. Bald darauf wurde Graf Stauffenberg zum Oberst iG befördert und übernahm sein neues Amt am 15. Juni in der Bendlerstraße.

Mi., 7. 6.: »Haeften Urlaubsverlängerung. Gen. Olbricht mit Schn. und Berthold, Claus Hauptquartier (d. h. im Führerhauptquartier) ... bis spät gearbeitet.«

Do., 8. 6.: »Paul (v. Handel) sagt sich für abends an ... Spaziergang Strand mit Paul, der aus Rechlin landet, Abendessen, Kaffee, Kognak, Wermuth.«

Sb., 10. 6.: »½2 nachts Alarm, 60 Moskitos (englische Schnellbomber), Krach, angezogen, aber nicht (Luftschutz)Keller« (aufgesucht)

Di., 13. 6.: »... etwas zu spät Nikolassee, aber Claus (v. Stauffenberg) noch später. Abendessen, Bericht vom (Führer)Hauptquartier«

Es ist durchaus denkbar, daß Claus v. Stauffenberg erst bei dieser Gelegenheit seine Schwägerin in die geheimen Planungen eingeweiht und nach der Möglichkeit, die Unternehmung mit einem Fieseler Storch (Fi 156) durchzuführen, befragt hat. Für diese Annahme spricht eine Tatsache, die sich erst durch ein sorgfältiges Studium der Tagebuchnotizen enthüllt. In der Zeit vom 17. bis 26. Juni führte Gräfin Stauffenberg auffälligerweise immer wieder Nachtflüge mit dem »Storch« durch, was kaum mit ihren dienstlichen Aufgaben zu erklären sein dürfte. Auch der Flug nach Rechlin am 17. könnte in diesem Zusammenhang eine besondere Rolle spielen.

Fr., 16. 6.: »... Einsatz der Vergeltungswaffe, Alarm $2–3^h$ ...«

Sb., 17. 6.: »Früh QBI (Schlechtwetter, keine Starterlaubnis) Flug Rechlin« (Es folgen Namen, u. a. Ratzelt und Schwenk, 14^h Rückflug, nachm. ausgeruht... Nachtflüge Storch 9^{55}–11^{30} (d. h. 21.55–23.30)

Dauer und Pluralangabe (Nachtflüge) lassen darauf schließen, daß mehrere Landungen eingelegt wurden, und diese ungewöhnlichen Nachtflüge mit dem Fieseler Storch sind auch in den folgenden Nächten fortgesetzt worden, noch dazu am Wochenende!

So., 18. 6.: »Nachtflüge Storch«
Mo., 19. 6.: »Nachtflüge Storch«
Di., 20. 6.: »... 12^h mit Jochmann Bü 131 (Bücker 131, ein deutsches Schulungs- und Kurierflugzeug) nach Wü(rzburg), Halle wegen Mio zwischengelandet...«
Fr., 23. 6.: »16^h Flug Wü(rzburg) – Gatow, vergeblicher Pirschgang...«
Sb., 24. 6.: »... nachts Flüge Storch«
So., 25. 6.: »... abends Döberitz, Ob(erst) Herrmann kommt erst nach 12^h (24^h)«...
Mo., 26. 6.: »Oberstl. Streib (Schwerterträger, 65 Nachtabschüsse, seit März 1944 Inspekteur der Nachtjäger) ... abends Fi(eseler Storch) Nachtflüge«
Di., 27. 6.: »... abends Paul (v. Handel), spät, depressiv«

Seit dieser Begegnung mit Prof. Paul v. Handel reißt die Serie merkwürdiger Nachtflüge mit dem Fieseler Storch plötzlich ab. Der Schluß ist daher naheliegend, daß es Prof. v. Handel an jenem späten Abend gelungen war, Gräfin Stauffenberg das Unmögliche ihres Vorhabens auszureden.
Über Sinn und Zweck jener offenbar außerhalb dienstlicher Verpflichtungen liegenden nächtlichen Storch-Flüge können nur Vermutungen angestellt werden. Nicht von der Hand zu

weisen wäre die Annahme, daß Gräfin Stauffenberg Landungen und Starts außerhalb des Flugplatzgeländes übte oder gar Versuche anstellte, mit Zusatztankvorrichtungen eine möglichst lange Flugdauer zu erproben, um wenigstens das Problem des Zwischentankens auszuschließen. Entscheidend für die Überzeugungsgabe Prof. v. Handels dürfte jedoch das Argument des Langsamfluges gewesen sein, dem sich die erfahrene Pilotin keinesfalls entziehen konnte.

Wenig wahrscheinlich, aber nicht ganz auszuschließen ist die Deutung, daß auch die Nachtflüge mit der Ju 87 am 29., 30. 6. sowie am Sonnabend, d. 1. Juli gleichzeitig ähnlichen »Experimenten« gedient haben könnten. Andererseits weist der Arbeitsbericht über das optische Nachtlandeverfahren auch die Erprobung mit dem Stuka aus. Der Nachtflüge-Vermerk vom 2. 7. (Sonntag) enthält wiederum keine Angabe über den benutzten Flugzeugtyp.

Am 4. und 5. Juli führte Gräfin Stauffenberg jeweils Gespräche mit Schwerterträger Oberst Günther Lützow, der zwischenzeitlich mit Galland verhandelte, offenbar, um mit dem General der Jagdflieger irgendwelche Details zu klären.

Obwohl die 8. amerikanische Luftflotte am 7. 7. 44 Merseburg anflog, startete Gräfin Stauffenberg um 13 Uhr, um zu einer Dienstbesprechung mit dem Betriebsführer der LFA, Prof. Dr. Hermann Blenk, nach Völkenrode bei Braunschweig zu fliegen. Nach Erinnerung von Prof. Blenk, der vier Jahrzehnte später die Begegnung mit seiner ehemaligen Kollegin aufgrund seiner Notizen für den 7. 7. 44 bestätigen konnte, ist die Fliegerin direkt auf dem Flugplatz Völkenrode gelandet.[111] An dem Tage herrschte große Hitze. Gräfin Stauffenberg startete um 17.45 Uhr zum Weiterflug nach Würzburg, wo sie 18.55 Uhr landete.

Am Montag, dem 10. Juli, wurde »erst spät gestartet« zum Rückflug nach Gatow (»dauernd Wetterwarnungen«), doch reichte die Zeit noch abends für einen Pirschgang.

Nachtflüge führte Gräfin Stauffenberg wieder am 11., 12. und 13. Juli durch, registriert sind auch die verschiedensten Besprechungen dienstlicher Art. Eine bemerkenswerte Eintragung weist der 18. Juli auf:

»Anruf Paul (v. Handel), Ju 87 D 3 organisiert, Storch organisiert usw. Abends Paul, Nachtflüge, Alarm, sehr spät«
Mi., 19. 7.: »Müde, mittags Paul, ... DRK-Photo, 5^h (17^h) wieder Paul bis $5.^{50}$ Dampferabfahrt« (Kladow?), »Telefone ...«

Der 20. Juli 1944 begann für Gräfin Stauffenberg mit einem Werkstattflug Ju 88, und als sie danach in der Flugleitung erschien, erreichte sie die Nachricht vom Attentat. Natürlich war sie sich über die Zusammenhänge sogleich im klaren, während ihre Familie in Danzig wohl die Radiomeldung hörte, aber nicht die geringste Ahnung von der verwandtschaftlichen Nähe des Attentäters hatte. Klara Schiller hielt sich zu dem Zeitpunkt gerade bei den Eltern in Danzig auf und wurde abends von Melitta angerufen, um mit ihr für den nächsten Tag eine Zusammenkunft in Gatow zu vereinbaren. Da Gräfin Stauffenberg, deren zur Zeit in Athen dienstverpflichteter Mann Alexander ebensowenig in die Attentatspläne seines Bruders Claus eingeweiht war, stündlich mit ihrer eigenen Verhaftung rechnete, empfing sie ihre aus Danzig angereiste Schwester sicherheitshalber nicht im Dienstzimmer, sondern im Kasino von Gatow. Ungestört konnten sie sich anschließend und an den folgenden Tagen auf Spaziergängen in der waldigen Umgebung über die persönliche Situation beraten. Zumindest wurde täglicher telefonischer Kontakt vereinbart. »Sie hatte mich gebeten«, berichtet Klara Schiller, »von mir aus im Falle ihrer Verhaftung keine Schritte zu unternehmen, da sie selbst Eingaben zu machen beabsichtige, um keine allzu lange Unterbrechung der wichtigen Forschungsvorhaben eintreten zu lassen.«
Der 21. Juli begann für Gräfin Stauffenberg an sich »normal«: »10 h Anruf General der Schlachtflieger«, vermerkt das Tagebuch, dazu »Verabredung für abends.« Dann ist noch ein

Fernschreiben erwähnt und schließlich die von ihrer Assistentin, Frau Hubenthal, gestellte Frage, ob sie schon gehört hätte, »im Radio soll Oberst Graf Stauffenberg erwähnt sein!« Am Sonnabend, dem 22. Juli, versucht sie durch Oberst v. Waremberg und General Rückloff Näheres zu erfahren und bemüht sich sogar um ein »Ausnahmegespräch Reichsmarschall«. Görings Adjutant ist aber erst um 10 Uhr abends zu erreichen, »vor den Nachtflügen«. Nach Auskunft des Adjutanten soll es bei dem Anschlag im Führerhauptquartier keine Schwerverletzten gegeben haben. Kommentar im Tagebuch der Gräfin Stauffenberg: »ist mir unwahrscheinlich.«

Durch Anruf in Lautlingen ist am frühen Sonntagmorgen (23. 7.) zu erfahren, daß Nina, die Frau des Attentäters, in der Nacht zum Verhör geholt worden ist und Mika, die Frau des mit in die Verschwörungspläne verstricken Bruders Berthold, abends nach Berlin gefahren sei. »Duli (Melittas Schwiegermutter) sehr fabelhaft gefaßt, Kinder zuerst sehr erschüttert, aber sind eben Kinder. Rufe gleich Mika Tristanstraße an, weiß noch nichts, wartet Bescheid Ministerium« (ab).

Für die folgenden Eintragungen reichte der Platz im 7 × 10 cm schmalen Notizbüchlein nicht aus, so daß Gräfin Stauffenberg auf »Kalender 43 am Schluß« verweist, wo auf den Seiten 68–71 (Format 10 × 15 cm) die Notizen für die Zeit vom 23. bis 27. Juli 1944 zu finden sind. Als zeitgeschichtliches Zeugnis werden die Eintragungen dieser Tage, soweit ihr Inhalt von entsprechender Relevanz erscheint, weitgehend wörtlich übernommen. Auf diese Weise bleibt ihre Unmittelbarkeit bewahrt, was zumal im Hinblick auf gedankliche Reflexionen von Wert sein dürfte. Die auf Seite 68 zunächst mit braunem Stift eingetragenen Notizen (23. bis 26. 7.) wurden später, jedoch noch während der Haftzeit, mit gleicher Handschrift in Tinte verstärkt nachgezogen: ein Zeichen, wie bewußt die Verfasserin, die gewöhnlich nur Bleistiftnotizen hinterließ, ihre Aufzeichnungen machte.

Das erste Telefongespräch mit Alexander Graf Stauffenberg kam am Sonntag (23. 7.) zustande: »sehr ruhig, nichts geändert, Erklärung, sprechen uns gegenseitig Mut zu.«

»Mo., 24. Tel. RLM, Rechlin, Mechaniker, Besprechung Riebold, Kommandierung zur Versuchsstelle, nachm. P. (Pims = Schwester Klara) spazieren, Dampfer. Anruf Ob. Herrmann, mein Gerät sei ›rasant‹, fliegt nur damit. Nachtflug fällt aus wegen Schulbetrieb.
Die., 25. Betrieb, Anruf Schn. (d. i. Alexander), fährt morgen abend (nach) Berlin, Krüger erzählt, daß RLM (Reichsluftfahrtministerium) glaubt, für mich nichts auf sich; Anruf Sonderegger? Anruf bald darauf Jacobi, später Sonderegger und Jacobi zu mir, packen (d. h. Gräfin Stauffenberg wird nun verhaftet), Anruf aus München P? (d. h. Paul v. Handel hat sich vorsichtshalber nicht mit Namen gemeldet, vgl. S. 178), Prinz-Albrecht-Straße (Gestapoamt und Reichssicherheitshauptamt), dann Alexanderplatz (Polizeipräsidium). Lange, bis Aufnahme erledigt, Alarm, Keller, wenig geschl(afen).
Mi., 26. Gar nichts gehört ganzen Tag, müde wegen schlechter Nacht, allmählich besser, Gymnastik, ganz gut geschl., trotz Weckens bei Voralarm, anziehen und doch kein Alarm, weitergeschlafen.
Do., 27. Ganz gut in Form, etwas müde. Noch immer keine Vernehmung und nichts. Sonderegger sagte, wie Sippenhaftung gehandhabt, richte sich nach der Tragweite der Tat. Also möglich trotz erwiesener Unschuld herangezogen. Bin völlig ruhig, auf alles gefaßt. Wenn Schnepfchen für seinen Bruder fallen müßte, hätte ich hier nichts mehr zu suchen. Trotzdem möchte ich vorher rasch meine Arbeiten zum Abschluß bringen. Die plötzliche Untätigkeit nach dem gehetzten Tagesbetrieb und den Nachtflügen ist schwer erträglich, der Zeitverlust wird sich kaum einholen lassen. Wenn ich wenigstens den andern Direktiven geben könnte. Heute Vorsteherin gesprochen, Tinte, Papier bekommen, Direktor will noch kommen. Wenn man ungefähr wüßte, wie lange es dauert. Und den

Angehörigen Bescheid geben könnte. Dann würde ich in Ruhe arbeiten. Bin sehr erstaunt, wie gut das Gefängnis geführt ist: Bett nicht schlechter als unsere Luftwaffen-Feldbetten, Verpflegung nicht schlechter als Kasino: Früh Kaffee, trinkbar, Brot. Mittags gestern sehr gute Kohlsuppe, abends auch, heute dicke Maggisuppe. Abends Kaffee und Marmeladebrot. 2× heißes Wasser, W.C., Südseite. Alle sehr freundlich. Denke viel an die Gefallenen (Tod Stauffenbergs am 20. Juli). Vielleicht sehe ich sie bald. Und an die armen Kinder. Werde ich für sie sorgen können?

Abends endlich zur Vernehmung abgeholt. Lange warten müssen. 2 Marineleute vor mir drin, einer gefesselt! B. (Berthold) soll mit verwickelt sein! Verhandlung sehr gut geführt. Verhör durch Regierungsrat Opitz[112]. Stoß alter Akten, alles mögliche ausgegraben, Tassilo, Blumensaat, irgendeine Äußerung von Alex. O. scheint aber nichts auf alten Kram zu geben.[113] Georgekreis wird untersucht, wittern nun auch dahinter Politik.[114] Da keine Verdunklung, spät abends abgebrochen... Voralarm, unruhige Nacht, aber noch leidlich geschlafen.

Fr., 28. Früh wieder Voralarm, als (wir) vor (der) Tür stehen, abgeholt nach GStP (d. h. zur Geheimen Staatspolizei). Protokolle und Gesuche bis gegen 8 h abends ohne zu essen! Gesuche an Reichsm(arschall?) und Diesing...«

Im Entwurf finden sich die Anfangssätze eines solchen Gesuchs auf Seite 70 des Notizkalenders 1943:

»Gesuch: Ich bitte, während der Zeit meiner Inhaftierung an 2 kriegsentscheidenden Erfindungen bzw. Entwicklungen weiterarbeiten zu dürfen, die unmittelbar mit dem Jägerprogramm zusammenhängen: Das eine ist eine Vorrichtung, die für unsere kurz ausgebildeten Nachtjäger unerläßlich ist und« – damit bricht dieser Entwurf ab.

Oberst Hajo Herrmann, der mit dem Eichenlaub und den Schwertern zum Ritterkreuz ausgezeichnete Inspekteur der Luftverteidigung, setzte sich mehrfach in Telefonaten »mit Karinhall« (Göring) für die inhaftierte Fliegerin ein.[115]

»Bin ganz ruhig:« ist unter dem 29. 7. vermerkt, »mit Schn.

(Alexander) auf jeden Fall gleiches Schicksal, etwas anderes (habe ich) hier nicht mehr zu suchen. Nur Sorge, ob er Qualen leidet.«

Am 2. August teilte Regierungsrat Opitz ihr mit, daß eine nochmalige Anfrage ergeben habe: Die Entscheidung über »Ehrenhäftlinge« liege allein beim Reichsführer (Himmler). Dennoch rechnete er mit ihrer Entlassung in etwa 8 Tagen. Aber am nächsten Wochenende erfolgte die Verlegung in das Zellengefängnis Moabit, wo schlechtere hygienische Verhältnisse zu beklagen waren.

Die Tagebucheintragungen der folgenden Tage registrieren scheinbar Belangloses, tägliche Verrichtungen und stille Beobachtungen (»Schmetterlinge und Spatzen vor dem Fenster«), Korrespondenzen und Begegnungen.

»Mi., 9. August: Früh Zeitungen, 8 Verräter erhängt. Ganz schwarzer Tag..., nachm. Sonne, Hof, mühsam gefaßt, Oberin und Oberregierungsrat, Leiter von OLG von Moabit, kaum unterhalten können... Trotz dauernder Zwangsvorstellungen einigermaßen geschlafen.

Do., 10. August: ... nachts Alarm, mit anderen im Kellerloch. Wenig geschlafen.

Fr., 11. August: Hochzeitstag, sehr trübe, Unruhe, ob Schn. Bomben, müde... nachts Alarm, Bombe in der Nähe, zu wenig geschlafen.

Sa., 12. August: Sehr müde, trotzdem viel gearbeitet bis 14h; Brief (an) Hubenthal fertig, wird nicht mehr befördert, Oberin nicht da... So müde, daß nachm. auf Stuhl Augen zugefallen... Alarm, aber nur bis Flakgrenze, dann abgedreht.

Mo., 14. August: ...Oberregierungsrat kommt Mi., stehe günstig.

Mi., 16. August: Oberreg.rat: dauert wohl noch 1–2 Wochen. Alarm, lange, früh sehr müde, Kopfweh.

Do., 17. August: ...mühsam gearbeitet... Gespräch (mit) Oberin, (es) soll Landesverrat (vorgeworfen werden). Im Bereitschaftszimmer Bericht (über) Nachtlandungen getippt.«

Todesahnungen bestimmten gelegentlich die Traummotive,

und Gräfin Stauffenberg hielt einen solchen Traum für wesentlich genug, ihn ausführlich dem Tagebuch anzuvertrauen:
(Do., 17. 8.) »Alarmbereitschaft, aber kein Alarm. Von Sp. geträumt: Zusammen in irgendeinem Betrieb, plötzlich verschwindet er, ich sehe merkwürdigen Standflug von Flugzeug, das nur bäumt, Pilot spricht von Humor, suche Sp. in DLH-Kabinen, will allein vorgehen, überlege, ob er Wagen am Parkausgang hat, endlich frage ich nach ihm, einer deutet in die Höhe, dort hockt er in einem Fenster, ich will ihm Vorwürfe machen, daß er so gedankenlos, er sagt gleich lebhaft ›Kuck mal!‹ und zeigt mir einen neuen Kragenschnitt, den der Schneider ihm entworfen hat. Er hat einen groben hellen Anzug an, der aber nur ein Entwurf oder Futter ist. Finde Kragen schlecht, sage, er soll doch bei dem von seiner grünen Joppe bleiben, die hätte wenigstens Holters entworfen. Denke dabei, es lohne doch nicht mehr, etwas Neues zu machen, weil er bald sterben müßte. Ich frage, ob ich vorgehen soll, er küßt mir süß die Hand, sagt, wir wollten zusammengehen, das wäre netter, als wenn jeder allein sich durchfinden muß.« Unmittelbar anschließend an die Traumerzählung folgt der Eintrag: »Abends Opitz: Führerbescheid: zunächst nicht entlassen. Alle Stauffens (Stauffenbergs) verhaftet. B. (Berthold) verurteilt ... Kinder NSV! Soll noch ein Gesuch (einreichen), halte es für zwecklos.
So., 20. August: Tag Bereitschaftszimmer Schreibmaschine, tolle Hitze, ... Erste Nacht ohne Alarm.
Montag, 21. August: Vorm. und nachm. angestrengt Gesuche geschrieben u. Briefe, Opitz anger. ½5 h, sagt, es käme gleich jemand, vorbereitet, Hof, niemand kommt, ... nochmals anger., 11 h abends kommt O. selbst, bringt Frl. v. Bredow, die für mich schreiben soll ... 2. Nacht Wehklagen einer zum Tode Verurteilten.
Di., 22. August: Nachbarin verzweifelt, getröstet, ist allein und hat Zahnweh. Abends Frau Hubenthal mit Post. Ju 87 abgegeben, sehr ärgerlich. Sie geht in Urlaub!
Mi., 23. August: Gleich früh getippt, O. versucht anzurufen,

um Lindner zu fassen, Marquard verständigt und Heinrich. Schreibmaschine nicht frei, daher nichts mit Pl. B. (vermutlich Abk. für Frl. v. Bredow). 2 Schwestern sind noch eingeliefert, große Aufregung im Gefängnis. Früh selbst getippt, nachher stundenlang Pl. v. B. bei mir, erschütternde Nachrichten, wenig gearbeitet, etwas erschöpft, Tagesalarm, abends Diana B. gesprochen, 7h kommen Jacobi und Opitz, hat Schn. (Alexander) eben gesehen, geht ihm gut, hat Bücher von Weber, ... Pl. B. muß noch mit zur Vernehmung.
Freitag, 25. August: ... Wanzen in Zelle gefunden, mittags Alarm. Schreibmaschine u. etwas Post Gatow, Hitze, Hof, Sonne ... Revolution in Rumänien. Spät abends Opitz, hat mit seinem Kopf für mich gehaftet, soll freikommen! Brief an Schn., nicht einmal so glücklich, schlechte Nacht, Alarm.
Sonnabend, 26.: Vorm. Pl., mittags Alarm
Sonntag, 27.: Vorm. Pl., ... Hitze, Kopfweh, Voralarm.
Montag, 28.: ... Opitz läßt nichts von sich hören.
Mi., 30. August: Vorm. u. nachm. Pl ..., abends Opitz, ... meine Sache läuft noch, auf neues Fernschreiben keine Antwort ...
Fr., 1. September: ... abends Opitz ..., meine Entlassung nichts.
Sb., 2. September: (im Original-Kalenderdruck der Hinweis: 5. Parteitag der NSDAP, ›Sieg des Glaubens‹) ... Mittags zur Oberin: 14.30h entlassen! Längeres Gespräch, packen, Abschied von B.s, 16h Lebsterstr., Schn. süß (offenbar erster Besuch bei Alexander), vorher Lebensmittel eingekauft, ihm gebracht, ... nochmal Schn., Wagen Gatow, Rotwein, Fisch, Wohnung, Anrufe.«
In Freiheit!
Als einziger »Ehrenhäftling« der Stauffenberg-Familie wurde Melitta am 2. September 1944 freigelassen, was zweifellos dem verständnisvollen, sich unermüdlich für sie einsetzenden Regierungsrat Opitz, zum Teil wohl ebenso den Interventionen Hajo Herrmanns zu verdanken war. Als besondere Vergünstigung anzusehen ist allein der Umstand, daß noch wäh-

27 Gräfin Stauffenberg als DRK-Schwester (mit EK II); links ihre Tante Laslie, Gräfin Uxkull

28 Der Althistoriker Prof. Dr. Alexander Graf Schenk von Stauffenberg mit seiner Ehefrau Litta in Griechenland (Vorkriegs-Aufnahme)

29 Bronzeplastik von Alexander Graf Stauffenberg, Zeugnis der künstlerischen Begabung seiner Ehefrau Litta

30 Unten links: Gräfin Stauffenberg im Abendkleid

31 Unten rechts: Startklar in der Kanzel einer Ju 87 (1943)

32 Als Pilotin im Führersitz einer He 111

33 Volle Konzentration vor dem Sturzflug mit der Ju 88

34 Das Jagdflugzeug Fw 190, eine Aufnahme des späteren Ritterkreuzträgers Oblt. Hans Waldmann aus dem Jahre 1942

35 Wissenschaftliche Auswertung der Sturzflüge

36 Aufnahme einer Bü 181 in Berlin Gatow (Luftkriegsschule 2)

rend der Haft die Forschungsarbeiten weitergeführt werden durften.

Der Name Stauffenberg hatte nunmehr als verfemt zu gelten, auch sollte er die Fliegerin nicht länger »belasten«, deshalb wurde sie künftig amtlich als »Gräfin Schenk« geführt. Das geht deutlich aus einer Bescheinigung des Reichssicherheitshauptamtes vom 7. September 1944 hervor, welche die Unterschrift von Regierungs- und Kriminalrat Opitz trägt. Darin heißt es:

»Flugkapitän Dipl.-Ing. Melitta Schenk Gräfin v. Stauffenberg ist auf Weisung des Reichsführers-SS aus der Ehrenhaft entlassen worden und wieder als Vorstand der Versuchsstelle für Flugsondergerät in Berlin-Gatow tätig.

Gräfin Schenk fährt heute abend mit Schlafwagenzug über Augsburg – Ulm nach Lautlingen, um dort ihr gehörendes notwendiges Gepäck abzuholen und über ihr Eigentum zu verfügen.

Ich bitte, ihr keinerlei Schwierigkeiten zu bereiten. Außerdem bestehen keine Bedenken, daß sie mit örtlich in Sippenhaft oder noch in Lautlingen befindlichen Verwandten in Verbindung tritt.«

Bereits am Nachmittag des 3. September wurde wieder ein erster Werkstattflug durchgeführt, standen Stürze und Nachtflüge auf dem Programm.

Durch eine Verkettung unglücklicher Umstände kam der Kontakt mit ihrer Schwester Klara erst einen Tag nach der Haftentlassung zustande. Diese traf sie daher »wieder so in Hetze« an: »Es mußte alles organisiert werden, daß sie wieder Sturzflüge machen konnte. Sie mußte auch nachts Geräte einfliegen. Außerdem wurde alles getan, um die inhaftierten Verwandten mit zusätzlichen Lebensmitteln zu versorgen.« (Klara Schiller)

Der Facharzt für Chirurgie Dr. med. H. Schrank erinnert sich an einen Besuch der Fliegerin bei ihrer Schwägerin Nina Gräfin Stauffenberg:

»Nach meiner Versetzung zu einer Luftnachrichten-Abteilung

hatte ich neben der militärischen ärztlichen Tätigkeit die Leitung des St. Joseph-Krankenhauses in Potsdam übernommen. Sie wissen sicherlich, daß Gräfin Nina Stauffenberg mit der neugeborenen Konstanze im Januar 1945 von der Gestapo in dieses Krankenhaus eingeliefert und dort bis April 45 stationär behandelt wurde, und zwar unter dem falschen Namen Frau Schank. Ich wurde verpflichtet, nur solche Personen als Besucher zuzulassen, die eine Genehmigung der Gestapo vorlegen konnten. Wenige Tage nach der Aufnahme der Gräfin in das Krankenhaus sprach mich auf dem Korridor der Station eine Dame an und bat mich, ›Frau Schank‹ besuchen zu dürfen. Sie trug einen offenen Mantel, darunter ein Kostümkleid. Zu meinem Erstaunen sah ich an der Kostümjacke das Band des EK II und sagte zu ihr (fast wörtlich): ›Ich weiß, wer Sie sind, und jetzt weiß ich auch, wer Frau Schank ist!‹ Meine Annahme war richtig.«[116]

Bestätigt werden die Besuche bei den Inhaftierten auch von Mika Gräfin Stauffenberg, der Frau des Bruders Berthold, die drei Monate im Moabiter Gefängnis und die spätere Zeit in verschiedenen Konzentrationslagern zubringen mußte. Sie schrieb am 17. 2. 1962 u. a.: »Im Laufe meiner Moabiter Zeit besuchte Litta – dank der Hilfe von Opitz – mich zweimal im Gefängnis, aber wir hatten keine Gelegenheit, über 20. Juli zu sprechen. Sie brachte mir rührender Weise warme Kleidung ... In der KZ-Zeit haben wir gefangenen Stauffenbergs Litta nur zweimal über unsere Baracke in Buchenwald fliegen sehen – nur Alex bekam Erlaubnis, Litta an irgendeinem entfernten Ort zu sehen – es war streng geheim ...«

Das bis Ende 1944 geführte Tagebuch weist für die Monate September bis Dezember eine unvorstellbare hektische Aktivitätenvielfalt auf, wobei dienstliche Angelegenheiten, Besprechungen, Nachtflüge mit Ju 88 und Ju 87, Arado 96, Siebel 204 (zweimotorig) sowie Bücker 181 (»Bestmann«) – gelegentlich mit Unterweisungen von Flugschülern – und außerdem rastlose Bemühungen um die Sippenhäftlinge (Besuche und Paketepacken) einander ständig ablösten. Und in ständiger Wiederholung deutet der Hinweis auf totale Müdigkeit den Zustand allgemeiner Erschöpfung an. Nicht genug damit: Bahnfahrten mit Alarmunterbrechungen und unter allen in der damaligen Zeit üblichen Schwierigkeiten, hauptsächlich nachts, trugen zur Steigerung der hektischen Betriebsamkeit bei.

Einige Vorgänge oder Ereignisse, durch flüchtige Notizen nur angedeutet, verdienen jedoch besonders hervorgehoben zu werden. So nahm Gräfin Stauffenberg am 11. Oktober 1944 am Staatsakt für den gefallenen Nachtjäger und Brillantenträger Oberst Helmut Lent teil, mit dem sie wiederholt dienstlich zu verhandeln hatte.[117] Auf dem Wege dorthin wurde sie »angeblich wegen schnellen Fahrens« von einer Streife angehalten.

Eine Woche später, am Mittwoch, dem 18. 10., kann Gräfin Stauffenberg ihren Mann wieder besuchen: »Früh Hetze, 13h Steglitz, Schn. schon dort, hat geglaubt Vernehmung, war schon besorgt, weil ich Mo. oder Di. kommen wollte, ... Regierungsrat sehr spät, ich zwischendurch zu Sturmbannführer Günther, ... wieder zurück, ... Schn. sehr süß, ...:

Gelegentlich geben die Notizen extreme physische wie psychische Strapazen wieder, lassen sie die innere Erregung spüren: Mittwoch, 25. 10.: »packen fieberhaft, mit Verspätung 4h Abfahrt, fast ohnmächtig geworden, später Platz. Durch Fenster eingestiegen. Nachm. Ankunft Berlin, Opitz hat angerufen, alle sind weg ...«

Montag, 6. November: »Opitz gibt Bescheid, daß Sturmgruppenf. Müller nicht zu sprechen ist, bin ziemlich außer mir. Nachtflüge Siebel, Ar. 96.«

Zum erstenmal erwähnt das Tagebuch am 16. November eine »262«, den deutschen Düsenjäger Me 262, allerdings ohne weitere Angaben.

Ein am 18. 11. an die Schwester in Neumünster geschriebener Brief, in hastigen Schriftzügen abgefaßt, erweist sich geradezu als zeithistorisches Dokument, da er die tatsächlichen Sorgen der deutschen Zivilbevölkerung während der letzten Kriegsmonate deutlich zum Ausdruck bringt:

»Gatow, 18. 11. 44

Liebste Lili,
Erst nachträglich erfuhr ich von den scheußlichen Angriffen auf Neumünster, da ich buchstäblich nicht die Zeit habe, Zeitung zu lesen, und Pims mir absichtlich nichts gesagt hatte. Trotzdem hat es mich sehr aufgeregt, daß man nun selbst an Euch nicht ohne Sorgen denken kann. Hoffentlich wiederholen sie sich nicht. Der Wettergott ist ja jetzt gottlob sehr ungünstig dafür. Von Alex habe ich in den letzten Wochen nur wenig gehört, sein derzeitiger Aufenthaltsort ist Dienstgeheimnis, ich kann nicht hin. Aber seine Nachricht war günstig. Wie steht es mit Gerdas Studium? Wie voll ist Dein Haus? Du Ärmste! Pims ist in Wien, kommt nächste Woche zurück.

Viele herzliche Grüße
Deine Litta«

Um ihre Ziele zu verfolgen, nahm Gräfin Stauffenberg wenig Rücksicht auf sich selbst. Als am 30. November aus Staaken eine neue Arado 96 eingetroffen war, hat sie diese trotz Nebels noch geflogen, da bei der alten Maschine die Batterie leer gewesen ist. Wörtliche Notiz: »Wetterwart hat sehr abgeraten, ebenso Flugschüler. Geht aber gut.«
Freitag, 1. 12.: »Nachtflüge 96 trotz Nebels, mit B. Kino Gründgens Tanz auf dem Vulkan . . .«
»Montag, 4. 12.: »Sturm und niedere Wolken, trotzdem Flüge Ju 88 angesetzt . . . Gesuch geschrieben« (vermutlich für Alexander)
Dienstag, 5. 12.: »Nachm. Standartenführer Baumert, Gesuch gut gefunden, will morgen mit Reichsführer (Himmler) telefonieren.«
Mittwoch, 6. 12.: »Gesuch umgeschrieben, nochmal Standartenführer, hat H. (Himmler) gesprochen, ist wohlwollend, hat Gesuch angefordert. Opitz bei Gruppenführer Müller getroffen . . .«
An diesem 6. Dezember fand sich auch der erfolgreiche Kampfflieger Oberst Werner Baumbach in Gatow bei Gräfin

Stauffenberg ein. Über den Inhalt des Gesprächs ist nichts bekannt, doch dürften den Schwerterträger insbesondere die Sturzflugerfahrungen mit der Ju 88 interessiert haben.
Wegen der anhaltenden Nachtangriffe auf deutsche Städte hatten zweifellos die Versuche mit dem neu entwickelten Nachtlandegerät für die einmotorige Nachtjagd mit den dazugehörenden Einweisungen für die Piloten derzeit absoluten Vorrang. Die Überprüfung der Ergebnisse ist dokumentiert in einem Schreiben des Kommandeurs der Technischen Akademie der Luftwaffe, Oberst i. G. v. Loßberg, vom 21. 12. 1944 an das OKL.[118]:

»An
Chef TLR
Chefgr. FLE III
z. Hd. Herrn Obersting. Leutert
Betrifft: Nachtlandeverfahren Gräfin Schenk
Bezug: Fs. OKL Chef TLR FLE Chefgr. III
Ich habe das Nachtlandeverfahren der Gräfin Schenk mit folgenden Typen nachgeflogen:

a) Abfangen nach Schatten des Rades mit Ju 88 A 4, Bü 181, Ar 96
b) Abfangen nach Dunkelpunkt im Scheinwerferstrahl mit Ar 96 und Si 204

Das Verfahren zu a) wird wegen des Aufwandes und funktionsmäßiger Unterlegenheit gegenüber b) abgelehnt.
Das Verfahren zu b) ermöglicht ein sinnfälliges, leicht erlernbares und sicheres Abfangen ohne Berücksichtigung des Landeleuchtpfades.
Bei geringem Abstand der Windschutzscheibe kann Ungenauigkeit des Abfangens durch Änderung der Augenhöhe des FF (Aufrichten oder Zusammenkrümmen) erfolgen. Diese bleibt aber, wie persönlich festgestellt, innerhalb der zulässigen Grenzen. Der Dunkelpunkt sowie die Einstellung des Scheinwerfers stört nicht beim Rollen.
Einführung des Verfahrens wird befürwortet, da bei 100%iger

Durchführung der Landeleuchtpfad mit wesentlich weniger Lampen auskommen kann (nur Markierung der Richtung) und mit wesentlicher Verminderung von Bruchlandungen gerechnet werden kann.«

Trotz unverminderter dienstlicher Inanspruchnahme ließ sich Gräfin Stauffenberg die Fürsorge für die durch Sippenhaft betroffenen Familienangehörigen ganz besonders angelegen sein. Seit dem 16. Dezember (»Jacobi angerufen, kann zu Kindern fahren«) wußte sie außerdem, daß es ihr erlaubt sein würde, über Weihnachten die Stauffenberg-Kinder zu besuchen. Die Kinder von Claus und Berthold Stauffenberg waren unter falschem Namen in einem Heim in Bad Sachsa am Südharz untergebracht worden. Am 22. Dezember begab sich daher »Tante Litta« auf die Reise nach Bad Sachsa, und in diesem Zusammenhang weist das Tagebuch eine höchst bemerkenswerte Eintragung auf, die wegen ihrer zeitgeschichtlichen Bedeutung einen kleinen Exkurs erforderlich macht. Zunächst die Notiz vom 22. 12. 44:
»4^{h} aufgewacht, ½5 auf, ½7 Abfahrt, Wagen RLM, 7.32 SF-Zug Halle, Gespräch mit Lt. Hagen, Wachbataillon, 20. Juli.«
Wer war Leutnant Hagen?
Durch den von den Verschwörern nach dem Attentat ausgelösten Alarmplan »Walküre« war am 20. Juli 1944 auch das Wachregiment »Großdeutschland«, die wichtigste Einsatztruppe der Reichshauptstadt, in Alarmzustand versetzt worden.[119] Um sich jedoch Klarheit über die tatsächliche Lage zu verschaffen, erteilte dessen Kommandeur, Major Otto Ernst Remer, einem Offizier seines Stabes, Leutnant Hans W. Hagen, den Auftrag, bei Minister Dr. Goebbels, dem Reichsverteidigungskommissar und Schirmherrn des Wachregiments, vorstellig zu werden und die Lage zu klären. Von Goebbels erfuhr Hagen, daß tatsächlich ein Attentat im Führerhauptquartier erfolgt wäre, der Führer aber lebe. Daraufhin regte Lt. Hagen an, Goebbels möge den Kommandeur

des Wachregiments persönlich kommen lassen, und begab sich unverzüglich auf den Weg, Major Remer zu Goebbels zu bitten. So erhielt Remer Gelegenheit, das bekannte Telefongespräch mit Hitler zu führen:
Hitler: »Hören Sie meine Stimme?«
Remer: »Jawohl, mein Führer.«
Hitler: »Sind Sie überzeugt, daß ich es bin? . . . Major Remer! Da hat eine kleine Clique von treulosen und ehrvergessenen Offizieren einen Anschlag gegen mich verübt. Er ist mißlungen. Wie mir gemeldet wird, ist im Zusammenhang damit auch in Berlin eine Aktion angelaufen. Ich gebe Ihnen, Major Remer, den Befehl, diesen Putsch mit allen Mitteln niederzuschlagen. Sie haben keinen Vorgesetzten, aber alle Gewalt. Der Auftrag gilt bis zum Eintreffen des Reichsführers SS Himmler, in dessen Hände Sie den Befehl zurücklegen. Haben Sie mich in allem verstanden?«
Remer: »Jawohl, mein Führer!«[120]
Damit war Major Remer die vollziehende Gewalt in der Reichshauptstadt übertragen worden. Sein Adjutant, Leutnant Siebert, Pfarrer von Beruf, im Krieg ein Auge verloren, bekannte sich offen zu den Auffassungen der bekennenden Kirche, zögerte aber keinen Augenblick, die Entscheidungen seines Kommandeurs mitzutragen. Die entscheidende Initiative zur Niederschlagung des Aufstandsversuchs in Berlin ging jedoch von der Entschlossenheit Leutnant Hagens aus, die erforderliche Lagesondierung in die Wege zu leiten.

Eine denkwürdige Begegnung muß man es schon nennen, wenn Gräfin Stauffenberg ausgerechnet mit Lt. Hagen vom Wachregiment »Großdeutschland« im Eisenbahnabteil zusammentrifft, weil der Zufall es so fügte. Den Ausführungen ihres Gegenüber wird sie mit größter Aufmerksamkeit gefolgt sein, ohne indes ihre Identität preiszugeben. Denn daß in ihrem Fall jeder Zweifel auszuschließen war, bestätigt ein kleines Bändchen mit dem Titel »Blick hinter die Dinge – 12 Begegnungen«, das Dr. Hans W. Hagen 1962 veröffentlichte. Überschrieben ist jene denkwürdige Begegnung mit der Schwägerin des Hitler-Attentäters »Weihnachten 1944«:

»Schon die Begegnungen und Zwischenfälle auf der Fahrt zu meinem letzten Weihnachtsurlaub in diesem Kriege waren merkwürdig, aber unsere in jenen Tagen über das Maß beanspruchten Sinne und Kräfte wurden wohl abgestumpft, so daß wir für Augenblicke vergaßen, auf ihre Vorbedeutung zu achten.

Dem Stabsarzt im Wünsdorfer Lazarett fiel meine Entlassung nicht leicht, und erst, nachdem er den Kompreßverband um meinen Kopf für gut befunden hatte, glaubte er, Schädelbasisbruch und schwere Gehirnerschütterung soweit ärztlich versorgt und die Genesung gesichert zu haben, daß ich die Reise antreten konnte.

Bei der Vorweihnachtsfeier im Wachregiment las Heinrich George, – und er kannte unter dem Turban, der meinen Kopf samt linkem Auge einhüllte, den Freund erst im Augenblick, als ich ihn ansprach.

Die Dienstmütze paßte mir nicht, aber ich hatte ja aus meiner Studentenzeit noch die alte Mensurhaube. In diesem, der Heereskleiderordnung nicht ganz entsprechendem Aufzug, begab ich mich auf die Reise.

Der Anhalter Bahnhof war, da im Glasdach keine Scheibe mehr ganz geblieben, noch peinlich verdunkelt, als der Zug sich in Richtung Halle in Bewegung setzte. Die Wagen waren überheizt, und ich zog meinen Mantel aus. Erst bei Trebbin dämmerte es.

Jetzt sah ich mir gegenüber eine Dame, – ausgerechnet im Wehrmachtsabteil. Was hatte sie hier verloren? Als sie aufstand, um ihren Pelzmantel abzulegen, half ich ihr. Da blitzte auf ihrer Kostümjacke im Schnitt der Nachrichtenhelferinnen das Eiserne Kreuz, und auf dem Fliegerabzeichen funkelten die Brillanten.

›Gnädige Frau! Darf ich mich Ihnen vorstellen? Ihren Namen zu nennen, ist überflüssig, denn es gibt nur eine Frau auf der Welt mit diesen Auszeichnungen.‹ So fuhr ich bis Weißenfels mit der berühmtesten und kühnsten Fliegerin, die sich, weil die Instrumente der Versuchs-V 1 beim Abschuß und Aufprall auf das Wasser immer wieder zu Bruch gingen, mit ihrem absoluten Höhenbewußtsein selbst in die Projektile setzte und die Kurven der Flugbahn aufzeichnete.«[121]

Die wenigen Angaben zur Person »der berühmtesten und kühnsten Fliegerin« lassen den Irrtum erkennen: Wenngleich der Name nicht genannt wird (»überflüssig«), glaubte Lt. Hagen damals der überaus populären Fliegerin Hanna Reitsch begegnet zu sein! Flugkapitän Gräfin Stauffenberg dürfte, die Verwechslung zweifellos bemerkend, aus Taktgefühl, um Lt. Hagen die sichere Enttäuschung zu ersparen, und mit der ihr eigenen Zurückhaltung keinen Wert auf die Offenbarung ihrer wahren Identität gelegt haben. Ohne ihre Notiz im Kalender 1944 wäre die Wahrheit niemals erweislich gewesen, und der vor 20 Jahren verstorbene Dr. Hagen ist über seinen Irrtum nie aufgeklärt worden. Aber dies kann als gewiß gelten: Wer sich zum Grundsatz »Der Wahrheit die Ehre« bekannte,[122] der hätte die nun fällige »Revision« ohne Vorurteil zur Kenntnis genommen, ganz im Gegensatz zu »volkspädagogisch« orientierten Autoren, die nur das anzuerkennen bereit sind, was in ihr dogmatisch fixiertes Geschichtsbild paßt.

Ergänzend wäre zu bemerken, daß die berühmte Hanna Reitsch Weihnachten 1944 noch im Luftwaffen-Lazarett des Flakbunkers am Zoo zubringen mußte, um die während eines Luftangriffs erlittene Gehirnerschütterung auszukurieren. Sie wurde erst im Januar 1945 aus dem Lazarett entlassen.[123]

Andererseits ist dem wichtigen Zeitzeugen Hans W. Hagen der biographisch wertvolle Hinweis auf die Brillanten des Flugzeugführerabzeichens in Gold zu verdanken, das sie bei besonderen Anlässen damit nachweislich auch nach dem 20. Juli bewußt – mit berechtigtem Stolz – getragen hat. Sie selbst deutet diese Tatsache in ihrem Brief an, den sie nach dem Besuch in Bad Sachsa ihrer Schwägerin Nina als ausführlichen Bericht geschrieben hat.

Um 18 Uhr – nach einer langen Tagesreise – traf Gräfin Stauffenberg zu Besuch bei den Kindern in Bad Sachsa ein. Ihre Notiz »Frl. Köhler reizend« läßt auf einen durchaus freundlichen Empfang schließen, was auch in dem erwähnten Bericht bestätigt wird:

»Gatow, 30. 12. 44

Liebste Nina!
An Weihnachten war ich bei den Kindern. Sie sind sehr wohl, und es wird in jeder Beziehung vorbildlich für sie gesorgt. Man hatte ihnen nicht gesagt, warum sie gerufen wurden, ich hörte sie schon draußen vergnügt und zutraulich mit der Heimleiterin sprechen, und auf einmal waren sie alle im Zimmer. Selbst Valerie erkannte mich sofort, und wir freuten uns alle sehr und hatten schrecklich viel zu erzählen und zu spielen.
Berthold ist vollkommen in Mammis Fußstapfen getreten: Er sorgt und erzieht rührend an den Kleineren herum, und sie parieren ihm erstaunlich. ›Nicht mit den Schuhen auf Tante K.'s schönes Sofa!‹, ›Nicht so laut in Tante K.'s Zimmer rumtoben!‹
Wir holten Tannenzweige aus dem Garten. Es war gerade sehr kalt geworden, und Valerie fing an zu frieren. Ich nahm sie auf den Arm, aber sie ist inzwischen ein erheblicher Brocken geworden und war mir bald zu schwer. Da nahm Berthold sie mir mit überlegener Geste ab und schleppte sie mühelos die ganze Zeit herum. Wir fanden am Bächlein wunderbare Eiszapfen, aus denen ein ganzes Märchenland aufgebaut wurde.
Nach Tisch, vor der allgemeinen Bescherung, machten wir unsere extra Weihnachtsfeier mit einem kleinen Kerzenbäumchen. Alle Weihnachtslieder wurden gesungen und dann zu den vollbesetzten Tischen getobt. Es gab Matador-Baukästen, wunderbare Kriegsschiffe und Ruderboote, die richtig schwimmen können, Puppen für die Mädel, Dörfer und viele Tiere, Autos, Pfeil und Bogen, Bilderbücher und Malzeug. Sie waren selig, und wir fingen gleich an, herrliche Spiele zu machen. Fast am meisten imponierten den Buben die Abzeichen, die ich

ihnen mitgebracht hatte. Sie wurden gleich an die kleinen Heldenbrüste geheftet. Die Damen hängten sich dafür Perlenketten um. Nachher kam die allgemeine Bescherung.
Ich sah mir vorher den Weihnachtstisch an, er war ganz entzükkend gerichtet, und dort erwarteten sie noch einmal alle möglichen nützlichen und amüsanten Gegenstände. Christa bekam sogar einen lebenden kleinen Schnaufer, die Buben Indianerausrüstung, Ali Trapperkleidung, sie sollen ganz hingerissen gewesen sein – ich war nicht dabei, sondern bei Heimeran, der gerade leichten Scharlach hatte und in einem Isolierhaus war. Die Schwester hatte ihm gesagt, daß er sich ganz wahnsinnig auf Weihnachten freuen könnte, und er war sehr gespannt. Sie band ihm dann die Augen zu, und wir brachten leise ein Bäumchen und die ganzen Spielsachen herein. Dann klingelte ich mit dem Glöckchen, ging zu ihm hin und fragte ihn, wer ich sei. Er fühlte gleich nach meinen Orden und sagte sofort: ›Tante Litta‹. Nachher versicherte er mir zu meinem Stolz immer wieder, das Schönste an Weihnachten wäre doch gewesen, daß ich gekommen wäre. Wir haben viele Stunden gespielt, und bei den Wettspielen hat er mich meistens besiegt. Von den Süßigkeiten mußte auch die Schwester etwas abbekommen, die legte er gleich zurück. Alle erzählten noch viel von der Reise im D-Zug, wie sie immer zum Fenster herausgeschaut und gesungen hätten: ›Ich hab mich ergeben‹ [124] und all die Bubenlieder, die sie kannten, und wie die zwei sehr netten Herren, die sie begleitet hätten, ihnen süße Wecken mit Butter gegeben hätten und wie zum Schluß Tante K. sie im Auto abgeholt und ins Heim gebracht hätte. Tante K. imponiert ihnen sehr, und sie lieben sie. Disziplinschwierigkeiten hat sie überhaupt nicht mit ihnen. Sie seien alle sehr wohlerzogen und ganz besonders bescheiden. Als sie einen Wunschzettel schreiben sollten, hätten sie nur Buntstifte und Papier oder ähnliches gewünscht und gesagt, mehr wollten sie nicht haben, das Christkind sei dieses Jahr doch so arm.
Berthold schmökert furchtbar viel und wird ›der kleine Professor‹ genannt. Man achtet aber darauf, daß er Sport treibt, und

er hat sich auch schon herausgemacht. Heimeran sieht auch gut aus, trotz seines Scharlachs –, hat einige leichte Krankheiten gehabt (Windpocken etc.). Alfred ist gesund, friert überhaupt nicht und ist vergnügt und leicht zu haben. Luffel ist am Öhrchen operiert worden, weil es immer lief, außerdem sind die Mandeln gekappt, und seitdem geht es ihm glänzend. Er ist noch voll von den Krankenhaus-Erlebnissen. Die anderen haben immer nach ihm gefragt, während er weg war, und es gab einen großen Jubel, als er zurückkam. Er ist süß und zärtlich wie immer, rotbackig und gesund und kräftig. Das Mädele ist blühend, vergnügt und artig, gar nicht scheu und mit ihrer Umgebung sehr gut Freund. Ihre Kommandostimme hat sich ganz verloren. Valerie hat sich sehr schnell eingelebt und liebt ihre Pflegerin zärtlichst. Sie ist ein sehr eigenes Persönchen und wird respektiert. Wir haben auch Bilder gemacht und wollten eigentlich alle Briefe schreiben, aber leider hatten wir viel zuviel mit Spielen zu tun, und dann war die Tante Litta nur noch den ersten Feiertag da, was von Alfred sehr beanstandet wurde: ›Dann bist du ja gar nicht das ganze Weihnachten hier gewesen, es ist doch noch ein zweiter Feiertag.‹
Heimeran hat wunderbare Gemälde für Mami gemalt: Die Hauptsache ist, daß die Mami jetzt weiß, daß es uns gut geht. Alle sind sehr gespannt auf das neue Geschwisterchen und denken, es wird ein Bub, der Albrecht heißen soll. Aber Heimeran will lieber ein Schwesterchen. Sie fragten immer abwechselnd nach der Mama und der Mammi oder der Tante Nina oder der Tante Mika. Alfred und Mädele sprachen immer von der Tante Mika.
Auch nach Duli und Lasli und Amalie und Dusi und Konrädle erkundigten sie sich ganz genau und nach allen anderen. Sie haben dort einen lieben Schäferhund, der genauso aussieht wie Ingo. Alle Kinder werden nur mit Vornamen gerufen, das ist in solchen Heimen immer so. Die Heimordnung nehmen sie sehr wichtig, und es macht ihnen Spaß, ein bißchen Soldatendrill zu haben. Sie sind gänzlich unbeschwert und unbefangen und verstehen sehr gut, daß Tante Mika die kranke Ellen pflegen

muß und Tante Nina jetzt nicht kommen kann, weil sie das neue Geschwisterchen erwartet, und daß man in Lautlingen die armen bombengeschädigten Familien aufgenommen hat, so daß sie jetzt nicht dorthin können.
Tausend liebe Wünsche zum neuen Jahr. Schreib doch bitte, wann ungefähr Du mit der Ankunft unseres Patenkindes rechnest. Am 8. 1. fahre ich zu Alex, bin glücklich darüber.

Deine Litta«

In dankbarer Erinnerung hat Nina Gräfin Stauffenberg später Wesen und Hilfsbereitschaft ihrer Schwägerin gewürdigt:
»Kennengelernt habe ich Melitta erst im Herbst 1936 bei den Üxkülls in Zehlendorf, nachdem mein Mann und ich nach Berlin versetzt worden waren ...
1937 haben sie und Alex geheiratet ... Als Onkel Berthold, der Familienchef, sie etwas später als neues Familienmitglied begrüßte, schloß er seine Tischrede mit den Worten: ›Einer für alle, alle für einen!‹ Als jemand das respektlos kommentierte: ›Also mitgefangen, mitgehangen!‹, sagte sie verblüfft: ›So kann man es nennen!‹ Wie hat sie sich später dieser Forderung gestellt!
Sie hatten ihre Wohnung in Würzburg, wo Alex Professor für Alte Geschichte war. Es war wohl ein Selbstschutz, daß er betonte, daß der Geist vor der Technik stünde, die ihm untergeordnet sei. Sie nahm dies lächelnd hin. Aber sie war nicht nur eine kompetente Hausfrau, sie verfolgte ihre eigene Arbeit und förderte durch ständigen, verständnisvollen Anreiz die seine. Sie ließ ihn seine angeborene Trägheit überwinden, unterstützte ihn und schrieb für ihn oft seine Arbeiten. Ich sah sie nur in den Ferien in Lautlingen. Sie hatte zusammen mit Alex die Jagdprüfung gemacht. Beide begingen mit großer Freude und auch mit Erfolg das Lautlinger Revier. Sie teilte intensiv alle Interessen ihres Mannes und erweckte für ihn den Anschein, ihren eigenen, sehr intensiven Beruf nur nebenher wahrzunehmen ...
Das Verhältnis zu unserer gemeinsamen Schwiegermutter war

ausgezeichnet. Nur war sie der Duli manchmal ein bißchen unheimlich durch ihre männliche Logik. Duli war ein gefühlsbetonter Schöngeist – Litta hatte einen exakten Verstand und war damit ungewollt überlegen . . .

Alex und Litta lehnten das Naziregime ab. Alex betrieb dies auf sehr unvorsichtige Weise und bestärkte seine Mutter in blankem Defaitismus, der einfach gefährlich war. Seine beiden Brüder versuchten dem entgegenzuwirken – zu ihrem Schutz. So ergaben sich die Kontroversen. Es war die Tragik für Alex, daß seine Brüder ohne ihn den Staatsstreich des 20. Juli vorbereiteten, weil sie ihn für zu angreifbar hielten . . .

Nach dem 20. Juli wurde Litta verhaftet . . . Wir waren kurze Zeit zusammen im Gefängnis Alexanderplatz in Berlin. Ich mußte anfänglich bei Fliegeralarm an einer bestimmten Stelle bleiben, um sie nicht zu treffen.

Sie wurde wieder an ihrem Arbeitsplatz in Gatow eingesetzt, nicht mehr als ›Gräfin Stauffenberg‹, sondern als ›Gräfin Schenk‹. Ihre Papiere wurden nicht geändert.

Sie fand Förderung durch einen Gestapobeamten, Opitz, mit dessen Hilfe sie es durchsetzte, die anderen Gefangenen zu besuchen. So auch mich zweimal im Alexanderplatz. Das erstemal im Zimmer des Direktors, wo sie bei einer Umarmung mir bestätigen konnte, daß Claus und Berthold tot seien. Beim zweitenmal sagte sie mir, daß die Kinder weggebracht (seien) und meine Mutter verhaftet sei und meine Basis in Bamberg zerstört sei.

Ihr wurde die Betreuung der gefangenen Familienmitglieder übertragen. Sie hatte darauf bestanden, daß sie die Belastung durch ihre kriegswichtigen Aufgaben nur durchstehen könne, wenn sie einmal im Monat ihren Mann sehen und sprechen könnte. Sie hat dies auch durchgezogen und reiste bis nach Ostpreußen. Sie war die einzige Bezugsperson, die man mir gestattete. Sie hat mir Obst- und Gemüsepakete von Verwandten vermittelt, eine Kleidersendung ermöglicht, da ich ja im Juli mit Gepäck für zwei Wochen gestartet war. Inzwischen wuchs in mir mein fünftes Kind und sprengte die eingepackten

Kleider. Litta dachte an alles. Sie fand einen Gestapobeamten, der einen Schwangerschaftsgürtel auftrieb, sie schickte mir Lebertran, Stenographiebücher und -hefte, um die ich sie gebeten hatte. Und sie hielt immer Kontakt mit Alex.

Mit Geschenken war sie zu Weihnachten 1944 auch bei meinen Kindern, die in Bad Sachsa interniert waren. Sie bescherte auch meinen Sohn Heimeran, der isoliert mit Scharlach in der Krankenbaracke lag. Sie schrieb darüber einen Bericht, der uns Mütter unterrichtete; für mich die erste Nachricht über meine Kinder! Nach fünf Monaten! Sie hat den Kontakt mit dem Kinderheim stets weiter gepflegt.

Opitz war ihr ergeben, und sie hatte einen ›weißen Raben‹ im Reichssicherheitshauptamt gefunden, der sie nach Möglichkeit unterstützte. Sie befand sich in einer schwierigen Doppelsituation: Vertrauensperson der Gestapo und Betreuerin der Gefangenen ... Sie nutzte diese Sonderstellung aus, um mit einem Soldaten nach Lautlingen zu reisen, das inzwischen von der Gestapo besetzt war, belegt mit ausgebombten Gestapofamilien. Duli war dort interniert. Sie konnte sie sprechen. Es gelang ihr, die Büsten von Claus und Berthold von dort mitzunehmen – im Handgepäck, das ihr Begleiter schleppte. Claus' Büste fand sich – sie hat es mir in Potsdam gesagt – bei den Handels in der Nähe von Traunstein. Dicse selbst waren ahnungslos!

Melitta hat ihre Lebensmittel-›Schwerstarbeiterzulage‹-karten dazu benutzt, Alex und seine Verwandten damit zu unterstützen. Selbst lebte sie von einem Minimum, aufgebessert durch Jagdbeute und Pilze, in Gatow gesammelt. Es gab wohl keinen Hebel, den sich nicht benutzte, um uns Inhaftierten zu helfen. Sie hat ihre Kriegswichtigkeit und ihren persönlichen Charme (was ihrer angeborenen, herben Zurückhaltung gar nicht entsprach) rücksichtslos eingesetzt, um das möglich Erreichbare zu erreichen.

Den Behörden gab dies die Illusion, sie auf ihrer Seite zu wissen. So wurde sie, stationiert in Gatow, informiert, daß ich mit Baby im St.-Josephs-Krankenhaus in Potsdam sei und sie sich um mich kümmern solle. Sie kam angeradelt, das EK 2-Band im Knopfloch, das sie in der Klinik mit einem Schal verdeckte. Es ging mir nicht gut, und sie sprach mit dem Chefarzt, Dr. Schrank. Dieser war als Fliegerarzt eine Zeitlang in Görings Hauptquartier gewesen . . .

Litta besuchte mich dann wiederholt in Potsdam. Sie erzählte von den Kindern, von den Telefonaten mit der Leiterin des Heims, berichtete über Franz Ludwigs Ohrenoperation und über alles, was sie erfuhr. Sie brachte mir gebratene Teile von Kaninchen mit, die sie auf dem Flugplatz geschossen hatte, auch Rauchfleisch und Sojamehldauergebäck als eiserne Ration für den Fall einer unverhofften Freisetzung. Eine graue Trachtenhose und Schuhe von Onkel Berthold haben mir später noch gute Dienste geleistet.

Oft saßen wir uns im Dunkeln gegenüber, wegen der kriegsbedingten Stromabschaltungen. Auch aus Gatow berichtete sie, so von einem jungen Fliegeroffizier, der, an beiden Unterarmen amputiert, darauf brannte, mit Prothesen wieder zu fliegen, und einmal sogar im Begriff war, ihre persönliche Maschine zu entführen.

Litta mußte dann (Ende Februar oder Anfang März?) ihre Dienststelle von Gatow verlagern. Sie verlagerte sie nach Würzburg, wo ja ihre Wohnung war. Nachdem dort durch einen Fliegerangriff (Ende März 1945) ihre Wohnung zerstört worden war, verlegte sie ihre Dienststelle mit Fahrzeugen und Panzerschränken nach Weimar, um in der Nähe von Alex zu sein, der zu dieser Zeit in Buchenwald interniert war. Mir sagte sie damals, sie stünde praktisch ständig mit einem Fuß vor dem Kriegsgericht. Sie wäre durch die Zerstörung ihrer Wohnung in Würzburg erleichtert, weil sie ihre Interessen nun auf die in Buchenwald Inhaftierten konzentrieren könnte. Sie hatte für diese eine Zuflucht ausgemacht, die zu Fuß zu erreichen gewesen wäre (bei Eichels in Isseroda). Ich habe später noch dort nach ihren Spuren gesucht.«

Mit dieser authentischen Schilderung wird den Ereignissen bereits etwas vorgegriffen.

Zunächst kehrte Gräfin Stauffenberg aus Bad Sachsa am 26. 12. nach Gatow zurück, wo es u. a. eine für den 29. angesetzte Aufsichtsratssitzung bei Prof. Georgii vorzubereiten galt. An diesem 29. Dezember 44 rief Oberleutnant Kurt Welter an, vermutlich aus Rechlin, und dabei konnte es sich nur um die Möglichkeit der Verwendung des Nachtlandegerätes für den Düsenjäger Me 262 handeln.[125] Denn inzwischen nahm die 10./NJG 11 als einziger mit Strahlflugzeugen ausgerüsteter Nachtjagdverband, von Oblt. Welter initiiert, eine Sonderstellung innerhalb der Luftwaffe ein.[126]

Bis Herbst 1943 als Fluglehrer tätig, kam Welter schließlich zur II./JG 301 der von Hajo Herrmann angeregten und geführten einmotorigen Nachtjagd »Wilde Sau«, bei der er in nur 40 Einsätzen 33 Abschüsse – 5 davon am Tage – erzielen konnte. Dafür wurde ihm am 18. 10. 1944 das Ritterkreuz verliehen. Seinen Luftsiegen fielen 21 viermotorige Bomber und 7 Mosquitos (eine durch Rammen) zum Opfer. Mit dem im Dezember 1944 aufgestellten Nachtjagdkommando Me 262 soll er im Raum Berlin etwa 20 Abschüsse erzielt haben[127]

Der Gedanke, die noch störanfällige Me 262 für Nachteinsätze verwenden zu wollen, stieß anfänglich bei den Vorgesetzten auf berechtigte Skepsis. Aber schließlich gelang es dem beharrlich Drängenden, einen Führerbefehl an die zuständigen Stellen zu bewirken, der ihm Handlungsfreiheit und zwei Me 262-Flugzeuge mit dazugehörender Wartung sicherte.[128]

Nach der in Lechfeld allgemein üblichen Umschulung auf Strahltriebmaschinen wählte Welter Burg bei Magdeburg als Startplatz für seine Nachteinsätze mit der Me 262. Dort ließ er seine beiden Maschinen mit dem für die Nachtjagd verwendeten SN-2-Lichtenstein Radargerät ausrüsten, ebenso mit dem Funksprechgerät 350 und dem EBL-3 Blindanfluggerät.[129] Später verlegte Oblt. Welter den Startplatz für seine Me 262 auf einen Autobahnabschnitt in der Nähe von Brandenburg bei Berlin. »Auch das war ein erstmaliges Unternehmen Kurt Welters, der mit dieser Idee natürlich in ein zeitraubendes Gerangel mit den ›Experten‹ des Ministeriums geriet, sich

jedoch voll durchsetzte. Der Vorzug dieses Startplatzes war jedenfalls, daß er von den Feindbombern verschont blieb.«[130]
Bei seinem ersten Nachteinsatz mit der Me 262 schoß Welter glaubhaften Aussagen zufolge vier Mosquitos ab, wobei sich die Zusammenarbeit mit dem Flakführer Berlin und den Scheinwerferbatterien außerordentlich gut bewährte.
Es ist zu vermuten, daß Gräfin Stauffenberg mit den Erfordernissen des »Kommandos Welter« befaßt war, um vor allem weniger geübten Piloten dieser Einheit durch Einbau des von ihr entwickelten Nachtlandegerätes die Risiken zu mindern. Das belegt zumindest ebenso ein vom 16. Januar 1945 datierter »Technischer Vorbescheid« des Oberkommandos der Luftwaffe an die Versuchsstelle für Flugsondergeräte e. V. Berlin-Gatow LKA:

»Es ist beabsichtigt, Ihnen einen Auftrag zu erteilen auf Durchbildung und fliegerische Erprobung eines optischen Nachtlandeverfahrens nach dem von Flugkapitän Gräfin Schenk ausgearbeiteten Vorschlag.
Die dabei zur Anwendung kommenden Geräte, insbesondere Scheinwerfer, sollen den für die Luftwaffe zugelassenen entnommen werden.
Die flugtechnische Erprobung soll gemäß Ihrer Besprechung mit Chef TLR/FL-E 2/III in Zusammenarbeit mit Lt. Welter E-Stelle Rechlin durchgeführt werden. Die Einschaltung der die Beleuchtungsfragen im Flugzeug betreuenden Gruppe E 5/V der E-Stelle Rechlin ist erforderlich.«[131]

Die Rekonstruktion der Vorgänge des letzten Vierteljahres entbehrt der sicheren Stütze regelmäßiger Tagebucheintragungen, denn aus dem Jahre 1945 sind nur die ersten acht Januartage registriert. Am 8. 1. 45 ist die Reise zum Besuch des im KZ Stutthof (Ostpreußen) inhaftierten Ehemannes vermerkt.[132]
Die letzten Angaben über fliegerische Einsätze lauten:

Mo., den 1. 1. 45 »Fw 190 geflogen, abends Ar 96«

Di., den 2. 1. »Ar 96, Alarm, Fw 190 einstellen« (vermutlich Justierungsarbeiten).

Mit der sowjetischen Großoffensive gegen Ostpreußen im Januar und dem Vorrücken der Angloamerikaner im Westen gestaltete sich die Lage für das Reich immer bedrohlicher. »Auf Befehl des Führers vom 16. 2. 1945« verlagerte deshalb die Technische Akademie der Luftwaffe mit Lehrgängen und Instituten nach Blankenburg/Thüringen, Schussenried, Biberach, Würzburg, Königshofen, Schweinfurt, Treifelberg und Eckerthal. Gemäß Anordnung für jedes Institut, unterzeichnet vom Leiter der Institute, Prof. Herrmann, sollte die Verladung in Spandau-West, Güterbahnhof, am Sonntag, dem 18. 2. 45, um 22.30 Uhr beendet sein.
Die Versuchsstelle für Flugsondergerät der Technischen Akademie der Luftwaffe verlegte im Rahmen dieser Verlagerung mit »Kdo. Prof. Krüger nach Schweinfurt, Kdo. Grfn. Schenk nach Würzburg.«[133]
Alle militärischen wie zivilen Dienststellen wurden dabei »gebeten, die Flugkapitänin Gräfin Schenk in jeder Weise bei ihren dienstlichen Obliegenheiten sowie auf ihrem Marsch zu unterstützen«, heißt es in einer vom Kommandeur der T. A. L., Oberst i. G. v. Loßberg, unterzeichneten Bescheinigung, in der weiter ausgeführt wird:
»Als Leiterin einer Dienststelle, die unter dem Schutz und der Verantwortung des Reichsluftfahrtministeriums steht, ergibt sich die Betreuung durch die Luftwaffendienststellen.
Frau Gräfin Schenk wird für einen Sondereinsatz dringend benötigt.«[134]
Gab schon der Umstand der Verlagerung nach Würzburg einerseits entsprechend »erweiterten« Handlungsspielraum für außerdienstliche Aktivitäten zugunsten der inhaftierten Angehörigen, so halfen andererseits Bescheinigungen der genannten Art, vor allem in den letzten Tagen, den Begriff »Sondereinsatz« unterschiedlichen Interpretationen zugänglich zu machen.

Zudem gestaltete sich der allgemeine Dienstbetrieb zunehmend noch dadurch komplizierter, daß beispielsweise der Schriftwechsel des Geschäftsführers der Versuchsstelle für Flugsondergerät, Flugkapitän Lindner i. Fa. Aspera G.m.b.H., Anfang März aus Cham/Obpf. mit Berlin-Gatow geführt wurde, gleichzeitig aber Stabsintendant Gierth, seinerseits inzwischen mit der Geschäftsführung beauftragt, aus Bad Blankenburg/Thüringen, d. h. von Versuchsstelle zu Versuchsstelle schrieb. Sein am 8. März 1945 an »Frau Gräfin Schenk« in Berlin-Gatow, »Offizierskasino im Bereiche der LKA«, gerichtetes Dienstschreiben spiegelt die chaotischen Zustände anschaulich wider:

»Hochzuverehrende Frau Gräfin!
Zunächst teile ich Ihnen, hochzuverehrende Frau Gräfin, mit, daß ich aller Wahrscheinlichkeit nach Anfang nächster Woche nach Berlin komme. Ich werde deshalb die Gelegenheit wahrnehmen, Ihnen Vortrag zu halten.
Für die zusätzliche Betreuung der verlegten Gefolgschaftsmitglieder der Versuchsstelle benötige ich den Verlegungsbefehl in Urschrift oder beglaubigter Abschrift. Ich bitte deshalb um baldmöglichste Übersendung, damit ich einen entsprechenden Antrag wegen Gewährung der Einsatzabfindung beim Reichsminister der Luftfahrt einreichen kann. Die Bestimmungen über die Einsatzabfindung sind so umfangreich und vielseitig, daß es zweckmäßig ist, darüber mündlich Vortrag zu halten.
Von der Fliegerhorstkommandantur Gotha erfuhr ich, daß der Flugkapitän Lindner nach Kirchenleibach b. Windisch-Leibach (Bayreuth) verlegt haben soll. Ich habe bereits L. aufgefordert, die wichtigsten Unterlagen sofort nach hier zu übersenden, wie Sie, Frau Gräfin, aus der beigefügten Durchschrift (Anlage 1) ersehen können.
Bei Aufstellung Ihrer Reisekostenabrechnung, die ich zunächst nur bis Ende September 1944 vornehme, bemerke ich, daß Sie, Frau Gräfin, die Nebenkosten nicht mit aufgeführt haben. Ich füge deshalb eine besondere Anlage (Anlage 2) bei,

aus der zu ersehen ist, welche Auslagen unter den Begriff ›Nebenkosten‹ fallen.
Vor einigen Tagen habe ich auch an Frau Hubenthal nach Würzburg geschrieben,um mir ein Bild über die Würzburger Verhältnisse machen zu können und um gleichzeitig dadurch zum Ausdruck zu bringen, daß ich mich um die Betreuung bemühe.
Ferner erlaube ich mir, einen Fragebogen (Anlage 3) mit der besonderen Bitte beizufügen, diesen nach Ausfüllung nach hier zu übersenden, wobei ich Ihnen, hochzuverehrende Frau Gräfin, es überlasse, welche Fragen Sie zu beantworten gedenken.
Infolge der recht engen Belegung war es trotz Bemühung nicht möglich, ein Dienstzimmer im Haus Schwarzeck bzw. Blankenburg zu erhalten. Die Dienstgeschäfte werden deshalb bei der vorhandenen Bürokraft in der Nähe Bad Blankenburgs geführt.
Wie seinerzeit bereits vermutet, hat Flugkapitän L. nach Mitteilung des Kommandoflughafenbereichs Großenhain den von Ihnen benötigten Wagen für seine eigene Evakuierung benutzt. Ich hoffe, daß das von mir aufgegebene Fernschreiben dort eingetroffen ist.
In innerer Verbundenheit verbleibe ich, hochzuverehrende Frau Gräfin,

Ihr stets ergebenster
gez.: Gierth, Stabsintendant«[135]

Aufschlußreich erscheint ebenso die Datierung: Die Verlegung nach Würzburg ist bereits erfolgt, aber Gräfin Stauffenberg selbst befindet sich noch in Berlin. Dafür gibt es eine einfache Erklärung, die Frau Klara Schiller durch ihre Erinnerung belegt:
»Sie selber wollte mit dem Flugzeug fliegen, konnte die Geräte aber nicht im Flugzeug unterbringen. So erbat sie für mich die Genehmigung, diese Geräte zusammen mit ihrer Assistentin (Frau Hubenthal) und deren Hund im Wagen nach Würzburg

bringen zu dürfen. Meine Schwester hatte mich in Berlin, als ich bei Nacht und Nebel aufbrach, in den Wagen verfrachtet. Es war das letzte Mal, daß ich mit ihr gesprochen habe. Die Fahrt verlief bei herrlichem Wetter verhältnismäßig schön. Mit meinen Papieren konnte ich spielend sämtliche Sperren überwinden.«

Eine vom Verwaltungsbezirk Berlin-Spandau bereits am 20. 2. 45 ausgestellte »Reise-Abmeldebestätigung« besagt: »Melitta Schenk, Flugkapitän, wohnhaft in Bln.-Gatow-Akademie, hat sich heute für die Zuteilungsperiode vom 11. 3. 45 bis weiteres aus der Versorgung mit Lebensmittelkarten abgemeldet.«

12

Die letzten Flüge

Noch einmal stellte Oberst i. G. von Loßberg, der Kommandeur der Akademie der Luftwaffe in Berlin-Gatow, am 21. Februar 45 eine wichtige, der Beweglichkeit Gräfin Stauffenbergs in jeder Hinsicht dienliche Bescheinigung folgenden Inhalts aus:

»Flugkapitän Gräfin Schenk hat den Auftrag, ihr optisches Nachtlandegerät (gem. Auftrag des OKL/Chef TLR, Auftr. Nr. SS 5502/0450/45) bei der Truppe einzubauen und die Truppe in die Bedienung einzuweisen.«[136]

Die Luftnachrichtenstelle Berlin-Gatow ihrerseits bescheinigte noch am 27. 2. 45:

»Auf Wunsch wird Frau Gräfin Schenk, Versuchsstelle für Flugsondergerät, bestätigt, daß sie über die Vermittlung Fliegerhorst Gatow Ausnahmegespräche geführt hat. Die Berechtigung zur Führung von Ausnahmegesprächen ist nach ihren eignen Angaben von General-Nachrichtenführer genehmigt worden.«[136]

Daraus wird das Bestreben erkennbar, sich auf alle Fälle abzusichern.

Wenige Tage später stand vor dem Dienstzimmer mit dem Türschild »Gräfin Schenk« ein junger Oberleutnant der Luftwaffe, Hubertus v. Papen-Koeningen, abkommandiert aus Weimar zur T. A. L. Daß es sich hier um die Gräfin Schenk von Stauffenberg handeln mußte, war dem Neffen des ehemaligen Reichskanzlers Franz v. Papen (1879–1969) sofort klar.[137]

Oblt. v. Papen-Koeningen meldete sich bei »Gräfin Schenk«, die per Fernschreiben über sein Kommen bereits informiert schien und ihn sehr freundlich begrüßte. Gleichwohl gab sie sich in den ersten Tagen ungemein reserviert. Das sollte sich ändern, als gesprächsweise Fragen der allgemeinen Kriegslage und des NS-Regimes berührt wurden. Und »dann hatten wir uns eigentlich sehr schnell gefunden«, berichtet Herr v. Papen-Koeningen.[138]

»Sie hat nie zu viel gesagt, weil sie mich wahrscheinlich auch nicht politisch kompromittieren wollte. Unsere vertrauten Gespräche führten wir hinter verschlossenen Türen und überzeugten uns regelmäßig, daß keiner lauschte. Von ihrer Ingenieurarbeit habe ich eigentlich überhaupt nichts gesehen, ich bin ihr als Flugzeugführer zugewiesen worden. Warum ich zur Technischen Akademie der Luftwaffe kommandiert wurde, das beruht eigentlich nur auf Vermutungen.«[138]

Der fliegerische Werdegang könnte hierüber etwas Aufschluß geben. Hubertus v. Papen-Koeningen, geboren am 25.1.1920, kam am 15.11.39 zum Fliegerausbildungsregiment 72 in Fels am Wagram, am 1.6.40 zur Flugzeugführerschule A/B 113 nach Brünn, am 28.2.41 zum Flieger-Anwärter-Batl. 32 Senftenberg/Böhmen, wurde aber schon am 7.3.41 als Flugschüler an die Flugzeugführerschule A/B 32 nach Pardubitz versetzt,wo er ab 1.2.42 für zwei Jahre als Fluglehrer tätig war, ab 3.2.44 an der Flugzeugführer-Doppelschule A/B 9 in Grottkau (Oberschlesien). Von dort erfolgte am 20.4.44 die Versetzung zum Jagdgeschwader 105 nach Orleans bzw. Bourges. Mit dem dortigen Kommandeur, Major Bolz, und dessen Adjutanten, Lt. Fritz Koerfer, verstand sich v. Papen-Koeningen aufgrund gemeinsamer regimekritischer Einstellung recht gut. Lt. Koerfer äußerte bei einem Offiziersabend in Orleans unumwunden seine Meinung: »Solange Hitler nicht tot ist, bekommen wir keinen Frieden.« Die Folge war ein ausgiebiges Verhör durch Gestapobeamte. Zwar erklärten sich die übrigen Offiziere wegen übermäßigen Alkoholgenusses für nicht aussagefähig, aber v. Papen-Koeningen wurde anschließend zur Jagdgruppe Ost nach Liegnitz versetzt. Er flog dann auch Einsätze in der Reichsverteidigung Raum Mecklenburg – Kiel – Hamburg. Weil seine beiden älteren Brüder bereits in Rußland gefallen waren, durfte er allerdings erneut, einer allgemeinen Vergünstigung entsprechend, an die Flugzeugführerschule A/B 9 nach Grottkau zurückkehren. Als die vordringende Sowjetarmee die Oder am 25.1.45 erreicht hatte, mußte erneut verlegt werden, diesmal zur Flugzeugführerschule A/B 114 nach Weimar-Nohra. An der Kommandantur las v. Papen-Koeningen zu seiner Verblüffung: Leiter der Schule: Major Bolz, Adjutant Lt. Koerfer. So feierten drei alte Bekannte im Februar 45 ein freudiges Wiedersehen. Lt. Koerfer war nach dem Vorfall abgelöst und nach Weimar versetzt worden, seine Strafakte konnte er zuvor noch selbst in einem Panzerschrank verschwinden lassen.

Die Kenntnis dieser Vorgeschichte ist nicht unerheblich, ergeben sich aus ihr immerhin Anhaltspunkte für die Vermutung, warum man gerade Oblt. v. Papen-Koeningen nach Berlin-Gatow abkommandierte, als an die Schule Weimar-Nohra die Aufforderung erging, zur Unterstützung der Versuchsstelle für Flugsondergerät einen besonders befähigten und bewährten Flugzeugführer zu entsenden. »Erst später kam mir der Gedanke, warum die Wahl auf mich gefallen sein könnte, obwohl ich keinerlei technische Ausbildung erhalten hatte. Es war wohl die politische Einstellung, um der Gräfin Stauffenberg einen ›Gesinnungsgenossen‹ zur Seite zu stellen.«[138]

Möglicherweise traute man aber auch dem Oblt. v. Papen-Koeningen mit seiner langjährigen Fluglehrerpraxis am ehesten zu, im »Hauruck-Verfahren« noch eine Umschulung auf den Turbinenjäger Me 262 durchzuziehen. Denn darin lag der eigentliche Sinn der Abkommandierung an die T.A.L. Berlin-Gatow: Gräfin Stauffenberg sollte ein Pilot für Flugversuche mit dem von ihr entwickelten Nachtlandegerät für Me 262 zur Verfügung stehen![139]

Seit dem 1. März 1945 in Berlin-Gatow, hatte Oblt. v. Papen-Koeningen ebensowenig wie Gräfin Stauffenberg dort die Möglichkeit zu militärischen Flügen, denn den Luftraum hielten praktisch Feindflieger unter ständiger Kontrolle. In dieser Zeit standen der Versuchsstelle für Flugsondergerät nur noch eine Fw 190 und ein Fieseler Storch (Fi 156) zur Verfügung.

Dagegen besaß das Nachtlandegerät für die mit 280 km/h zur Landung anschwebende Me 262 durchaus einen hohen Stellenwert. Oblt. v. Papen-Koeningen wurde deshalb zur praktischen Erprobung nach Burg bei Magdeburg geschickt, ohne je zuvor eine Me 262 geflogen zu haben. Als Start- und Landebahn diente ein etwa 10 km langes Autobahnstück zwischen Burg und Magdeburg – für den übrigen Verkehr gesperrt und mit »wegbetoniertem« Grünstreifen –, das von Fw 190 und Me 109 benutzt wurde und von zwei Me 262, die, behelfsmäßig in einem Schuppen untergebracht, wahrscheinlich zum »Kommando Welter« gehörten. Nach kurzer technischer Einweisung startete Oblt. v. Papen-Koeningen bei Tage zum erstenmal eine Me 262. Das »erhebende Gefühl« erlebte er insgesamt fünfmal bei einer Flugdauer von jeweils ca. 30 Minuten. Anschließend kehrte er mit einem Fieseler Storch zur Berichterstattung bei Gräfin Stauffenberg nach Berlin-Gatow zurück. Soweit sich Herr v. Papen-Koeningen erinnern kann, ist das Nachtlandegerät überhaupt nicht mehr in Me 262-Maschinen eingebaut worden. Hinsichtlich des bevorstehenden Kriegsausgangs gab man sich auch keinerlei Illusionen hin. »Das ganze Streben der Gräfin Stauffenberg war zu dieser Zeit darauf ausgerichtet, den inhaftierten Mitgliedern der Familie zu helfen«, berichtet ihr Fliegerkamerad aus der Erinnerung. »Die Fliegerei stand vollkommen im Hintergrund, auch ihre technischen Entwicklungen. Man mußte eben Zeit gewinnen, um das Ende des Krieges zu erreichen.«[140]

Dazu findet sich eine aufschlußreiche Schilderung in den »Erinnerungen« von Elisabeth zu Guttenberg, die über eine Begegnung in Gatow berichtet:

»Das erste, was ich in Berlin erfuhr, war, daß Claus' Bruder Berthold gehenkt worden war. Aber sein Zwillingsbruder Alexander war noch am Leben. Er war im Gefängnis an der Lehrter Straße inhaftiert. Seine Frau, Litta Stauffenberg, war durch Göring persönlich aus der Haft geholt worden. Sie war eine berühmte, bekannte Fliegerin und Testpilotin. Ich rief auf dem Fliegerhorst Gatow bei Berlin an und erfuhr, daß sie dort eingesetzt sei. Ich machte mich sofort auf, um sie zu sehen, und traf sie gleich am Eingang zur Fliegerschule. Sie war schlank wie ein Junge, blond, ihr Gesicht sensibel. Sie trug schwere, hohe Stiefel, eine braune Lederjacke und hielt ein Jagdgewehr in der Hand. Zu meinem Erstaunen hingen zwei tote Wildkaninchen an ihrem Gürtel.

›Schau nicht so erstaunt‹, meinte sie. ›In dienstfreien Stunden gehe ich auf Hasenjagd am Flugfeld. Die Kaninchen bedeuten gutes Essen für unsere Gefangenen. Aber gehen wir hinein ins Haus und trinken guten, starken Bohnenkaffee. Wir Flieger bekommen noch richtigen Kaffee.‹

Wir konnten in ihrem kleinen Zimmer erstaunlich frei sprechen. Leider wußte sie nichts über Clemens und Elisabeth. Aber sie wollte mir helfen, Karl Ludwig noch einmal zu sehen und zu sprechen.

Litta kannte einen hohen Offizier in der Prinz-Albrecht-Straße. Er entpuppte sich unter all den harten, mitleidlosen Fanatikern dieses grauenhaften Hauses als ein opferbereiter, hilfsbereiter Freund. Am nächsten Tag empfing er mich. Ich brachte mein Anliegen vor, Karl Ludwig zu besuchen.«[140a]

Hubertus v. Papen-Koeningen erinnert sich u. a., daß er der Gräfin Stauffenberg einmal half, »Bettwäsche in den ›Storch‹ zu packen, aber wo sie damit hinflog, blieb mir unbekannt.«[140]

Es wird sich um einen der von mehreren Augenzeugen bestätigten »Storch«-Flüge zum Konzentrationslager Buchenwald bei Weimar gehandelt haben. Aus der Gefangenenperspektive einer Zeitzeugin, der Tochter des Botschafters und Widerstandskämpfers Ulrich von Hassell (1881–1944), ist darüber im einzelnen folgendes zu erfahren:

»Melitta hatte nach Stutthof jederlei Spur von uns verloren. Ihr war im Sicherheitshauptamt gesagt worden, wir wären möglicherweise nicht mehr durchgekommen und in die Hand der Russen gefallen. Sie hatte uns im übrigen auch in Stutthof besucht, oder vielmehr Alex aufgesucht, aber davon ist mir nichts in Erinnerung geblieben. Melitta bekam dann noch nach langem Fragen heraus, daß wir in Lauenburg das letzte Mal gesichtet worden waren, und begab sich auf verzweifeltes Suchen nach unserem augenblicklichen Standort. Schließlich versuchte sie es in Buchenwald und erfuhr zu ihrer Freude, daß ihre gesamte Familie zusammen mit den anderen Sippenhäftlingen dort untergebracht worden war. Sie erreichte ein Gespräch mit Alex. Als er zurückkam durch das Eingangstor zu unserer Baracke, konnten wir Melitta einen Augenblick von ferne sehen, und sie winkte uns zu. Außer unserem fluchtartigen Abtransport von Stutthof und weiter über Danzig, Matzkau, Berlin und weiter bis Buchenwald erzählte Alex natürlich Melitta von dem dramatischen Abtransport von Clemens und Elisabeth in der Nähe von Eberswalde, wo wir längere Zeit auf einem toten Geleise in einem der Güterwagen untergebracht waren, von einem endlosen Güterzug mit anderen Gefangenen und wohl auch Flüchtlingen, und daß es Clemens, der ein schweres Herzleiden hatte, so schlecht ging, daß es unsere SS-Wachen mit der Angst bekamen, da Himmler ja uns absolut am Leben halten wollte, und daß wohl beide in Sachsenhausen sich befänden im dortigen Krankenhaus. Melitta machte sich dann sofort auf die Suche nach Clemens und Elisabeth. Sie fand sie tatsächlich in Sachsenhausen. Da es Clemens besser ging, wurde ihr erlaubt, ihn auf seinen Besitz Jettingen zu fliegen, mit der Bedingung allerdings, Elisabeth in Buchenwald abzusetzen. Genau wie das vorige Mal, als sie auf der Suche nach uns über unsere Baracke flog und wir ihren Fieseler Storch mit ihr sofort erkannten, so auch dieses Mal, nur daß zwei Personen noch bei ihr im Flugzeug saßen. Nach kurzer Zeit öffnete sich wieder unser Barackentor, und Elisabeth erschien, während Melitta mit Clemens nach Jettingen abflog.«[141]

In der Darstellung von Eugen Kogons »Der SS-Staat« wirkt die mehrfach verbürgte »Storch«-Geschichte allerdings merkwürdig verfremdet:

»Ende 1944 rief dort folgendes Ereignis großes Aufsehen

hervor: Ein Fieseler-Storch umkreiste mehrmals die Isolier-Baracke, wobei die Pilotin, die deutlich zu erkennen war, herauswinkte. Da im KL das Gerücht umging, der General der Jagdflieger im Oberkommando der Luftwaffe, Galland, sei in der Isolierbaracke, fragte der Häftlingselektriker Armin Walter, ein um das Lager sehr verdienter, gewitzter Sozialdemokrat, der allein gelegentlich in die Baracke kam, Thyssen, ob die Fliegerin vielleicht Grüße für Galland bringe. Thyssen erklärte, die Pilotin heiße Millert und sei aus Wien, Freundin eines der eingesperrten Grafen Stauffenberg. Drei Tage lang kam sie, zog Schleifen über dem Wald und flog wieder davon.«[142]

Nun liefen während des Krieges ständig irgendwelche Gerüchte um, insbesondere natürlich in der menschlichen Ausnahmesituation der Gefangenschaft. Aber diese verfehlte Detailschilderung in jenem »vorwiegend soziologischen Werk« Kogons dürfte nicht gerade Anspruch auf »wissenschaftliche« Gründlichkeit oder Sorgfalt erheben. Wenigstens der genannte Zusammenhang mit dem Namen Stauffenberg hätte eine sorgfältige Nachprüfung der Angaben erforderlich gemacht. Nicht einmal die zeitliche Fixierung ist zutreffend, da Alexander Graf Stauffenberg »Ende 1944« nachweislich in Stutthof interniert war. Die »Millert«-Story ließe sich ebenfalls leicht verifizieren bei etwas mehr Sinn für den Wahrheitsgehalt en détail.

Daß die Buchenwald-Flüge der Gräfin Stauffenberg im März 1945 stattgefunden haben, ist außerdem dokumentarisch belegbar. Gemäß Fernschreiben vom 25. 3. 45 »von OKL Genst. Qu. Abt. Lw. Bodenorg. Nr. 2887/45 geheim« war angeordnet: »Versuchsstelle für Flugsondergerät der Techn. Akademie der Lw. Gatow, Gräfin Schenk, verlegt von Würzburg nach Weimar-Nohra.«[143]

Zweifellos kann hier von einer bewußt »eingefädelten« Verlegung gesprochen werden, das KZ Buchenwald lag nur wenige Kilometer vom Flugplatz entfernt. Die Würzburger Wohnung der Gräfin Stauffenberg hatte ein Luftangriff ohnehin zerstört, außerdem bot sich Weimar-Nohra an, weil Oblt. v. Papen-Koeningen dort seine letzte Dienststelle wußte. In Berlin-Gatow konnten sie auf keinen Fall länger bleiben, die Zangenbewegung der sowjetischen Truppen um die Reichshauptstadt zeichnete sich bereits deutlich ab. »Gräfin Stauffenberg und ich waren uns beide klar, daß wir auf keinen Fall in russische Gefangenschaft geraten durften, weder sie noch ich mit meinem Namen.«[144]

Beim General der Fliegerausbildung von Massow hatte Oblt. v. Papen-Koeningen inzwischen vorgesorgt. Auf seine Frage: »Herr General, was ist zu tun?« erhielt er zur Antwort: »Sehen Sie zu, daß Sie heil nach Hause kommen!« Mit diesen Worten füllte der General drei oder vier Flugaufträge blanco aus, so daß Gräfin Stauffenberg und ihr Begleitoffizier zu gegebener Zeit Berlin verlassen konnten.

Am Abend des 4. April 1945 – nach Einbruch der Dunkelheit, etwa gegen 21 Uhr – starteten beide mit ihrem Fieseler Storch Richtung Magdeburg-Ost, wo ebenfalls eine A/B-Schule lag. Von dort aus sollte der Flug weiter nach Weimar-Nohra gehen. Doch kurz vor Magdeburg setzte der Motor aus, und das bedeutete Notlandung bei Nacht auf irgendeinem Kartoffelakker. Infolge starker Dunkelheit ließ sich jedoch die Ausrichtung der Furchen nicht erkennen, und so geriet v. Papen-Koeningen, der die Fi 156 flog, prompt quer zu den Furchen. Damit war der Überschlag natürlich vorprogrammiert, der »Storch« stellte sich trotz geringer Anfluggeschwindigkeit auf den Kopf und blieb auf dem Rücken liegen.

»Gräfin, ist was passiert?« fragte der Pilot in der ersten Schreckreaktion.

»Nein, überhaupt nicht!« kam als Antwort aus dem hinteren Teil der Kabine.

»Mir auch nicht.«

Unverletzt konnten sie der Maschine entsteigen und sich auf eine nahegelegene Straße zubewegen, die am Verkehr mit Abblendscheinwerfern auszumachen war. Der Flugplatz Magdeburg-Ost mochte noch etwa 10 km entfernt sein. Ein zufällig vorbeikommendes Militärfahrzeug der nahegelegenen Flakartilleriestellung, am Lenkrad des Pkw ein Leutnant, nahm sie auf und brachte sie zum Flugplatz. Das kurze Gespräch während der Fahrt offenbarte einen jener merkwürdigen Zufälle, wie sie in solchen wirren Zeiten, wenn das Schicksal die Menschen durcheinanderwirbelt, vorzukommen pflegen. Oblt. v. Papen-Koeningen stellte sich als Westfale aus dem Kreise Soest vor. »Unser Chef«, erwiderte der Flakoffizier, »etwa 5 km von hier in der Stellung, stammt auch aus dem Kreise Soest«. – »Sagen Sie bloß, das wäre Herr v. Kleinsorgen?!« – »Ja, das ist der!« Seit dem 25. Januar hatte v. Papen-Koeningen keine Verbindung mehr mit der Heimat gehabt. Aus dem Ruhrkessel war keine Post mehr zu erwarten gewesen. »Dann bestellen Sie ihm bitte viele Grüße«, trug er dem Leutnant auf. »Wenn er nach Hause kommt, soll er bei mir zu Hause anrufen. Ich werde es genauso machen, wenn ich heimkomme!«

Vergeblich erhofften sich die beiden »Bruchpiloten« in den Unterkünften des Flughafens Magdeburg-Ost eine ruhige Nacht. Ein schwerer Bombenangriff zwang sie in enge Einmannbunker. Zahlreiche Bombeneinschläge in unmittelbarer Nähe ließen die Erde erbeben, aber sie blieben unverletzt.

Am anderen Morgen traf man sich beim Frühstück wieder. Ihr ganzes Sinnen und Trachten richtete sich auf das Problem der Beschaffung einer Ersatzmaschine, um so schnell wie möglich nach Weimar zu gelangen. Dank »Freiflugschein« stellte die Flugzeugführerschule, in der es ohnehin nicht mehr viel zu schulen gab, eine Bü 181 (»Bestmann«) bereit, mit der am 5. April der Weiterflug nach Weimar-Nohra in nur 20 m Höhe und auf »Schleichwegen« um dichte Wälder herum riskiert werden mußte. In diesem Flugzeugtyp sitzt die Besatzung nicht wie beim »Storch« hinter-, sondern nebeneinander, so daß die Maschine gemeinsam geflogen werden kann. Auf diesem Fluge kam es glücklicherweise zu keinerlei »Feindberührung«.

Bevor die Bücker zur Landung in Nohra anschwebte, umkreiste sie das Konzentrationslager Buchenwald. Zur völligen

Überraschung der Besatzung schien das Lager restlos geräumt zu sein. Auch Oblt. v. Papen-Koeningen hatte vordem gelegentlich mit Flugschülern das KZ überflogen und stets Menschenansammlungen vorgefunden. Nun war nichts zu erblicken, ringsum alles menschenleer!

Aufgeregt rief Gräfin Stauffenberg von Nohra aus bei der Lagerverwaltung an, erreichte aber nur eine wenig auskunftswillige Sekretärin, von der sie erfuhr: »Nein, der Lagerkommandant ist nicht da! Die Sträflinge sind abtransportiert. Wohin? Das kann ich Ihnen nicht sagen.«

Deutlich erinnert sich ihr Begleitoffizier: »Gräfin Stauffenberg war restlos geschockt und mußte sich erst hinlegen, um sich zu beruhigen.«[145]

In der Zwischenzeit sorgte Oblt. v. Papen-Koeningen für die Maschine, die nicht einfach auf dem Platz als Zielscheibe für alliierte Jabos stehenbleiben sollte. Seine Flugzeugführerschule hatte bis auf ein kleines Nachkommando ebenfalls wieder verlegt, und zwar nach Marienbad in Böhmen. Mit einem Unteroffizier dieses Nachkommandos rollte v. Papen gerade die Bü 181 in eine Halle, als zwei amerikanische Jabos zum Angriff ansetzten. Sie feuerten aus dem Sturzflug in die Halle, während v. Papen sich um das im Kofferraum befindliche Handgepäck der Gräfin Stauffenberg bemühte. Seine eigene Aktentasche wurde ihm im nächsten Moment regelrecht aus der Hand gefetzt: Ein Geschoß durchschlug den Handgriff, ein anderes verfing sich als Querschläger in der Aktentasche, wo es in einer Zigarettendose steckenblieb. Instinktiv rannte v. Papen aus der Halle heraus, um seitlich Deckung zu nehmen, als die beiden Mustangs erneut zum Angriff anflogen, sich danach aber wieder entfernten. An der arg durchsiebten Bü 181 konnte man zählen: Sie wies insgesamt 137 Einschüsse auf.

Da ihn jetzt nichts mehr erschüttern konnte, setzte sich v. Papen mit einer Tricklüge für »seine« Gräfin ein. Er rief selbst noch einmal die Sekretärin des KZ Buchenwald an, machte ihr klar, daß er soeben aus Berlin mit dem Flugzeug gekommen sei, was sie sicher beim Überfliegen des KZ-Geländes bemerkt hätte, und gab vor, den Auftrag zu haben, ein von Himmler persönlich unterzeichnetes Schreiben sofort dem Lagerkommandanten zu übergeben. Der Bluff verfing, man konnte auf diese Weise wenigstens in Erfahrung bringen, daß die Häftlinge vor drei Tagen mit der Bahn nach Straubing abtransportiert worden seien. Somit war die Richtung bekannt.

Allerdings bedurfte es zunächst einer Ersatzmaschine, die Bü 181 mußte abgeschrieben werden. Nach Auskunft des erwähnten Unteroffiziers vom Nachkommando stand noch eine einigermaßen vollgetankte und startbereite Siebel 204 in der Halle. »Herr Oberleutnant, Sie können ohne weiteres mit der Siebel heute abend nach Marienbad weiterfliegen«! Dorthin hatte, wie bekannt, die Flugzeugführerschule A 114 verlegt, die vielleicht nun noch mit einer kleineren Maschine aushelfen könnte.

Tagsüber blieben Gräfin Stauffenberg und Oblt. v. Papen-Koeningen in Weimar, da sie es nicht riskieren wollten, noch einmal von Feindjägern angegriffen zu werden, die gnadenlos auf alles Jagd machten, was sich auf dem Boden oder in der Luft bewegte. Zum Nachkommando gehörten auch einige Mädchen von der Wetterstelle, die den Wunsch äußerten, mitgenommen zu werden, da sie entweder in Schlesien oder im Böhmerwald beheimatet waren. Die Si 204, ein freitragender Tiefdecker mit doppeltem Leitwerk und ausgestattet mit zwei Argus-Motoren, konnte außer der zweiköpfigen Besatzung (normalerweise Pilot und Bordfunker) acht Fluggäste befördern. Es drängten jedoch 10 oder 11 Fluggäste an Bord, als die Maschine bei einbrechender Dunkelheit aus der Halle gerollt wurde. Wegen der ungünstigen Windverhältnisse mußte nach Westen heraus gestartet werden und damit in Richtung auf die amerikanische Front zu. Problematischer war die Tatsache der Überladung der, wie sich erst während des Startvorgangs herausstellte, obendrein vollkommen vertrimmten Siebel. Nur mit äußerster Anstrengung, unter Aufbietung aller Kräfte, sogar die Füße kraftvoll gegen die Steuersäule gestemmt, gelang es v.

Papen, das Flugzeug in dem Flugzustand über den letzten Lattenzaun zu ziehen, während Gräfin Stauffenberg fieberhaft das zwischen beiden Vordersitzen installierte Trimmrad betätigte, um die Trimmung in Ordnung zu bringen.
Der Flug in geringer Höhe verlief im übrigen bei zunehmender Dunkelheit unproblematisch. Oblt. v. Papen-Koeningen besorgte das Fliegerische, Gräfin Stauffenberg übernahm die Navigationsaufgaben.
Über dem Böhmerwald mit zahllosen eingleisigen Strecken und kleinen Flüßchen – nach Fluglehrererfahrung die schwierigsten Orientierungsbedingungen über dem gesamten Deutschen Reich – fragte v. Papen schließlich: »Gräfin, wo sind wir denn jetzt eigentlich?« – »Ja, das weiß ich auch nicht. Ich habe vollkommen die Orientierung verloren.« Ein Bordfunker hätte in dieser Situation keinen Grund zur Beunruhigung gehabt, aber man flog ohne Funker – auf Sicht bei Nacht.
Der Treibstoffvorrat mochte noch für 10 Minuten reichen, als wieder flachere Gegenden in Sicht kamen. Würde man sich erneut ein Feld aussuchen müssen?
Im letzten Moment gewahrte der Pilot rechts am Himmel eine große Dunstglocke, Zeichen für eine größere Stadt. »Bis dahin riskiere ich noch zu fliegen«, unterbrach seine Stimme die angespannte Stille, die lediglich vom gleichmäßigen Klang der Argus-Motoren begleitet wurde. »Das müßte nach meiner Einschätzung Pilsen sein!« Der erfahrene Fluglehrer hatte die Stadt mit Flugschülern schon einige hundert Male angeflogen und wußte absolut sicher, wo der Flugplatz lag. Er steuerte den Flugplatz an und schoß rote Signalmunition (für Notlage und Anfrage Landemöglichkeit). Von unten wurde ebenfalls »rot« geantwortet (»keine Landeerlaubnis!«). Erst nach zweimaligem, wiederholtem Rotschießen erschien von unten »grün«. Im nächsten Moment leuchtete auch ein Landepfad auf, die Siebel schwebte auf die Landebahn ein und rollte aus. Nach geglückter Landung bestand wahrhaftig Anlaß zum »Geburtstagfeiern«, wie es in der Fliegersprache heißt, und zwar mit einem Glas Sekt. Die weiblichen Passagiere feierten mit, such-

ten aber anschließend auf verschiedenen Wegen ihre Heimatorte zu erreichen.
Die Nacht vom 5. auf den 6. April mußte in Pilsen zugebracht werden, es gab auch keine Tankmöglichkeit mehr. Geeigneter für den Weiterflug erschien außerdem wieder eine Bü 181, die sogleich ins Auge stach, denn mit ihr ließ sich in Erdnähe beinahe jede Straße entlangfliegen.
Hubertus v. Papen-Koeningen berichtet:[146] »Am nächsten Morgen sind wir dann von Pilsen mit der Bü 181, die wir uns gewissermaßen ›an Land gezogen‹ hatten, nach Marienbad geflogen. Das war dieselbe Bücker, die Major Bolz dann der Gräfin weiter zur Verfügung stellte.«

Eine Dokumentation gleicht nicht selten einem komplizierten Puzzle. Mitunter steht für die Recherchen ein rätselhaftes Mosaiksteinchen zur Verfügung, mit dem man zunächst nichts anfangen kann, als es sorgfältig zu befragen und vor allem gewissenhaft zur Kenntnis zu nehmen, auch wenn es »hinten und vorn nicht paßt«. In unserem Fall ließen Originalunterschrift von Major und Kommandeur »Bolz« (eher als »Folz« zu lesen) zusammen mit dem Dienstsiegel (»Flugzeugführerschule A 114«) nicht den geringsten Zweifel, daß es sich um ein amtliches Dokument handelt, ausgestellt zwei Tage vor dem Tode der Gräfin Stauffenberg. Die erste nicht lösbare Frage lautet dann natürlich: Was hat die »Versuchsstelle für Flugsondergerät« mit der »Flugzeugführerschule A 114« in Marienbad zu tun?
Das »Mosaiksteinchen« vom 6. 4. 45 hat folgenden Wortlaut:
»Das Flugzeug Bü 181 Kennzeichen GY + BL wird der Technischen Akademie der Luftwaffe, Versuchsstelle für Flugsondergerät für einen kriegswichtigen Sondereinsatz gem. Befehl vom 21. 2. 45 und FS Nr. 2287/45 geh. vom 25. 3. 45 – OKL – Genst. Gen. Qu. Abt. Lw. Bod. Org. zur Verfügung gestellt.«[147]
Die weitere Zusammenhänge klärende Einordnung in das Ganze war erst möglich durch die Aussagen des Zeitzeugen v. Papen-Koeningen, der die zitierte Bescheinigung gar nicht

kannte. Damit fallen alle Legenden um den Tod der Gräfin Stauffenberg, wie sie auch durch das Fernseh-Dokumentarspiel »Fliegen und stürzen – Porträt einer außergewöhnlichen Frau« 1974 verbreitet wurden, in sich zusammen. Stets war der tragische Ausgang mit einem Fieseler Storch in Verbindung gebracht worden, Herr v. Papen-Koeningen kann sicher bezeugen, daß Gräfin Stauffenberg mit eben dieser Bü 181, Kennzeichen GY + BL, den Fliegertod fand: »Wir kriegten die Meldung, weil sie von uns aus gestartet war.« Allerdings irrte Herr v. Papen-Koeningen in einem Punkt: In seiner Erinnerung hatten sich im Verlaufe der Jahrzehnte die Ereignisse so verdichtet, daß er meinte, Start in Marienbad und Absturz durch Feindeinwirkung wären am selben Tag erfolgt. Soviel ist gewiß: Gräfin Stauffenberg erhielt am 6. die Bescheinigung, daß ihr die Bücker »für einen kriegswichtigen Sondereinsatz« zur Verfügung stünde. Daß sie, getrieben von Sorge um ihren Mann und innerer Unruhe, nicht erst am 7. gestartet ist, dürfte ebenso außer Zweifel stehen.

»Nach meiner Erinnerung ist Gräfin Stauffenberg noch am selben Tag gestartet, sie hatte ja furchtbaren Druck, um nach Straubing zu kommen. Deshalb hat sie sich den Flugauftrag von Major Bolz geben lassen.«[148]

Oblt. v. Papen-Koeningen hat sich als letzter Bekannter von ihr persönlich verabschiedet.

»Ich bin mit ihr sogar noch zum Start gerollt, dann ausgestiegen, weil ich nicht weiter mitfliegen durfte, was ich eigentlich gern getan hätte. Zu zweit hat man mehr Möglichkeiten, den Luftraum auf feindliche Flieger abzusuchen, und durch enges Kurven um ein Waldstück konnte man selbst einem Jagdflugzeug geschickt ausweichen, dessen Geschwindigkeitsüberschuß durch »Haken« austricksen. Wir haben uns dann verabschiedet, gegenseitig alles Gute gewünscht. Als Dank für unsere gute Zusammenarbeit überreichte die Gräfin mir beim Abfliegen aus ihrer Handtasche ein angebrochenes Glas Honig, den sollte ich mir wohlschmecken lassen. Das fand ich so rührend. Dann flog sie weg, ich winkte ihr lange nach, während sie mit der Maschine nach Jagdfliegerart »wackelte«, ihr letzter Gruß.«

Soweit der ausführliche Bericht dieses Zeitzeugen.[148]

Alles schien in Bewegung geraten zu sein. Informationen vom Vortage verloren rasch ihre Gültigkeit, denn als Gräfin Stauffenberg in Weimar-Nohra bemüht war, den Aufenthaltsort ihres Mannes ausfindig zu machen, befand sich dieser nicht in Straubing, sondern im Gerichtsgefängnis Regensburg. Der Weitertransport der Buchenwald-Häftlinge nach Schönberg, 40 km nördlich von Passau, erfolgte am 6. April, als Gräfin Stauffenberg in Marienbad ihre Bücker übernahm.

In diesem Zusammenhang ist die Darstellung sehr aufschlußreich, die Eberhard Bethge in seiner Bonhoeffer-Biographie über die Vorgänge des 5. und 6. April 1945 gibt:

»In der Dämmerung fuhr der Wagen nach Regensburg hinein. Alle Unterkünfte schienen überfüllt. Schließlich öffnete sich eine Tür, und die Männer wurden in das Gerichtsgefängnis kommandiert. Wenn es zu schroff herging, verbaten sie sich den Ton. ›Schon wieder Aristokraten‹, meinte einer der Wächter, ›hinauf zu den anderen im zweiten Stock!‹ Dort lagen auf den Gängen die zuvor eingetroffenen Sippenhäftlinge, darunter die Angehörigen von Goerdeler, Stauffenberg[149], Halder, Hammerstein, Hassell[149], alt und jung. Die Angekommenen mußten zu fünft in Einzelzellen, aber jeder suchte sich aus, mit wem er sich einschließen ließ. Mit Boenhoeffer teilten die Zelle von Rabenau, Pünder, von Falkenhausen und Dr. Hoepner. Die Küchen waren schon geschlossen, aber die Häftlinge lärmten so lange, bis ein verschüchterter Wächter noch eine Gemüsesuppe auftrieb und mit einem Stück Brot verteilte.

Als am Morgen des Donnerstag[150] die Türen zum Waschen geöffnet wurden, gab es auf den Korridoren ein großes Wiedersehen, Vorstellen und Austauschen. Best erzählt, die Szene habe mehr einem großen Empfang geglichen als einem Morgen im Gefängnis. Hilflos versuchten die Wächter, die Männer wieder in ihre Zellen zurückzudirigieren. Schließlich brachte man das Essen in die Zellen, und allmählich saßen die ›Fälle‹ wieder hinter verschlossenen Türen. Bonhoeffer verbrachte die meiste Zeit an dem kleinen Schieber der Zellentür und berichtete den verschiedenen Angehörigen, was er von seinen Mithäftlingen in der Prinz-Albrecht-Straße wußte. Frau Goerdeler konnte er von den letzten Wochen ihres Mannes erzählen. Bonhoeffer meinte wohl, daß er nun der schlimmsten Gefahr entronnen sei. Ein Fliegeralarm unterbrach die Gespräche. Während draußen der Rangierbahnhof in Trümmer ging, hielten sich alle im Keller auf. Dann, als sie wieder nach oben gelassen wurden, wiederholte sich die Szene vom Morgen.

Gegen Abend wurde es ruhiger, und die Müdigkeit nahm überhand. Doch da erschien wieder einer der Buchenwald-Wächter und holte die Männer herunter zum wohlbekannten Holzgaser, hinaus in eine regnerische Nacht. In guter Stimmung ging es los, an der Donau entlang. Doch nach wenigen Kilometern geriet der Wagen ins Schleudern und stand still. Falconer als Fachmann mußte bestätigen, daß die Lenkung zerbrochen war. Das war hier auf der Straße nicht zu beheben. Passanten wurden gebeten, daß sie von der Polizei in Regensburg einen Ersatzwagen bestellen sollten. Trotz ihrer Maschinenpistolen fühlten sich die Wächter nicht sehr wohl zwischen den ausgebrannten Autos am Rande der Chaussee.[151] Der Regen trommelte auf das Verdeck.

Endlich, im Morgenlicht des 6. April, ließen die Wächter ihre Schützlinge heraus, daß sie sich die Beine vertreten und sich aufwärmen konnten. Gegen Mittag erschien endlich aus Regensburg ein Autobus mit heilen Fenstern. Die Habseligkeiten wurden umgeladen. Bonhoeffer hatte immer noch Bücher bei sich. Die schon ganz menschlich gewordenen Buchenwald-Wächter mußten bei dem Wrack zurückbleiben, zehn neue Leute des SD übernahmen mit ihren Maschinenpistolen den Transport. Aber es war dennoch ein Genuß, im schöneren Bus durch das liebliche Tal zu fahren, von der Donau herauf, am Kloster Metten vorbei in Stifters Bayrischen Wald hinein. Den

Dorfmädchen, die mitgenommen werden wollten, erzählte der Fahrer, die Gruppe mit dem feinen Omnibus sei eine Filmgesellschaft zur Aufnahme eines Propagandafilms. Aus einem Bauernhaus holten sich die SS-Männer eine Mütze voll Eier, aber nur für sich selber.

Am frühen Nachmittag war das Ziel erreicht: Schönberg[152] unterhalb Zwiesel, 40 km nördlich Passau. An der Schule begann das Ausladen; die Sippenhäftlinge waren schon da. Die Gruppe der ›Fälle‹ kam in den ersten Stock, in einen Schulsaal, dessen Fenster den Blick nach drei Seiten in das grüne Bergtal freigaben. Hier standen richtige Betten mit farbigen Decken. Zwar blieb die Tür verschlossen, aber es war nun hell und warm... Alles war angeregt, man lachte und schrieb seinen Namen über das Bett. Nur die Verpflegungsfrage war nicht gelöst. Beschwerden stießen auf die sicher nicht unrichtige Erklärung, der Ort sei mit Flüchtlingen überfüllt und ein Fahrzeug zu Requisitionen nicht aufzutreiben, und das Benzin dazu erst recht nicht... Schließlich gelang aber über die freier gehaltenen Sippenhäftlinge ein Kontakt zu mitleidigen Dorfbewohnern; darauf gab es sogar einmal eine große Schüssel mit dampfenden Pellkartoffeln und am anderen Tag einen Kartoffelsalat für die hungrigen Häftlinge.«[153]

Ergänzend dazu der Bericht aus der Umgebung des Grafen Alexander Stauffenberg:

»Wir wurden dann von Buchenwald abtransportiert, weil die Amerikaner sich näherten. Der Weg ging offiziell nach Dachau, dort war aber kein Platz, und so wurden wir im Bayerischen Wald in Schönberg in einer Schule untergebracht. Nach einigen Tagen des Aufenthaltes dort wurde Alex von einer unserer SS-Wachen, Stiller, aus unserem gemeinsamen Zimmer gerufen – wir schliefen zu je 16 in den verschiedenen Zimmern –. Als er wieder erschien, war Alex weiß wie ein Bettuch, ein gebrochener Mann. Ihm war mitgeteilt worden, daß Melitta, wieder auf der Suche nach uns, in einen Luftkampf geraten war und abgeschossen wurde...

Alex hat auf jeden Fall schwer gelitten unter diesem Schlag.

Wie es aber im Krieg ist, überstürzten sich die Ereignisse dann so schnell, daß man kaum zum Denken kam, und so viel Trauriges erwartete ihn dann in Deutschland, daß er lange brauchte, wohl auch besonders, weil ihm eben ihre Stütze fehlte, um ein normales Leben wieder aufnehmen zu können.«[154]

Es ist nur allzu verständlich, daß um den Tod dieser Frau, noch dazu, weil sie ihn auf dem Flug zu den Sippenhäftlingen erlitt, bald merkwürdige Spekulationen aufkamen, die sich im Laufe der Jahre und Jahrzehnte zu griffigen Legenden auswuchsen, so daß es schwierig erscheint, in diesem Dickicht aus Gerüchten, menschlichen Irrtümern und mißdeuteten Wahrnehmungen die Wahrheit zu erkennen. Frühere Rekonstruktionsbemühungen durch Familienangehörige basierten meist unkritisch auf Gehörtem, Behauptetem oder bloß Vermutetem, da es auch an nötiger Sachkenntnis fehlte. Ohne die Verdienste der um Klärung tragischer Schicksalsumstände Bemühten schmälern zu wollen, kommt man nicht umhin festzustellen, daß die gängigen, 1974 auch im Fernsehen angedeuteten Vermutungen einer kritischen Überprüfung anhand gesicherter Fakten nicht standhalten. Folgen wir zunächst der Darstellung, die das Typoskript der Schwester Jutta Rudershausen bietet:

»Am 8. April 1945 startete Melitta zu ihrem letzten Flug. Wieder hatte man vor der immer tiefer ins Land eindringenden feindlichen Front die Gefangenen verschleppt, wieder hatte Melitta ihren neuen Aufenthaltsort, Schönberg im Bayrischen Wald, ausfindig gemacht und wieder eine Besuchserlaubnis erwirkt. Vielleicht sollte dieser Besuch den kühnen Rettungsversuch über die Grenze bringen, der schon lange geplant war und zu dem es nun höchste Zeit schien. Denn es wurden dann unverhältnismäßig viel Geld und Wertgegenstände bei ihr gefunden.

Was sich dann über dem Flugplatz Straubing in der Nähe von Schönberg[155] wirklich abgespielt haben mag, wird wohl nie mehr ganz geklärt werden können. Melitta wurde abgeschossen. ›Von einem amerikanischen Flugzeug‹, diese Nachricht wurde Alex Stauffenberg im nahen Schönberg überbracht ... Sie sei noch bei Bewußtsein gewesen, habe seinen Namen geflüstert, sei dann auf dem Wege zum Krankenhaus verblutet. Ob ein feindliches Flugzeug sich gerade über einem schwer mit Flugabwehr bestückten Flugplatz aufhalten würde[156], ob überhaupt an diesem Tage Feindflieger gemeldet waren, wird von vielen bezweifelt. Die Möglichkeit ist nicht auszuschließen, daß eigene Flugabwehr in Verblendung auf eine vermeintliche Volksfeindin oder aus Unwissenheit auf ein Flugzeug, das – vielleicht – nicht gemeldet war, geschossen hat. Aber: War sie nicht gemeldet? Und wußte nicht jeder, daß in dem Fieseler Storch nur die Gräfin Stauffenberg saß?«

Wie sich Nina Gräfin Stauffenberg zu erinnern weiß, hat Litta sie am 4. April in Potsdam angerufen, also am Tage ihres Abfluges aus Gatow, um Magdeburg-Ost anzufliegen.

»Sie sagte mir, die Kinder wären von Bad Sachsa weggebracht worden. Ich würde Nachricht bekommen, sobald sie selbst benachrichtigt werden würde. Die Kinder gerieten, was ich später erfuhr, vor Nordhausen in einen Fliegerangriff[157] und kehrten in das Heim zurück, wo sie später gefunden wurden. Bei dem Telefongespräch am 4. April kündigte mir Litta auch an, daß sie mir ihre Schwerstarbeiterzulagekarten für Lebensmittel für April zuschicke. Ich erhielt sie auch. Das war das Letzte, was ich von Litta hörte ...

Litta folgte der Verlegung der Sippenhäftlinge von Buchenwald in den Bayerischen Wald. Sie ist bei Straubing abgestürzt. Die Umstände sind bis heute unklar. Ihr Fieseler Storch war unbewaffnet. Als sie aufstieg, waren keine feindlichen Flieger gemeldet. Als das Flugzeug abstürzte, wurde sie, schwer verletzt, ins Krankenhaus nach Straubing gebracht. Sie starb auf dem Wege dorthin. Sie wurde auf dem Friedhof begraben; der Friedhofswärter verweigerte der Gestapo die Herausgabe ihrer Habseligkeiten, auch Schmuck[158] ...

Es ist ein ungelöstes Rätsel, wie Litta verunglückte. War es Gestaposabotage? Wurde sie abgeschossen? Durch wen? Kein Fliegeralarm war im Raum.[159]

Der Gestapobeamte Opitz sagte meiner Schwägerin Mika, die ihn später auftrieb: ›Als die Nachricht kam, daß Ihre Schwägerin zum Feind übergegangen sei, mußte ich mich absetzen.‹
So scheint es mehr als wahrscheinlich, daß die unbequeme Litta abgeschossen wurde oder man ihr eine Sprengladung einbaute, um sie zu beseitigen.
Ich werde sie nie vergessen, ihr immer dankbar sein für ihren Einsatz für unsere ganze Familie. Sie stand meinem Herzen sehr nahe. Sie hat den Begrüßungsspruch umgekehrt wahrgemacht: ›Eine für alle!‹«[160]
Diese teilweise durch keineswegs irrtumsfreie Zeugenaussagen sowie überlieferungsbedingte Verzerrungen begünstigten Mutmaßungen in Richtung auf Rache- und Sabotageakt deutscher Dienststellen unterzog der bereits erwähnte Autor Max Escher einer kritischen Analyse. Von den sachlich falschen Angaben zu Beginn seiner Ausführung abgesehen, ist den Schlußfolgerungen in jedem Fall beizupflichten:
»Als die Sippenhäftlinge in das Konzentrations-Außenlager Schönberg im Bayerischen Wald überführt worden waren, erhielt Frau Melitta die Genehmigung, ihren Mann dort zu besuchen, und startete mit einem Fieseler-Storch von der in den Harz verlegten Luftwaffen-Erprobungsstelle.[161] Bei Straubing fand sie am 8. April 1945 in ihrer unbewaffneten Maschine ›den ihr gemäßen Fliegertod‹, über den es vier verschiedene Legenden gibt: Abschuß durch einen englischen Jagdflieger – Zeitbombe der SS in ihrem Flugzeug – Vernichtung durch eigene Flak – Selbstmord. Die beiden letzten Versionen dürften von vornherein ausscheiden; auf der Fahrt zu ihrem sehr geliebten Mann war die Frau bestimmt nicht lebensmüde. Ferner: Alle deutschen Flaksoldaten kannten den meist von Kommandeuren benützten niedrig und langsam fliegenden Fieseler-Storch genau, eine Verwechslung mit einem Feindflugzeug war ausgeschlossen. Da die braunen Bonzen Alexander aus erwähnten Gründen begnadigt hatten, ist es unglaubhaft, daß sie die bei der Luftwaffe erneut eingestellte Ingenieurin töten wollten. Außerdem befaßten sich in den letzten

Kriegswochen bekanntlich die Prominenten von Partei und SS aus Angst vor späterem Gericht mit einem gewissen Gegenkurs, dazu mit eifriger Tarnung und Untertauchen zum Zweck des Überlebens. So erscheint der Abschuß durch ein schweifendes englisches Jagdflugzeug[162] am ehesten wahrscheinlich. Da es bei späteren Recherchen für die Engländer peinlich gewesen sein mußte, den tragischen Vorfall zuzugeben, stritten sie ihn einfach ab – was gar nichts besagt; denn niemals wird so viel gelogen wie in Kriegszeiten.«[163]

Ziel dieser Untersuchung im Rahmen einer biographischen Dokumentation kann nicht sein, den Nachweis zu führen, daß keine Sabotageaktion der SS vorlag. Andernfalls hieße das, in den Fehler der Tendenzhistoriographie verfallen, die primär oder gar ausschließlich nach Bestätigung ihrer vorgefertigten »Ergebnisse« fragt, die z. B. mit Hinweis auf lebensraumideologische Aussagen von 1925 Konfliktursachen 1940/41 monokausal wie stereotyp zu erklären trachtet, ohne wesentliche Faktoren und Quellen auch nur zur Kenntnis zu nehmen. Ziel muß vielmehr sein, im Geiste Leopold v. Rankes und seiner kritischen Methode zu erforschen, »was gewesen ist«.
In diesem Sinne bemüht sich seit 1974 mit großem inneren Engagement der frühere Flugleiter der Luftwaffe Sepp Wünsche aus Straubing, »das Schicksal dieser großartigen Fliegerkameradin aufzuklären«.[164] Auf Veranlassung und mit Unterstützung der Bundeswehr arbeitet Sepp Wünsche mit einigen Fliegerkameraden an einer Chronik des ehemaligen Fliegerhorstes Straubing und der dazugehörigen Einsatzhäfen, Arbeitsplätze und Feldflugplätze. Das tragische Schicksal der Gräfin Stauffenberg beschäftigt ihn nicht nur, weil die Absturzstelle zum ehemaligen Flugsicherungs- und Bergungsbereich des Fliegerhorstes Straubing gehörte, sondern weil er sie während seiner Dienstzeit an der Kriegsschule Gatow 1942 persönlich kennen- und schätzen gelernt hatte. Sein Fliegerkamerad Dr. Niedermayer stellte im Sommer 1986 Nachforschungen in den USA an, konnte aber in den Abschußlisten vom 8. April

1945 keinen Abschuß einer Fi 156 entdecken. Die Fixierung auf einen Fieseler Storch führte demnach bei Prüfung der amerikanischen Unterlagen bisher keinen Schritt weiter. Auch Sepp Wünsche, der als Flugleiter der Luftwaffe auf mehreren Fliegerhorsten und Flugplätzen Dienst tat und in dieser Eigenschaft über hundert Flugunfälle zu untersuchen hatte – er war allerdings am 8. 4. 45 nicht in Straubing –, hält den Abschuß durch eigene Flak für völlig ausgeschlossen, die Bombenversion (Sabotageakt durch SS) für reine Spekulation.

Nach dem gegenwärtigen Informationsstand, wesentlich bereichert durch den v. Papen-Koeningen-Bericht und die damit ganz anders interpretierbare US-Abschlußliste, aufgrund wertvoller Zeugenaussagen und der wenigen vorhandenen Dokumente ist eine Rekonstruktion der Vorgänge mit an Sicherheit grenzender Wahrscheinlichkeit nunmehr durchaus möglich.

An schriftlichen Quellen sind drei wahrhaft wichtige »Schlüsseldokumente« vorhanden:

1. die Bescheinigung des Kommandeurs Major Bolz in Marienbad vom 6. 4. 45 über die Bü 181,
2. die Bescheinigung der Geheimen Staatspolizei Staatspolizeistelle Regensburg vom 7. 4. 45,
3. Leichenschau-Schein vom 8. 4. 45, Unterschrift: Oberarzt Dr. Hein, Lw. San. Staffel Straubing.

Das erste Dokument ist bereits zitiert worden. Wenden wir uns jetzt dem zweiten Dokument zu, um zu prüfen, welchen Aussagewert diese Quelle [165] hat:

»Geheime Staatspolizei 13 a Regensburg, den 7. 4. 1945
Staatspolizeistelle Regensburg
B. Nr. – IV 6 –
Flugkapitän Gräfin Schenk hat hier heute vorgesprochen und wurde an den Kommandoführer in Schönberg (Schule) verwiesen. Gegen den beabsichtigten Besuch bei ihrem Ehemann bestehen keine Bedenken.
Im Auftrage: gez.: Ranner
SS-Hauptsturmführer u. Krim. Komm.«

Der Aufenthalt in Regensburg am 7. April ist damit dokumentarisch belegt. Nach den Informationen, die Herrn v. Papen-Koeningen zu verdanken sind, beabsichtigte sie jedoch, nach Straubing zu fliegen, weil sie dort ihren Mann wähnte. Ob Gräfin Stauffenberg tatsächlich noch am 6.4. in Straubing gelandet ist, ließ sich trotz intensiven Nachforschungen – u. a. Befragung des derzeitigen Flugleiters von Straubing – bislang nicht ermitteln, dürfte aber zu vermuten sein. Wahrscheinlich erhielt sie dann Auskunft, daß die Geheime Staatspolizei in Regensburg zuständig sei, weshalb sie am selben Tag oder erst am 7. – je nachdem, wie zeitaufwendig sich die Ermittlungen gestalteten – nach Regensburg-Neutraubling weitergeflogen sein wird. Zu bedenken sind die zeitraubenden, möglicherweise durch feindliche Fliegertätigkeit zusätzlich verzögerten Nachfragen und sonstigen Wartezeiten. Auch mußte der Weg von Neutraubling zur Staatspolizeistelle Regensburg erst einmal gefunden werden. Auf jeden Fall gelangte Gräfin Stauffenberg zielstrebig in den Besitz der erforderlichen Bescheinigung, und wahrscheinlich hat sie hier auch erst erfahren, daß Schönberg im Bayrischen Wald ihr nächstes Ziel sein müßte. Hier liegt ein weiteres Problem.

Mit Recht macht der Experte Sepp Wünsche geltend, wie unverzichtbar bei diesem Reiseziel der für kleinste Landestrekken geeignete Fieseler Storch sei. Hat sie sich bemüht, eine Fi 156 statt der Bü 181 zu bekommen?

Sicher ist: Am 8. April startete Gräfin Stauffenberg – mit welcher Maschine auch immer – etwa gegen 7.15 Uhr in Neutraubling. Nach ca. 20 Minuten – die Reisegeschwindigkeit einer Bü 181 angenommen (200 km/h) – wurde sie im Tiefflug, zwischen Donau und heutiger B 8 entlangfliegend, direkt an der Bahnstrecke Straubing – Passau navigierend (»rechtes Rad an linker Schiene«), etwa 2 km östlich Straßkirchen überraschend von hinten abgeschossen. Es geschah an einem ruhigen Sonntagmorgen, nur einen Kilometer entfernt westlich der Ortschaft Loh, Gemeinde Stephansposching, Kreis Deggendorf.

Von den Augenzeugen sind, jedenfalls von den damals Erwachsenen, nur die wenigsten noch am Leben. Aber den Nachforschungen Sepp Wünsches ist die Aufzeichnung verschiedener Zeugenaussagen zu verdanken, die der Gemeindeangestellte Josef Bugl aus Straßkirchen initiiert hatte, indem er systematisch Befragungen durchführte. Josef Bugl, Autor der 1986 veröffentlichten »Ortsgeschichte von Straßkirchen«, übermittelte am 29. März 1974 Josef Wünsche folgenden Bericht

»über das Schicksal der Frau Gräfin Schenk von Stauffenberg, aufgezeichnet aufgrund eigenen Erlebens und nach Aussagen von Augenzeugenberichten:

Zur Person:

Josef Bugl, Gemeindeangestellter bei der Gemeinde Straßkirchen, geb. am 9. 2. 1914, wohnhaft in 8444 Straßkirchen, Bavariastraße 8, Kreis Straubing-Bogen.

Am 13. 10. 1944 wurde ich an der Ostfront sehr schwer verwundet. Unter anderem verlor ich ein Bein. Mitte März 1945 holte mich meine Frau Sofie, geb. Hofbauer, aus einem Kriegslazarett in Schmalkalden in Thüringen zur ambulanten Weiterbehandlung nach Hause. Ich unterstand ab diesem Zeitpunkt dem Reservekriegslazarett Straubing unter Herrn Dr. Angerer (Männerkrankenhaus). Mindestens einmal wöchentlich mußte ich zur Nachuntersuchung dort erscheinen.

Zur Sache:

An einem Sonntagmorgen im April 1945 (der Tag ist mir nicht genau bekannt) stand ich mit meinem 1957 verstorbenen Schwiegervater Franz Hofbauer vor der Haustüre und erwartete meine vom Kirchenbesuch zurückkehrende Frau. Dabei beobachteten wir eine Fieseler Storch,[166] die in etwa 10 m Höhe entlang der Bundesbahn[167] von Regensburg in Richtung Passau flog. Einige Sekunden nachfolgend brauste eine Me 109 in gleicher Flugrichtung über Straßkirchen hinweg und feuerte etwa auf Höhe des Ortsrandes Ost zwei Salven mit je ca. 5 bis 8 Schuß dem Fieseler Storch nach. Kurze Zeit später wurde bekannt, daß bei der Ortschaft Loh ein Flugzeug abgeschossen worden sei. Sogleich schwirrte auch eine Anzahl von Gerüchten durch den Ort. Angeblich wollte der Fieseler Storch wichtige Akten der Widerstandsbewegung beiseite schaffen. Eine andere Version lautete, daß in der abgeschossenen Maschine große Mengen an Schmuck und Wertsachen gefunden worden seien. Soweit meine eigenen Wahrnehmungen und Erinnerungen zu diesem Vorgang.

Frau Ottilie Kerschl, Witwe, wohnhaft in 8444 Straßkirchen, Paitzkofener Straße 18, wußte nach Befragung zu berichten: ›Mein Mann und ich waren zu jener Zeit Schrankenwärter des Bahnpostens ganz in der Nähe der Absturzstelle und hatten dort auch unsere Wohnung. Ich selbst kann zu der Sache nicht viel sagen, habe aber in Erinnerung, daß der Bundesbahnbeamte Isidor Freundorfer als einer der ersten an die Absturzstelle kam. Er kann darüber sicher mehr berichten.‹

Herr Isidor Freundorfer, BB-Oberrottenführer i. R., geb. am 13. 2. 1898, wohnhaft in Straßkirchen, Passauer Straße 29, berichtet nach Befragung folgende Einzelheiten:

›Ich zog mich an dem fraglichen Sonntagmorgen gerade an, als ich von meinem Schlafzimmerfenster aus ein sehr gemächlich und friedlich dahinfliegendes Flugzeug beobachtete. Plötzlich donnerten eine oder zwei Me 109 daher und schossen auf die langsam fliegende Maschine. Einige Sekunden später drehte die langsam fliegende Maschine etwas nach links ab und trudelte dann in etwa 1,5 bis 2 km Entfernung auf einen Acker. Sogleich setzte ich mich auf mein Fahrrad und radelte zur Absturzstelle. In meiner Begleitung befand sich ein gefangener Franzose, der bei dem Landwirt Alois Christl in Straßkirchen, Altenbucher Straße 2, in Arbeit stand. Er schloß sich mir zufällig an. Wir beide waren die ersten an der Absturzstelle. Ich erkannte eine Frau im Führersitz. Sie sagte kurz: ›Bitte, helfen Sie mir!‹ Ich antwortete: ›Selbstverständlich machen wir das!‹ Wir befreiten die Verletzte aus der Maschine und legten sie zur Seite auf die Erde. Dabei sah ich, daß eines ihrer Beine, ich glaube das rechte, gebrochen war, weil der Fuß unnatürlich verdreht zur Seite hing. Als wir sie aus dem Flugzeug herauszogen, fielen einige Gegenstände mit heraus, so z. B. verschiedene kleine Eßwaren wie Schokolade, Büchsen usw. Auch ein Paß fiel heraus. Ich sah hinein und las: ›Gräfin Schenk von Stauffenberg, Flugkapitän‹. Die Pilotin war meiner Beurteilung nach nicht lebensgefährlich verletzt. Sie hat überhaupt nicht gejammert oder geklagt. Sie hat außer dem Satz ›Bitte helfen Sie mir!‹ nichts gesprochen. Es überrascht mich sehr, daß sie kurz nach dem Absturz gestorben sein soll.

Nach der Befreiung aus dem Flugzeug sagte ich zur Verletzten: ›Ich radle schnell ins Dorf zu Dr. Siegl und hole ihn her, damit er Ihnen helfen kann! Dem Franzosen gab ich Anweisung, so lange bei der Verletzten zu bleiben und für sie zu sorgen. Als ich von der Absturzstelle wegfuhr, erkannte ich noch, daß aus der benachbarten Ortschaft Loh sich eine Anzahl von Personen näherte. Beim Wiedereintreffen am Unfallort mit Herrn Dr. Siegl aber hatte die Wehrmacht bereits alles in die Hand genommen. Eine Anzahl von Wehrmachtsfahrzeugen und einige Offiziere und Mannschaften waren eingetroffen. Dr. Siegl wurde unterrichtet, daß seine Hilfe nicht mehr erforderlich sei, weil ein Truppenarzt sich bereits um die Verletzte gekümmert habe.[168] Sie wurde zu diesem Zeitpunkt gerade in einen Sanka[169] gehoben. Dann fuhr dieser in Richtung Straubing ab. Die Absturzstelle blieb von der Wehrmacht bewacht.

Außer den oben bezeichneten Gegenständen, wie Eßwaren und Paß, habe ich beim Flugzeug nichts Auffälliges wie Schmuck, Geheimdokumente oder ähnliches bemerkt.

Im Jahre 1946 suchten mich in dieser Angelegenheit zwei Herren auf, von denen sich einer als ›Graf von Stauffenberg‹ vorstellte. Ich erzählte den beiden Herren auf ihr Verlangen sinngemäß das gleiche, wie vorstehend geschildert. Wie die beiden Herren zu meiner Adresse gekommen sind, ist mir unbekannt. Ich habe seither nichts mehr von der ganzen Sache gehört.‹

Soweit die Aussagen von Herrn Freundorfer.«

37 Flugaufnahme eines Fieseler Storches während der Flugtage in Braunschweig-Waggum 1983

38 Isidor Freundorfer aus Straßkirchen war als erster an der Absturzstelle am 8. 4. 45.
Die Aufnahme zeigt ihn im Juni 1945 beim Weicheneinbau.

39 Sepp Wünsche, Flugleiter der Flugzeugführerschule A/B 121 Flugplatz Cham im Sommer 1940

40 Hauptfeldwebel Josef Bugl. Eine Aufnahme aus dem Jahr 1941

41 Berta Sötz war Chefsekretärin der Fliegerhorstkommandatur Straubing. Sie erhielt den Auftrag, die Wertgegenstände aus dem Besitz der Gräfin Stauffenberg in Obhut zu nehmen

42 Hubertus v. Papen-Koeningen als Unteroffizier 1942. Sein Zeitzeugenbericht trug wesentlich dazu bei, daß die letzten Tage im Leben der Gräfin Stauffenberg bis zum 6. 4. 1945 lückenlos rekonstruiert werden konnten

43 Die Stauffenberg-Kinder 1948 (v. l. n. r.): Heimeran (1), Alfred (2), Berthold (1), Elisabeth (2), Valerie (1), „Duli" (Großmutter Gräfin Stauffenberg), Franz Ludwig (1), davor Konstanze (1) [(1) = Kinder des Grafen Claus v. Stauffenberg
(2) = Kinder seines Bruders Berthold]

44 Familiengrabstätte in Lautlingen, wo auch Melitta Gräfin Stauffenberg ihre letzte Ruhe fand (Foto 1963)

Besonders auffällig sind die übereinstimmenden Angaben, eine (oder gar zwei) Me 109, also ein deutsches Jagdflugzeug, hätte die langsam fliegende Schulungs- und Kuriermaschine abgeschossen. Allerdings waren beide Zeugen, was Josef Wünsche zu bedenken gibt, in einem Fall überhaupt nicht, im anderen Fall zumindest nicht hinreichend flugzeugerkennungsdienstlich geschult, um in der aufregenden plötzlichen Situation den Typ eindeutig identifizieren zu können. Von dem Frontsoldaten war die langsame Maschine zunächst einmal als Fieseler Storch angesprochen worden, denn der war am ehesten bei der Truppe vertraut, die gewohnheitsmäßig mit einem schnellen Jagdflugzeug primär Me 109 assoziierte. Der Zeuge Freundorfer konnte gewiß auf Anhieb eine Dampflokomotive der Baureihe 01 von einer P 8 klar unterscheiden, doch wenn er von Me 109 sprach, darf zumindest die Verwechslung mit einer amerikanischen Maschine vom Typ »Mustang« (P-51) nicht ausgeschlossen werden.
Auch Josef Wünsche neigt zu der Auffassung: »Me 109 scheint offenbar eine flugzeugerkennungsdienstliche Fehlansprache. Ich v e r m u t e, daß es sich um Mustangs handelte, da ... zu diesem Zeitpunkt auf dem Horst Jägeralarm gegeben wurde.«[170] Hinzu kommt, daß ein deutscher Jagdflieger eine langsam fliegende Maschine über dem Reichsgebiet schwerlich mit einem Feindflugzeug verwechseln konnte. Die SS aber verfügte über keine eigenen Jagdflugzeuge, abgesehen von der Tatsache, daß Heydrich, der aber schon 1942 einem Attentat zum Opfer gefallen war, einst eine Me 109 geflogen hatte. Immerhin legt die – sicher anzunehmende – Verwechslung mit einer Me 109 die Vermutung nahe, daß als US-Jäger eine »Thunderbolt« (P-47) oder gar eine doppelrumpfige »Lightning« (P-38) nicht in Frage kommt.
Ein dritter wichtiger Zeuge hat die Flugzeuge zwar nicht gesehen, aber immerhin gehört und macht interessante Angaben zur Uhrzeit. Der am 22. 12. 1979 verstorbene Facharzt für Chirurgie und ehemalige Chefarzt des Krankenhauses der Barmherzigen Brüder in Straubing (1921 bis 1945), Dr. med.

Albin Angerer, zeichnete am 27.2.1974 seine persönliche Erinnerung an den 8. April 1945 auf:
»Der Film ›Fliegen und Stürzen‹[171] veranlaßt mich, meine Beobachtungen zunächst als Ohren-, später als Augenzeuge niederzulegen, um Klärung in das tragische Ende von Melitta Gräfin Schenk von Stauffenberg zu bringen. Die Ereignisse des damaligen Sonntagmorgens sind mir noch frisch in Erinnerung.
Es war ein klarer Morgen. Als ich gegen 7 Uhr aufstand, hörte ich das Motorengeräusch einer kleinen Maschine, etwas Ungewöhnliches an einem Sonntagmorgen. Kurze Zeit darauf kam eine zweite Maschine des gleichen Typs – für mein Gehör![172] – und gab nach kurzer Zeit zwei sehr kurze Feuerstöße ab und flog dann ostwärts weiter. Die erste Maschine habe ich vor dem ersten Feuerstoß nicht mehr gehört. Ich sagte zu meiner Frau: ›Da scheint jemand abgeschossen worden zu sein.‹
Daß die Feuerstöße und Motorengeräusche so gut zu hören waren, lag daran, daß an diesem klaren Morgen auch eine leichte, kaum fühlbare Luftbewegung aus dem Osten vorhanden war (Erfahrung aus dem 1. Weltkrieg).
Ich ging dann ins Krankenhaus Azlburg. Dort wurde gegen 10 Uhr von der Sanitätskolonne Straubing eine weibliche Leiche in Fliegeruniform eingebracht. Ich konnte von der Toten das Gesicht und den oberen Teil des von der Uniform bedeckten Oberkörpers sehen. Das Gesicht war unverletzt, die Augen halb offen, die Gesichtszüge nicht verzerrt, sondern ruhig und ernst, der Mund geschlossen. Die Arme lagen ausgestreckt zu beiden Seiten des Rumpfes. Von Brandgeruch habe ich nichts bemerkt.
Da ich bei der tot Eingelieferten kein Recht zur Leichenschau hatte, ließ ich die Leiche ins Leichenhaus Straubing bringen.«[173]
Soweit die Darstellung Dr. Angerers.
Flugzeugabsturz und »Bergungsfall« unterlagen der Zuständigkeit des Fliegerhorstes Straubing, folglich stellte Oberarzt Dr. Hein von der Luftwaffen-Sanitäts-Staffel Straubing am 8.4.45 den sog. »Leichenschau-Schein« aus. Als Sterbeort

wird darin Straßkirchen angeführt, Stunde des Todes: »9 Uhr 30 Min.« Dem Dokument zufolge hat Gräfin Stauffenberg nach dem Absturz noch »etwa 2 Stunden« gelebt. Konstatiert wurde Schädelbasisbruch als eigentliche Todesursache, an weiteren Verletzungen wurden registriert: »Abriß des linken Oberschenkels, Bruch des rechten Fußgelenkes, linken Unterarms und kleinere Kopfverletzungen«. Der »Abriß« deutet möglicherweise auf direkten Beschußschaden durch Sprengmunition hin. Warum Bergung und Abtransport sich über zwei Stunden hinzogen, bleibt auf alle Fälle unklar.

In der »Ortsgeschichte von Straßkirchen« wird als Uhrzeit für den Abschuß entgegen anderslautenden Zeugenaussagen merkwürdigerweise »Um 8 Uhr früh« angegeben, wieder ist von einer verfolgenden »Me 109 (Messerschmidt-Jagdflugzeug, 785 km/h)«[174] die Rede. »Man erzählte sich«, fährt der Chronist fort, »daß sie (Gräfin Stauffenberg) mit wichtigen Geheimakten der Widerstandsbewegung flüchten wollte, die Flucht aber entdeckt und der Befehl zum Abschuß gegeben worden sei.«[175]

Was ergeben die amerikanischen Unterlagen?

Die Auflistung »USAAF European Theater World War 2 Victory Credits: 040845«, kurz die Abschlußliste der USAAF vom 8.4.1945, enthält allein für diesen Apriltag über 30 Luftsiege, aber keinen Hinweis auf eine abgeschossene Fi 156. Dem aufmerksamen Betrachter fällt jedoch die Eintragung »U-3752 Regensburg« auf und dazu der von Lt. Norboune A. Thomas »0740« (7.40 Uhr) gemeldete Abschuß einer »FW-190«.[176] Da am 8.4.45 im Raum Regensburg weder eine FW 190 noch ein anderes Flugzeug der deutschen Luftwaffe außer der von Gräfin Stauffenberg geflogenen Maschine verlorengegangen ist,[177] sind drei wesentliche Feststellungen zu treffen:

1. Für einen Jagdflieger war mit »Regensburg« ein Umkreis von 50 km gleichbedeutend (»Raum Regensburg«).
2. Hätte der US-Pilot einen Fieseler Storch vor sich gehabt, wäre eine Verwechslung mit dem Deutschen Jagdeinsitzer

Fw 190 auch für amerikanische Verhältnisse kaum vorstellbar, eigentlich unmöglich.

3. Da sowohl die Fw 190 als auch die Bü 181 in ihrer Tiefdekkerkonstruktion für das mit deutschen Schulungsmaschinen nicht unbedingt geübte Auge eines amerikanischen Piloten eine gewisse Ähnlichkeit in Zelle, Tragflächen- und Seitenruderform aufwies (von hinten gesehen), ist mit an Sicherheit grenzender Wahrscheinlichkeit davon auszugehen, daß Gräfin Stauffenberg dem 7.40 Uhr erfolgten Angriff des Lieutenant Thomas zum Opfer fiel.

Lt. Norboune A. Thomas' Maschine, vermutlich eine P-51, gehörte offenbar der 15. Staffel einer Aufklärungseinheit an (»15 rcn sq«). Die meist in Rotten (zwei Maschinen) fliegenden US-Piloten hatten den Auftrag, als Tiefflieger vor allem Bahnstrecken auf Züge und Lokomotiven abzusuchen. Dabei ereilte Gräfin Stauffenberg das Schicksal, als sie sich die Bahnstrecke Straubing – Passau zu Navigationszwecken gewählt hatte.

Es erforderte ungeheuren Mut, im April 1945 mit einer langsam fliegenden, unbewaffneten Maschine der rigoros gejagten deutschen Luftwaffe bei Tage an einer höchstgefährdeten Eisenbahnstrecke entlangzufliegen. Niemand vermag zu sagen, ob dieser letzte Flug tatsächlich Teil eines geplanten Fluchtversuches in die neutrale Schweiz gewesen ist. Vielleicht sah Gräfin Stauffenberg in diesem Flug nach Schönberg die letzte Möglichkeit, sich und ihren Mann Alexander aus dem Chaos des Zusammenbruchs in Sicherheit zu bringen. Ein verwegener Plan adäquat dem außerordentlichen Mut. Immerhin deuten ein Geldbetrag von 4000,– Reichsmark und Wertsachen, die bei der Verletzten gefunden wurden, darauf hin, daß ein derartiges Vorhaben nicht von der Hand zu weisen ist. Herr v. Papen-Koeningen bezweifelt dies.

Die ehemalige Chefsekretärin der Fliegerhorstkommandantur Straubing, Frau Berta Sötz, mußte sämtliche Unterlagen aus dem Besitz der Toten, Wertgegenstände, Fotoalbum, Dokumente sowie den hohen Geldbetrag in Obhut nehmen.[178] Sie war jedoch verwundert, unter den Gegenständen keinerlei Schmuck vorzufinden, und ließ deshalb noch einmal nachfragen. Erst daraufhin ist der wertvolle Schmuck (Fingerringe), den die Tote noch bei sich trug, geborgen worden.

Unter den Dokumenten bemerkte Frau Sötz das bekannte Schreiben der Staatspolizeistelle Regensburg vom Vortage, bei der sie deshalb telefonisch anfragte, wie über den Verbleib der geborgenen Besitzgegenstände zu verfügen sei. Alles sollte, erhielt sie zur Antwort, an das Reichssicherheitshauptamt nach Berlin geschickt werden. Zum größten Unmut des Regensburger Gestapobeamten weigerte sich die Sekretärin, diese Anweisung kurz vor Kriegsende zu befolgen. Statt dessen brachte ein Major des Fliegerhorstes Straubing die Wertgegenstände nach Plattling in Sicherheit, so daß sie später dem Grafen Alexander von Stauffenberg ausgehändigt werden konnten.

Darüber hinaus gelang es Frau Sötz, eine Beisetzung der Gräfin Stauffenberg im Massengrab der Bombentoten Straubings zu verhindern. Auf ihre Veranlassung sorgten Flugschüler des Straubinger Horstes für den Grabaushub. Schließlich fand die Beisetzung in Anwesenheit von Offizieren der Luftwaffe und der angetretenen Schülerkompanie statt. Die Luftwaffe gab der Gräfin Stauffenberg das letzte Geleit und ehrte die verdiente Fliegerkameradin.

Nach Beendigung des Krieges, im Sommer 1945, suchte Graf Alexander Stauffenberg auch Frau Berta Sötz auf und ließ sich von ihr alle Einzelheiten berichten.

Melitta Gräfin Stauffenberg wurde zur gleichen Zeit nach Lautlingen in die Heimat der Stauffenbergs überführt, wo sie ihre letzte Ruhestätte fand.

In Lautlingen erfuhr die Schwester Klara Schiller, nachdem sie sich mit dem Fahrrad von linksrheinischer Seite nach Würzburg begeben hatte, wo sie Melitta vermutete und ihre Wohnung in Trümmer fand, von deren Tod.

Die Eltern Schiller erlebten das Kriegsende in Danzig-Oliva. Nach der Eroberung Danzigs durch die Rote Armee wurde ihre Wohnung von sowjetischen Soldaten besetzt, und das alte Ehepaar (84 und 67) mußte mit ebenfalls aus ihren Wohnungen vertriebenen Nachbarn in die Waschküche im Keller seines Hauses ausweichen. Nachrichtenverbindung zu den Kindern bestand natürlich nicht. Als Vater Schiller im Sommer 1945 starb, machte sich die Mutter mit dem ersten Zug, der wieder verkehrte, auf den Weg zu ihrer ältesten Tochter Lili nach Neumünster in Schleswig-Holstein. In Neustadt an der Dosse, südlich Kyritz (Brandenburg), war sie jedoch offenbar infolge einer Erkrankung gezwungen, ihre Reise zu unterbrechen. Ihren Weg bis Neustadt hat sie noch in einem Brief geschildert, den sie einem jungen Mädchen mit demselben Reiseziel Neumünster anvertraute, wohl in der Vorahnung, selbst am Ende ihrer Kräfte zu sein. Margarete Schiller ist in Neumünster nie angekommen, und über die rätselhaften Umstände ihres spurlosen Verschwindens konnte trotz intensiver Nachforschungen durch die Kinder nie etwas in Erfahrung gebracht werden. Wie so vieler Menschen Daseinsspuren verlor sich auch die ihre im Schicksalsjahr 1945.

Anmerkungen

[1] Heinrich Reck, Berufs- und Tätigkeitsmerkmale des Ingenieurflugzeugführers, maschinengeschriebene Zusammenstellung vom 12. 10. 1983
[2] Gräfin Stauffenberg, Berlin-Gatow »Eine Frau in der Flugerprobung«, Vortrag gehalten in Stockholm am 6. 12. 1943 (vollständiges Schreibm.-Manuskr.)
[3] Holzapfel, Carl Maria / Stocks, Käte und Rudolf: Frauen fliegen – Sechzehn deutsche Pilotinnen in ihren Leistungen und Abenteuern (Geleitwort von Hptm. a. D. Dr. e. h. Hermann Köhl), Berlin 1931, S. 77
[4] Aus einem Bericht Marie-Luise Lübberts, geb. Schiller (verst. 1987)
[5] Aus dem Manuskript von Dr. Jutta Rudershausen, geb. Schiller (verst. 1982): Beiträge zu einer Biographie ihrer Schwester Melitta
[6] vgl. Hanna Reitsch, Fliegen – mein Leben, S. 36 ff.
[7] Die Berichte der Mädchen mögen etwas übertrieben gewesen sein, aber seinerzeit befand sich die Segelflugschule Grunau bei Hirschberg sozusagen erst im Aufbau und zwischen »Rutschen«, »Sprüngen« und »Flügen« vermochten Laien sicher nicht zu unterscheiden. Immerhin: »Beim Segelfliegen beginnt man nicht mit Theorie. Praxis und Erfahrung bedeuten alles.« (Hanna Reitsch, a. a. O., S. 40)
[8] Holzapfel / Stocks: Frauen fliegen, S. 75
[9] Hermann Blenk, Erinnerungen an Ludwig Prandtl, S. 4
[10] Beiträge zur Geschichte der deutschen Luftfahrtwissenschaft und -technik, S. 171
[11] a. a. O., S. 172
[12] Beiträge zur Geschichte der deutschen Luftfahrtwissenschaft und -technik, S. 178
[13] Beiträge zur Geschichte . . . S. 182
[14] Prof. Dr.-Ing. F. Seewald, Technische Hochschule Aachen, am 28. 1. 1963 an Frau Dr. Jutta Rudershausen. Abweichend von der Datierung heißt es in den »Beiträgen«: »Im Dienste der DVL gaben in Ausübung ihres Berufes ihr Leben hin: . . . Dipl.-Ing. Max Seefeldt, am 19. 10. 1926 tödlich abgestürzt.« (a. a. O., S. 257)
[15] Zusammenstellung nach Prof. Dr. H. Blenk, Schreiben vom 30. 1. 1963 an Frau Dr. J. Rudershausen

[16] Beiträge zur Geschichte . . ., S. 212 f.
[17] Prof. Dr. H. Blenk: Erinnerungen an Melitta Schiller, 13. 9. 1974
[18] Gräfin Stauffenberg: Eine Frau in der Flugerprobung (Ms. 1943)
[19] Gespräch mit dem Verf. am 4. 8. 1984
[20] Gräfin Stauffenberg: Eine Frau in der Flugerprobung
[21] Georg Wollé: Erinnerungen an Melitta Schiller, aufgezeichnet am 11. 2. 1974
[22] Schreiben der Deutschen Versuchsanstalt für Luft- und Raumfahrt e. V. Aachen vom 18. Juni 1963
[23] Prof. Dr.-Ing. F. Seewald, Schreiben vom 28. 1. 1963 an Frau Dr. Jutta Rudershausen
[24] »Der Führer und Reichskanzler hat bisher folgende Angehörige der Deutschen Versuchsanstalt für Luftfahrt zu Professoren im Reichsdienst ernannt: . . . Dr.-Ing. Paul von Handel . . .« (unter 13 insgesamt) (Beiträge zur Geschichte der deutschen Luftfahrtwissenschaft und -technik, S. 188)
[25] Kurt Wilde – Erinnerungen an sein Leben und Wirken, hrsg. vom Bodenseewerk Überlingen (1973), S. 43 ff.
[26] E. Howard of Penrith, Theatre of Life, Vol. II. S. 375
[27] S. Hedin, Amerika im Kampf der Kontinente (1942), S. 60
[28] Dr. Fiedler, Wurde Hitler in Versailles geboren? Deutschlandfunk-Sendung vom 8. 2. 1977
[29] Kurt Wilde in einem Schreiben an Frau Dr. Jutta Rudershausen vom 18. 3. 1963
[30] H. Pohlmann in einem 1940 dem »Hamburger Fremdenblatt« gegebenen Interview, zitiert aus »Gezielter Sturz« von Heinz J. Nowarra, S. 15
[31] Cajus Bekker: Angriffshöhe 4000, Kriegstagebuch der deutschen Luftwaffe, S. 38
[32] 25 Jahre DFL Braunschweig 1936–1961, S. 5.
[33] Mit »Krischan« ist der spätere General der Flieger Friedrich Christiansen (1879–1972) gemeint, erfolgreichster Seeflieger im 1. Weltkrieg, Ritter des Pour le mérite, während der Weimarer Republik Kommandant des Riesen-Flugschiffes Do X, dessen Transatlantikflüge damals berechtigtes Aufsehen erregten, wurde 1933 Ministerialrat im Luftfahrtministerium, erhielt 1935 das Kommando über die Fliegerschulen der Luftwaffe, 1937 zum Führer des NS-Fliegerkorps ernannt, in dem der gesamte Flugsport zusammengefaßt war.
[34] FAZ 11. 3. 1959, S. 11
[35] Die Verfasserin spielt damit auf Chamberlains Rückkehr von der Münchner Konferenz an.
[36] Bei dem deutschen Historiker handelte es sich um ihren Ehemann Alexander Graf Stauffenberg.
[37] Der Nationalsozialismus. Dokumente, hrsg. von W. Hofer, S. 204
[38] Documents on British Foreign Policy 1919–1939 Vol. IV Doc. 230

[39] C. Höltje: Die Weimarer Republik und das Ostlocarno-Problem 1919–1924, S. 164

[40] Dr. Kurt Zentner: Illustrierte Geschichte des Zweiten Weltkrieges, München 1963, S. 66

[41] Prof. Dr. Michael Freund: Deutschland unterm Hakenkreuz, Gütersloh 1965, S. 158 f.

[42] Schriftwechsel zwischen Roosevelt, Churchill und Stalin, 1941–1945, Bd. I, S. 204

[43] Tätigkeitsnachweis vom 27. 5. 1942, ausgestellt von der Erprobungsstelle der Luftwaffe Rechlin

[44] Rechliner Briefe, 5. Folge: Zielgeräte (Marquard), 52–19, hrsg. Juli 1984

[45] Zeugnis der E-Stelle Rechlin E 7 III für Gräfin Stauffenberg

[46] Berufs- und Tätigkeitsmerkmale des Ingenieurflugzeugführers, Aufzeichnungen von Heinrich Reck (Hamburg) vom 12. 10. 1983

[47] Schreiben von Christoph Regel an Verf. vom 23. 9. 1984

[48] Dipl.-Ing. Walther Ballerstedt an Christoph Regel, Schreiben vom 17. 3. 1982

[49] Dr. Georg Pasewaldt: Erfahrungen und Erkenntnisse einer Fliegerlaufbahn (persönliche Aufzeichnungen). Auszug aus dem Kapitel »Tapfere Frauen«. Die Begegnung in Rechlin ist nicht exakt datierbar, es muß im Frühjahr 1942 gewesen sein. Die Angabe über die EK II-Verleihung an Hanna Reitsch bedarf der Korrektur, das Verleihdatum war der 28. März 1941, das EK I erhielt sie am 5. November 1942

[50] Max Escher: Melitta Schiller-Stauffenberg. Eine Begegnung »Kulturwarte«, vermutlich Februar-Heft 1972, S. 44–47 mit Rötel- und Bleistiftzeichnungen vom Verfasser

[51] Georg Wollé, Aufzeichnungen vom 11. 2. 1974. Da Gräfin Stauffenberg 1941 in Rechlin tätig war, dürfte die Begegnung in Berlin 1942 gewesen sein.

[52] Bundesarchiv/Militärarchiv Freiburg, Schreiben vom 28. 3. 1978

[53] Simon: German Research in World War II, p. 77

[54] a. a. O., S. 37

[55] Die Originalbriefe sind, mit Eingangsstempel des RLM und Paraphen versehen, im Bundesarchiv/Militärarchiv Freiburg entdeckt worden.

[56] Hanna Reitsch: Fliegen – mein Leben, S. 284 ff.

[57] Dr. Georg Pasewaldt, Oberst a. D.: Erfahrungen und Erkenntnisse einer Fliegerlaufbahn (private Aufzeichnungen). In einem Brief vom 15. 2. 1975 teilte Dr. Pasewaldt Frau Dipl.-Ing. Klara Schiller mit, daß »es sich um ein handgeschriebenes Manuskript handelt, das nur ich selbst zu entziffern vermag«. Der hier erstmals veröffentlichte Text beruht auf einer Tonbandaufzeichnung, wobei der Verfasser seine Aufzeichnungen vorgelesen hatte.

[58] Heeres-Verordnungsblatt,hrsg. vom OKH, vom 5. 9. 1939

[59] Kurt G. Klietmann: Auszeichnungen des Deutschen Reiches 1936–1945, Stg. 1982, S. 30
[60] Diese Bezeichnung ist, wie sich aus dem bisher Ausgeführten ergibt, an falscher Vorstellung orientiert, d. h. irreführend.
[61] Name der Zeitung und Datum sind nicht bekannt. Dem Originalausschnitt aus der Kriegszeit ist ein Foto der Fliegerin von Dr. H. Franz beigefügt.
[62] Der 30. Januar galt als »Tag der Machtübernahme«.
[63] Görings Tochter
[64] Flugkapitän Hanna Reitsch in ihrem Brief an Frau Klara Schiller vom 7. 2. 1975
[65] Dies., Brief vom 18. 2. 1975
[66] Leserbrief in der WELT Nr. 178, 2. 8. 1973, von Hanna Reitsch
[67] Nicolaus v. Below, Schreiben an Frau Klara Schiller v. 17. 2. 1975
[68] Görings ehemaliger Adjutant
[69] Nicolaus v. Below am 26. 2. 1975 an Frau Klara Schiller
[70] Walter Lüdde-Neurath an Frau Klara Schiller am 25. 10. 1976
[71] Viktor v. Loßberg an Frau Schiller am 7. 10. 1976
[72] Prof. Dr.-Ing. Otto Holfelder an Klara Schiller am 17. 10. 76
[73] Prof. Dr.-Ing. W. Herrmann an Klara Schiller am 21. 10. 1976
[74] Richard Dreher an Konrad Stangl (Fürstenfeldbruck) am 5. Dezember 1975
[75] Alexander Graf Schenk v. Stauffenberg war seinerzeit verwundet nach Berlin gekommen. Im Tagebuch seiner Frau ist unter 6. 11. notiert: »Früh Telegramm aus Lublin, Schn. verwundet« (die Abkürzung des Kosenamens »Schnepfchen«). Am 14. 11. traf der Verwundete in Berlin ein (Tgb.-Eintrag).
[76] Über die RAF-Angriffe dieser Nächte s. Girbig, »Im Anflug auf die Reichshauptstadt«, S. 102 ff.
[77] Gräfin Nina v. Stauffenberg in einer handschriftlichen Aufzeichnung vom 23. 4. 1975 mit voller Unterschrift: Nina Schenk Gräfin von Stauffenberg geb. Freiin von Lerchenfeld
[78] gem. Artikel 2 der Verordnung vom 1. September 1939
[79] Richard Dreher an Frau Klara Schiller im April 1976
[80] Ders. an Frau Klara Schiller mit Schreiben vom 15. 7. 1976
[81] Oberstleutnant von Benda, Militärgeschichtliches Forschungsamt Freiburg, an Frau Dipl.-Ing. Klara Schiller am 5. 10. 1976
[82] Archiv-Nr. 1512 Bemerkungen in deutscher Schreibschrift
[83] Archiv-Nr. 1513
[84] Archiv-Nr. 1511
[85] Archiv-Nr. 1509
[86] Militärgeschichtliches Forschungsamt Freiburg, Oberstlt. v. Benda am 8. 11. 1976 an Frau Klara Schiller
[87] Archiv-Nr. 1510

[88] Archiv-Nr. 1508
[89] Archiv-Nr. 1506
[90] Archiv-Nr. 1507 (GL/F 1 IV E an GL/C)
[91] Abschrift für GL/Adj. (Oberst Pendele); Archiv-Nr. 1503–1505
[92] Claus v. Stauffenberg
[93] Tgb.-Eintragung: Sonntag, 5. Dez.: »Früh Flugplatz, Malmö, dort Konsul Nölda, bis 12 auf Visum gewartet, endlich gekommen« ...
[94] Anmerkung des Verfassers: Das bezieht sich auf Propellermaschinen, moderne Entwicklungen, wie den Turbinenjäger Me 262 oder den Raketenjäger Me 163 hat Gräfin Stauffenberg auch später (1944) nicht selbst geflogen.
[95] Es dürfte sich von selbst verstehen: von Ludwig van Beethoven
[96] Zuletzt verfiel Gräfin Stauffenberg wieder in den Telegrammstil ihrer Tagebücher, doch blieb der Text um der Authentizität willen unverändert.
[97] Az.: 11 b 10 Nr. 312/44 geh. (Org. R. L. M.), Nachlaßakten
[98] Reichsminister der Luftfahrt und Oberbefehlshaber der Luftwaffe
[99] Richtlinien, versehen mit handschr. Ergänzungen (Nachlaßdok.)
[100] Mit »Pims« ist ihre Schwester Klara gemeint.
[101] »Lotfernrohr 7B, C, C/D und D« in: »Luftfahrt international« Nr. 5 Sept./Okt. 1974, S. 701 ff.
[102] Der Windrichtkeil war ein flaches Prisma, das kontinuierlich von der Seite her in den Blickstrahl des Revi geschoben wurde, um ihn abzulenken, so daß durch Seitenwind oder Eigenbewegung des Schiffes bedingte Auswanderung des Zieles behoben wurde, die wahre Sturzflugrichtung aber auf den Punkt ging, an dem sich das Ziel im Augenblick des Einschlages befand. (Dipl.-Ing. Walther Ballerstedt, Mölln, am 27. 5. 83)
[103] Rechtsanwalt Hajo Herrmann überließ das Dokument zu Kopierzweckken leihweise dem Verfasser mit Schreiben vom 8. 3. 1982.
[104] Hajo Herrmann, Bewegtes Leben – Kampf- und Jagdflieger 1935–1945«, Stg. 1984, S. 350
[105] Kurt Finker: Stauffenberg und der 20. Juli 1944, S. 6, zuerst erschienen im Union Verlag, Berlin/DDR, 1977 ebenfalls bei Pahl-Rugenstein in Köln
[106] K. Finker, a. a. O., S. 5
[107] Ebd., S. 145, Stauffenberg hatte am 7. 4. 1943 infolge eines englischen Tieffliegerangriffs in Nordafrika das linke Auge, die rechte Hand und zwei Finger der linken verloren.
[108] Das Interview ist abgedruckt in der Zeitschrift »MUT« Nr. 239, Juli 1987, S. 20 ff.
[109] Vgl. S. 52 ff.
[110] Prof. Dr. Paul v. Handel in seinen persönlichen Aufzeichnungen »Erinnerungen an Litta«

[111] Erwähnt ist zuvor Waggum (ein anderer Flugplatz in Braunschweig), so daß sie vielleicht erst diesen Platz anflog. (Tagebuch der Gräfin Stauffenberg)

[112] Opitz war Regierungs- und Kriminalrat beim Reichssicherheitshauptamt, im Range eines SS-Sturmbannführers, der sich später in ungewöhnlicher Weise für Gräfin Stauffenberg eingesetzt hat.

[113] In der ersten Fassung (S. 71/Kalender 1943) heißt es: »Aber Verhandelnder schien sehr gut, gab nichts auf lächerlichen alten Kram.«

[114] Der Georgekreis hatte sich seit 1890 um den Dichter Stefan George (1868–1933) gebildet, aus Künstlern, Autoren und Wissenschaftlern, dem auch die Brüder Stauffenberg sich anschlossen.

[115] Brief des Rechtsanwalts Hajo Herrmann vom 4. 2. 1982 an den Verf.

[116] Brief Dr. Schranks vom 14. 3. 1975 an Frau Klara Schiller

[117] Oberst Helmut Lent gehörte zu den überragenden Persönlichkeiten der deutschen Luftwaffe und erhielt nach 100 Nachtabschüssen am 31. 7. 1944 die Brillanten zum Ritterkreuz. Am 1. 8. 1943 wurde Lent Kommodore des NJG 3, aber sein Einsatzwille vermittelte der gesamten deutschen Nachtjagd entscheidende Impulse. Am 5. 10. 1944 fiel bei einer Taglandung ein Motor seiner Maschine aus, die daraufhin eine Hochspannungsleitung berührte und abstürzte. Lent erlag am 7. 10. 1944 seinen schweren Verletzungen. Auch sein Bordfunker Kubisch und zwei weitere Besatzungsmitglieder fanden den Tod.

[118] Tgb.-Eintrag vom 21. 12. 1944: »Anruf Loßberg, schickt Leutert gute Beurteilung Nachtlandegerät« . . .

[119] Das Wachregiment war »in jenem Zeitpunkt nicht mehr als ein durch zwei Kompanien vermehrtes Bataillon« (Hagen, Zwischen Eid und Befehl, S. 74)

[120] zit. nach Hans W. Hagen, Zwischen Eid und Befehl, S. 23 f.

[121] Dr. Hans W. Hagen: Blick hinter die Dinge, Mü. 1962, S. 15 f.

[122] Ders.: Zwischen Eid und Befehl

[123] Hanna Reitsch: Fliegen – mein Leben, S. 326 f.

[124] Das einst beliebte Lied stammt aus der Zeit nach den Freiheitskriegen, den Text verfaßte Hanns Ferd. Maßmann.
»Ich hab' mich ergeben mit Herz und mit Hand,
dir, Land voll Lieb und Leben, mein deutsches Vaterland!
Mein Herz ist entglommen, dir treu zugewandt,
du Land der Frei'n und Frommen, du herrlich Hermannsland!
Will halten und glauben an Gott fromm und frei!
Will, Vaterland, dir bleiben auf ewig fest und treu!
Ach Gott, tu erheben mein jung Herzensblut zu frischem
freud'gem Leben, zu freiem, frommem Mut!
Laß Kraft mich erwerben in Herz und in Hand, zu leben
und zu sterben fürs heil'ge Vaterland!«

[125] Tgb.-Notiz: »Lt. Welter, 262, ruft an, bei Eick Besprechg., daß in 262

Einbau mache«. Da die Beförderung Welters zum Oberleutnant am 1. 12. 1944 erfolgt war, dürfte dies nicht der erste Kontakt gewesen sein.

[126] Cajus Bekker: Angriffshöhe 4000. Kriegstagebuch der deutschen Luftwaffe, S. 462

[127] Ernst Obermaier: Die Ritterkreuzträger der Luftwaffe, Bd. I Jagdflieger, S. 73; Welter erzielte insges. 63 Luftsiege, davon 56 nachts, darunter 25 Mosquitos mit der Me 262!

[128] Mano Ziegler: Turbinenjäger Me 262, S. 156

[129] Ebd., S. 157

[130] Ders., a. a. O., S. 157

[131] Technischer Vorbescheid des OKL Chef TLR/FL-E 5/V C Auftrags-Nr. SS 5502/0450/45 vom 16. 1. 1945 (Nachlaß-Akte)

[132] Mo., 8. 1. 1945: »6.26 Abf. Chlbg. – Bromberg«

[133] Geheime Kommandosache! SLBKW 0310 14/2 (1845) OKL Genst. Gen. Qu. AT Lw Bodenorg. Nr. 579/45 GKdoS v. 13. 2. 1945 (Nachlaß-Akte)

[134] Kommandeur der T. A. L. am 17. Februar 1945 (Nachlaß-Akte)

[135] Auffälligerweise fehlt die vom Stabsintendanten im Schreiben an Flugkapitän Lindner vom 6. März 1945 »betr. Übertragung der Verwaltungsgeschäfte« verwendete Grußformel »Heil Hitler!« in diesem Schriftstück.

[136] Nachlaß-Dokumente

[137] Sein erst im Juni 1944 tödlich verunglückter Vater und Franz v. Papen waren Brüder.
Auf die Spur des für die letzten Tage wichtigsten Zeitzeugen Hubertus v. Papen-Koeningen führte erst 1988 ein Aufruf im JÄGERBLATT (Organ der Gemeinschaft d. Jagdflieger), den Herr Dr. Fritz Marktscheffel (Glashütten) für den britischen Luftkriegshistoriker Richard P. Bateson schrieb. Der Verfasser weiß sich beiden Herren zu außerordentlichem Dank verpflichtet.

[138] Interview mit Herrn Hubertus v. Papen-Koeningen am 10. August 1989 in Haus Koeningen bei Werl.

[139] Ders. in einem Brief an Frau Klara Schiller vom 11. 2. 89

[140] H. v. Papen-Koeningen in einem Brief an Richard P. Bateson (London) vom 1. 7. 1989

[140a] Elisabeth zu Guttenberg: Beim Namen gerufen. Erinnerungen, Berlin 1990, S. 191 f.

[141] Aus einem Brief, den Frau Fey Pirzio Biroli von Hassell (Rom) an Frau Klara Schiller schrieb (28. Dezember 1988).

[142] Eugen Kogon: Der SS-Staat (Wilhelm Heyne Verlag München), S. 213

[143] Nachlaß-Dokument

[144] Interview am 10. 8. 1989

[145] Brief an Klara Schiller vom 11. 2. 1989

[146] Interview am 10. 8. 1989

[147] Nachlaß-Dokumente
[148] Interview am 10. 8. 1989
[149] Hervorhebung vom Verf.
[150] Donnerstag war der 5. April 1945
[151] Auswirkungen vorangegangener Tieffliegerangriffe. Anm. des Verf.
[152] Hervorhebung d. d. Verf.
[153] Eberhard Bethge: Dietrich Bonhoeffer. München 1967, S. 1032 f.
[154] Brief von Frau Fey Pirzio Biroli von Hassell v. 28. 12. 1988
[155] Die Entfernung beträgt etwa 60 km Luftlinie. Der Abschuß erfolgte bei Straßkirchen, etwa 15 km östlich Straubing.
[156] Erinnert sei an den Jaboangriff in Nohra am 5. 4. 1945
[157] Durch den britischen Luftangriff am 3./4. 4. 1945 wurde Nordhausen zu 70% zerstört.
[158] Der Sachverhalt wird durch Zeugenaussage noch richtiggestellt (Zeugin Berta Sötz, Straubing).
[159] In jenen Tagen war Fliegeralarm überflüssig. Der Verf. erlebte am 11. 4. 1945 selbst einen Luftangriff von ca. 25 viermotorigen Bombern auf die Bahnanlagen in Soltau, als sie ohne Alarm plötzlich anflogen, so daß die auf der Straße spielenden Kindern nur durch unverzügliche Flucht in die Keller ihr Leben retteten, darunter auch der Verfasser.
[160] Erinnerungen der Gräfin Nina Stauffenberg, zitiert nach dem Typoskript von Jutta Rudershausen.
[161] Sämtliche Angaben im letzten Hauptsatz entsprechen nicht dem neuesten Informationsstand.
[162] In dem Raum flogen nur US-Jäger vom Typ P-47 und P-51
[163] Max Escher: Melitta Schiller-Stauffenberg. Eine Begegnung, S. 47
[164] Brief an den Verf. vom 1. 11. 1986
[165] Nachlaß-Dokument wie Nr. 1
[166] Am 15. 8. 1989 telefonisch vom Verf. befragt, ob er mit Sicherheit einen Fieseler Storch erkannt habe, räumte der ehemalige Frontsoldat Bugl ein, nicht so sicher zu sein.
[167] Damals Reichsbahn
[168] Dem Verf. erklärte Herr Dr. Siegl telefonisch am 15. 8. 1989, Gräfin Stauffenberg hätte starke Schmerzen gehabt, weshalb er ihr eine Spritze mittlerer Dosis verabreicht hätte. Auf das Flugzeug angesprochen, wollte sich Dr. Siegl nicht auf eine Fi 156 festlegen.
[169] Soldatensprache: Sanitätskraftwagen
[170] Josef Wünsche an Frau Klara Schiller, Brief v. 4. 5. 1989. Die Angabe über den Jägeralarm stützt sich auf Aussagen der Zeugin Berta Sötz, die als Chefsekretärin der Fliegerhorstkommandantur Straubing am 8. 4. 1945 Dienst hatte.
[171] Fernsehdokumentarfilm 1974
[172] Mit dieser Einschränkung räumt Dr. Angerer sogleich ein, daß er sich als Laie getäuscht haben kann. Die Flugzeugmotoren unterschieden sich

erheblich (Bü 181: Hirth HM 500, 105 PS; Fi 156: Argus As 10C, 240 PS; Me 109: DB 605, zuletzt 1475 PS).

[173] Dr. med. Albin Angerer (Würzburg) an Josef Wünsche, 27. 2. 1974

[174] Die Messerschmitt Bf 109 erreichte eine Höchstgeschwindigkeit von 640 km/h (G-4-Version), allenfalls 680 km/h (K-4).

[175] Josef Bugl: Ortsgeschichte von Straßkirchen (1986), S. 214

[176] Den Computerausdruck beschaffte ein amerikanischer »fellow-researcher«, Lorenz Rasse aus Livermore, California.

[177] Josef Wünsche im Telefongespräch mit dem Verf. (24. 8. 1989)

[178] Telefongespräch des Verf. mit Frau Sötz (Straubing) am 22. 8. 1989

[179] Hellmut Diwald: Deutschland – aber was ist es? A. a. O., S. 52

[180] Ders.: Geschichte der Deutschen, Einleitung, S. 16

[181] Ders.: Mut zur Geschichte, S. 8

Nachwort

Zeitgeschichtliche Dokumentationen unterscheiden sich heutzutage nach ihrer thematisch bedingten Polarität einer entweder vorwiegend militärhistorischen oder einer grundsätzlich human- und sozialgeschichtlichen Betrachtungsweise. Ist jene orientiert an soldatischen Leistungen, wehrtechnischen Einzelheiten und sog. »Waffentaten«, so lenkt diese die Aufmerksamkeit ausschließlich auf die Seite der Opfer von Krieg und Gewaltherrschaft, stellt entschieden die Leiden über alle Erfolge und Leistungen. Doch eine biographische Darstellung, die den Schicksalsweg der Gräfin Melitta Schenk v. Stauffenberg nachzuzeichnen versucht, ist unbedingt darauf angewiesen, beiden Aspekten zeithistorischer Betrachtungsweise gerecht zu werden.

Gewiß läßt schon der Name Stauffenberg nach der Rolle im Widerstand gegen die nationalsozialistische Diktatur fragen. Aber die Frage muß ganz anders lauten: Wie konnte damals die kritische Haltung gegenüber dem Regime mit dem vollen Einsatz einer wehrtechnischen Tätigkeit im Dienste der Diktatur vereinbart werden? In ihrer Stockholmer Rede hat Gräfin Stauffenberg selbst auf diese Frage geantwortet und deutlich gemacht, wie sie innerlich zu ihrer Aufgabe stand. Sie war sich offenkundig der ganzen Zwiespältigkeit und Problematik bewußt, über die der frühere Bundestagspräsident Eugen Gerstenmaier aussagte:

»Was wir im deutschen Widerstand während des ganzen Krieges nicht wirklich begreifen wollten, haben wir nachträglich vollends erkannt: daß dieser Krieg eben nicht nur gegen Hitler, sondern gegen Deutschland geführt wurde. Das Scheitern aller unserer Verständigungsversuche aus dem Widerstand ... war deshalb kein Zufall.«

Zeithistorische Zusammenhänge, isoliert und undifferenziert betrachtet, werden nicht selten einer verzerrten Optik ausgesetzt und trotz ihrer Komplexität simplifiziert dargestellt. Insofern lehrt die Geschichte der Gräfin Stauffenberg, wie unzureichend der selektive Umgang mit historischer Wahrheit sein kann, wenn mit gängigen Klischeevorstellungen Kompliziertes reduziert wird auf die Begriffe »Militarismus« einerseits und »Trauerarbeit« andererseits. Die unbeirrte Einsatztätigkeit dieser außergewöhnlichen Frau, die sich allen Herausforderungen der Kriegsjahre mutig stellte, zeigt jedenfalls, welche spannungsvollen Antinomien zur Wirklichkeitsbestimmung jener Zeit beitrugen. Das kann nur denjenigen überraschen, der sich der Erkenntnis des Erlanger Historikers Prof. Dr. Hellmut Diwald verschließt: »Seit Jahr und Tag leben wir in einer Atmosphäre beständiger Irreführungen und Entstellungen, verdeckter und als demokratische Votivbilder aufgeputzter Unwahrheiten. Dort, wo sie sich als besorgniserregende Halbwahrheiten anbieten, ist keine Besorgnis zu spüren, die irgend jemanden treibt, und noch weniger ein Gespür für die Heuchelei, mit der versucht wird, uns die halbe Wahrheit einzuflößen.«[179]

Eine der damit vorprogrammierten Konsequenzen offenbarte der z. T. unwürdig geführte »Historikerstreit« in den achtziger Jahren. Intolerant gegenüber selbstverständlichen Forderungen wissenschaftspluralistischer Verantwortlichkeit, beansprucht eine Hypothesenbestätigungsforschung nach der Zielvorgabe bestimmter politischer Zweckmäßigkeiten den absoluten Vorrang. »Geschichtsschreibung schloß zu allen Zeiten auch eine moralische Bilanz ein. Doch erst nach 1945 trat sie bei den Deutschen in den Dienst einer Selbstdiskriminierung.«[180]

Aufrichtige Völkerverständigung und -versöhnung bedarf jedoch des tragfähigen Fundaments historischer Wahrhaftigkeit und damit gegenseitiger Achtung. Indes: »Die herrschende

Zeitlage, ihre Meinungen und Schwankungen haben nichts mit dem Willen zu rigoroser Sachlichkeit zu tun, ohne den sich unsere Geschichte nicht wiedergewinnen und unsere Selbstklärung nicht voranbringen läßt. Ein Volk, das sich seiner Vergangenheit berauben, seine Erinnerung verzerren und seinen Selbstwert verstümmeln läßt, entwurzelt seine Existenz.«[181]
Somit bleibt zu hoffen, daß die Erinnerung an Melitta Gräfin Schenk v. Stauffenberg auch etwas von dem vermitteln möge, was nach Diwald zu »unserer Selbstklärung« beitragen kann.

Danksagung

Zu großem Dank verpflichtet ist der Verfasser den einstigen Kollegen, Vorgesetzten und Fachleuten, die Melitta Schiller-Stauffenberg gut gekannt haben und ihre Erinnerungen schriftlich festhielten. Die meisten von ihnen sind schon selbst nicht mehr am Leben, ihrer sei in Dankbarkeit gedacht. In besonderem Maße gilt der Dank Herrn Prof. Dr. Hermann Blenk (Braunschweig), der mit fachlichem Rat wertvolle Unterstützung gewährte und das Typoskript durchlas. Seine freundliche Anteilnahme erwies sich als außerordentlich förderlich. Dem früheren Leiter des Luftfahrtbundesamtes Braunschweig, Herrn Dipl.-Ing. Karl Kössler, verdanke ich die Kontakte zu den ehemaligen »Rechlinern« und zusätzliche Unterstützung. Wertvolle Informationen über die Luftwaffenerprobungsstelle Rechlin verschafften mir die Herren Christoph Regel (Ostfildern), Dipl.-Ing. Walther Ballerstedt (Mölln), Dipl.-Ing. Hans Schwenk (Nürtingen) und Heinrich Reck (Hamburg). Von unschätzbarem Wert sind ferner die Informationen, die Aufschluß gaben über die letzten Tage im Leben der Gräfin Stauffenberg und wir dem Bericht des ehemaligen Luftwaffenoffiziers Hubertus v. Papen-Koeningen (Werl) verdanken. Sie konnten die unermüdlichen Recherchen der Herren Sepp Wünsche (Straubing), Dr. Albert Niedermayer (Dietzenbach) und Josef Bugl (Straßkirchen) auf sinnvolle Weise ergänzen. Mein amerikanischer »fellow researcher« Lorenz Rasse (Livermore, California) beschaffte dankenswerterweise amtliche Unterlagen der USAF. Ebenso dankbar für Anregungen und Bemühungen bin ich den Herren Rechtsanwalt Hajo Herrmann (Düsseldorf), P. W. Stahl (Prien a. Chiemsee), Dr. Fritz

Marktscheffel (Glashütten), Mr. Richard P. Bateson (London) und Gottfried Baron (Bielefeld). Schließlich erfüllt mich mit Freude und Dankbarkeit das von Frau Elly Beinhorn freundlicherweise geschriebene Geleitwort.

In besonders hohem Maße verbunden bin ich Frau Dipl.-Ing. Klara Schiller (Ulm-Söflingen), die nicht nur über Jahrzehnte gemeinsam mit ihrer Schwester Dr. Jutta Rudershausen unendliche Mühe auf Materialbeschaffung und Korrespondenzen verwandte, sondern mit bewundernswerter Geduld, viel Verständnis für häufige Unterbrechungen und zahlreichen Hinweisen über Jahre meine Arbeit begleitete. Manche Anregung zur Überprüfung einzelner Punkte verdanke ich ihrer aufmerksamen Manuskriptdurchsicht, an der auch freundlicherweise Frau Dr. Gerda Moninger beteiligt war.

Nicht zuletzt gebührt unser aller Dank der Verlagsgruppe Ullstein/Langen Müller für die Veröffentlichung des Buches, dessen Erscheinen dadurch 45 Jahre nach dem Fliegertod der Gräfin Stauffenberg ermöglicht wird.

Braunschweig, 8. April 1990 Gerhard Bracke

Quellen- und Literaturverzeichnis

I. Unveröffentlichte Quellen

Akten des Bundes-/ Militärarchivs Freiburg

Die »Milch Documents« des Militärgeschichtlichen Forschungsamtes Freiburg

Nachlaßdokumente, Briefe und Tagebuchaufzeichnungen der Gräfin Melitta Schenk v. Stauffenberg

Schriftliche Berichte und Tonbandaufzeichnungen von Zeitzeugen

Korrespondenzen und eidesstattliche Erklärungen

»Erinnerungen an Melitta Schiller« von Prof. Blenk

Heinrich Reck: Berufs- und Tätigkeitsmerkmale des Ingenieurflugzeugführers (Aufzeichnungen 1983)

Beiträge zu einer Biographie ihrer Schwester Melitta von Dr. Jutta Rudershausen geb. Schiller

»Erinnerungen an Melitta Schiller« von Georg Wollé (1974)

Erfahrungen und Erkenntnisse einer Fliegerlaufbahn, persönliche Aufzeichnungen von Dr. Georg Pasewaldt, Oberst a. D.

II. Literatur

Aders, Gebhard: Geschichte der deutschen Nachtjagd 1917–1945, 2. Aufl. Stuttgart 1978

Bekker, Cajus: Angriffshöhe 4000. Kriegstagebuch der deutschen Luftwaffe, Oldenb./Hamburg 1964

Beinhorn, Elly: Alleinflug – Mein Leben, 2. Aufl., München 1978

Beiträge zur Geschichte der deutschen Luftfahrtwissenschaft und -technik, Bd. I, hrsg. von der Deutschen Akademie der Luftfahrtforschung, Bln. 1941

Bethge, Eberhard: Dietrich Bonhoeffer, München 1967

Blenk, Hermann, Prof. Dr. phil.: Erinnerungen an Ludwig Prandtl. Vortrag beim 3. Treffen der Ludwig-Prandtl-Ring-Träger mit jungen Wissenschaftlern und Ingenieuren am 9. Mai 1972 in Bad Godesberg.

Ders.: Über die Aufgaben der WGLR, Beitrag in Jahrbuch 1962 der Wissenschaftlichen Gesellschaft für Luft- und Raumfahrt e. V. (WGLR), hrsg. von Prof. Dr. Hermann Blenk

Bracke, Gerhard: Gegen vielfache Übermacht. Aspekte der Luftkriegswirklichkeit 1942–1945, Stg. 1977
Brütting, Georg: Deutsche Fluggeschichte, Bd. III, Stuttgart 1979
Bugl, Josef: Ortsgeschichte von Straßkirchen (1986)
Czesany, Maximilian: Alliierter Bombenterror. Der Luftkrieg gegen Europas Zivilbevölkerung. Leoni 1986
Diwald, Hellmut: Geschichte der Deutschen (1. Aufl.), Frankf./M., Berlin, Wien 1978
Ders.: Mut zur Geschichte, Bergisch-Gladbach 1983
Ders.: Deutschland – aber was ist es? Thesen zur nationalen Identität. Beitrag in: Was ist deutsch? Die Unvermeidlichkeit, eine Nation zu sein, hrsg. von Gerd-Klaus Kaltenbrunner-Asendorf 1988
Documents on British Foreign Policy 1919–1939 Vol. IV
Escher, Max: Melitta Schiller-Stauffenberg. Eine Begegnung, Beitrag in »Kulturwarte« vom Febr. 1972
Finker, Kurt: Stauffenberg und der 20. Juli 1944, Köln 1977
Girbig, Werner: ... im Anflug auf die Reichshauptstadt. Die Dokumentation der Bombenangriffe auf Berlin, Stuttgart 1970
Gordon, Arthur: Die Fliegerei. Illustrierte Geschichte von den Anfängen bis zur Raumfahrt, Gütersloh 1964
Guttenberg, Elisabeth zu: Beim Namen gerufen. Erinnerungen, München 1990
Herrmann, Hajo: Bewegtes Leben. Kampf- und Jagdflieger 1935–1945, Stuttgart 1984
Hagen, Hans W.: Zwischen Eid und Befehl. Tatzeugenbericht von den Ereignissen am 20. Juli 1944, München 1964 (3. Aufl.)
Ders.: Blick hinter die Dinge. 12 Begegnungen, München 1962
Hedin, Sven: Amerika im Kampf der Kontinente, 2. Aufl., Leipzig 1943
Hoffmann, Peter: Widerstand. Staatsstreich. Attentat. Der Kampf der Opposition gegen Hitler, Frankf./M. – Berlin 1970
Hoggan, David L.: Der erzwungene Krieg. Die Ursachen und Urheber des 2. Weltkriegs, Tübingen 1962
Holzapfel, Carl Maria / Stocks, Käte und Rudolf: Frauen fliegen. Sechzehn deutsche Pilotinnen in ihren Leistungen und Abenteuern, Berlin 1931
Irving, David: Die Tragödie der deutschen Luftwaffe. Aus den Akten und Erinnerungen von Feldmarschall Milch, Frankf./M., Berlin, Wien 1970
Just, Günther: Stuka-Oberst Hans-Ulrich Rudel, 4. Aufl., Stuttgart 1976
Klietmann, Kurt-G.: Auszeichnungen des Deutschen Reiches 1936–1945. Eine Dokumentation ziviler und militärischer Verdienst- und Ehrenzeichen. Stg. 1982 (2. Aufl.)
Kogon, Erich: Der SS-Staat, München 1946
Kurowski, Franz: Berühmte Fliegerinnen, Göttingen, 1974
v. Langsdorff: General der Flieger Friedrich Christiansen, Deutsches Soldatenjahrbuch 1975, S. 404 ff.

Nowarra, Heinz J.: Gezielter Sturz – Die Geschichte der Sturzkampfbomber aus aller Welt, Stg. 1982
Obermaier, Ernst: Die Ritterkreuzträger der Luftwaffe, Bd. I, Jagdflieger, 2. überarb. Aufl., Mainz 1989
Rassinier, Paul: Die Lüge des Odysseus, Wiesbaden 1959
Reitsch, Hanna: Fliegen – mein Leben, München 1973
Dies.: Höhen und Tiefen 1945 bis zur Gegenwart, München 1978
Schiller, Melitta: Englandflug mit Zwischenfällen, Zeitschrift »ASKANIA-Werke«, Heft Nr. 15 Januar – Februar 1939
Schneider, Helmut (Hrsg.): Flugzeug-Typenbuch, Handbuch der deutschen Luftfahrt- und Zubehör-Industrie. Nachdruck der Originalausgabe von 1944, Bindlach 1986
Schulz, Werner: Deutsche Luft- und Raumfahrt / Mitteilung 81-03, Zur Entwicklung der flugmechanischen Forschung in Braunschweig, hrsg. von der Deutschen Forschungs- und Versuchsanstalt für Luft- und Raumfahrt / Institut für Flugmechanik, Braunschweig 1981
Seraphim, Hans-Günther: Nachkriegsprozesse und zeitgeschichtliche Forschung. Beitrag in: Mensch und Staat in Recht und Geschichte, Festschrift für Herbert Kraus (1954)
Simon, Leslie E.: German Research in World War II. An Analysis of the Conduct of Research, New York / London 1947
Späte, Wolfgang: Der streng geheime Vogel Me 163, München 1983
Venohr, Wolfgang: Stauffenberg – Symbol der deutschen Einheit. Eine politische Biographie, Frankfurt/Main – Berlin 1986
Wilde, Jürgen u. a. (Hrsg.): Kurt Wilde – Erinnerungen an sein Leben und Wirken, o. J. (1973)
Zentner, Kurt: Illustrierte Geschichte des Zweiten Weltkrieges, München, 1963
Ziegler, Mano: Turbinenjäger Me 262 – Die Geschichte des ersten einsatzfähigen Düsenjägers der Welt, Stuttgart 1977

Dokumentenanhang

Frau Flugkapitän Schiller

Der Reichsminister der Luftfahrt hat, wie wir bereits an anderer Stelle meldeten, der Flugzeugführerin Dipl.-Ing. Melitta Schiller den Titel Flugkapitän verliehen.

Unaufhörlich rattert der Fernsprecher bei den Askania-Werken. Man möchte die junge Frau Flugkapitän zu ihrem Erfolge beglückwünschen. Doch Melitta Schiller, der Flugkapitän — übrigens kein Sportmädeltyp, sondern durchaus Wissenschaftlerin und Dame — ist viel zu bescheiden und zurückhaltend, um sich bewundern und feiern zu lassen. Deswegen hat sie sich, um allen Ehrungen aus dem Wege zu gehen, kurzerhand aus dem Staub gemacht und eine Dienstreise angetreten.

Der Zufall fügt es, daß auch ihre Wiege in schlesischem Lande stand. Hanna Reitsch, Deutschlands erster weiblicher Flugkapitän, stammt aus Hirschberg in Niederschlesien, Melitta aus Oberschlesien. Während sich der Wunschtraum unserer meisten Fliegerinnen früh in den blauen Aether schwang, wirbelte es in dem Kopf der kleinen Melitta wieder und immer wieder von Zahlen, technischen und mathematischen Begriffen, die sich bald zu einem festen Plan verdichteten. Und der hieß: Diplom-Ingenieur!

Mit bemerkenswerter Willenskraft und Ausdauer hat Melitta Schiller ihr Schicksal fest in die Hände genommen, hat in unermüdlichem Schaffen die Kosten für ihr Studium und die spätere fliegerische Ausbildung selbst erarbeitet. Auf dem Umweg über die exakte Wissenschaft also führte die Lebensbahn ins Reich der Lüfte.

Neun Jahre sind es jetzt her, als sich die Studentin Melitta Schiller an der Technischen Hochschule München ihr Diplom in technischer Physik erwerben konnte. Eine Anstellung bei der Hamburgischen Schiffsbauversuchsanstalt folgte. Da mag eines Tages der Wunsch aufgekeimt sein, die Versuche auf dem Wasser mit denen in der Luft zu vertauschen oder mindestens zu ergänzen. Kurze Zeit später schon finden wir sie in voller Tätigkeit bei der Deutschen Versuchsanstalt für Luftfahrt. Seit einem Jahr nun arbeitet Melitta Schiller als Diplom-Ingenieur und Erprobungsfliegerin bei den Askania-Werken. Sie ist dort mit der Durchführung schwieriger mathematischer und fliegerischer Sonderaufgaben betraut. Mit derselben Gewissenhaftigkeit, die ihre Dienststunden auszeichnet, nutzte sie ihre Freizeit.

Keine freie Minute, die nicht ihrer Ertüchtigung auf fliegerischem Gebiete galt! Schon 1929 begann die Ausbildung zur Pilotin. Sie hatte zwar bald den einen Flugzeugführerschein, bald den anderen in der Tasche. Das genügte aber immer noch nicht! Sie arbeitete mutig weiter, wechselte von einer Flugart zur andern, und so kommt es, daß Melitta Schiller heute als einzige Frau sämtliche Flugzeugführerscheine für alle Klassen von Motorflugzeugen, für Kunstflug, Segelflug und Segelkunstflug besitzt. Schließlich folgte noch die Ausbildung im Blindflug, die Teilnahme an Funklehrgängen und — last not least — der Flug in den Ehehimmel.

Und das alles, obwohl nebenher der verantwortungsvolle Beruf lief, in verhältnismäßig sehr kurzer Zeit. Denn die Flugkapitänin hat eben erst die Dreißig überschritten. Der Direktor der Askania-Werke hat ihr im Auftrage des Reichsministers für Luftfahrt die Urkunde, die sie zur Führung des Titels Flugkapitän berechtigt, mit guten Wünschen für die Zukunft und eine weitere erfolgreiche Tätigkeit überreicht. Diesen guten Wünschen schließen sich alle an, die Melitta Schiller als Menschen und Berufskameraden kennen und verehren.

DEUTSCHE LUFTHANSA
AKTIENGESELLSCHAFT
MITGLIED DER INTERNATIONAL AIR TRAFFIC ASSOCIATION

Drahtanschrift: Lufthansa Mosse-Code | Fernschreiber: K1 Berlin 295 | Fernruf: Ortsgespräche 19 53 53 Ferngespräche 19 54 81 | Postscheckkonto: Berlin Nr. 341 55 | Reichsbank-Girokonto Nr. 72

BERLIN SW 29, den 24. Februar 1941
Flughafen

Ihr Schreiben vom   Ihr Zeichen   Unser Zeichen F.Sicherung Br/Pw.

Betrifft:

B e s c h e i n i g u n g.

Frau Gräfin S t a u f f e n b e r g, geb.Schiller, hat im Winter 1935/36 an einem unserer Blindfluglehrgänge von 2 Wochen Dauer in Hannover und im Winter 1936/37 an einem ebensolchen Blindfluglehrgang in Breslau mit Erfolg unter Leitung unseres Flugkapitäns, Herrn Helm, teilgenommen.

Die Blindflugschulung erfolgte auf Flugzeugen der Muster Ju W 33, W 34 und Ju 52 und erstreckte sich sowohl auf reinen Instrumentenflug als auch auf Schulung der verschiedenen Blindlandeverfahren. Gesamtflugdauer während der beiden Lehrgänge etwa 25 Stunden.

Deutsche Lufthansa
Aktiengesellschaft

i.V. Helm   i.A. [signature]

GAUDIPLOM FÜR HERVORRAGENDE LEISTUNGEN

EINLAGE № 946

DLH 95
10. 40

C/1512

Vorsitzer des Aufsichtsrats: Dr. Emil Georg von Stauß · Vorstandsmitglieder: Erhard Milch, Carl August Frhr. v. Gablenz, Walter Luz
Luftreisebüro Berlin W 8, Friedrichstr. 177, Fernruf: 11 76 11 · Luftexpreßgut-Annahme Berlin W 8, Kronenstr. 46, Fernruf: 19 53 53
Erfüllungsort für beide Teile: Berlin

Der Reichsminister der Luftfahrt
und Oberbefehlshaber der Luftwaffe
Technisches Amt
Erprobungsstelle der Luftwaffe Rechlin

Postanschrift Erprobungsstelle der Luftwaffe Rechlin . Rechlin/Müritz

Drahtwort
Erprobung Rechlin/Mecklenburg
Fernsprecher
Mirow/Mecklenburg Nr. 230
Güterstation
Ellerholz MFWE / Anschlußgleis E'Stelle
Bankkonten
Reichsbank-Nebenstelle Neustrelitz
Sparkasse der Stadt Mirow Nr. 212
Postscheckkonto Berlin 109486

Ihre Zeichen | Ihre Nachricht vom | Zeichen | RECHLIN 27. MAI 1942

T ä t i g k e i t s n a c h w e i s

Flugkapitän Gräfin Melitta Schenk von Stauffenberg wurde lt. Vfg. LC 7 Nr.4643/39 geh. vom 17.10.39 am 24.10.39 zur Erprobungsstelle der Luftwaffe Rechlin kommandiert, um verschiedene Sturzflugvisiere zu erproben und dabei auftauchende technische und wissenschaftliche Probleme zu klären.
Sie hat seit dieser Zeit bis zu ihrer am 1.2.42 erfolgten Kommandierung zur Luftkriegsakademie Gatow insgesamt über 900 vermessene und gefilmte steile Zielstürze, durchschnittlich von 5000 auf 1000 m Höhe auf Flugzeugen der Klasse B und C mit verschiedenen neuen Visiergeräten durchgeführt. -

Die genaue Auswertung der Meßstürze wurde von Gräfin Stauffenberg selbst geleitet und die Ergebnisse wissenschaftlich durchgearbeitet. Sie sind in zusammen 10 Berichten (geh.) niedergelegt und konnten so für die Weiterentwicklung nutzbar gemacht werden.

I.A.

Hauptmann und Leiter
der Erprobungsstelle.

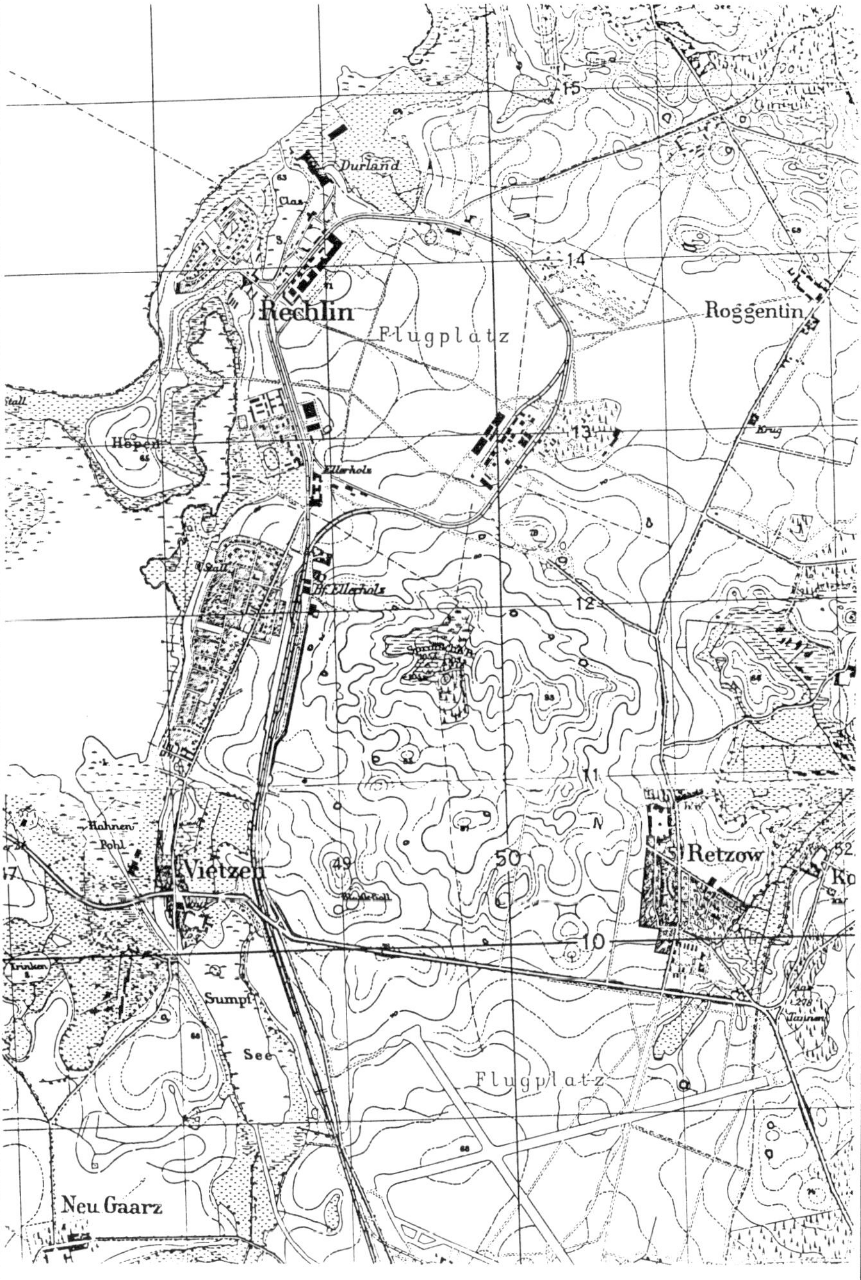

Durland
Rechlin
Flugplatz
Roggentin
Höpen
Ellerholz
Bf. Ellerholz
Krug
Hahnen Pohl
Vietzen
Retzow
Sumpf See
Flugplatz
Neu Gaarz
15
14
13
12
11
10
49
50

Vorläufiger Bericht

O p t i s c h e   N a c h t l a n d e v e r f a h r e n

f ü r   J ä g e r

Sachbearbeiterin

. . . .

Flugkapitän Dipl.-Ing.

10. Mai 1944

N a c h t l a n d e v e r f a h r e n   f ü r   J ä g e r .

Auf Anregung von Gen. d. Jagdflieger, Oberst Herrmann, wurde das Nachtlandeverfahren nach Obersturmbannführer Oppermann nochmals genau untersucht.

Das Verfahren besteht darin, dass +)"auf der Landeachse ausserhalb des Rollfeldes senkrecht zur Startrichtung eine Lichterkette A von 10 bis 20 m mit roten Leuchten und etwa 80 m davor eine grüne Lichterkette B von 5 bis 10 m Länge parallel zu A aufgestellt wird. Beide Ketten sind in der Höhe verstellbar und strahlen nur in Richtung des landenden Flugzeugs. Bei B befindet sich ausserdem eine in der Höhe verstellbare grüne Einzelleuchte C. Ein Anflugfeuer D soll das Flugzeug auf die Landeachse bringen.
Der Flugzeugführer des anfliegenden Flugzeugs fliegt über D an und bringt beim Anflug zunächst C und die Mitte der Lichterkette A zur Deckung, um den richtigen Gleitwinkel zu bekommen. Da dieser Gleitwinkel für die verschiedenen Flugzeugmuster unterschiedlich ist, wird Leuchte C jeweils in der Höhe verstellt.
Sobald das Flugzeug die Platzgrenze erreicht, erhält der Flugzeugführer vom Boden ein Lichtsignal H, macht einen Slip, bis sich Lichterkette A und B überdecken und fängt die Maschine alsdann ab". (Skizze 1)

1.) Genauigkeit des Verfahrens.

In Abb. 1a ist grundsätzlich die bei diesem Landeverfahren zu erzielende Genauigkeit untersucht: In Abhängigkeit von dem Abstand der Leuchtreihen A B ist der Oeffnungswinkel aufgetragen, der bestimmten Fehlern in der Abfanghöhe zugeordnet ist (siehe Skizze 1). Selbst wenn ein Höhenfehler beim Abfangen von 2 m zugelassen wird, ist bei dem ursprünglich vorgesehenen Abstand der Leuchtreihen von 80 m der

---

+) Aus dem Bericht des Kommando der Erprobungsstellen Brb.Nr.1311/44 geh. (Ia)

Oeffnungswinkel bei einer Entfernung des Aufsetzpunktes vom Platzende von 500 m kleiner als 2', bei einer Entfernung von 1000 m kleiner als 1'.+) Der Abstand müsste also noch erheblich grösser gewählt werden, um deutlich erkennbare und vor allem fliegerisch einfach zu beherrschende Oeffnungswinkel zu erzielen, was praktisch kaum durchführbar ist.

2.) Neuer Vorschlag.

Es wird daher hier ein neuer Vorschlag gemacht: Aus Abb. 1b geht hervor, dass das Verfahren durchaus brauchbar wird, falls der Aufsetzpunkt auf etwa 100 - 200 m an die erste Lichterreihe heranrückt und der Abstand A B entsprechend grösser wird. Dies ist selbstverständlich bei schnellen Maschinen mit entsprechend langem Auslauf auf normalem Wege unmöglich. Dagegen besteht die Möglichkeit, die erste Lichterreihe seitlich an der Landebahn entlang aufzustellen, in etwa 100 bis 200 m Entfernung, und sie durch einen unter 45° am Revi angebrachten Spiegel oder eine im Revi entsprechend angebrachte halbdurchlässige Scheibe in das Blickfeld nach vorn einzuspiegeln. Sie erscheint dann in der entsprechenden Entfernung vor dem Flugzeug. Die zweite Lichterreihe kann in diesem Falle am Platzrand aufgestellt werden, wodurch die Schwierigkeit der Aufstellung im Gelände entfällt und die Fernschaltung der Beleuchtung mit den vorhandenen Kabeln der Platzbefeuerung vorgenommen werden kann. Das Prinzip des neuen Vorschlags zeigt Skizze 2. Man erkennt, dass die scheinbare Entfernung E_0 des Aufsetzpunktes von der ersten Lichterkette konstant und gleich der tatsächlichen seitlichen Entfernung der Lichterkette von der Landebahn und der Abstand A B der beiden Lichterketten nur um 100 m kleiner als die Entfernung des Aufsetzpunktes von der 2. Lichterkette ist. Ist also, wie in Abb. 1b die seitliche Entfernung = 100 m, die Entfernung des Landepunktes vom Platzrand = 500 m bezw. 1000 m, so ist der Abstand A B = 400 bezw. 900 m und der Oeffnungswinkel, der einem Höhenfehler von nur 1 m entspricht = 29' bezw. 31', also fliegerisch sehr gut zu beherrschen. Dieses Verfahren wird sogar bei zunehmender Entfernung des Aufsetzpunktes vom Platzrand genauer, während die Genauigkeit des ursprünglichen Verfahrens nach Abb. 1a dann sehr rasch

+) Demgegenüber beträgt der Durchmesser des 10%-Kreises am Revi 5° 43'.

abnimmt. Beim Anschweben im geneigten Flug erscheint die seitliche Lichterkette nach der Mitte abwärts geneigt, wodurch der Höhenunterschied der beiden Ketten noch vergrössert und eine Angabe des Neigungswinkels des Flugzeuges erzielt wird.

3.) Entfernungsmessung.

Die Entfernung vom Platzrand soll bei dem vorgeschlagenen Verfahren auf folgende Weise erkannt werden: Die Lichterkette A, deren Länge vorgegeben ist, erscheint im Querbalken des Visierkreuzes. Aus ihrer Länge im Verhältnis zum Durchmesser des 10%-Kreises kann unmittelbar die Entfernung erkannt werden. Eine nennenswerte zusätzliche Belastung des Flugzeugführers bedeutet diese Entfernungsschätzung nicht, da das Auge, das bei diesem Verfahren ohnedies durch das Revi visiert, die Entfernung bereits nach ganz kurzer Uebung mechanisch registriert. Die Genauigkeit dieser Entfernungsmessung ist aus Abb. 2 zu ersehen. Dort ist der Oeffnungswinkel aufgetragen, den die aus verschiedener Entfernung gesehene Lichterkette bestreicht. Der gesamte Oeffnungswinkel des 10%-Kreises beträgt 6°. Bei einer Länge der Lichterkette A von 20 m beträgt der Oeffnungswinkel in 1200 m Entfernung vom Platzrand 1°, also 1/6 des Querbalkens, in 600 m Entfernung 2°, also 1/3 der Querbalkenlänge. Wenn die Lichterkette 2/3 des Querbalkens einnimmt, beträgt die Entfernung 300 m, wenn sie den ganzen Querbalken bedeckt, ist das Flugzeug auf 200 m an den Platzrand herangekommen. Gerade in dem ausschlaggebenden Bereich zwischen 1000 und 200 m ist die Steigung der Kurve bei einer Länge der Lichterkette von 20 m sehr günstig, annähernd 45°, sodass der Unterschied der Entfernungen deutlich erkennbar werden kann. Auch bei 10 m Länge trifft dies noch zu.

4.) Andere Lösung des Nachtlandeproblems.

Eine prinzipiell andere Lösung des Nachtlandeproblems, die auch für Notlandungen und Seelandungen, insbesondere bei Glattwasser, geeignet erscheint, wäre die folgende: (Abb. 3) Unter dem Rumpf der Maschine befindet sich an geeigneter Stelle ein Landescheinwerfer, der den Schatten des Fahrwerks bezw. der Schwimmer unter bestimmtem Winkel auf den Boden wirft. Im Moment der Landung schneidet der Schatten den Boden vom Führersitz aus gesehen unter einem eindeutig festgelegten Winkel, (bezw. in einer eindeutig festgelegten Entfernung). Dieser Winkel entspricht der korrekten 3Punktlandung mit tangentiell in den Boden einlaufendem Gleitweg. Er ist der steilste zulässige Winkel, steilere Winkel bedingen Radlandungen, flachere Winkel zu hohes Abfangen (siehe Abb. 3a u. b). Wie die Abbildungen ferner zeigen, kann die Landung so vorgenommen werden, dass mit konstanter Neigung zunächst solange angeschwebt wird, bis der Schatten den Boden unter dem Landewinkel trifft. Dieser Winkel wird nun beibehalten, wodurch die Maschine im Abfangbogen an den Boden herangeführt wird. Man kann auch für das Erfliegen des Abfangbogens einen etwas flacheren Winkel zugrundelegen, der einem zulässigen Abfangfehler von etwa 1/2 bis 1 1/2 m entspricht und erst im letzten Teil des Abfangbogens bei flacher Lage der Maschine auf den korrekten Landewinkel übergehen. Dadurch wird der Abfangbogen gestreckter, ohne dass noch die Gefahr einer harten Landung besteht. Für jeden Flugzeugtyp kann der geeignete Gleitweg gefunden werden. Da der Scheinwerfer durch den Rumpf des Flugzeuges nach oben abgedeckt ist, ausserdem nur nach vorn zu strahlen braucht, ist die Enttarnung der Maschine nicht sehr erheblich, zumal er nur ganz kurzzeitig benutzt zu werden braucht. Das Verfahren wurde an einer Ju 87 ausprobiert. Dabei ergaben sich die in Abb. 3b dargestellten Verhältnisse. Es wurde die im Schatten deutlich erkennbare Hohlkehle zwischen Federbeinverkleidung und Radblech als Bezugspunkt gewählt. Der Scheinwerfer war seitlich am Rumpf etwa an der Anschlusstelle der Flügelhinterkante angebracht. Innerhalb der zulässigen Fehlergrenze für die Abfanhöhe durchwandert der Schatten der Hohlkehle einen ziemlich weiten Bereich, sodass die Genauigkeit des Verfahrens sehr gross ist. In korrekter 3 Punktlage mit tangentiell in den Boden einlaufendem Gleitweg beträgt die Entfernung etwa 15 m, beim Abfangen in nur 30 cm Höhe, einem durchaus zulässigen Höhenfehler, bereits etwa 21 m. Bei Radlandung mit horizontalliegendem Rumpf nur etwa 3 m. Zur Erleichterung des genauen Visierens ist am Seitenfenster eine kleine Peilmarke mit Leuchtfarbe aufzutragen, deren Lage am Stand genau festzulegen ist.

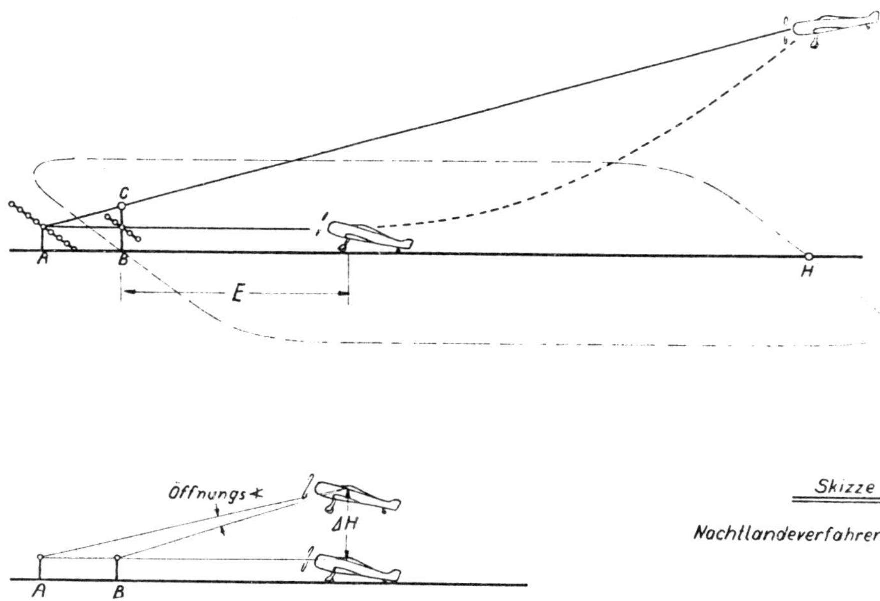

Skizze 1

Nachtlandeverfahren nach Oppermann

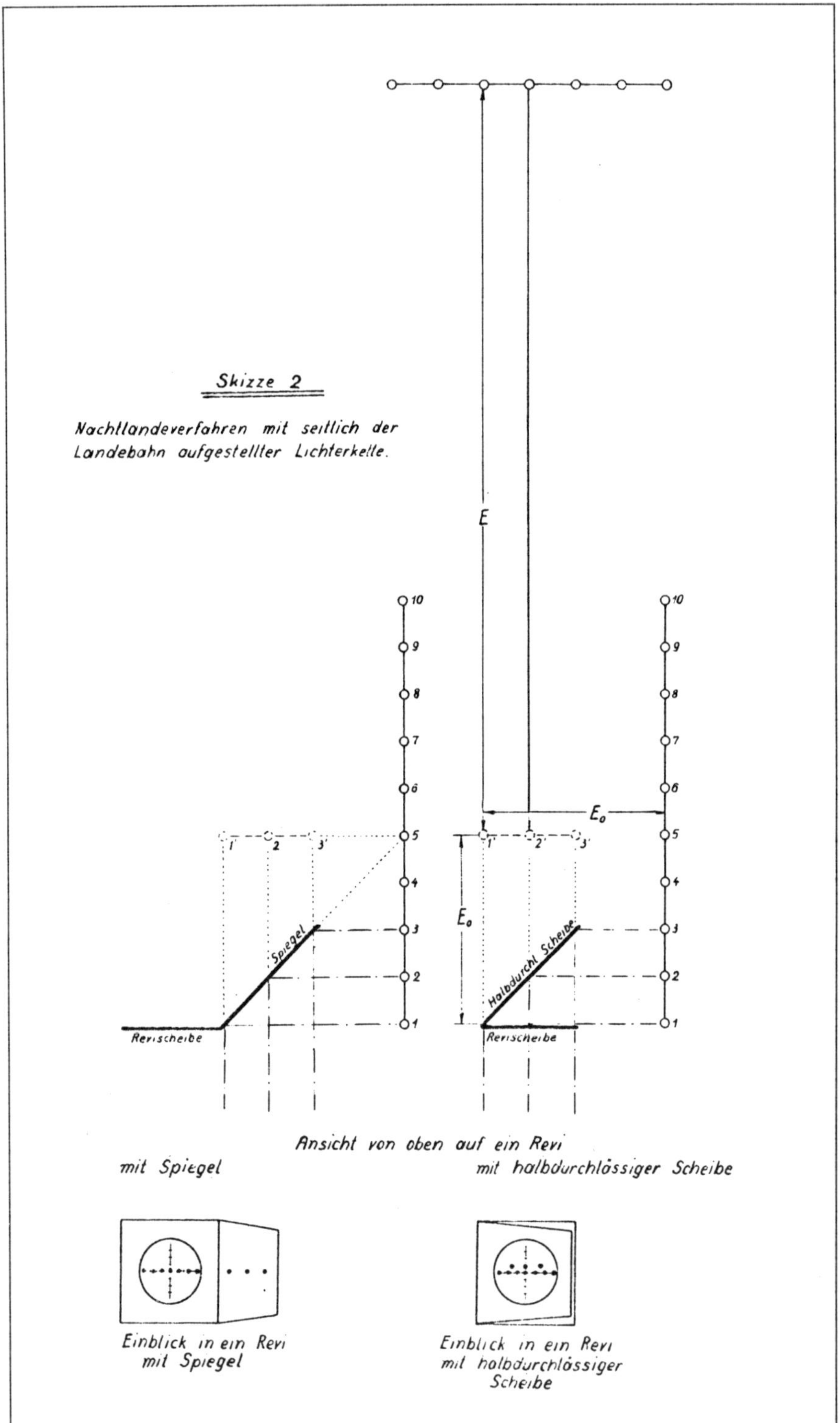

Skizze 2

Nachtlandeverfahren mit seitlich der Landebahn aufgestellter Lichterkette.

Abb: 1a Erzielbare Genauigkeit beim Nachtlandeverfahren „Oppermann“.

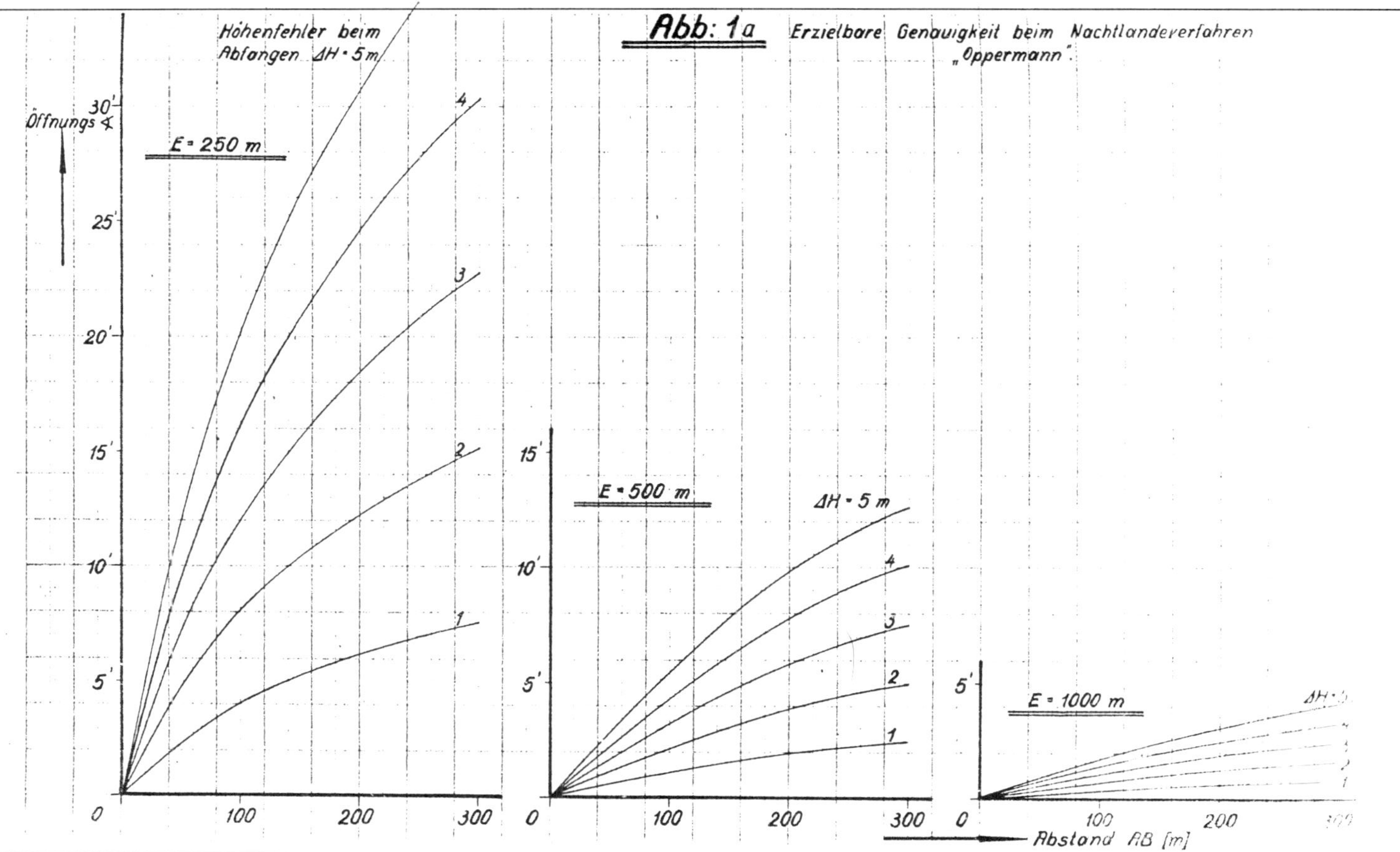

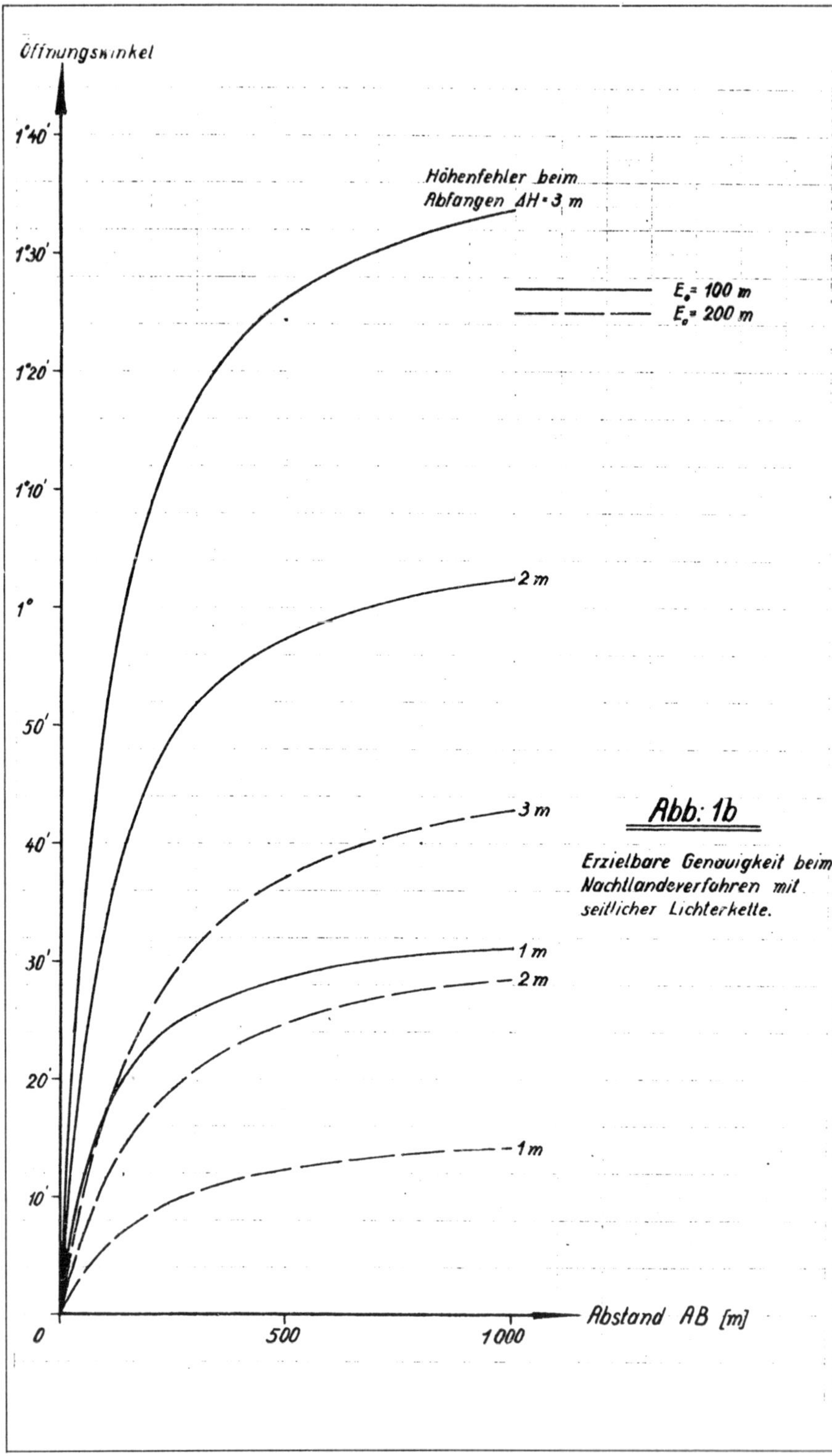

Abb: 1b

Erzielbare Genauigkeit beim Nachtlandeverfahren mit seitlicher Lichterkette.

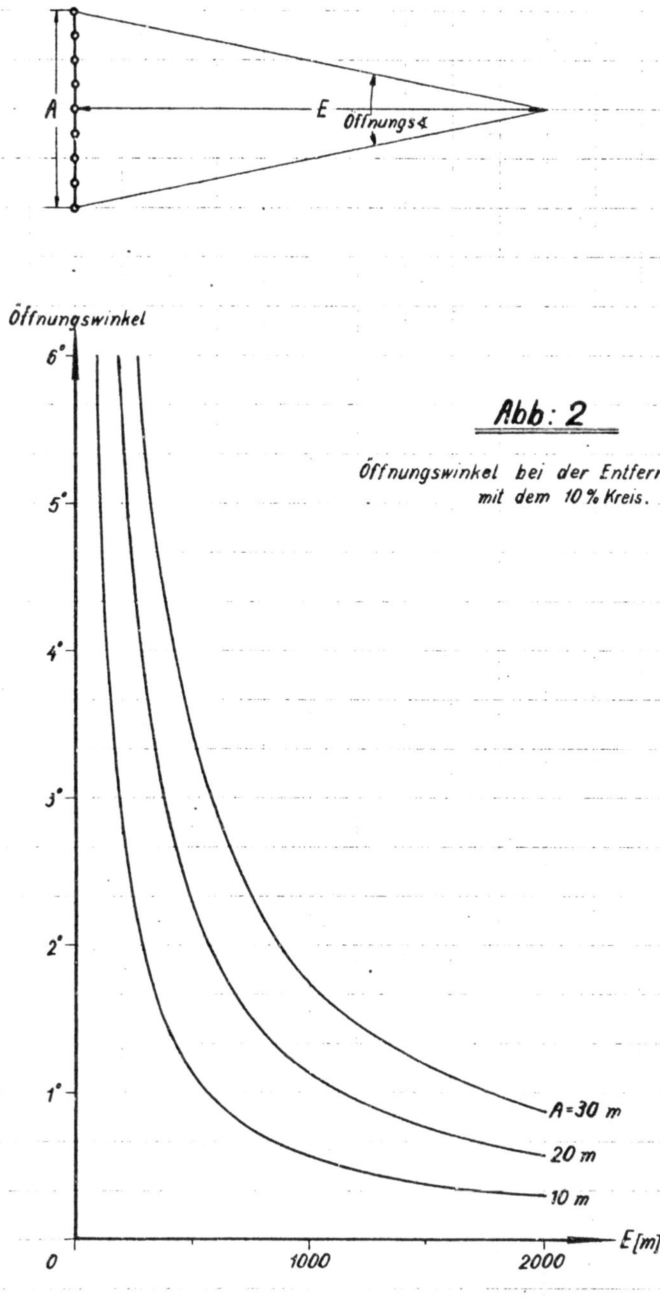

Abb: 2

Öffnungswinkel bei der Entfernungsmessung mit dem 10 % Kreis.

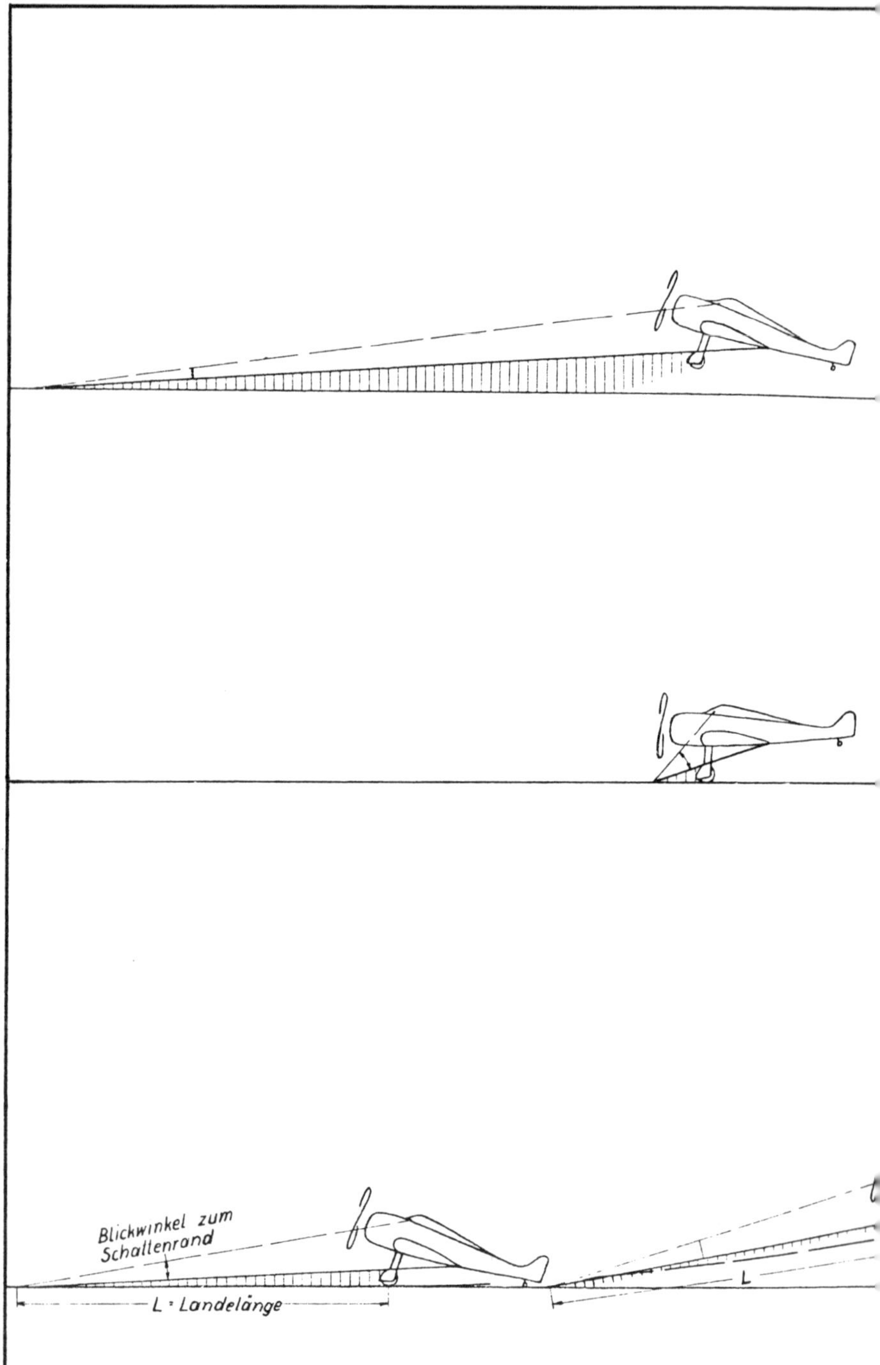

Blickwinkel zum Schattenrand
L = Landelänge
L

es Abfangen

Abb: 3a

Nachtlandeverfahren mit Hilfe eines Landescheinwerfers besonderer Anordnung.

dung

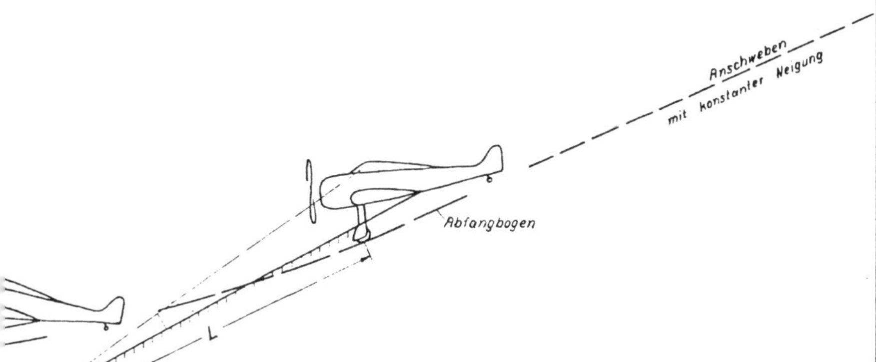

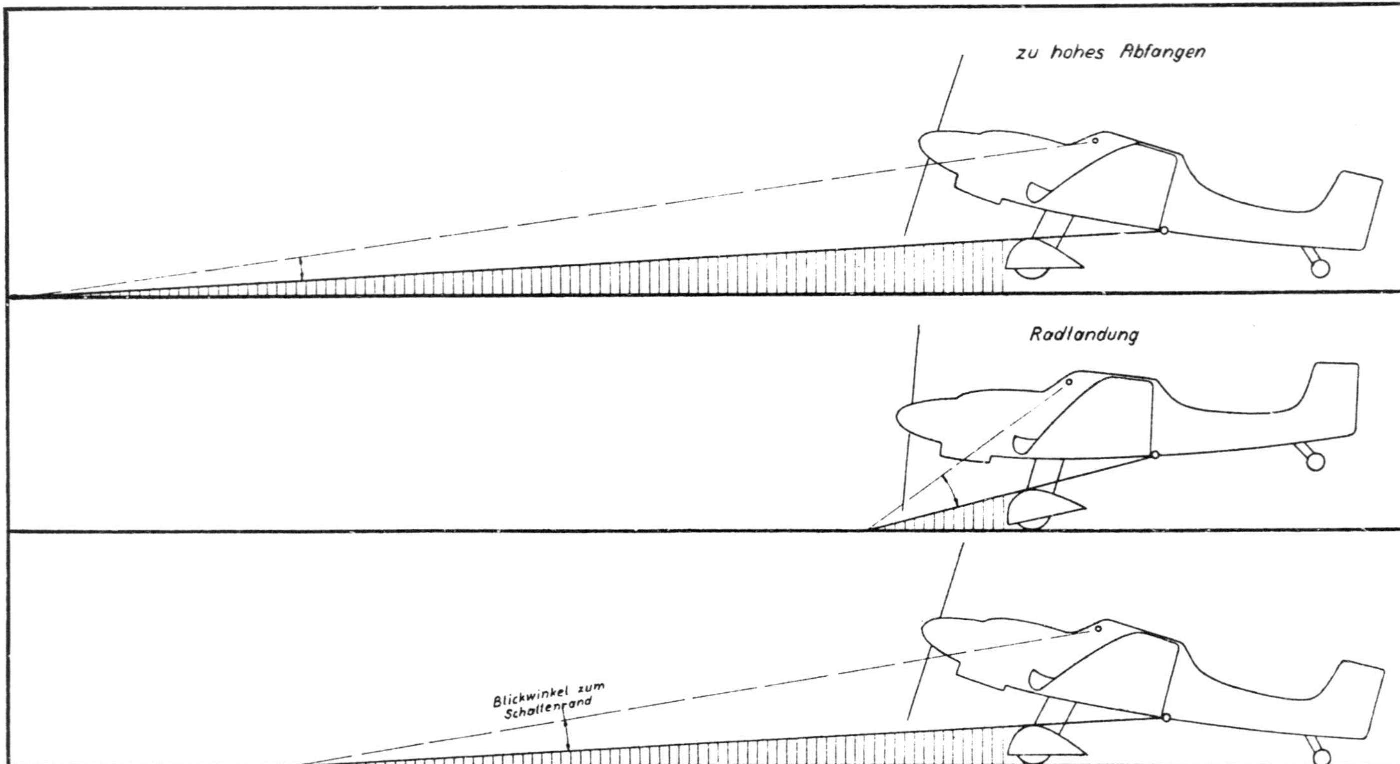

Abb: 3 b

Das in Abb: 3 a gezeigte Landeverfahren angewandt auf die Ju 87.

Versuchsstelle für Flugsondergerät

Vorstand

Gatow, 27.6.44

Seit 1.7.42 wurden folgende Erprobungsberichte und Untersuchungen durchgeführt:

1.) Seitenwindmessungen im Sturzflug

2.) Erprobung von Zielfernrohren für Sturzvisiere

3.) Untersuchungen mit Teilelementen des DVL-Stuvis

4.) Untersuchungen und Erprobungen mit Windrichtkeil und BZA

5.) Untersuchungen über die Tiefsturzanlage (TSA)

6.) Optische Nachtlandeverfahren für Jäger

7.) Jägervisiere mit automatischer Vorhalteingabe (In Arbeit)

8.) Visierfernrohre für Nachtjagd "

9.) Zielübungsgeräte "

10.) Zusammenfassende Arbeit über Bombenabwurf aus dem Sturzflug "

Es wurden seit dieser Zeit 1477 Sturzflüge (Gesamtzahl der Stürze seit Kriegsbeginn 2507) und eine grosse Anzahl sonstiger Flugerprobungseinsätze, darunter 358 Nachtflüge durchgeführt.

Stauffenberg

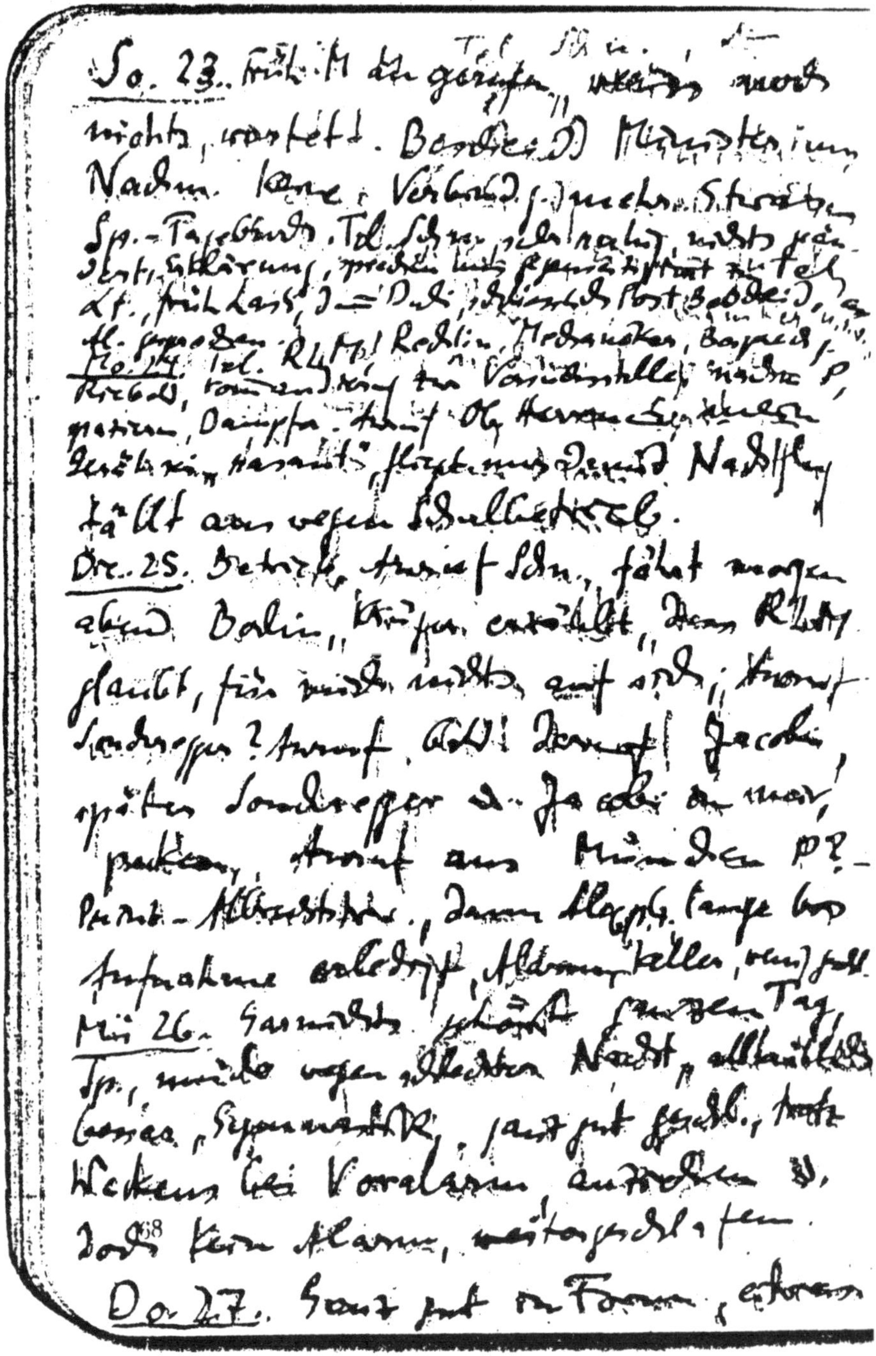

So. 23. früh [illegible] noch nichts, wartet. [illegible] Ministerium Nachm. [illegible] Sp.-Tagebuch. Tel. [illegible] nichts [illegible] Erklärung [illegible] früh [illegible] Post [illegible]

Mo. 24. Tel. RLM [illegible] Nachtflug fällt aus wegen Schlechtwetter.

Di. 25. [illegible] fährt morgen abend Berlin, [illegible] erzählt, [illegible] glaubt, für mich nichts [illegible] Jacobi, später Sondregger u. Jacobi [illegible] packen, [illegible] aus München [illegible]

Mi. 26. [illegible] ganzen Tag [illegible] müde wegen schlechter Nacht [illegible] Weckens bei Voralarm [illegible] doch kein Alarm, weitergeschlafen.

Do. 27. Ganz gut in Form, [illegible]

Tagebuch-Auszug (Eintragungen vom 23. – 27. Juli 1944)

von Ilse. Noch immer keine Vernehmung und nichts. Sonderegger sagte, wie Sippenhaftung gehandhabt würde richte sich nach der Tragweite der Tat. Also möglich trotz erwiesener Unschuld herangezogen. Bin völlig ruhig, auf alles gefaßt. Wenn Schnüffler für seinen Bruder fallen müsste hätte ich hier nichts mehr zu suchen. Trotzdem möchte ich vorher noch meine Arbeiten zum Abschluss bringen: – Die plötzliche Untätigkeit nach dem gehetzten Tagesbetrieb und dem Nachtfliegen ist immer erträglich, der Zeitverlust wird sich kaum erdulden lassen. Wenn ich wenigstens den andern Direktiven geben könnte. Heute Vorstehern gesprochen, Tinte, Papier bekommen, Direktor will noch kommen. Wenn man ungefähr wüsste, wie lange es dauert. Und den Angehörigen Bescheid geben könnte. Dann würde ich in Ruhe arbeiten. Bin sehr erstaunt wie gut das Gefängnis geführt ist: Bett nicht schlechter als unsere Luftwaffen-Feldbetten, Verpflegung nicht schlechter als Kasino: Früh Kaffee, [illegible], Brot. Mittags gestern sehr gute Kohlsuppe, abends auch, heute dicke Maggisuppe. Abends Kaffee u. Marmeladebrot. 2x warmes Wasser, W.C., [illegible]. Alle sehr freundlich. Denke viel an die Gefallenen. Vielleicht sehe ich 69 sie bald. Und an die armen Kinder. Werde ich für sie sorgen können?

Reichssicherheitshauptamt
IV - SK. 20.7.44 (Gr.II)

Berlin, den 7.September 1944

B e s c h e i n i g u n g .

Flugkapitän Dipl.-Ing. Melitta Schenk Gräfin v. S t a u f f e n b e r g ist auf Weisung des Reichsführers-SS aus der Ehrenhaft entlassen worden und wieder als Vorstand der Versuchsstelle für Flugsondergerät in Berlin-Gatow tätig.

Gräfin S c h e n k fährt heute mit Schlafwagenzug über Augsburg - Ulm nach Lautlingen, um dort ihr gehörendes notwendiges Gepäck abzuholen und über ihr Eigentum zu verfügen.

Ich bitte, ihr keinerlei Schwierigkeiten zu bereiten. Ausserdem bestehen keine Bedenken, dass sie mit örtlich in Sippenhaft oder noch in Lautlingen befindlichen Verwandten in Verbindung tritt.

Im Auftrage:

Regierungs- und Kriminalrat.

Der Reichsführer SS und Chef der Deutschen Polizei im Reichsministerium des Innern
Der Chef der Sicherheitspolizei und des SD.
104

Gerichtsgefängnis Charlottenburg

Aktenzeichen: IV S. K (Gr. II

Entlassungs-Schein.

~~Der~~ Melitta v. Stauffenberg Flugkapitän
(Vor- u. Zuname, Beruf)

aus Würzburg, Methfesselstr. 4
(Wohnort oder letzter gewöhnlicher Aufenthaltsort)

war vom 5. 8. 1944 bis 2. 9. 44.

in der unterzeichneten Strafanstalt — in ~~Untersuchungs~~Sippenhaft bzw. — ~~in Strafhaft~~ — und ist

heute nach Berlin-Gatow Luftkriegsakademie

entlassen worden.

Zur Beachtung

wird ausdrücklich bemerkt, daß diese Bescheinigung nur erteilt wird, um die Zeitdauer des Aufenthalts in der Strafanstalt den Behörden ~~usw.~~ gegenüber nachzuweisen.

Berlin-Charlottenburg 5, den 2. 9. 1944.

Verwaltungsinspektor.

B. 54. Entlassungsschein.

Der Generalgrenzinspekteur
- IV G 3 -

21. Dezember 4

Bescheinigung zur Benutzung der Reichsbahn.

Der Flugkapitän, Diplom-Ingenieur Frau Gräfin SCHENK ist berechtigt, in der Zeit vom 22. bis 26. Dezember 1944 die Reichsbahn zu einer Fahrt von Berlin nach Bad Sachsa hin und zurück zu benutzen.

Im Auftrage:

SS-Sturmbannführer.

Besuch der Kinder über Weihnachten

Gatow, 18.11.44

Liebste Lili,
Erst nachträglich erfuhr ich
von den schrecklichen Angriffen
auf Neumünster, da ich buch-
stäblich nicht die Zeit habe
Zeitung zu lesen u. Papa mir
absichtlich nichts gesagt
hatte. Trotzdem hat es mich
sehr aufgeregt, denn man
nun selbst an Euch nicht
ohne Sorgen denken kann.
Hoffentlich wiederholen sie
sich nicht, das Wetter ist
ja jetzt gottlob sehr un-
günstig dafür.

Brief an die Schwester Marie-Luise, der im Schriftbild die Hektik jener Tage widerspiegelt

Von Alex habe ich in den letzten Wochen nur wenig gehört, sein derzeitiger Aufenthaltsort ist Dienstgeheimnis, ich kann nicht hin. Aber seine Nachricht war günstig. Wie steht es mit Sandras Studium? Wie voll ist Dein Haus? Du Ärmste! Pinus ist in Wien, kommt nächste Woche zurück.

Viele herzliche Grüße

Deine Lotte

Braucht Sandra warme Wäsche oder sonst etwas? Habe einiges in Wien geholt.

Wie ist das Rezept für die Spritzplätzchen? Alex schwärmt so davon. Der helle Sandkuchen ist wohl hoffnungslos.

Geheime Staatspolizei
Staatspolizeistelle Regensburg
Fernsprecher 5145

(13a) Regensburg, den 7. 4. 1945.

B. Nr. - IV 6 -
Bei Rückfragen unbedingt anzugeben

Betreff:

Flugkapitän Gräfin S c h e n k hat hier heute vorgesprochen und wurde an den Kommandoführer in Schönberg (Schule) verwiesen. Gegen den beabsichtigten Besuch bei ihrem Ehemann bestehen keine Bedenken.

Im Auftrage:
Ranner
⚡⚡-Hauptsturmführer u.Krim.Komm.

Geheime Staatspolizei Staatspolizeistelle Regensburg 10

Reichssicherheitshauptamt

IV A 6 c Nr. St.1
Bitte im Schriftverkehr dieses Geschäftszeichen, das Datum und den Gegenstand angeben

Berlin SW 11, den 17.März 1945
Prinz-Albrecht-Straße 8
Ortsanruf 12 00 40 · Fernanruf 12 64 21

Frau
Melitta Gräfin S c h e n k ,
(1) Berlin-Gatow,
Luftkriegsakademie.

Sie werden gebeten, die in der Dienststelle Berlin-Pankow, Zimmer 29, für Sie bereitliegende Sprecherlaubnis möglichst umgehend abzuholen.

Im Auftrage:
Neuer

Se.

A b s c h r i f t

von
Abschrift (Gräfin Schenk)

Fernschreiben von OKL Genst.Qu. Abt. Lw. Bodenorg.

an Techn. Akademie d.Lw. Gatow, Blankenbg./Thür.
Lfl.Kdo.Reich
Lg Kdo XIV
Lg Kdo III, Befehlsstelle Dresden.
nachrichtl. : Chef TLR

Versuchsstelle für Flugsondergerät der Techn. Akademie der Lw. Gatow , Gräfin Schenk , verlegt von Würzburg nach Weimar-Nohra .

OKL Genst.Gen.Qu. Abt. Lw- Bodenorg.
Nr. 2887/45 geheim (I) vom 25.3.45.
i. A. gez. Müller (Obstltn. i.G.)

Nach Abgang :
Gen.Qu. 6,Abt.

F.d.R.d.A.

Oberfeldintendant

Flugzeugführerschule A 114 Marienbad, den 6.4.45

B e s c h e i n i g u n g.

Das Flugzeug Bü 181 Kennzeichen GY + BL wird der techn. Akademie der Luftwaffe, Versuchsstelle für Flugsondergerät für einen kriegswichtigen Sondereinsatz gem Befehl vom 21.2.45 und FS Nr. 2287/45 geh. vom 25.3.45 - OKL - Genst. Gen.Qu. Abt. Lw. Bod.Org. zur Verfügung gestellt.

Major u. Kommandeur.

Si 204

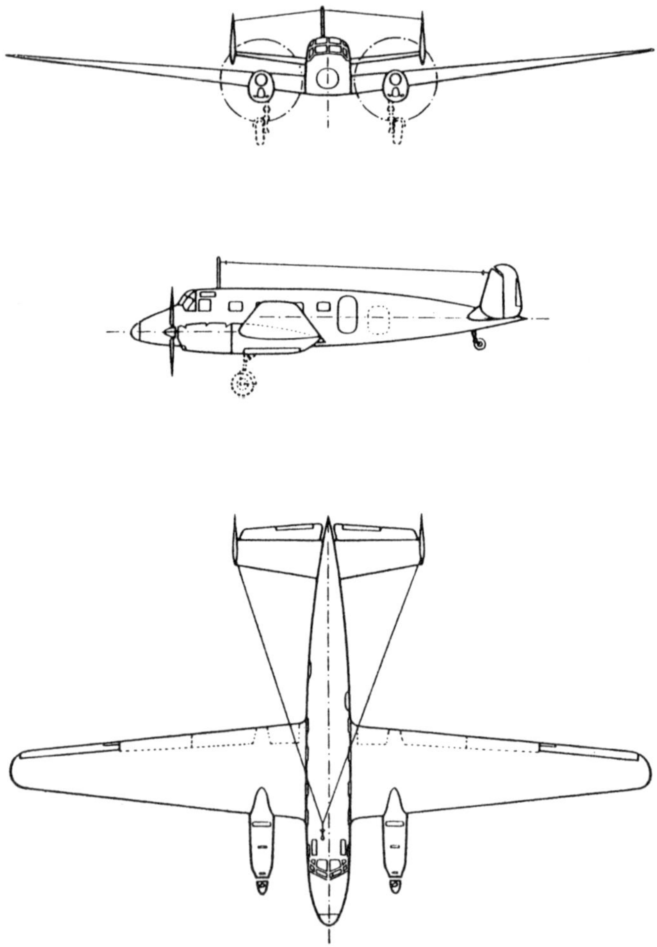

SIEBEL FLUGZEUGWERKE G. M. B. H.

Mit einer Siebel 204 wurde der Flug von Weimar-Nohra nach Pilsen durchgeführt (5. April 1945)

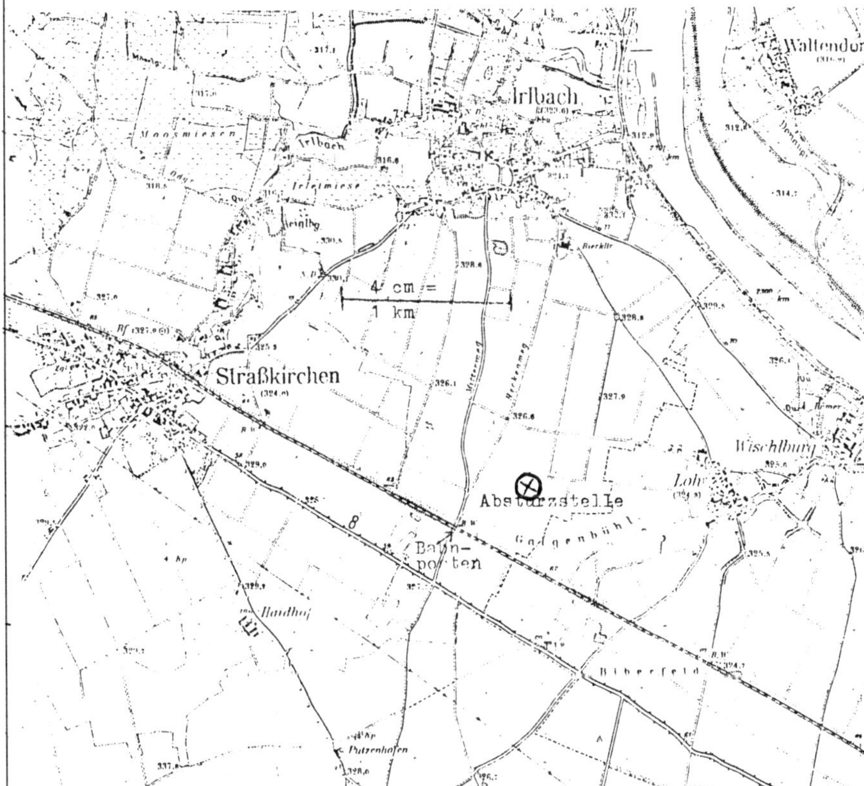

Die Absturzstelle bei Straßkirchen (1 km = 4 cm)

ALEXANDER SCHENK
GRAF VON STAUFFENBERG

LITTA

Nun ward es herbst: der schwermut wolken hangen
Ob dürrem land wo seither tag um tag
Des sommerbrands gepränge sengend lag
Heillos mit aller glut und allem bangen

Und pausenlos rauscht vor den fenstern verspätete labe

Den dürren gräsern und den trocknen schollen..
Mein sang aus angedenken reifer qual
Benezt mit meiner wunden scharlachstrahl
Hat dich geliebte noch begrüssen wollen

Du nächste und fernste· der götter erlesenste gabe.

Nach mancher genien ehrendem besuch
Aus dem bezirk der sterne harr ich deiner:
Gib deiner strengen anmut licht mit reiner
Segnender hand in dieses dunkle buch

Dass mein sei für immer erhöht einst süsseste habe.

Dass sie von denen sei die im geblüte
Der Obern spende tragend einzig sind
Das ehrten still die nächsten schon im kind –
Das deutete am zarten stiel die blüte

Die fürder aus luft und aus sonne aus krume und feuchte

Die säfte sog daraus sie farbenvoll
Die kühnen blätter spreitend sich entfaltet·
Einsam doch unverkennbar herrisch waltet
In blumiger schar die stumm ihr dienen soll –

Und der doch voll trauer die eigene fremdheit bedeuchte.

Enträt wer seinesgleichen in des strebens
Bemühtheit im genuss geballter kraft
Dann gibt nur eins: des todes nachbarschaft
Das höchste jubelnde gefühl des lebens:

Der steigenden hoch im gebirg die enthülltere leuchte·

Im anverwandten element das pfeifen
Des sturms der kühnen schwimmerin im meer –
Und nah dem äther frevelnder begehr
Wann schlanke hände in die wetter greifen

Metallenes werkzeug die lockung der erde betrügend..

Dann zog sie aus und forschte im gedröhn
Verworrener welt nach einem seelenklange
So reich und dunkel der sie ganz umfange
Ihr sehnen stillend ahndungsvoll und schön

Geläuterte form dem unfehlbaren auge genügend.

Die jahre da der gott den wunsch gewährte
Hat der verflochtenen zauberstab berückt:
Sie schritt im strahl beglückend und beglückt
Durch eine welt voll morgenlicht und zärte

Zum stolz der gebietet des herzens verschwendungen fügend.

Und aus entbundner hände formkraft wuchs
Ihr bild um bild dess was ihr edel scheine:
– Der ritterliche Ältre und der Eine –
Nun einzig zeugnis ihres erdenflugs:

Der geistige hauch mit der bildnerin hoheit in ihnen..

Dies sank in finsternis da donner rollten
Mit fahlen blitzen über land und meer.
Nur eins schien rein und fraglos: blutige wehr
Befleckter heimat der die geister grollten

Vergebliches opfer und sinnlos zehrendes dienen.

Dann kam der tag undeutbar dunklen fluchs
Des bruders aufruhr wider alles niedre
Dem einmal hoher heroldsruf erwidre
Und trug des lezten rettenden versuchs

Und abschied lag über den seelen in schauernden mienen.

Dies krönt auch dein geschick – nun kam das lezte:
Lichtbringerin im gram der kerkernacht·
Der stärkung süssigkeit des trostes fracht·
Antlitz das huld und harm mit tränen nezte

Und wie dir gebührte das einsame ende der helden.

Denn dunkle kunde was hat sie erzählt?:
Es hat dem äther die entflammte seele
Der tod nach uranfänglichem befehle
Im kühndurchstreiften wolkenraum vermählt

›Auf dem felde der ehre‹ so war der botschaft vermelden.

Und mit dem brüderlichen paare leuchtet
Vor uns dein siegreich antlitz und verspricht
In aller schmach das künftige gericht
So wie ihr jüngst die fremde rotte scheuchtet

Unzählbare weckend: die heilenden retter und helden.

Personenverzeichnis